POLLY
SAMSON

AUS FREUND-LICHKEIT

Roman

Aus dem Englischen
von Bernhard Robben

Ullstein

Die Originalausgabe erschien 2015 unter dem Titel
The Kindness bei Bloomsbury Publishing, London.

ISBN 978-3-550-20143-1

Gesetzt aus der Granjon
Satz: LVD GmbH, Berlin
Druck und Bindearbeiten: GGP Media GmbH, Pößneck

POLLY SAMSON

AUS FREUNDLICHKEIT

Zur Erinnerung an Lance Samson (1928–2013),
meinen Vater.

Wychwood

August 1989

Luzifer flog so schön im abnehmenden Licht, flog für sie, fiel durch den Himmel, wenn sie ihn rief und wieder davon in den prächtigen veilchenblauen Sonnenuntergang. Anfangs war sie allein auf dem Hügelrücken: nur sie, der Vogel und das weite, offene Land an einem dieser unruhigen Sommertage mit jähen, heftigen Windböen, die das Gefieder des Falken zerrauften, wenn er auf ihrem Handschuh hockte und sie anstarrte.

Sie trug Sandalen und über ihrer Jeans eine lange rote Bluse, das Band konnte ihr Haar nicht halten. Am Gürtel hing ein Lederbeutel und eine Pfeife an einer Schur um den Hals. Der Falke auf dem Handgelenk krümmte seine Krallen und brachte die Lederquaste am Handschuh zum Schwingen. Als er aufstieg, spürte sie an ihrem Gesicht den Lufthauch der Federn, und sie sah dem Vogel nach, Wind unter seinen Flügeln, sah Krähen aufstieben wie von einem Regenschirm abgeschüttelte Tropfen.

Julia gab sich Mühe, es dem Vogel recht zu machen; die Bröckchen waren so klein, dass er rege blieb. Beschämende siebenhundert Gramm hatte die Waage am Morgen angezeigt. Sie rief ihn mit der Pfeife zurück, zwei scharfe Pfiffe, und da kam er: ein dunkler Amorbogen, der schnurstracks aus dem Himmel auf sie zuschoss.

Sie folgte dem Höhenrücken, Luzifer fest auf dem Arm, und sein fiebriger Blick wich nicht aus ihrem Gesicht, bis sie das Signal gab. Sie ließ ihn hierhin oder dorthin über den

Himmel gleiten, und sie ahnten beide nicht, dass dies ihr letzter Tanz sein sollte.

Der Abend wurde kühl. Fast hatte sie vergessen, dass sie hier mit Julian verabredet war, vielleicht hatte sie auch die Hoffnung aufgegeben. Er keuchte, als sie ihn sah, noch rot im Gesicht, weil er bergauf gerannt war, hatte das Fahrrad im Stich gelassen und den nutzlosen Reifen. Er kam ihr wie ein Junge vor, der drei Kontinente überquert hatte, um sie zu sehen, das Sweatshirt um die Hüfte geschlungen. Unfassbar jung, das Haar in den Augen, ein unentschiedenes Staksen, die Jeans an einem Bein noch in der Socke. Er wage es nicht, sie zu küssen, sagte er, wenn der Falke auf ihrem Handgelenk ihn so anstarrte.

Der Falke zuckte mit den Schultern, und sie ließ ihn fliegen. Sie küssten sich, doch als Julian innehielt, um nervös zum Himmel aufzusehen, streifte sie den Handschuh ab und schob ihn über seine Hand. Mit einem Pfiff lockte sie den Falken, bewegte Julians Arm auf und ab, ließ die Quaste schwirren, aber Luzifer schraubte sich nur noch höher. Mord, wisperte ihm der Wind ins Ohr und machte ihn taub für Julias Ruf. Fluchend rannte sie ihm nach, Julian kanterte hinterdrein. Als der Falke sich auf seine Beute herabstürzte, schnappte sie sich den Handschuh zurück. Julians Hände lagen warm auf ihrer Hüfte, und beiden kam es vor, als dauerte der Schrei des Kaninchens ewig.

*

Es war schon fast Mitternacht, als sie zurück nach Wychwood kam. Und wäre Luzifer nicht gewesen, dieser verdammte Vogel, wäre sie noch bis zum Morgen in Julians Zimmer geblieben.

Sie stellte den Wagen auf der Straße ab, köderte den Vogel

mit guten Worten aus seiner Kiste und band ihn an. Luzifer schüttelte sich, leicht verstimmt, weil *irgendwer* achtlos sein Federkleid verwuselt hatte.

Gefallene Zweige knackten unter ihren Füßen, als sie die Abkürzung durchs Wäldchen nahm, der Vogel eine empörte Last auf ihrem Arm, das vorwurfsvolle Glitzern seiner Augen das einzig Helle unter den Bäumen. Dann wich die Dunkelheit, die Zweige verstummten: Wychwood stand allein auf einer Lichtung, mit krummen schwarzen Brettern und windschiefen Fenstern so unvermutet wie eine Kate der Gebrüder Grimm. Julia sah gleich, dass ein Licht brannte, dabei wusste sie genau, dass sie alles ausgeschaltet hatte.

Mit eulenweißem Gesicht schlüpfte sie durch die hintere Pforte, flüsterte Luzifer etwas zu, setzte ihn im Schuppen auf seine Stange und folgte allein dem Pfad. Das Herz raste, vor den Türstufen ein rutschiger Stein; sie stieß mit dem Fuß die Tür auf und lief geradewegs in die Küche. Ein Keuchen, vor allem der Erleichterung: Chris, ihr Mann, das strähnige Haar an den Schädel geklebt, die riesigen grauen Turnschuhe achtlos über den Boden gekickt, in seiner Tasse ein klirrender Löffel.

Sie wich einen halben Schritt zurück. »Warum so überrascht?«, sagte er. »Ich wohne hier auch, schon vergessen?« Maggie, ein Lurcher, stand dicht neben ihm, bebte angewidert und presste die Schnauze an sein Knie.

»Da wäre ich also. Wieder *dahoim*.« Er machte sich lustig, drohte ihr mit dem Wort, deutete mit dem Löffel auf sie.

»Ich habe dich nicht erwartet.« Sie hängte den Lederhandschuh an den Haken, fahndete hektisch nach einem Alibi, hielt ihn hin. »Du hast mich erschreckt. Hättest ja sonst wer sein können.«

Er schimpfte über ihre Begrüßung und fletschte dabei Zähne, die älter waren als der Mund: Nescafé und Tabak.

»Was hast du getan? Hast du Luzifer im Kofferraum gelassen, während du …«

»Der Wagen ist gar nicht angesprungen.«

Er entriss ihr den Lederhandschuh, warf seinem Hund die übrig gebliebenen Fleischbrocken zu und stülpte den Handschuh von innen nach außen. »Wenn du den nicht sauber machst, sind da bald wieder Maden drin.«

Er müsse achtzehn Stockwerke in Dagenham streichen, hatte er gesagt. Einhundertachtzig Büros, kleine Kammern, alle gestrichen im selben tristen Grau, mit dem nun auch der Overall bespritzt war, aus dem sein Torso ragte. Bis Weihnachten wollte er fortbleiben, und bis dahin, das hatte Julia sich geschworen, wäre sie fort gewesen. Der Overall klaffte auf und entblößte ein Ramones-T-Shirt, dermaßen verblichen, dass man den Namen schon kennen musste, wenn man ihn entziffern wollte, dazu ein Gürtel mit großer Metallschnalle. Chris leerte seine Taschen auf den Küchentresen: Tabak, Murray-Pfefferminz, Zigarettenpapier, Dope-Dose, Klimpergeld. Im Haar Flecken derselben Farbe, so als hätten Fliegen auf seinen Strähnen ihre Eier abgelegt.

»Ist ja prima, wie sehr du dich freust, mich zu sehen«, sagte er. »Wirklich toll.«

»Finde ich auch.«

Als er sich umdrehte, erhaschte sie einen Blick auf eine frühere Version von Chris, eine plötzliche Sinnestäuschung, fast wie ein Hologramm, das zwischen ihnen schwebte, etwas um die Stirnfalten, die widerspenstig wuchernden Brauen, ein Blitzen in den Bernsteinaugen. Sein Overall war genauso aufgeknöpft gewesen, als sie ihn zum ersten Mal sah, ausgerechnet auf dem Spielplatz – wo er zu dem Trupp gehörte, der die Wellblechhütten strich, die neuen Klassenräume. Aschblonde Strähnen im Haar. Alle nannten ihn Sting. Die Mädchen der Zehnten gewöhnten es sich an, die Pausen bei den Wellblechhütten zu verbringen, wo er zu ihnen rüberschlenderte, die Brust goldbraun.

Nach der ersten Nacht mit ihm hatte sie im Bett gelegen, die Haarbürste unter die Tür geklemmt, damit der Lärm sie weckte, falls ihr Vater ins Zimmer taumelte. Der durch den Boden heraufdringende Lärm der Kneipe ein unschöner Soundtrack, doch sie dachte an Chris' Tigeraugen, daran, wie er einen Joint mit einer Hand drehen konnte, während die andere sie zu bekiffter Ekstase streichelte.

Jetzt dagegen wischte er sich ihren Kuss von der Wange, als hätte sie ihn bespuckt, der Kaffee schwappte über den Tresen.

»Luzifer hat heute Abend ein Kaninchen gerissen.« Sie versuchte, sich normal zu verhalten, zog den Reißverschluss seiner Sporttasche auf und unterwarf ihren Inhalt vor der Waschmaschine einer strikten Rassentrennung: einen Haufen Weißes (ehemals) und Dunkles (zusammengeknüllte Hosen, Pullover und im *rigor mortis* erstarrte Socken).

»Schätze, du hast es nicht mitgebracht«, sagte er. »Das Kaninchen?« Er verzog den Mund. »Nein, du doch nicht, natürlich nicht.«

»Es war schwer genug, Luzifer davon fernzuhalten.« Die Erinnerung daran und an den Geruch ließ sie zusammenzucken. »Deine Klamotten stinken.«

»Manche Menschen müssen für ihren Lebensunterhalt arbeiten.« Er funkelte sie an, sah dann in der Kühltruhe nach, zog ein Metalltablett mit kleinen rosafarbenen Kadavern heraus und knallte es auf den Tresen, damit sie sich aus dem Eis lösten. Hatte sie Luzifers Gewicht in die Tabelle eingetragen? Was hatte er heute Morgen gewogen? Und am Tag davor? Wie viele Stunden hatte sie ihn fliegen lassen? Wie viele Tiere hatte er geschlagen?

»Er ist dein Vogel«, sagte sie schließlich und wünschte sich, ihre Übelkeit würde vergehen. »Du kannst von Glück reden, dass ich mir die Zeit nehme, ihn fliegen zu lassen.«

Aus den Augenwinkeln sah sie, wie er zwei steif gefrorene Babymäuse nahm und in eine Schale legte. Waren sie aufgetaut, würden die Köpfe schlaff herabhängen, wenn er sie aus den rosig angelaufenen Pfützen zog, um sie mit den Fingern auseinanderzupflücken. Sein Kiefer war angespannt. »Wenigstens verdient einer von uns beiden anständig Geld.«

Er wischte sich die Hände am Hosenboden seines Overalls ab. »Und? Wann hattest du vor, mir von deinem Wunderknaben zu erzählen?« Krachend warf er das Tablett zurück in die Kühltruhe, kam auf sie zu und schälte sich dabei aus dem Overall. Für jemanden, der so mager war, hatte er ziemlich muskulöse Arme, was sie früher einmal attraktiv gefunden hatte.

Sie riss die Hände hoch, um sich zu schützen. »Hör auf, Chris.« Aber sie rührte sich nicht vom Fleck, wippte vor der Waschmaschine auf den Fußballen und hielt die Luft an, während er sich frei strampelte und ihr dabei ins Gesicht brüllte: »Hast du meinen Vogel in seinem Beisein fliegen lassen? Ja? Hast du?«

Sie wandte den Kopf ab, da sie fürchtete, lachen zu müssen. Die Treue des Falken war ihm wichtiger als die seiner Frau.

»Hast du?« Er packte sie bei den Schultern. »Du warst so lange weg. Hast du ihn, meinen Vogel, fliegen lassen?« Sein Gesicht war ein brüllendes Loch, sein Atem ranzig.

Sie schüttelte den Kopf, und er schleuderte sie von sich.

Sein Kiefer war so angespannt, dass sich die Haut weiß überm Knochen straffte. Ein plötzlicher Gedanke, gefolgt von einem Schock des Entsetzens, ließ sie ins Bad stürmen. Sie schlug die Tür zu, schloss sich ein.

Hatte er schon nachgesehen und gemerkt, dass ihr Pessar nicht mehr in der Plastikmuschel im Badschrank lag? Julia zog die Jeans runter und hockte sich über die Kloschüssel. Er tobte in der Küche, schrie, dass man sie mit ihrem »kleinen Collegejungen« gesehen habe, geiferte irgendwas von wegen Geld und TÜV und dass mit dem Auto unmöglich was nicht in Ordnung sein könne. Heiße Scham überflutete sie, was er sie alles nannte, während sie das Pessar herausfischte und unter fließendes Wasser hielt.

Kaum kam sie aus der Tür, sprang er sie an, brüllte: »Lügnerin!«, griff ihr ins Haar und zog ihren Kopf in den Nacken. »Dein Loverboy hat meinen Vogel geflogen.« Er zerrte so fest, dass ihr die Tränen kamen. »Glaub ja nicht, man hätte dich nicht gesehen. Verdammt, was bist du nur für eine Witzfigur! Könntest seine Mutter sein!« Er zog an ihrem Haar, bis ihr Kopf fest an seine Brust gepresst war. Sie konnte seinen Schweiß riechen, auch das Terpentin, mit dem er seine Pinsel auswusch. Sie hörte sein Herz wummern.

»Lass mich los.« Sie schaffte es, ihm zwischen die Beine zu treten, verfehlte aber seine Eier. Sie stieß ihn von sich, hörte das Reißen am Hinterkopf deutlicher, als sie es fühlte, und er starrte das Büschel Haare in seiner Hand an.

Einen Moment lang wirkte er nur überrascht, fiel aber aufs Neue über sie her, als sie die Tür aufziehen wollte, stieß sie beiseite und zwang sie zu Boden.

Er drückte ihr Gesicht in seine verstreut herumliegenden Sachen. »Verlass mich nicht.« Seine Wut schlug in ein nacktes Flehen um. »Geh nicht«, sagte er.

»Lass mich los!« Sie wollte nicht, dass ihre Stimme zittrig klang. »Lass mich los. Bitte, lass mich los.«

»Versprich mir, dass du dich nie von mir trennst, und ich lasse dich los«, sagte er, als würden sie sich nur zum Spaß balgen, als ginge es nur darum, dass sie klein beigab.

»Lass mich los!«

Er versuchte, sie zu küssen.

»Hör auf!«

Sie war erschöpft und lag unbeweglich da, nur ihr Herz klopfte. Sie konnte seinen Sabber spüren, die Tränen in ihrem Nacken.

»Zieh deine Jeans aus.« Ihre rote Lieblingsbluse war an mehreren Stellen gerissen.

»Sei doch nicht blöd, Chris.«

»Ehe du gehst, noch einmal wie in alten Zeiten.«

Julia wusste, sie würde sich immer dafür schämen, aber plötzlich war sie nur noch müde.

Sobald sie aufhörte, sich zu wehren, zog er die Jeans bis auf ihre Knie runter und spuckte sich in die Hände.

Der lockere Rahmen der Hintertür klapperte; draußen frischte der Wind auf. Ihr Magen rebellierte, als sie an eine andere Nacht dachte, stürmisch wie diese, in ebenjener Gegend der Downs, wo vorhin noch Luzifer aufgestiegen war.

Sie hatten einen starken, auf dem Truck angebrachten Scheinwerfer eingeschaltet, in seinem Strahl ein hilfloses Kaninchen. Wie ein Skater mit raffiniertem Cape stieß Chris' Falke in den Lichtring herab, schlug dem Kaninchen die Krallen ins Rückgrat und deckte es mit seinem Federmantel zu, solange es schrie. Chris hockte da, drehte dem Tier den Hals um: »Ist barmherziger so.« Sie hörte kein Knacken, und die Hinterläufe zuckten noch, liefen nirgendwo hin. »Nur die Nerven«, sagte er und reichte ihr den Kadaver wie eine Opfergabe; und der Vogel riss Fleischstränge aus der Kehle, während die Läufe weiterrannten.

Er ließ sich Zeit. Sie bat ihn, nicht in ihr zu kommen; er tat es doch.

Endlich gab er sie frei und rollte von ihr runter ins Meer seiner schmutzigen Wäsche. Zitternd stand sie auf, zog die Jeans hoch, floh zur Tür hinaus, die Stufen hinab und hatte niemanden außer Julian, zu dem sie laufen konnte.

Firdaws

August 1997

Eins

Von Mira gab es keine Fotos mehr. Ein wie bewusstloser Schlaf, ein schrillendes Telefon, ein Zimmer voller Tageslicht, aus dem ihr Leben gelöscht worden war. Julian taucht auf, rudert mit den Armen und erwacht zu einem Morgen, ohne dafür einen Grund zu haben. An Julias Bettseite kein klebriges Fläschchen Perfalgan, an seiner kein angekautes Bilderbuch, kein *Gute Nacht, Mond*. Die Babypuppe ist verschwunden, auch der Karton in der Ecke, in der Mira immer gespielt hatte. Selbst das zusätzliche kleine Kissen, das immer zwischen ihnen lag, die unausgesprochene Übereinkunft, dass sie nachts stets zwischen sie krabbeln konnte, war diskret entfernt worden. Julian ignoriert das Telefon und vergräbt sich wieder in die Laken, sinkt zurück in den Mief, der nur nach ihm selbst riecht, weshalb er sich zusammenrollen muss, um ihn ertragen zu können.

Ein weiterer Augusttag beginnt, skandalöserweise fast schon Mittag, die Arme und Hände so schlaff, dass er Mühe hat, das Telefon abzustellen, als es wieder zu klingeln beginnt. Es ist stickig. Weil er vom durchdringenden Geruch des Nachtjasmins neuerdings Kopfschmerzen bekommt, muss er die Fenster geschlossen halten. Vögel zanken im Efeu, irgendwas kratzt übers Glas, in der Ferne brüllt eine Kuh. Durch eine Lücke im Vorhang schneidet ein Lichtstreif, Staubflocken wirbeln auf, und obwohl ihr Bild nicht länger auf dem Nachttisch steht, ist Miras Gesicht doch das Erste, was er deutlich sieht: Mira im Sonnenschein, ein Gänseblümchenkranz im Haar.

Unbeholfen geht er die Treppe runter, hält sich am Geländer fest, um nicht zu fallen. Vor dem doppelten Kick durch Kaffee und Nikotin ist er mit seinen neunundzwanzig Jahren ein alter Mann. Noch halb weggetreten, kratzt er sich, T-Shirt und Boxershorts von gestern, zieht unterm Balken an der Ecke automatisch den Kopf ein und noch einmal vor der Küchentür. Der Hund umtanzt ihn, ist so ganz anders gelaunt, schlägt mit dem wedelnden Schwanz an Julians Beine, kennt nur den Notfall seiner fast platzenden Blase, schießt wie ein Korken durch die Tür und rennt schnüffelnd zwischen den Obstbäumen umher. Ehe Julian den Kessel aufsetzt, füllt er Futter in den Hundenapf und wirft die Gabel klirrend ins Becken.

Von draußen hört er eine Autotür zuschlagen, das unwillige Stottern eines Anlassers. Julian häufelt Kaffee in eine Kanne. Der zugezogene Vorhang (den Julia natürlich austauschen wollte) hauchdünn im Sonnenlicht. Julian hält ihn geschlossen, damit die Leute, die an seine Tür klopfen, glauben, er sei nicht zu Hause. Endlich fährt der Wagen wieder ab.

Auf der Kühlschranktür Tesafilmspuren. An hellen Tagen wie heute sind sie deutlicher zu sehen, winzige Zacken an den Ecken der Stellen, wo früher ein schwarz-weiß ausgemaltes Zebra hing, ein auf einen Pappteller gemaltes Gesicht, etwas Abstraktes in Nudelform, ein Tagesplan für den Kindergarten, ein Streifen Bilder aus einer Fotokabine, Miras vom Blitz überraschte Augen, groß wie fliegende Untertassen, ein rot-gelber Schmetterling, das fröhliche Winken ihres Handabdrucks.

Im Kühlschrank ist nicht viel, was ihn interessiert, er will nur Milch für den Kaffee. Die halb eingepackte Butter ist mit Krümeln betüpfelt. Und da sind auch die Mahlzeiten, die seine Mutter zubereitet hat, weil sie nicht weiß, was sie sonst für ihn tun kann; auf den Pappdeckeln steht, was drin ist. Zitronenhuhn, Lasagne – Gerichte, die er als Kind besonders geliebt hat –, Banoffee-Pie oder persischer Eintopf mit Nüssen und Orangen, Berberitzen, Mandeln und Lammfleisch. Sie hat noch zusätzliche Hinweise angeheftet: *Du musst was essen* oder *Mit Liebe gemacht*. Ein Wunder, dass auf einem ihrer Zettel nicht *Du kommst drüber weg* steht. Katie Websters Mutter hatte eine Stiege Eier an der Tür abgestellt, die braun gefleckten ihrer Marans-Hennen. Er überlegt kurz, sich zwei zu kochen, aber gleich verkrampft sich sein Magen, lässt nur noch Platz für salzige Trauer.

Kaffee schlürfend schlendert er zu seinem Arbeitszimmer. Der Hund trottet vom Garten herein, sieht ihn da sitzen, das Kinn in die Hand gestützt, und lässt sich mit einem resignierten Seufzer zu seinen Füßen plumpsen. Julians mit Post-its übersäter Schreibtisch wirkt so einladend wie ein abgestandener Tümpel. Der Computer ist startbereit; in einem grün glasierten Becher bieten Stifte ihre Dienste an. Auch hier gibt es eine Stelle, an die sein Blick immer wieder wandert, dorthin, wo früher ein Foto im Ebenholzrahmen stand. Mit allem anderen wurde auch das Bild von ihr entfernt. Unmöglich, um Rückgabe zu bitten.

Den Becher für die Stifte hat seine Mutter getöpfert, die Glasur teilweise in Sägemehl oxidiert, weshalb sie dort, wo dunklere Ströme sie durchziehen, fast metallisch wirkt. Er hat alles, was er braucht: schwarze, blaue und rote Tintenroller, Schreibpapier, Druckerpapier und Druckerpatronen, Kaugummipäckchen, Tabak, Rizla und alle Zeit der Welt.

Er greift nach der unteren Schreibtischschublade. Hält inne. Er kann dem Drang kaum widerstehen, will jeden Tag nachsehen, ob er noch da ist. Ein verschrammter Schuh: der linke. Weiches Leder. Miras. Mit Silberschnalle und einem Riemchen, das sie fast schon allein auf- und zumachen konnte.

Der Hund rekelt sich, die Schultern zucken; er mustert sein Herrchen mit kummervollem Blick. Julians Mutter wird anrufen, kein Wort über Julia verlieren und Mira nicht erwähnen: Alle sind der Ansicht, dass es so am besten ist. Sie wird ihn fragen, ob er was gegessen hat, ob er es geschafft hat, mit Zephon Gassi zu gehen. »Es tut dir gut. Gehen tut immer gut«, wird sie sagen, und die erzwungene Heiterkeit in ihrer Stimme wird seinen Tag noch elender machen.

Er zieht die Schublade auf. *Du kommst drüber weg*. Außer dem Schuh ist nichts in der Lade. Das Leder mit ausgeschnittenen Rauten, weiße Kreppsohlen. Wo *Start-Rite-Schuhe* steht, hat ihre Hacke einen schmutzigen Abdruck hinterlassen. Schon früh war sie eine robuste kleine Läuferin: Er erinnert sich an den Zug ihrer Hand, an das energische Hopsen ihrer Schritte. Der Schuh ist an den Zehen ein wenig aufgeraut, am äußeren Hackenrand leicht abgetreten. Sie konnte zu früh laufen – mit elf Monaten und dreizehn Tagen. Er kann sich an das leichte Verlustgefühl erinnern, das ihn ziemlich beschämte, als sie triumphal ihre ersten Schritte durchs Zimmer machte. Mira, deren stolz vorgerecktes Kinn verkündete, sie werde nicht mehr lange ein Baby bleiben. Immer wollte sie woanders sein. Immer zeigte sie mit dem Finger: »Da! Da …!«

Er schließt die Schublade, versucht, sich auf die Arbeit zu konzentrieren.

Über dem Schreibtisch ist ein Fenster; vor den Bleiglasscheiben wuchert Jasmin, zur Doppelhelix verdrehte Efeuranken. Die Sonne wirft Muster über das Treibgut gelber Post-its. Die Ecken eingerollt, die hingekritzelten Worte verblasst, manche von Kaffeeflecken umringt. Gelegentlich liest er sein Geschreibsel – eine kurze Schilderung, eine Redewendung, eine merkwürdige Metapher – und versucht, sich daran zu erinnern, was es bedeutet.

»Und so geschah es, dass dieser dunkle Bote wie ein Omen auf ihn zugeflattert kam«, steht da mit Kuli geschrieben. Was für ein Omen? Doch es ist seine Schrift.

»Umhülle uns mit einer Wolke, auf dass wir uns ungesehen lieben können (Homer?)«, wie ein Code auf einem anderen Zettel notiert. Zeit vergeht.

Aus einem Topf in der Küche schaufelt er sich Glitschiges in den Mund. Was den Spaziergang angeht, lebt der Hund in einem steten Zustand enttäuschter Hoffnung und flitzt jedes Mal zur Tür, wenn Julian von seinem Stuhl aufsteht, um ein wenig auf und ab zu laufen oder den Rücken zu strecken, springt wie ein Cheerleader hin und her, stupst ihn mit der Schnauze an.

»Okay, okay, gehen wir nach draußen«, sagt er und öffnet die Tür. Sie kommen bis zur Scheune, der Hund tanzt ihm um die Beine, aber Stimmen in der Gasse drängen Julian ins Haus zurück.

Er setzt sich wieder an den Tisch, erweckt den Computer zum Leben, ruft seine Mails ab, beantwortet aber keine einzige. Es hilft auch nicht, dass die Tabletten ihn ganz schwummerig machen. Der Hund bleibt draußen, bellt die Schwalben an, um ihn zu ärgern. Julian stiert auf seine rätselhaften Notizen, die ebenso gut auf Papyrus geschrieben sein könnten: »Sie verschwanden im Nebel wie in den Seiten eines Buchs, Arm in Arm.«

Er fragt sich, was all das zu bedeuten hat, kann aber jetzt nichts weiter machen, als den Kopf auf die Arme zu legen und an Mira zu denken.

*

Fehlende Bilder spuken, wo sie einst hingen. Mira ein sonniges Baby in Julias Armen, untilgbar, wenn auch aus dem Ebenholzrahmen verschwunden. Die Tür zu ihrer Wohnung in Cromwell Gardens steht einen Spaltbreit offen, ein sanfter Aprilmorgen, gerade erst beginnt der Blütenstaub von den Platanen herüberzuwehen, aber Julia sorgt sich, er könnte die Augen der Kleinen reizen. Mira zeigt ihr breites Koboldlächeln, auf dem Kopf eine fleckige Mütze aus roter Wolle, in der Mitte ein grüner Stängel, ganz wie eine Erdbeere. Für ihre Party trägt sie das luftige weiße Kleid, ihr Name von Julia mit rotem Filz quer darübergenäht.

Mira Eliana. *Mira* für das Wunder ihrer Geburt (vom Lateinischen *mirus*, »Überraschung«). Mit dem zweiten Namen überraschte ihn Julia an dem Tag, an dem sie Miras Geburt im Rathaus von Hornsey eintragen ließen. *Eliana*. Laut dem Buch der Namen hat er hebräische Wurzeln und bedeutet »gottgegeben«, eine weitere, griechische Bedeutung bezieht sich auf die Sonne.

Ihr Name hatte einen guten Klang. Mira Eliana. Und er ergab einen Sinn, denn Julian war bei dem Wunder dabei gewesen, beim mitternächtlichen Sonnenglanz ihrer Geburt.

Er musste Julia versprechen, sich im Hintergrund zu halten, wenn es, wie die Hebamme sich ausdrückte, zur Sache ging. Der südafrikanische Arzt aber rief: »Das Köpfchen kommt!« Und Julia hatte ihr Gesicht abgewandt. »Schnell!«

Eine membranartige dunkle Halbkugel zwängte sich durch Julias bläulich verfärbte Schamlippen. Die Schenkel waren blutüberströmt, und sie presste, der Kopf zeigte sich und weitete sie zu einem purpurnen Schrei. Julia hatte sich auf ihre Ellenbogen gestützt, das Haar klebte ihr an der Stirn (seine Aufgabe war es, die Tentakeln zu bändigen), während das Köpfchen sich ihm entgegendrückte wie ein riesiges Auge aus seiner Höhle, und mit einem Schwall Blut wurde Mira geboren.

»Oh mein Gott, Julia«, rief er dreimal, überkommen von plötzlicher Reue.

»Mein Baby? Geht's ihm gut?«, war Julias ganze Sorge.

Julian sieht alles vor sich: den Geburtsraum, der bei ihrer Ankunft so ungemütlich gewirkt hatte; das schlichte Bett und die Reihe Monitore; die hoffnungsfroh primelgelben Wände, in der Ecke eingefallene Sitzsäcke. Als Mira ihm in die Arme gelegt wird, schneiden ihm ihre zittrigen Schreie ins Herz, und ein goldenes Licht – unmöglich, da es mitten in der Nacht ist – verbreitet sich im ganzen Zimmer.

Er sitzt am Bett, und jemand hüllt das Baby in eine weiße Waffeldecke, setzt ihm eine winzige Baumwollmütze auf. Julian wiegt Mira in der bebenden Grube zwischen Brust und Armbeuge. Mit einem Zittern der Unterlippe hört sie auf zu weinen und wirkt jetzt ganz konzentriert, ihre Finger spielen eine unsichtbare Harfe. Sie öffnen und schließen sich, betasten die erstaunlich leichte Luft, und unter der neuen Mütze formt sich ein tiefes V, während sie über dieses seltsame Phänomen nachsinnt. Er hebt sie an sein Gesicht, um sie zu beruhigen, drückt die Lippen auf ihre weiche Haut, atmet den neuen Duft von warmem Brot und heißem Blut ein.

Der südafrikanische Arzt, der vor wenigen Stunden noch ein wenig unwirsch wirkte, verströmt nun den sonnengeküssten Glanz eines Filmstars, Kittel und Zähne perlenweiß. »Was für eine Schönheit«, sagt er. Mira bewegt den Mund, verzieht ihn probehalber, spitzt die Lippen, ihre Wangen so überraschend rund und weich wie frische Pilze. Julia hat das blasse Gesicht und die leuchtenden Augen einer Heiligen, wendet den Kopf auf dem Kissen, gurrt dem Baby in ihren Armen etwas vor, während der Arzt die letzten Stiche setzt und die Naht schließt. Die Anästhesistin, die Julian bislang nur am Rande wahrgenommen hat (etwa als sie die Nadelspitze in Julias Rückgrat drückte und ihm ganz weich in den Knien wurde), hat einen angenehmen irischen Akzent und einen roten Lockenkranz. Sie gluckst dem Baby zu. Mira gähnt und schaut ihm tief in die Augen, ihr Blick so unverwandt, dass er glaubt, sie lese seine Gedanken.

»Sie dürfen das Baby jetzt der Mutter geben.« Der Arzt streifte die Handschuhe ab. »Das haben Sie prima gemacht«, sagte er und klopfte Julia auf die Schenkel, als wäre sie sein Lieblingsfohlen. Selbst darüber konnte Julian sich nicht aufregen, da Mira ihm immer noch in die Augen sah.

Fast widerwillig brach er den Blickkontakt ab, um Mira in Julias wartende Arme zu legen, und blieb reglos am Bett sitzen, voller Bewunderung für die beiden. Schaute zu, wie sie sich verliebten, wie Julia murmelte, weinte und ihr Nachthemd aufknöpfte.

*

Irgendwo in der Nähe wird ein Traktor angeworfen, dessen Dröhnen mal lauter und mal leiser wird, während er die Ballenpresse über Horseman's Field zieht. Die E-Mails bleiben störrisch unbeantwortet. Michael bittet behutsam um eine Antwort auf ein, zwei offene Fragen: Er braucht seine Zustimmung für das Design des Schubers mit der gesamten *Historische Hunde*-Reihe; sein Filmagent möchte, dass er sich vertraglich zu *Fletch Le Bone III* verpflichtet.

Wenigstens Michael sollte er antworten. Er hat schließlich jedes Recht, sich nicht nur für den Agenten, sondern auch für den Retter seines Stiefsohnes zu halten; nur ist jemand, der jetzt hier aufkreuzt, um ihn zu retten, das Letzte, was Julian will.

Das war anders gewesen, als er einundzwanzig war. Michaels Jobangebot erwies sich damals als der reinste Segen. Julia war schwanger, und als Michael auftauchte, standen sie kurz davor, aus ihrer Studentenbude geworfen zu werden. Julian nahm jede Schicht im *Crown* an, die er bekommen konnte, und Julia litt so sehr unter ihren Schulden, dass sie immerzu irgendwelche Summen auf Papierschnipsel schrieb. Sie war meist den Tränen nahe, und Chris, ihr Versager von Ehemann, tauchte ständig in Julians Bude auf (in der Übernachtungsgäste verboten waren), warf Müllsäcke mit Julias Kleidern in den Flur und stopfte voller Hass Rechnungen in den Briefkasten, die Julia seiner Meinung nach zu bezahlen hatte.

London eignete sich so gut wie jede andere Stadt, um ihr gemeinsames Leben zu beginnen. Am Ende der Northern Line fanden sie eine billige Wohnung mit Bad. Julia, erschöpft von der Morgen-, Mittag- und Abendübelkeit ihrer ersten, kurzen Schwangerschaft, fand eine Stelle bei einem Gartencenter, das nur wenige Busstationen von ihrer Straße entfernt lag. Julian freute sich, da sie jetzt wenigstens an der frischen Luft sein konnte. Im Gegensatz zu ihm. Erst die U-Bahn, dann weiter in die unterirdische Welt der vielen Stapel gefühlsduseliger Kinderbücher im Souterrain von Abraham und Leitch. Mit Abraham war Michael gemeint, der Mann seiner Mutter, den er mit Vater anreden sollte.

Damals sein Arbeitgeber, heute sein Agent, randvoll mit Fragen, die auf Antwort warteten. Julian scrollte vorbei an Michaels Mails. Da war auch eine von der Neuen in der Presseabteilung, eine Schule wünschte sich, dass er ihre Bücherei eröffnete: Konnte nicht irgendwer im Verlag dafür Sorge tragen, dass er mit so was nicht behelligt wurde? Von den Regalen grinsten ihn die knallbunten Ausgaben der eigenen Bücher in ihren Cartoon-Einbänden an.

Seine Karriere, die sich seinem Geschick verdankte, Historie aus dem Blickwinkel von Haustieren zu erzählen, hatte schon vor Miras Geburt an Reiz verloren. Als Julia wieder arbeiten gehen musste, war er mehr als froh, sich eine Pause vom endlosen Geschwätz der haarigen Schlingel gönnen zu können, von den Kabalen in den Zwingern von Hampton

Court, den Bullterriern in Cromwells Parlamentsarmee, den speichelleckerischen kleinen Kötern auf dem Schoß ihrer Queen. Kläff, kläff, kläff.

Aber er sollte dankbar sein. Ohne sie hätte er nie das nötige Geld und die Darlehen für den Rückkauf von Firdaws zusammenkratzen können. Doch selbst Firdaws, von dem er gern dachte, dass er es so liebte wie nur irgendeinen Menschen, hatte nicht genügt, die aufbrandende Scham zu beschwichtigen, die ihn überkam, als ein allseits bewunderter Schriftsteller ihm zum Erfolg seines jüngsten Werkes gratulierte. Die Arbeit an *Ponsonby*, einer zur Zeit der Stuart-Restauration spielenden Komödie, erzählt aus der Perspektive eines Spaniels von Karl II., hatte er ohne sonderliche Begeisterung kurz vor Miras Geburt beendet.

Er versucht sich an ein paar E-Mails, hat aber immer noch Mühe, die nötige Ruhe aufzubringen. Da sind mehrere von seinem alten Kumpel William, im Ton sehr vorsichtig: »Tut mir leid, Dich zu stören ... Ich bin mir sicher, es ist wohl kaum der richtige Augenblick, Dich zu fragen, ob ... Bitte zögere nicht, mich anzurufen, wenn Du mit wem reden möchtest, egal zu welcher Tages- oder Nachtzeit ...« Julian lässt sich in den Sessel sinken und schließt die Augen.

Mira, das Wunder. Gleich nachdem Julia ihr erstes Kind verloren hatte, probierten sie es aufs Neue, aber Mira ließ fünf Jahre auf sich warten. Als sie sich zum ersten Mal meldete, waren sie im Bad ihrer Wohnung in Cromwell Gardens und taten, als sei nicht weiter von Belang, was der Test ergeben würde. Julian stand unter der Dusche, als Julia auf den Streifen pinkelte (wie fast jeden Monat, da ihre unregelmäßige Periode sie oft zum Narren hielt). Ein Schrei, der das Plätschern des Wassers übertönte, und Julia zeigte auf den weißen Streifen auf dem Spülkasten, auf den blauen Strich, der sich von der leichten Andeutung eines fahlen Vergissmeinnichtblaus zu marineblauer Gewissheit verfärbte. Sie starrten ihn beide an und wagten kaum zu atmen; Julia musste sich wieder auf die Toilette setzen. Rasch zählte er an den Fingern ab. »Paris!«, sagte er, und sie biss sich auf die Unterlippe, sah zu ihm auf und nickte.

Als er sich hinkniete, um sie zu umarmen, mahnte sie zur Vorsicht, schob ihn von sich und bat ihn, einen zweiten Teststreifen zu holen, »nur zur Sicherheit«. Als er außer Atem zurückgerannt kam, die Tüte der Apotheke in der einen Hand, in der anderen eine Flasche Champagner, war sie in der Küche, immer noch ins Handtuch gehüllt, saß auf dem Hocker neben dem Telefon und weinte.

*

Der Tag vergeht wie die meisten Tage zuvor. Dämmerung legt sich über Firdaws, sodass er schließlich das Licht anknipsen muss. Er schafft es, ein paar Chips zu essen, macht sich einen Eintopf warm und findet, als er mit einem bruchfesten Duralex-Glas und einer halb vollen Rotweinflasche zurück an den Schreibtisch geht, dass der Geruch des Jasmins noch stärker geworden ist.

In ihrem Schlafzimmer oben hat Julia immer die Fenster aufgerissen, um den Duft hereinzulassen. Er stellt sich vor, sie sei jetzt dort, das schimmernde Haar verstrubbelt und zerzaust, Mira neben sich, umhüllt von goldenem Licht; und sie streckt die Arme aus, ruft ihn: »Dadoo …«, nur um sicherzugehen, dass er sie in ihrem Lieblingsschlafanzug auch wirklich bewundert. Er schenkt sich Wein ein.

Bald wird er etwas frische Luft schnappen, den Hund rufen und mit ihm zusammen im Mondlicht durch den Garten laufen. Er nimmt einen Schluck, vom Jasminduft bekommt er jetzt schon Kopfschmerzen, und er kann bereits die Schlaftablette schmecken, die er nachher nehmen wird. Oben wartet das leere Bett.

In seinen Albträumen sieht er Mira fallen. Schweißgebadet wacht er auf, greift mit den Händen nach Luft wie ein Neugeborenes. Dann nichts. Keine Julia. Keine Mira.

Er dreht sich eine letzte Zigarette, ruft den Hund. Wieder hüpft Mira in seine Gedanken; Alleen mit sprießenden Bäumen und Versprechen, der Nachmittag so sonnig, dass er es ihr nicht abschlagen kann, als sie nach dem Kindergarten darum bettelt, zum Spielplatz zu gehen. Tauben lungern bei den Spielgeräten wie Jungen an der Bushaltestelle, hoffen auf ein paar Krumen von ihrem Pausenbrot; und Mira rast die Rutsche für die größeren Kinder runter, die Augen fest zusammengekniffen, bis er sie auffängt. Vor Schock blinzelnd, schaut sie ihn an und ist gleich beruhigt, als sie sieht, dass er sie anlächelt. Alles ist gut: »Mutiges Mädchen«, sagt er, als sie sich seinem Griff entwindet. »Noch mal, noch mal.« Sie läuft über den Beton zu den Stufen, doch er schnappt sie sich, um einen losen Träger ihrer Latzhose festzumachen. Sie beobachtet aufmerksam seine Finger, lernt dazu. Ihre lustigen Hopserschritte, und seine Mischung aus Stolz und Panik, wenn sie etwas Neues versucht. Er hebt sie gleich bis ganz nach oben, damit sie nicht mühsam die Metallsprossen hochklettern muss, schwingt sie himmelwärts und bläst ihr einen Prustekuss in den Nacken, um sie zum Lachen zu bringen.

All das wieder und wieder, bis er auf die Uhr sieht und ihm einfällt, dass Freitag ist und Julia gleich nach Firdaws zurückkommt.

Von oben sieht Mira dahin, wo er sich bereit macht, sie aufzufangen: »Okay, Dadoo?« – so nannte sie ihn, und weder er noch Julia brachten es über sich, sie zu korrigieren. »Bist du so weit?« Ganz feierlich. Er sieht sie aus neuer Perspektive, von den Kreppsohlen ihrer Schuhe aufwärts, kein Baby mehr. Und dann rutscht sie, ein Seestern, der sich ihm entgegenwirft, und er macht sich daran, sie aufzufangen.

Er setzt Mira auf das untere Ende der Rutsche, hilft ihr, einen Stein aus dem Schuh zu holen, und zieht eine leicht verschwitzte Socke hoch. Dann streift er ihr den Schuh wieder über und macht dabei eine respektvolle Verbeugung: »Heißen Sie etwa Aschenputtel?« Sie kichert und sagt: »Jetzt stell dich nicht dumm!«, während er ihr hilft, das Lederriemchen durch die Schnalle zu ziehen. Ihr Atem geht schwer, sie konzentriert sich auf die Aufgabe. Er hält ihr den Schuh.

Julian greift zur Schublade, öffnet sie gerade so weit, dass er sich vergewissern kann. Er ist noch da, und er kann der Versuchung nicht widerstehen, nimmt ihn raus, hält ihn wie an jedem Tag. Die Zehenknöchel haben ihn geformt, das weiche Leder gab nach, die Hacke hat ihn ausgebeult, also ist es fast, als hielte er ihren kleinen Fuß in der Hand und nicht bloß ihren Schuh.

Vertraute Schatten umgeben ihn, beobachten ihn, die freundlichen Geister von vier Generationen der Familie Vales. Es ist heimelig hier, die Deckenbalken so niedrig, dass er sich fast den Kopf stößt, zwei alte Sessel, auf dem Boden Orientteppiche, deren Ecken von mehreren Hundegenerationen angenagt wurden. »Hey, wie wär's, wenn wir daraus Miras Spielzimmer machen?«, schlug Julia vor, als er ihr Maklerbilder von Firdaws zeigte.

»Och, das war eigentlich immer meine Höhle.« Er konnte seine Enttäuschung nicht verbergen, sosehr er sich auch bemühte. »Ist der beste Platz für mich zum Arbeiten.«

Sein Zimmer ist gemütlich: Das vertraute, nach Westen blickende Fenster wird teilweise von Efeu bedeckt, was an eine Höhle oder an ein Baumhaus denken lässt.

Er legt Miras Schuh zurück und schließt die Schublade. Früher hat der Tisch seinem Vater gehört. An dem Tag, an dem Julia und er einzogen, ließ seine Mutter das Lager leer räumen und alles mit dem Lieferwagen herschicken. Julia war ungewöhnlich schlecht gelaunt, als die alten Möbel zur Tür hereingetragen wurden: der große Küchentisch, die walisische Anrichte mit ihren leuchtend bunt angemalten Ton-Tieren, die Kommoden, Lehnstühle, Teppiche, sein Schreibtisch. Wie er aber jetzt hier sitzt, packt ihn der Gedanke, dass sich vielleicht nichts verändert hat. Dass er wieder ein Junge ist, der zum selben Himmelsflecken durch dasselbe Bleiglas aufsieht und darauf wartet, dass seine Mutter ihn zu einem Teller Suppe in die Küche ruft. Er trinkt den letzten Schluck Wein, schließt das Word-Programm und versetzt seinen Computer in den Ruhemodus. Er wird es ihm bald gleichtun.

Zwei

Firdaws ist das letzte Cottage an dem Pfad, der sich vom Dorf zum Fluss schlängelt; und seit Beginn der Schulferien vergeht kein Tag ohne Spaziergänger, ständig pfeift irgendwer nach seinem Hund oder ruft irgendwas auf dem Weg durch die Flussauen. Die meisten Häuser haben Vorgärten und Zugangswege, Firdaws aber erreicht man ausschließlich über eine kleine Wiese mit struppigem Gras, wo es um diese Jahreszeit von gelben Wildblumen nur so wimmelt, von Kornblumen und Margeriten. Der Kamin ragt schief und krumm himmelwärts, und an den Abenden schiebt sich sanfter Nebel vom Fluss heran und hüllt Firdaws ein, lässt es aussehen wie ein Haus in einem Traum. Aus gealtertem Stein und Biberschwanzziegeln wurde es in eine natürliche Nische gebaut, sodass es für jeden, der am Fluss liegt und zurück zum Dorf schaut, das erste Haus ist, das man sieht, eng an den Busen der Natur geschmiegt mit nichts als dunkelgrünen Koniferen an den Schultern und dem hoch aufragenden Turm von St. Gabriel.

Hinter der Wiese findet der Weg vom Dorf nach einigen Kehren vor Jerry Horsemans Feldern sein Ende; das rostige Gatter mit dem kompliziert geflochtenen Verschlussreif aus Heuband hat für die Ortsansässigen allerdings keinerlei Bedeutung, da sie schon vor Langem entschieden haben, dass der Zugang zum Fluss Gemeindeland sei. Nur gelegentlich macht Jerry Horseman die Sache ein wenig spannend, wenn er auf einem der Felder einen Bullen weiden lässt; im Großen und Ganzen aber ist er ein guter Kerl, der in diesem Teil seines Reiches nur sein stets mit zu vielen Butterblumen durchsetztes Heu erntet.

Hinter dem Haus schaut man von einer kleinen Holzveranda auf den abfallenden Garten über die Felder mit den gelben oder rostroten Ampferwedeln hin zum Fluss, der durch die Bäume schimmert. Wenn es regnet, tut es gut, auf der Veranda zu sitzen, die feuchte Erde zu riechen, zu rauchen und dem Wasser zuzuhören, das vom Dach und den Blättern tropft. An sehr stillen Abenden kann man vom Fluss her die Eulen hören und rund ums Haus das Quieken der Zwergfledermäuse, die durch die Kletterpflanzen huschen.

Es gibt ein kleines Hochbeet für Kräuter, auch Beete für Kletterrosen und ein paar duftende Büsche. Ansonsten sind da nur Obstbäume und wild wucherndes Gras, das heißt, sofern man die drei rechtwinkligen, von den Nicholsons angelegten Beete mit den zahlreichen bonbonpinken Rosen ignoriert, die den ganzen Sommer über geblüht und ihren schweren Duft verbreitet haben.

Zwischen den beiden hintersten Apfelbäumen grinst ihn die Hängematte mit ihrem tief gehängten Lächeln an, als machte sie sich über die Stunden lustig, in denen er sich sicher fühlte, die um eine Geschichte bettelnde Mira an sich geschmiegt. Unter der Hängematte ist eine kahle Stelle, in deren Mitte nur noch Erde, der Rasen durch seinen Fuß abgetragen, mit dem er sie beide unter einem Baldachin aus Blättern und Blüten geschaukelt hat.

Nach ihrer Aktion war es feucht vom Regen gewesen, als hätte man den Garten selbst von ihrer Anwesenheit rein gewaschen. Sie waren mit erstaunlicher Gründlichkeit vorgegangen. Wie er durch die Zimmer stürmte, wurde er immer wütender, riss Schubladen auf und schaute hinter Schränken nach. In jener Nacht konnte er nicht schlafen und lief barfuß durchs nasse Gras. Am Himmel, rein vom Regen, leuchteten die Sterne, silbern blitzten die Fenster des Speichers, und ihn überlief ein Schaudern, als etwas im Apfelbaum raschelte. Mit seinen nackten, unnatürlich weiß schimmernden Armen fasste er in die Hängematte. In ihren Falten lag Miras Schuh, das Riemchen noch festgeschnallt, also musste er ihr vom Fuß geglitten sein, an der Schuhspitze klebten einige feuchte Blüten.

Die Bäume blühen nicht mehr, stattdessen hängen kleine harte Früchte an den Zweigen; Schimmelstreifen überziehen die Hängematte, die vermutlich auch besser verschwinden sollte.

Auf der Obstwiese wird die Luft süß nach reifen Pflaumen duften, aber er geht nicht hin, um sie zu pflücken. Hinter den Bäumen mit ihren Pflaumen und Zwetschgen steht ein Baum, den Julia gepflanzt hat. Er ermahnt sich, sich nicht lächerlich zu machen – natürlich ist er noch da –, doch da er fürchtet, dass man ihn auch beseitigt hat, bringt er es nicht über sich nachzusehen. Es ist ein Pfirsichbaum aus Cromwell Gardens, behutsam umgesetzt, ein ganz besonderer Baum, da er Mira zu ihrem Namenstag geschenkt worden war.

Julia hatte den Namen ihrer Tochter in silberner Kursivschrift auf die Einladungen geschrieben: *Mira Eliana*; und sie warteten mit der Party bis April, damit die Leute sich auch auf dem Rasen tummeln konnten. Sie mussten überlegen, wie sie dieses Ereignis nennen sollten, denn *Taufe* hätte bei Gwen, Julias katholischer Mutter, sicher wilde Vorhaltungen ausgelöst. Also einigten sie sich auf Namenstag. Miras schneeweißes Kleidchen war so schön wie nur irgendein Taufgewand.

Von älteren Kindern wurde Mira wie eine Puppe durchs Wohnzimmer getragen, was Julia viel gelassener hinnahm als er selbst. Sicher, sie war ein robustes Baby, konnte schon den Kopf halten, aber trotzdem … Der bläuliche Puls, der wie ein Guppy unter der dünnen Haut der Fontanelle puckerte, hatte ihm noch wenige Wochen zuvor größte Sorgen bereitet, wann immer er aufgefordert wurde, sie jemand anders als Julia zu geben. Als Julias Vater Geoffrey ins Krankenhaus tapste, um sie mit seinem Brandyatem willkommen zu heißen, hätte er ihm am liebsten gesagt: »Nein, nicht, sie ist noch zu neu.«

Zu ihrem Glück verließ Geoffrey nur selten den chaotischen Wohnwagen hinter dem Freizeitzentrum in Vernow, wo man ihm gelegentlich, aber eher selten Arbeit gab und ihn den Rasen mähen ließ. An Miras Namenstag entfernte er sich kaum einen Schritt von dem Tisch, an dem Champagner für die Trinksprüche ausgeschenkt wurde. Gwen, Julias Mutter, musterte mit übertriebenem Blick die Brust ihrer Tochter: »Bist du dir auch sicher, dass du genug Milch für das Kind hast?«

Mira weinte kaum an diesem Tag. Man musste schon dämlich oder doch sehr gehässig sein, wollte man auch nur andeuten, dass die Kleine hungrig war. Die Anwesenheit ihrer Eltern strengte Julia derart an, dass sie ein nervöses Zucken im äußersten Augenwinkel bekam.

Alle wollten ein Foto mit dem Baby, weshalb er irgendwann einschreiten musste, um Mira vor dem Blitzlicht zu schützen. Schaltet es aus, sagte er. Seine Mutter war in einem schwarzen Kleid eingetroffen, dazu Glitzerstrümpfe, im Arm einen Strauß leuchtender Tulpen; und Michael, der ihr die Hand besitzergreifend ins Kreuz gelegt hatte, sah in seinem besten Tweedanzug mit Lederflicken an den Ellbogen so wunderbar honorig aus.

Nicht-Patentante Freda brachte ihre Gitarre, aber auch den Pfirsichbaum mit und sang mit dünner, rauchiger Stimme ein Lied, das sie eigens für Mira geschrieben hatte. Es war aus der Perspektive des Baums verfasst und hätte Julian fast zum Lachen, Julia aber beinahe zum Weinen gebracht. »Mira, meine Liebe, eine goldene Birne allein für dich …«

Von einem Plakat an der Wand neben seinem Schreibtisch lugt ein Skye Terrier mit mächtig befransten Augen und herzerweichendem Blick unter dem scharlachroten Rock seiner Königin hervor. *Beifuß, der beste Freund Ihrer Majestät.* Julian sieht ihn kopfschüttelnd an. Sein Geschick, Haustieren alberne Akzente und ätzende Ansichten zu geben, hatte nie zu dem hier werden sollen, zu *Beifuß* und einer wahren Meute historisch wohl platzierter Kläffer, alle stets zu Diensten, Buch um verbelltes Buch. *Hallo, wie schön, Sie zu sehen* – und Drehbüchern, weit mehr, als je verfilmt wurden. *Fetch Le Bone, Laikas Mond*, ein Remake von *Greyfriars Bobby – Die wahre Geschichte eines Hundes – ja, ich bin der Mann, der Hunden eine Stimme gibt.*

Kinder weinen, wenn sie Beifuß' Geschichte hören, und dafür wird Julian gelobt.

Er hatte Antonia Frasers Buch über Maria Stuart gelesen und schrieb abends nach der Arbeit, lachte über seine eigenen Witze und tippte mit fingerlosen Handschuhen. Damals wohnten sie noch in Burnt Oak, und obwohl alle vier Gasringe fauchten, bildete sich von innen Eis an den Fensterscheiben. Julia las an ihrem Tischende Gartenhandbücher, schaukelte mit dem Stuhl, eine Decke über den Schultern, das Haar mit einem ihrer zerschlissenen Schals nach hinten gebunden. Und er tippte vor sich hin.

Ehrlich gesagt, damals war *Beifuß* kaum mehr als eine spaßige Reaktion auf den Stumpfsinn gewesen, durch den er Tag für Tag bei Abraham und Leitch watete. Nie hätte er auch nur im Traum daran gedacht, dass *Beifuß* gemeinsam mit der rasch hinzufantasierten *Mrs. Fiffibella* (geschrieben in der tückischen Mundart des Schoßhundes von Elisabeth der Ersten) sie derart glorios aus Burnt Oak herausholen würde.

Und dass sie ihnen die Tür zu Cromwell Gardens öffneten, einen kurzen, baumbestandenen Weg entfernt vom Waterlow Park. Julia liebte die Wohnung. Wer hätte das nicht? In Cromwell Gardens gab es einen echten Kamin mitten im Wohnzimmer, Bilderschienen, die den Umbau überdauert hatten, Stuckfrüchte am Gesims, die Julia in satten Farben anmalte. Jeden Morgen wachten sie in einem Zimmer auf, das sie in dunklem Himbeerrot gestrichen hatte, warm schimmerten die schweren Samtvorhänge in der Morgensonne. Auch die liebte er.

Als Gwen sich an Miras Namenstag neben ihn stellte – »Ich hoffe, du kriegst vom kitschigen Geschmack meiner Tochter keine Kopfschmerzen« –, ging er beiseite, weil er ihr nicht antworten konnte. Fredas Lied über den Pfirsichbaum erntete höflichen Applaus, danach war William an der Reihe.

Eigentlich sollte Karl an diesem Tag die Patenrede halten, nicht William, aber Julia hatte sich quergestellt: »Auf keinen Fall Karl!«, brach es so vehement aus ihr heraus, dass Julian wie angewurzelt stehen blieb. Mira, die an ihrer Brust lag, begann zu weinen. »Ich meine, warum er? Ach, sieh doch, jetzt hat sie aufgehört«, sagte Julia und streichelte Miras Kopf.

Also begann William, den er nie für seinen besten Freund gehalten hatte, über ›Born Yesterday‹ zu reden, Larkins Gedicht für Sally Amis. Diese Unverschämtheit! Julian wünschte sich für seine Tochter nichts anderes, als dass sie außergewöhnlich werden würde: Königreiche würden für sie fallen, Heilmittel für unheilbare Krankheiten gefunden und Weltrekorde gebrochen. Mira wimmerte, und Julian nahm sie, schmiegte ihren Kopf in die Kuhle zwischen Schulter und Wange und flüsterte: »Ach, Liebes, hör gar nicht hin.« Gäste füllten ihre Gläser und stießen auf Miras Gesundheit an, alle, nur Julia nicht, die auf einer Stuhllehne hockte und zum Weg sah; Licht vom Fenster fiel auf Strähnen, die sich aus ihrem Haar gelöst hatten.

Er kann sich an alles erinnern: An Julias dünne Seidenbluse, in die Milch aus ihrem Busen tropft, an den großen Obstkuchen, an die Blicke seiner Mutter, die kaum von seinem Gesicht weichen – versuchen, ihn zu verstehen –, während er Teller verteilt, die Gäste mancherlei verschütten und Krümel fallen lassen; Julias Dad, der gegen eine Lampe taumelt, sie zerbricht; Julias Nichten, die auf dem Boden toben; Julia, Mira an der Brust, und er, sie sehnen sich danach, dass alle gehen, damit sie drei wieder allein sein können im milchigen Muff ihres Schlafzimmers.

Drei

Cromwell Gardens kommt ihm heute so unwirklich wie ein Traum vor, und es kostet ihn Kraft, sich daraus zu befreien. Er zwingt sich zurück an den Schreibtisch, während ihm eine Wespe auf die Nerven geht, die sich im Innern des Doppelglasfensters immer wieder gegen die Scheibe wirft, panisch hin und her saust, trunken zu Boden fällt und dann wütender als zuvor weitermacht.

Als Junge hätte Julian den lärmenden Lümmel mit einem Glas eingefangen, es mit Frischhaltefolie abgedeckt und den Rabauken mitsamt einigen seiner Freunde in die einschläfernde Kälte des Kühlschranks gestellt. Ehe die gekühlten Wespen wieder zu Verstand kamen, band er, obwohl das knifflig war, Fäden um ihre reglosen Leiber und wartete, bis sie sich aufgewärmt hatten und wieder in die Luft schwangen, um in ihrem Gefolge selbst aufzusteigen, vorübergehend verkleinert und wie berauscht von dem Glück, sie nach seinem Willen tanzen zu lassen, ein teufelsflügliger Fuhrmann, der an ihren Seidenzügeln zerrt. Ihr Zaumzeug waren Spinnenfäden zu Queen Mabs Kutsche. Oder die von Däumelinchen?

An Wespen für Tiefkühlversuche herrschte in jenem Sommer kein Mangel; es hieß, sie seien die reinste Plage, und es war, als würden sie die Kinder manchmal aus reiner Bosheit stechen. Niemand wagte sich in die Nähe der Feigenbäume, die vor Jerry Horsemans Heuschober standen, und gelegentlich wurde die Fleischeslust der Wespen so groß, dass man aufgab, um sich zu schlagen oder zu schreien, und sich stattdessen gegenseitig den Rat gab, sie einfach zu ignorieren; dann trug man den Sonntagsbraten wieder ins Haus.

Auf dem Höhepunkt der Plage wurde seine Mutter in den Fuß gestochen, obwohl sie nichts Aggressiveres getan hatte, als im Speicher mit Töpfen zu hantieren. Sie gönnte sich eine Pause vom Anrühren eines Düngemittels, stürzte ins Haus, zog sich etwas mit weniger Spritzflecken an und fuhr zum Hofladen, wo sie die letzten drei Wespenfallen kaufte, die sich noch auf den Regalen fanden. Außerdem machte sie eigene aus Marmeladengläsern. Zusammen mit Julian füllte sie die Fallen mit einer Mixtur aus goldenem Sirup und Wasser und stellte sie auf die Fensterbänke, wo sie schon bald den Tod von zahllosen Invasoren versüßten. Am Küchenfenster verbrachte Julian dann manch einen vergnüglichen Abend damit, den Wespen zuzusehen, wie sie gegen das Unvermeidliche ankämpften; und die untergehende Sonne färbte ihr Narrenparadies bernsteingelb.

Es kamen aber immer noch mehr. Sie nisteten in den Büschen hinter dem Speicher, in dem seine Mutter verträumt die Ergebnisse von einer Woche Arbeit aus dem Brennofen räumte, als er zu ihr rannte, um sie zu warnen. »Hm«, sagte sie. »Okay, kümmerst du dich drum?«

Also kümmerte er sich. Er bat nicht »jemand anders«, ihm zu helfen, wie sie es vorgeschlagen hatte, in Gedanken schon beim nächsten Topf. Es gab ja auch niemanden, den er hätte bitten können.

»Ist es okay«, sagte er, »wenn ich Benzin aus dem Rasenmäher ablasse?«

»Hm? Jaja.« Jenna hörte nicht zu, wie ihm klar war. Was erwartete sie also?

Von der Pracht seines Molotowcocktails war er wie betäubt und zugleich ganz hingerissen, geradezu überwältigt von dem großen orangenen *Wumm*, das aus den Büschen aufblühte und jede Menge Rauch, Wespen und Rosenzweige in den Orbit schickte.

Um Jennas Zorn zu entgehen, steckte er sich die Luftpistole in die Shorts und fuhr mit dem Rad die fünf Kilometer zum Haus seines Freundes Danny. Einige gleichermaßen bewaffnete Jungs warteten schon auf ihn, und wie so oft landeten sie schließlich tief im Wald, wo sie blindlings aufeinander losballerten – und wehe jedem Vogel –, sich hinter Bäumen duckten und von Glück sagen konnten, dass keiner ein Auge verlor.

Als es passierte, kam die Attacke so plötzlich, als hätte jemand eine Kiste Wespen direkt über seinem Kopf ausgekippt. In einer einzigen grausamen stechenden Wolke griffen sie ihn an, fielen über ihn her in dem Graben, in dem er sich versteckt hatte. In Shorts rannte er durch den Wald, schlug um sich, gelangte atemlos zu Dannys Haus, immer noch mit Wespen an den Beinen und im Haar. Systematisch begann er, die auf den Schienbeinen zu erschlagen, wartete, bis er ihren Stich spürte, um sicherzugehen, dass er sie auch erwischt hatte, was die Überlebenden nur noch aggressiver machte. Seine Haut war feuerrot, als er in Dannys Bad platzte. In der Kehle spürte er ein seltsames Jucken; im Spiegel konnte er rote Beulen am Hals erkennen und fragte sich blöd, ob er vielleicht eine Hitzeallergie hatte. In wenigen Minuten breitete sich die Röte aus. Verblüfft starrte er auf diese Landkarte, die Arme und Brust bedeckte, und er zog die Shorts nach unten, um nachzusehen, ja, da auch. Kurzatmig und mit einem Pfeifen im Hals, beharrte er darauf, dass es ihm gut gehe, als Dannys Vater, ein Arzt, aus seinem Arbeitszimmer zu ihm rannte und ihm befahl, sich hinzulegen.

Dr. Andrews rettete ihm an jenem Tag mit einer Adrenalinspritze das Leben, bevor Jenna eintraf, die dann auf dem Weg in die zwölf Kilometer entfernte Notaufnahme jeden

Geschwindigkeitsrekord brach. Er erinnert sich an das Blöken der Hupe vor dem jeweiligen Kreisverkehr, sah sich aber außerstande, Jenna zu beruhigen. In seiner Kehle steckte ein Ballon, der sich langsam, aber unaufhaltsam aufblähte, die geschwollene Haut hatte die Farbe von reifen Pflaumen angenommen, doch fühlte er sich so schwindlig und gelöst, dass er das Ganze nur einzigartig fand. Im Krankenhaus stülpte man ihm eine Atemmaske über und schloss einen Zerstäuber an, dann behielt man ihn über Nacht da für den Fall, dass seine Atembeschwerden sich wieder verschlimmerten. Ihm wurde gesagt, dass er von jetzt an stets einen EpiPen bei sich tragen müsse.

Natürlich hatte Julian nie einen EpiPen dabei.

An einem faulen Tag nach den Klausuren wurde er erneut gestochen. Sein Angreifer traf ihn mit Exocet-Präzision genau auf dem Adamsapfel. Er hatte nichts getan, um die Wespe zu provozieren. Sonnenschein und billiger Wein, die Seiten eines Buchs, die ihm sanft ins Gesicht fächerten, während er den Duft von gemähtem Rasen und vom Ambre Solaire der Mädchen genoss. Willam war an jenem Tag auch da, hilflos verknallt in Cara, ein Mädchen aus ihrem Kurs mit einer sexy Lücke zwischen den Vorderzähnen. Irgendwo dudelte ein Radio, und ein paar Jungs spielten laut Schlagball. Cara nervte: »Hier, ein Strauß Blumen«, sagte sie, streifte mit den Fingern über ein Grasbüschel und warf die Samen in die Luft: »Und jetzt ein leichter Aprilregen.«

Das gesamte College schien sich diesen Platz ausgesucht zu haben, um das Ende der Klausuren zu feiern. Letztes Jahr war er um diese Zeit gleich zurück nach Firdaws gefahren – den Kochkünsten seiner Mutter und der warmen Haut seiner Freundin Katie war nur schwer zu widerstehen –, dieses Jahr aber entschied er, in der Stadt zu bleiben, was weder Katie noch seiner Mutter gefiel.

Er hatte erst vor Kurzem aufgehört, Katie treu zu sein. Der Sommer lag vor ihm. Zwei Mädchen, mit denen er Katie untreu gewesen war, kamen Hand in Hand auf ihn zu und sanken vor ihm ins Gras; beide hatten nicht viel an, und Julian spürte, wie sich die Sonnenwärme wohltuend in seinem Unterleib ausbreitete.

Und dann erwischte sie ihn. »Scheiße.« Er sprang auf, versuchte, nicht in Panik zu geraten, und rieb sich den brennenden Hals. Der Schmerz verklang rasch wieder, und er sagte sich, dass alles gut war.

»Blöde Wespe!«

»Mich hat mal eine am Hintern erwischt in einem ziemlich peinlichen Moment«, sagte eines der Mädchen.

»Haha, voll im Arsch«, sagte irgendwer anderes. Julian hoffte, sich das Kribbeln nur einzubilden, das sich bereits rund um den Adamsapfel ausbreitete.

»Scheiße, ich glaube, ich brauche einen EpiPen«, sagte er und gab sich Mühe, ruhig zu bleiben.

»Einen Epi-was?« Cara, die Grassamen aus ihrem Oberteil klaubte, blickte hoch. Alle stützten sich auf ihre Ellbogen und starrten ihn an.

Er redete Klartext. »Ich glaube, ich bekomme einen allergischen Schock. Ich muss sofort ins Krankenhaus.«

Er spürte, wie sich das Brennen ausbreitete, jetzt kribbelte es auch im Bauch.

»Die Notaufnahme ist hinter der Kathedrale, oder?«, fragte William zögerlich.

»Ich fürchte, so viel Zeit bleibt mir nicht.« Julian begann sich von ihnen zu entfernen; die Anstrengung, einen Fuß vor den anderen zu setzen, machte ihn bereits schwummerig. Das war nicht der Wein, nein, leider nicht. Aus irgendeinem Grund hatte er auf das ewige Drängen seiner Mutter in Sachen EpiPen stets störrisch und verantwortungslos reagiert.

Ich bin unsterblich, spöttelte er, wenn sie ihm damit in den Ohren lag.

Sein Atem ging immer flacher, während William zur Straße rannte und versuchte, ein Taxi zu finden; die anderen hasteten durch den Park und riefen hektisch nach einem Arzt, einem EpiPen, nach jemandem, der ihn ins Krankenhaus fuhr.

Die Kehle wurde enger, jeder Atemzug anstrengender, das Pfeifen lauter, die Zunge schwoll an. Die Straße hinterm Park verschwamm vor seinen Augen. Als er zum Tor kam, hörte er jemanden rufen und blieb stehen.

Ein untersetzter Mann in einem wild flatternden, zerknitterten Anzug rückte, keuchend und eine Spritze schwenkend, ins Bild.

»Sie sollten mir besser Zugang zu ihrem Oberschenkel verschaffen«, sagte Karl, doch als Julian sich an seinem Gürtel zu schaffen machte, sackte er in sich zusammen.

»Ist auch egal.« Karl beugte sich über ihn und stach ihn mit der Nadel direkt durch die Jeans.

»Und jetzt müssen wir dich zu einem Zerstäuber schaffen.« Karl hatte mit seinem Krankenhauspager bereits einen Freund alarmiert. »Bin mir nämlich nicht sicher, ob ich heute noch eine Tracheotomie hinkriege«, sagte er und half ihm hoch, während ein Grinsen seine Lippen umzuckte.

Die anderen versammelten sich um sie, als Julian taumelnd auf die Füße kam, Karl ihm seinen Arm lieh und sagte: »Immer langsam. Ein Krankenwagen ist unterwegs, sollte jeden Augenblick hier sein.«

Julian fiel das Atmen immer noch schwer. Er starrte Karl an und versuchte sich zu erinnern, wo er diesen ruhigen Mann mit seiner sanften Stimme, der John-Lennon-Brille und dem Wuschelhaar schon mal gesehen hatte. Immer wieder verschwamm das Gesicht, aus dem ihn unter dicken, fragend hochgezogenen Brauen braune Augen so heiter anschauten, dass Julian gleich fühlte, wie seine Panik nachließ.

Der Lärm der Sirenen war ohrenbetäubend, als das Blaulicht über seinen Retter blitzte.

»Und los geht's«, Karl half ihm hoch, während William und die anderen nutzlos im Weg standen. »Wenn du willst, komme ich mit«, sagte Karl und stützte ihn. »Keine Sorge. Du bist in guten Händen.«

*

Julian verzichtet auf jede weitere sanfte Betäubung, die ihm das Durchwühlen der Geheimnisse seines Schreibtisches noch bieten mochte, und ruft den Hund, dessen Freude in keinem Verhältnis zu dem geplanten kurzen Spaziergang steht. Die Mittagssonne wird von Wolken verdeckt. Draußen ist es stickiger als drinnen. Der Hund wirbelt begeistert im Kreis, als Julian dem hinteren Garten und höheren Gras zustrebt. Immer noch ruht der Speicher behäbig auf seinen Mäusepfeilern und beherbergt wie eh und je den alten Brennofen seiner Mutter, auch wenn nichts darauf hindeutet, dass die Nicholsons ihn je angefeuert hätten. Dort, wo früher Jennas Werkbank stand, haben sie diverse Regale und selbst gezimmerte Schränke eingebaut, und er findet es traurig, dass es nicht wie früher aussieht, die Töpferscheibe in der Mitte und drum herum die Tonnen mit Mineralien, der Geruch nach brennenden Sägespänen, vermengt mit dem nach feuchtem Ton, dazu Jennas Arbeiten, die auf den Regalen trockneten. Töpfe und Figürchen sind verschwunden, auch die altmodischen Haken, auf die sie ihre Auftragszettel spießte, und die Dosen mit Lasuren, vor denen an einem Nagel eine Fliese im entsprechenden Farbton hing, so angeordnet, dass ein Regenbogen über die Wand lief.

Als er daran vorübergeht, wendet er das Gesicht ab. Er hat

immer noch keinen Fuß über die Schwelle gesetzt und kann nicht umhin, jeden Beleg für die Anwesenheit der Nicholsons als Barbarei anzusehen.

Er hatte sie einmal besucht, an jenem Tag, da er vom College kam und sein untreues Herz herbrachte, um ein letztes Mal von jenem Mädchen die Leviten gelesen zu bekommen, das von ihm sitzen gelassen worden war. Katie Webster hatte die Nachricht von Julias Schwangerschaft so schlecht verkraftet, dass sie von Manchester nach Hause fuhr, damit die Mutter wenigstens versuchen konnte, sie wieder etwas aufzupäppeln. Mit zittriger Stimme hatte Katie ihn in seiner Wohnung angerufen, und er war sofort einverstanden gewesen, zu ihr zu kommen.

Am folgenden Tag traf er im Dorf ein und fuhr gleich vom Bahnhof mit dem Rad zu Katie nach Hause. Ihn schockierten die körperlichen Folgen seines Verrats: Sie wirkte so geschrumpft in ihrem T-Shirt, den zerschlissenen Leggins, bloß Haut und Knochen, wo früher Rundungen gewesen waren. Während ihres ganzen Treffens lag sie zusammengerollt auf dem Sofa; es ging ihr hundsmiserabel, und sie drückte sich ständig zerknüllte Taschentücher an die Augen.

Unbeholfen stand er im Zimmer und brachte hilflos Entschuldigungen vor. »Wir waren zusammen, seit wir fünfzehn sind. Du hast doch nicht ernsthaft geglaubt ...«

Er reagierte auf nichts von dem, was sie sagte, hielt den Kopf in die Hände gestützt und hörte sich reglos an, wie sie Julia »eine geschwängerte Schlampe« nannte. Er ließ sie toben, zuckte mit den Achseln und schrak immer wieder aufs Neue zusammen, bis ihr schließlich die Worte ausgingen. Was hätte er auch sonst tun können? Katies letzte spitze Bemerkung aber traf ihn ins Mark. »Nur gut, dass Firdaws verkauft wurde.«

Er war wie auf Autopilot. Mrs. Nicholson blickte aus dem

Fenster und musste erraten haben, wer der trübsinnige Mann mit dem Fahrrad war, das an Jerry Horsemans rostigem Gatter lehnte.

An jenem Tag Firdaws zu betreten war, als würde er im Wachen jenen alten Kinderalbtraum erleben, in dem man nach Hause kommt, aber nur Fremde sieht, die nicht wissen, wer man ist: Es roch nicht richtig, die Bilder an den Wänden waren alle falsch, keine Hunde, alles viel zu akkurat, sauber und zitronig. Mrs. Nicholson führte ihn in die Küche. Der Rayburn-Herd war verschwunden, auch die windschiefen apfelgrünen Schränke. Die Zwillinge der Nicholsons mit ihren strohfarbenen Zöpfen und Malbüchern saßen an einem runden Tisch am falschen Ende eines glitzernden funkelnagelneuen Weltraumlabors voll weißer und stählerner Küchengeräte.

Er wandte seine Aufmerksamkeit von Mrs. Nicholsons grässlichen Kindern – was hatten die nur für ein Problem, wieso starrten die ihn so an? – der dampfenden rosenverzierten Tasse zu, die vor ihm auf den Tisch gestellt worden war. Als er merkte, wie hell seine Fingerknöchel unter der straff gespannten Haut schimmerten, zwang er sich, die Fäuste zu lockern. Er trank den heißen Tee und spürte noch lange ein Brennen im Hals, während er zurück zum Bahnhof radelte und ihm der sengende Wind in die Augen blies.

Vier

In Firdaws ist es brütend warm, kein Lufthauch entweicht dem Tal. Jeden Tag stürzen sich Schmeißfliegen gegen die Fenster, ständig krabbelt und summt irgendwas, die Butter, die er wegzuräumen vergaß, ist ranzig geworden, sodass er seinen Toast dem Hund zuwirft. Als er nach unten geht, klopft jemand ans Küchenfenster, zwingt ihn, sich am Fuß der Treppe zu verstecken, wo der Postbote einen weiteren Beleg für ein Paket liegen ließ, den er auf den unordentlichen Haufen von Päckchen und Briefen wirft. Neben der Tür gibt sich sein Vater unbesorgt, blaue Augen zwinkern für immer in Jennas verwaschenen Ölfarben.

Maxwell ist blasser als Julian, der Jennas persische Haut geerbt hat und schon vom flüchtigsten Sonnenschein braun wird. Er wirkt zuversichtlich, amüsiert; große Hände ruhen auf einem grün bezogenen Kartentisch, ein gut aussehender Mann von zarter Gesichtsfarbe mit sandbraunen Wimpern und struppigem Haar. Er trägt ein blaues Hemd mit offenem Nehru-Kragen und hat, was besonders ins Auge sticht, jenes angedeutete Lächeln aufgesetzt, das glauben lässt, er wolle einem ein Geheimnis anvertrauen. Maxwell Julian Vale birst nur so vor Lebenskraft, weshalb man kaum glauben kann, dass er bereits drei Jahre nachdem dieses Bild gemalt wurde, gestorben ist.

Neben der Tür sind Mantelhaken und Gummistiefel, mehrere Paar, noch mit eingetrocknetem Winterschmutz. Miras rote fehlen natürlich. Ihr flauschiger Dufflecoat, die gestreifte

Mütze und der Kindergartenrucksack hängen nicht mehr am Messinghaken, den er, damit sie sich ihre Sachen selbst greifen konnte, eigens weiter unten an die Wand geschraubt hatte.

Das Klopfen hat aufgehört. Julian huscht in die Küche und wünscht sich den Besucher weit fort, damit er die Milch von den Türstufen reinholen kann, ohne entdeckt zu werden. Er zittert schon, braucht jetzt unbedingt eine Zigarette. Er hat nur noch eine Scheibe Brot und, wichtiger noch, keinen Tabak mehr, kann aber das Geglucke von keiner der Miss Hamlyns im Dorfladen ertragen, von beiden zusammen schon gar nicht. Die Kopfschmerzen erinnern ihn daran, dass er auch keinen Wein mehr hat, überhaupt keinen Alkohol mehr: Der gestrige Abend endete mit dem vanilligen Geschmack einer geleerten Flasche Advocaat.

In seinem Wagen sieht es höllisch aus, aber der Hund besteht darauf, ihn in die Stadt zu begleiten, und steckt gleich den Kopf aus dem Fenster in den tosenden Wind, sodass seine Lauscher aussehen wie die Ohrenklappen von Amelia Earharts Fliegermütze. Insekten knallen gegen die Windschutzscheibe und werden von den Wischern zu einem eitrigen Brei vermanscht, den sie in Bögen über das Glas schmieren. Statt Wischwasser kommen nur kleine Schaumspritzer.

Ein paar Arbeiter reparieren die Buckelbrücke, die aus dem Dorf hinausführt, weshalb Julian an der Absperrung warten muss, um einen weißen Volvo vorbeizulassen. Der Wagen hält neben ihm mit einem üblen Quietschen der Handbremse, und Julian muss sich zusammenreißen, um nicht den Rückwärtsgang einzulegen, als Penny Websters rosig weißer Kopf aus dem Fenster lugt. Mit ihrer Patschhand fächelt sie sich Luft zu. »Hach, ist das warm. Ach, Julian. Wir haben schon gedacht, du wärst fort, aber du bist ja doch noch da.«

Er sieht Kinder auf den Rücksitzen. Penny Webster langt durchs Fenster, um ihm eine Hand auf die Schulter zu legen, ihr nackter Arm ist von der Sonne marmoriert wie eine Mortadella.

»Alles in Ordnung, mein Lieber?«

Katies Jungen mustern ihn von der Rückbank mit ausdruckslos blauen Augen. Er versucht, ihren Blick nicht zu erwidern. »Katie hat die kleinen Racker bei ihrer Oma gelassen«, sagt Penny Webster unnötigerweise, weshalb er jetzt doch hinsehen muss.

Billy nuckelt durch seine Schmusedecke am Daumen, während Arthur mit den Beinen unablässig gegen den Sitz trommelt. Julian bringt ein Nicken zustande, aber sie starren ihn nur unverwandt an. Sie fragen nicht nach Mira, also wurde ihnen irgendwas erzählt.

Selbst als Billy den Daumen aus dem Mund nimmt, bleibt die Schmusedecke an seinen Lippen kleben. Was hat man ihnen gesagt? Sie können sie doch nicht so schnell vergessen haben. Billy, Arthur, Mira kreischen, bespritzen sich mit Wasserschläuchen, rennen in kurzen Hosen rum, hüpfen auf dem Trampolin, schreien neu gelernte Schimpfwörter. Die drei rufen aus der Hängematte: »Komm, schubs uns an. Jetzt komm.«

Hinten im Volvo dreht Arthur sich um und flüstert Billy etwas ins Ohr.

Warum fragen sie nicht nach Mira? Katie hatte sie an jenem Samstag im April mit ihren Jungen im Krankenhaus besucht, ist erst wenige Wochen her. Sie hatten ihr Comics mitgebracht und Luftballons …

Penny Webster redet. Er brummelt irgendwas über ein Meeting, den Blick starr vor sich auf die Straße gerichtet.

»Hast du die Eier gefunden? Ich habe sie dir auf die Stufen gestellt …«

Die Scheinwerfer des Lasters hinter Pennys Wagen blitzen kurz auf, damit sie weiterfährt.

»Komm doch mal zum Essen vorbei, mein Lieber. Katie macht sich Sorgen um dich. Wir alle«, sagt sie, und weil ihr jetzt die Augen feucht werden, kann er sie nicht mehr ansehen.

Diese Webster-Frauen sind alle nah am Wasser gebaut. Katie konnte ihre Tränen auch nicht zurückhalten, als sie ins Krankenhaus kam mit Billy und Arthur, die sich beide Mühe gaben, Mira beim Näherkommen nicht anzusehen, und sich hinter ihrer Mutter versteckten wie Küken, die eine Gefahr spüren. Er fragte sich, was sie wohl sehen mochten. Mira war blass gewesen, mehr aber eigentlich nicht, war an dem Tag auch nicht an allzu Erschreckendem angeschlossen gewesen, weder an Kanülen noch an Tropf oder Magensonde.

Auf einem der heliumgefüllten Ballons war ein Affe zu sehen, auf dem anderen Pu der Bär, und Mira saß da, ihr Disneykissen im Rücken, und grinste die tanzenden Ballons an. Katie beugte sich vor und küsste sie sanft auf die Stirn, dann umarmte sie Julia, die an ihrem Busen sehr zerbrechlich wirkte.

»Hier, nimm du den Stuhl«, sagte Julia, stand auf und zog sich ihre clownesk schlabbrige Hose hoch, »aber wir dürfen Mira nicht überanstrengen.« Sie strich sich das Haar straff nach hinten und wickelte mehrmals ein Gummi drum, was für Julian aussah, als hantierte sie mit einem Ziehfaden. Katie runzelte die Stirn und setzte sich zu Mira ans Bett. Julian war von der Nacht auf der Krankenhausliege noch ganz verspannt und brauchte mehr Koffein. Er stemmte die Hände in den Rücken und überlegte, ob er es riskieren konnte, sich lange genug zu verdrücken, um unten aus der Cafeteria einen Kaffee zu holen. Die Jungen drängten sich ans Bett, und Julia kümmerte sich darum, die Ballons an den Bettrahmen zu binden. Als es Zeit für Miras Proteindrink wurde, waren die Schwestern so rücksichtsvoll, für die Jungs rosafarbene Milchshakes mit Strohhalmen zu bringen. Julian verstellte seine Stimme und dachte sich eine alberne Unterhaltung zwischen den Stofftieren aus; Mira fiel das Lachen leicht. Er ließ den Bären mitten im Satz verstummen und starrte sie an. Ihre leuchtenden Augen so riesig, dass sie jedem das Herz gebrochen hätten. Katie weinte.

»Das muss so schwer für sie sein«, flüsterte sie und wandte den Kopf ab. Erst dachte er, sie meine Julia. »Habt ihr eine Ahnung, wann sie entlassen wird?«

»Wenn sie den Blutdruck niedrig halten können und es weiterhin gut mit den Tests läuft, könnte das schon sehr bald sein«, sagte er. Bitte, Gott!

Katie griff nach Billy, damit er nicht länger auf dem Bett herumhüpfte. Julia richtete sich auf, fummelte an ihrer Halskette.

»Die Arme.« Katie ließ einen fransigen Haarvorhang über ihre Augen fallen.

»Aber Mira geht es doch gut«. Julia zog eine Grimasse, damit Katie den Mund hielt. »Sie beobachtet alles, was vor sich geht, und sie ist nie allein, weil Julian und ich nachts abwechselnd bei ihr schlafen.« Sie griff nach Julians Hand, und er zog sie an sich.

Mira zeigte den Jungen den Weg zum Spielzimmer. Ihre Begeisterung war schmerzlich anzusehen. Julian und Katie folgten ihnen; er hatte Mühe zu schlucken.

»Julia bleibt heute Nacht, und ich gehe zu meiner Mum«, sagte er. »Bist du je in Michaels Haus gewesen? In Barnes?«

Katie schüttelte den Kopf. Vor dem Desinfektionsspender blieben sie stehen, um sich die Hände einzusprühen.

Im Spielzimmer war es hell, mit dem Lärm der Straße strömte genügend Licht durch die Fenster. Niedrige Tische, babybärengroße Stühle, Filzstifte in Tupperware. Mira führte die Jungen zu den Dosen mit ihren Deckeln in Primärfarben. Frisch gereinigtes Spielzeug lag aufgereiht in den Regalen.

»Michael und Mum reden ständig und streiten sich, genau wie immer.« Seine Hände mimten schnatternde Köpfe. »Und ihre Hunde malträtieren pausenlos seine schönen Möbel. Ist echt anstrengend«, sagte er und holte für Katie einen der kleinen Stühle, während Julia sich hinkniete und in einer Kiste mit einer Spielzeugeisenbahn wühlte.

»Sie scheinen irgendwie nicht zu begreifen, dass ich auch mal Zeit für mich allein brauche.« Erst als er sich vor Katie so jammern hörte, wurde Julian klar, wie unleidlich er geworden war, wie ausgelaugt er sich fühlte.

»In den Nächten, in denen ich hier bleibe, geht's mir viel besser«, sagte er und ließ sich auf einen der Ministühle fallen.

»Muss ja schrecklich für Jenna sein«, sagte Katie.

»Ist für uns alle nicht einfach.« Er beugte sich vor, um einen davonrollenden Zug aufzuhalten. Als er ihn Julia gab, drückte er ihre Schulter, woraufhin sie für einen Moment ihre Wange an seinen Handrücken schmiegte. »Seit das hier angefangen hat, gab es für uns keine gemeinsame Nacht mehr«, sagte er. »Und ich habe meine Mum am Hals, die jedes Mal aufspringt, wenn das Telefon klingelt. Sie steht dann gleich neben mir: *Ist es der Arzt? Was sagt er?* Macht mich wahnsinnig.«

»Die arme Jenna«, sagte Katie; Julia wippte auf den Hacken und schnaubte.

»Mum ist außerdem sauer, weil Julia in den Nächten, in denen ich hier bin, nicht bei ihnen in Barnes bleibt«, sagte er.

»Klar, ist ja auch so egoistisch von mir, dass ich so nahe wie möglich bei meiner Tochter sein will«, sagte Julia und löste zwei Schienenteile. Die Kinder hatten genug von der Holzbahn und kletterten jetzt durch die Fenster des Spielhauses rein und raus.

»Oje«, Katie runzelte die Stirn, und während Julia sich daran machte, Anhänger und Schienen in eine Kiste zu packen, erklärte Julian: »Julia hat ein Zimmer in der Lamb's Conduit Street, ist nur fünf Minuten von hier.«

»Ach, stimmt, du wohnst ja in London …«, sagte Katie und drehte sich zu Julia um, aber Julian fiel ihr ins Wort. »Stimmt, beim Vater von meinem Freund Karl, genau wie früher. Drei Tage die Woche, bevor das hier …«, und seine Handbewegung schloss Mira sowie das gesamte Krankenhaus ein.

»Ärgerlich, dass es bis Firdaws so weit ist, nicht?« Katie suchte etwas, womit sie Arthur die Nase putzen konnte.

»War für Julia die beste Lösung, und Karls Dad ist ein reizender alter Mann. Ich würde liebend gern auch bei ihm übernachten, aber du kannst dir ja vorstellen, was Mum davon hält.« Julian seufzte und versuchte, es sich auf seinem Liliputstuhl etwas bequemer zu machen.

»Wo wir gerade von Firdaws reden«, triumphierend wedelte Katie ihrem Sohn mit einem Tempotaschentuch zu, »meine Mum meinte, ich solle euch in dieser Hinsicht doch ein bisschen helfen. Was ist mit den Bauarbeitern? Könnte mir vorstellen, dass noch reichlich viel zu tun ist, jetzt, da diese grässliche Küche rausgerissen wurde.«

Julian fuhr sich mit den Händen durchs Haar, sodass sie vorn steil in die Höhe standen. »Ich konnte mich einfach noch nicht drum kümmern …«, sagte er. Julia unterbrach, was sie gerade tat, und erstarrte. »Ich … ich sollte das aber bald.«

Er merkte Mira an, dass sie müde wurde. Sie saß im Eingang zum Plastikhaus und spielte verträumt mit einem bunten Band, Schatten auf den eingefallenen Wangen. Katies Jungen, die über ihr hockten und die Beine baumeln ließen, sahen dagegen pausbackig und unanständig gesund aus.

Katie wandte sich an ihn. »Ich bin jetzt wieder die meiste Zeit im Dorf«, sagte sie. »Kann ich nicht helfen? Du weißt schon, die Bauarbeiter antreiben? Irgendwas?«

Julia wirkt eingeschnappt, dachte er, auf eine fast hörbare Weise. Arthur sprang vom Dach des Spielhauses, und Katie stürzte vor, um sich um seine Nase zu kümmern. Der Junge wand sich in ihren Armen.

»Und Billy, du kommst jetzt auch da runter«, sagte sie.

Mira wickelte das Band um den Schwanz eines Dinosauriers, als würde sie ihn verarzten. Sie gähnte, und Julia ging zu ihr und hob sie auf wie ein Baby.

Eine Krankenschwester ratterte mit einem Rollwagen vorbei. Julian drehte sich zu Katie um, nickte und formte mit den Lippen das Wort »Danke«.

In der Cafeteria ließ Julia später ihrer Wut freien Lauf. »Wie konnte sie Mira nur so ansehen?«

Er war müde. Das Neonlicht saugte den letzten Rest Leben aus ihm heraus. Alles schmeckte leicht nach Desinfektionsmittel.

»Fragt sie sich denn nicht, wie beunruhigend das für Mira ist, wenn Leute hereinspaziert kommen und gleich losplärren?«

Julian hob eine Hand. »Bitte, Julia, hör auf«, sagte er. »Ich glaube, sie hat sich wirklich große Mühe gegeben, gut gelaunt zu wirken. Es war ein Schock. Ich hätte sie besser darauf vorbereiten sollen.«

»Und hat sie auch nur ein einziges Mal gefragt, wie es mit Miras Behandlung läuft?« Neue Tränen sammelten sich in Julias Augen, und er beugte sich vor, um sie mit einer Serviette abzutupfen, aber sie wich zurück. Sie war so mager, dass die Halskette, die sie seit einer Weile trug, eine winzige goldene Sonne, von ihrem Schlüsselbein herabbaumelte. Er konnte sich nicht daran erinnern, woher diese Halskette stammte. Julia fasste sie oft an, ließ während ihrer Besprechungen mit dem Arzt die goldene Sonne an der dünnen Kette auf und ab wandern.

»Vergiss nicht, dass es auch für andere Leute schwierig ist«, sagte er, während sie ihre Tasse Tee mit einem wütenden Schluck leerte. »War doch eine gute Idee von ihr, die Jungen mitzubringen. Mira hat sich wirklich gefreut, sie zu sehen.«

Julia stand auf und wischte sich einige imaginäre Krümel vom Schoß.

»Sie hat doch nur über Firdaws geredet«, sagte sie, nahm ihre Handtasche vom Tisch und marschierte aus der Cafeteria in den Gang mit den Fahrstühlen. Er holte sie ein, aber sie hatte schon auf den Knopf gedrückt, und die Türen sperrten ihn aus. Er stand da und sah den Pfeil an, der zu Miras Station im neunten Stock hinaufkletterte. Dort würde Julia es sich auf der Liege bequem machen, sich auf sein Laken von letzter Nacht legen, um dann den Arm auszustrecken und Miras Hand zu halten. Er dagegen würde nach Barnes fahren, wo er die nervlich mitgenommene Jenna ertragen und Geschäftliches mit Michael bereden musste, der immer so viel zu erzählen hatte. Zum Frühstück würde er wieder hier sein, trotzdem fühlte er sich seltsam verlassen und starrte verstört den Lift an, weil Julia so verärgert und ohne einen Kuss abgezogen war.

Sie küsste ihn am nächsten Morgen mit Tränen in den Augen, dann aber sagte sie: »Hey, ich will kein Wort davon hören« und stieß ihn von sich, als er anfing, über Firdaws zu reden. Es war eine schlechte Nacht gewesen, das musste sie ihm nicht sagen: Er sah es ihren roten Augen an. Mira war mehrere Male aufgewacht, hatte über Schmerzen geklagt und sich geweigert zu frühstücken. Oscar hatte in der Nacht einen Anfall gehabt und war jetzt auf der Intensivstation. Er bekam seine dritte Chemo, und obwohl er schon fast sechs war und sich eigentlich nur für seine Eisenbahn interessierte, spielte er doch oft mit Mira.

»Er ist immer noch da.« Julia konnte nicht aufhören, ihre Sonne an der Kette zu zwirbeln. Sie hatte keine Tränen mehr, und ihre Nasenspitze stach hell aus dem überwiegend fahlen Gesicht. Sie ließen Mira schlafen und fuhren mit dem Lift nach unten.

Stumm nippten sie an ihrem Kaffee, während Leute kamen und gingen, Tabletts aufeinanderkrachten, Geschirr klirrte. Jemand kam pfeifend hereinspaziert. Nach einer Weile seufzte Julia, rieb sich die Stirn und drückte sich dann die Handballen in die Augenhöhlen.

»Hör mal, mir ist das eigentlich egal, okay? Wenn Katie so viel dran liegt, dir zu helfen, dann setzt euch zusammen und erledigt, was zu tun ist.«

»Schon gut, hab verstanden. Ich werde dich nicht mehr damit behelligen.« Er riss ein Stück von seinem Croissant ab und stopfte es sich in den Mund, um nichts zu sagen, was er hinterher bereuen würde. Sie sahen sich in die Augen, bis Julia den Blick abwandte. Er dachte nur an den Tag, an dem Mira das Krankenhaus verlassen und zurück nach Hause kommen würde, zurück an die frische Luft von Firdaws, zu den ihr vertrauten Dingen, ihren Büchern am Bett und ihrer Dinosaurierlampe … Und während er kaute, konnte er nicht aufhören zu lächeln.

*

Er traf Katie zwei Abende später. Das Hotel war in Marylebone: rote Geranien auf jedem Fensterbrett, die Teppiche mit senf- und ketchupfarbenen Kringeln. Er wartete in der Bar und spürte den Hauch einer ihn selbst überraschenden Abneigung, als sie in einem schimmernd blauen und dermaßen engen Kleid eintrat, dass es beim Gehen Falten an ihren

Schenkeln warf. Dasselbe Gefühl meldete sich erneut, als sie ihn küsste und er den aufdringlich nostalgischen Hyazinthenduft roch, den sie schon als Teenager immer benutzt hatte.

Sie trug einen pinkfarbenen Lippenstift, und er wischte sich instinktiv über die Wange, kaum dass ihr Mund ihn berührt hatte. Bei ihrem Anblick sehnte er sich nach Julia. Er sah sie an Miras Bett, sah das struppige Krähennest, zu dem ihr schönes Haar geworden war, vom Gummi am Hinterkopf zusammengehalten, sah den langen Riemen ihres Ledergürtels, ohne den sie ihre Hose verlieren würde.

Katie führte Julian vom Tresen an einen Ecktisch. Der Kellner redete sie mit ihrem Namen an, woraufhin Julian fragend eine Braue hochzog. »Ich musste hier ein paarmal übernachten, als Adrian die Jungen hatte«, erklärte sie. »Bei all den Verzögerungen auf der Strecke um diese Jahreszeit lohnt es sich einfach nicht, bis Horton zurückzufahren.« Und dann, leicht errötend: »Außerdem will ich unser gemeinsames Konto leer räumen, bevor er noch auf seltsame Ideen kommt und das Geld etwa für einen Urlaub mit *ihr* ausgibt.«

Julian schluckte und bestellte einen Whisky, obwohl er Whisky eigentlich nicht besonders mochte. Katie fuhr mit einem Finger über das beschlagene Weinglas. Jetzt, da sie allein waren, wollte sie alles über Miras Behandlung wissen und hörte aufmerksam zu. Jetzt, da sie allein waren, nannte sie ihn Jude, wie sie es früher getan hatte, und Julian war froh, dass Julia sie nicht hörte.

»Das muss doch fürchterlich sein zuzusehen, wie sie all diese Sachen mit ihr machen«, sagte sie und strich ihm über den Handrücken.

»Mira ist so tapfer, ehrlich, ohne Ende. Manche Tage sind besser als andere. Das arme kleine Ding hat heute fast ununterbrochen geschlafen. Und jedes Mal, wenn sie aufwacht, hat sie Schmerzen im Bauch und in den Beinen.«

Katies Hand blieb auf seinem Handgelenk liegen. »Es hat den Jungen gutgetan, sie zu sehen. Sie fehlt ihnen.«

»Angeblich soll sie bald nach Hause können, aber jedes Mal, wenn alles gut aussieht, läuft wieder irgendwas schief«, sagte er, entzog ihr seine Hand und trank mit derselben Bewegung den brennenden Whisky aus, um dem Kellner dann zu signalisieren, dass er noch einen wollte.

»Die Behandlung dauert noch Wochen, und dann kommt die OP, aber was auch passiert, dieses kleine Mädchen hat nicht ein einziges Mal geklagt.« Er spürte, wie ihm beim Gedanken an Miras Mut die Augen brannten, und wollte sich auf die Toilette flüchten. Katie sprang gleichfalls auf, griff nach ihm und zog ihn an sich, um ihn zu trösten.

»Sie ist eine echte Kämpferin«, sagte sie; trotz der Stöckelschuhe reichte ihr Kopf nur bis an seine Brust.

Er spürte, wie sie ihre Brüste an ihn presste, spürte durch das Hemd ihren warmen Atem, und er konnte die Tränen nicht länger zurückhalten.

Sie drängte sich noch enger an ihn, der Hyazinthenduft war zu viel. Er stieß sie von sich und wich einen Schritt zurück.

Am Waschbecken spritzte er sich Wasser ins Gesicht. »Okay«, sagte er seinem Spiegelbild. »Das war wohl ein Fehler.«

Und dennoch … Firdaws musste gemacht werden, bevor Mira nach Hause kam, und das konnte schon bald sein. Jetzt, da die Küche der Nicholsons abgerissen worden war, musste jemand vor Ort sein und sich darum kümmern. Er stellte den Wasserhahn ab, blickte in den Spiegel und sagte sich, er sehe dort einen ehrenwerten Mann. Mit einem Papiertuch trocknete er sein Gesicht, wandte sich mit einer letzten Bemerkung an sich selbst: »Sie hat gesagt, sie würde *gern* helfen«, ging durch die Schwingtüren zurück in die Bar und fühlte sich viel besser.

Ein schlanker Mann mit Lederjacke hatte Katie allein an ihrem Ecktisch sitzen sehen und sie wohl für eine Prostituierte gehalten (Julian schämte sich gleich für diesen Gedanken). Er reichte Katie seine Visitenkarte; sie musterte sie kurz, schob sich eine Haarsträhne hinters Ohr, blickte hoch und erwiderte sein Lächeln. Julian blieb abwartend an der Bar stehen, las einen Witz auf einem der Bierdeckel. Der Mann zeigte auf Katies Glas, und in einem Moment, der nicht länger als das Aufflammen eines Streichholzes dauerte, fand Julian sich mit Julia nach Paris zurückversetzt: eine dunklere Bar als diese, mit roten Lederbänken und fahl leuchtenden Kronleuchtern, mit Trance-Musik, Duftkerzen und einer Julia, die zu Julians Vergnügen beschämt einen Fremden in einem braunen Cordanzug verführte. Er schüttelte den Kopf, um die Erinnerung loszuwerden, als Katie ihm zuwinkte und der Mann sich elegant in Richtung der Fahrstühle entfernte.

»Du hast dir offenbar schon einen Ersatz geangelt, hm?«, sagte Julian.

Ohne sie hätte er es nie geschafft. Zusammen kannten Katie und Penny Webster all die entscheidenden Leute. Während er und Julia im Krankenhaus um Mira kämpften, wurden in Firdaws Staubschichten beseitigt, Geschirrschränke im richtigen Apfelgrün gestrichen, glasierte Fliesen über der Arbeitsplatte exakt im richtigen, weichen Buttermilchton angebracht. Katie baute die Küche mit historischer Präzision wieder auf, denn in fast zehn Jahren hatte sie kein einziges Detail vergessen und schickte Julian Fotos von ihren Fortschritten, die Julia sich weigerte anzusehen, was ihn so aufbrachte, dass er sie anfauchte: »Musst du denn ewig eingeschnappt sein? Irgendwer muss es doch machen.« Auf dem Sammelplatz für Altmaterial fand Katie einen cremefarbenen Rayburn-Herd, dasselbe Modell wie das, das die

Nicholsons entsorgt hatten, vielleicht war es sogar derselbe Herd; er stand schon länger dort. Die Tontiere waren bereit und warteten mit ihren Zwillingen auf den Regalen der walisischen Anrichte, die Pfannen hingen an ihren Nägeln überm Herd, und mit den Wespenfallen auf den Fenstersimsen waren sie gegen künftige Invasionen gewappnet. Alles war genau richtig, und nichts wies mehr darauf hin, dass es den Nicholsons gestattet worden war, Firdaws mit ihren Fantasien vom idealen Heim zu verhunzen.

*

Die Strecke nach Woodford ist mörderisch. Ein offenbar selbstmordsüchtiger Fasan fliegt aus der Hecke auf. Seit Julian in Firdaws losfuhr, hat er sechs Fasane gezählt, acht Kaninchen sowie zwei überfahrene Füchse, und jetzt liegt auch noch ein Dachs am Straßenrand. Unwillkürlich fährt er langsamer, um ihn sich genauer anzusehen. Fliegen im Rausch über einem geronnenen Blutspritzer hinterm Ohr, in den schmutzigen Wangenfalten Flecken wie getrocknete Tränen.

Eine von Julians unangenehmsten Kindheitserinnerungen zeigt ihm einen toten Dachs unmittelbar vor Firdaws. An dem Abend, an dem sie ihn fanden, ging seine Mutter mit den Hunden zu Horsemans Feldern und hörte tief im Bau das Wimmern junger Dachse, konnte aber nichts machen, um ihnen zu helfen. Am nächsten Morgen klang das Wimmern schwächer, und gegen Mittag war es verstummt. An dem Tag hat sie Julian zweimal Abendbrot gemacht.

Und dann, an einem Vollmondabend, da waren sie gerade sechzehn, sahen er und Katie junge Dachse auf Horsemans Feldern spielen. Sie beide hatten Malteser rund um den Baum verstreut, da Julians Freund Friedenskonvoi Raph ihnen gesagt hatte, Dachse würden nichts lieber mögen. Schoko-

Malteser und einen vollen Herbstmond. Als die Dämmerung anbrach, hockten sie, Katie und er, Arm in Arm und lauschten dem Heulen und Kreischen der Tiere. Sie hatten sich in eine Decke gewickelt, da die Abende schon kühl wurden. Als sich die Nacht herabsenkte, glitt Nebel vom Fluss heran. Reglos blieben sie unter der klammen Decke sitzen, ihr Kopf auf seiner Schulter, bis sie schließlich mit dem Anblick zweier Dachse belohnt wurden, die die Luft prüften, zwischen Gras und Wurzeln schnüffelten, die Malteser aufschnaubten, herumtobten und Purzelbäume schlugen.

Noch in ihren Deckenmantel gehüllt, gingen sie vom Feld, ihr Atem eine gemeinsame Wolke. Der Nebel war ihnen in die Knochen gedrungen, und nichts in der Welt schien natürlicher zu sein, als sich auf seinem schmalen Bett aufzuwärmen. Katies Nasenspitze war kalt wie ein gefrorener Knopf. Er musste einen Schrei unterdrücken, als sie ihre eisigen Füße zwischen seine warmen Schenkel schob, und dann noch einmal, als sie sich über ihn beugte und ihre Haarfransen ihn im Gesicht kitzelten. Sie war noch nie über Nacht in Firdaws geblieben. Und sie hatten es so eilig, dass sie vergaßen, die Vorhänge zuzuziehen, weshalb sie von seinem Bett aus die Nacht ihren Lauf nehmen sahen, die silbrigen Konturen der Bäume. Katie schlief mit dem Kopf auf seiner Brust, und er grinste vor sich hin im zufriedenen Danach, der Mond wie ein Spanner am Fenster.

Die Nicholsons hatten aus diesem Schlafzimmer ein Bad gemacht, komplett mit einer eiförmigen Wanne aus Stein. Er weigerte sich, den Raum zu betreten, Julia aber behauptete, ihn zu mögen, und nahm dort gern ein langes Bad hinter verschlossener Tür.

Sobald die Bauarbeiter die letzten Spuren vom Bad beseitigt hatten, rief Katie ihn bei seiner Mutter an, um ihm zu sagen, dass sie sein altes Zimmer jetzt streichen könnten. Julia war im Krankenhaus und musste nicht mit anhören, wie sehr er sich freute, dass sie sich genau erinnerte. »Eierschalenblau?« Das Zimmer würde wieder so, wie es einmal war, selbst die originalen mitternachtsblauen, mit silbernen Sternen bestickten Musselinvorhänge hatte sie – welche Freude – in einer Kiste auf dem Dachboden gefunden. Die ließen sich leicht ausbessern und wieder aufhängen. Katie dachte an alles. Jedes Bild hing am richtigen Haken. Und Miras neues Zimmer war bereit für ihre Rückkehr und ihre Nachbehandlung in Firdaws: all ihre Sachen, ihre Bücher, ihre Teddys, ihre Dinosaurierlampe. Er hatte Katie geschrieben, um ihr zu danken. Das musste genügen.

Auf der Fahrt durch Woodford kommen ihm die Leute auf den Bürgersteigen verlangsamt und wie trunken vom Sonnenschein vor, als wäre da etwas, durch das man hindurchwaten müsse. Widerspenstige Kinder betteln um ein Eis, Männer mit stolzen Bäuchen kommen mit freiem Oberkörper vom Six-Bells-Parkplatz; einer taumelt auf die Straße, sein Kumpel winkt dem Hund zu. In den großen Supermärkten kann sich Julian zwischen den Regalen nicht entscheiden und fährt deshalb lieber zu Lipton's Eckladen, sammelt Kekse ein, Butter, Brot, Kaugummi, Tomatensuppe und Dosen mit widerlichem Hundefutter. Im Getränkeladen beschließt er, ein paar große Flaschen Limo zu kaufen, nicht nur Wein und Bier: während der Hitze der letzten Tage und Nächte hat er seinen Durst zu oft mit Bier gelöscht. Fast hätte er Tabak vergessen.

Noch mehr überfahrene Tiere auf dem Heimweg. Er hat während der Fahrt alle Fenster geöffnet, da die Klimaanlage in der Hitze den Geist aufgab. Der Hund hockt hechelnd auf dem Beifahrersitz, die Zunge hängt ihm aus dem Hals. Schweiß kitzelt im Nacken, die Rückseite seines T-Shirts klebt am Sitz. Julian hebt einen Arm, riecht und flucht. Jetzt, da Penny Webster ihn entdeckt hat, wie groß ist da die Wahrscheinlichkeit, dass Katie ihn bei seiner Rückkehr erwartet?

Vor ihm flattert eine Amsel auf, und er weicht aus, um ihren Kumpan nicht zu überfahren; im Spiegel sieht er, wie die kleine Amsel zum geplätteten Piepmatz hüpft, diesem Klecks aus Blut und Federn.

Es geht kein Lufthauch. Der Asphalt schimmert, als er über den Hügelkamm in Richtung Dorf fährt.

In Firdaws schleppt er die Einkaufstüten ins Haus, lehnt sich gegen die Tür, um sie zu schließen und verharrt einen Moment, um wieder zu Atem zu kommen.

Er stellt ein paar Biere in den Kühlschrank und nimmt einen langen, lauwarmen Schluck aus einer der alten Flaschen. Im Wohnzimmer stößt er die Tür zum Garten auf, ehe er sich auf den Fensterplatz fallen lässt. Allem Anschein nach ist niemand da gewesen, nur ein Lieferant, der auf der hinteren Veranda ein großes Paket abgestellt hat, doch weiß er jetzt schon, dass er nicht die Energie aufbringen wird, es zu öffnen.

Sein Kopf dröhnt. Kläglich zitternd verzieht sich der Hund in eine Ecke, bleibt geduckt unter einem Stuhl liegen, die Vögel verstummen. Julian riecht das Gewitter, bevor die ersten Paukenschläge durchs Tal hallen, kaum mehr als ein Gerücht huscht durch das Laub der Bäume, ehe eine Druckwelle aus Osten den Himmel schwärzt und ein Blitz ihn spaltet. Zischend trommelt der Regen nieder.

Während das Gewitter durchs Tal rauscht, hüpfen im Gras Tropfen groß wie Murmeln. Bäume verlieren Äste, jedes Blatt vor schwarzem Himmel so elektrisch grün, als wäre es ein leuchtender Stern. Der Lärm des Donners, der winselnde Hund, das klingelnde Telefon, all das macht Julian nichts aus. Efeu schlägt ans Fenster, Regen prasselt gegen die Scheiben. Er sieht Tropfen zerplatzen und versprühen, Regenspuren verzaubern ihn, eine Hand an die Wange gedrückt, beinahe friedlich. Die Luft riecht frisch nach Erde und Elektrizität; gebannt schaut er auf diese zerfließende Welt. Tropfen sammeln sich und verlaufen, Kaulquappen aus Regenwasser verschwimmen vor seinen Augen, versetzen ihn an einen anderen Abend. In Karls Zimmer. An den Abend, ehe er zum ersten Mal Julia sah.

Fünf

Karl machte die Angelpoise-Lampe aus und bat Julian zu sich. Das Hightech signalisierende Mikroskop auf dem Schreibtisch glitzerte in seinem eigenen Licht. Julian reichte den Joint an eine der jungen Frauen weiter, die sich auf Kissen und indischen Tagesdecken rekelten, und spürte, dass er schwankte, als er aufstand.

»Hier, sieh selbst«, sagte Karl und forderte ihn mit einladender Hand auf, ans Mikroskop zu treten. Julian fühlte sich verlegen wie noch nie und zugleich seltsam nervös, was durch die Musik nicht gerade besser wurde, da der Klang der Streichinstrumente und Oboen gewaltig anschwoll und ihm den Marsch blies. Er fand sich lächerlich, wie er da zwischen den Mädchen auf dem Bett und Karls Schreibtisch verharrte, gleichsam wie von Schuldgefühlen oder Lampenfieber erstarrt. Und außerdem ziemlich bekifft. Krachend näherte sich die Musik ihrem Höhepunkt, trieb ihn an wie ein Hochzeitsmarsch in der Hölle, und die vampirischen Brautjungfern – die Mädchen – rückten ihm so dicht auf den Leib, dass er ihren Atem im Nacken spürte.

Karl prüfte noch einmal das Okular, drehte kaum wahrnehmbar an einem Rädchen und summte dabei so leise wie unmelodisch vor sich hin. »So, jetzt sollte es genau richtig eingestellt sein.« Er warf einen Blick über die Schulter, und irgendwas an Julian veranlasste ihn, die Arme auszustrecken und nach ihm zu greifen, ihn zu halten, wie er ihn an jenem Tag im Park gehalten hatte. »Keine Sorge«, sagte er, die

Schultern fest und stark. »Ich habe eine vierhundertfache Vergrößerung auf dunklem Untergrund eingestellt. Da drinnen sieht es aus wie in einem Aquarium.«

»Nun mach schon«, sagte Verity und knuffte seinen Arm. »Ich will auch mal.«

Sie waren in jenem Sommer schon eine seltsame Truppe, vereint allein durch ihre jeweilige Rolle in Julians kleinem allergischem Schockdrama im Park.

»Rette ein Leben, und es ist dein für immer, oder so.« Cara versuchte, sich Karl zuliebe an ein chinesisches Sprichwort zu erinnern, und setzte, mit einem Seitenblick auf Julian, provokant hinzu: »Und so wie der drauf ist, finde ich, kannst du ihn gern behalten.«

Karl hatte sein Forschungsvorhaben, und Verity nahm ihr Medizinstudium viel zu ernst, um die Fakultät gleich nach dem ersten Jahr verlassen zu können. Sie tauchte überall dort auf, wo Karl war, nickte zu jedem Wort, das ihm über die Lippen kam, blieb, wann immer möglich, an seiner Seite, löcherte ihn mit Fragen und machte sich sein profundes Wissen zunutze. Verity besaß, was Karl eine Laborbräune nannte und jene pricklige Haut, die auf eine einseitige Ernährung mit zu viel Wein und Chips hindeutete. Im Schnitt oder in der Farbe glich ihre Kleidung meist einem OP-Kasack oder einem Ärztekittel, während Cara ziemlich verführerisch aussah. An jenem Abend bei Karl trug sie eine schwarze Satinbluse, deren Knopflöcher für die Perlknöpfe um ein kleines, aber entscheidendes bisschen zu groß waren, dazu einen geklauten schwarzen Bowler, der sie wie Sally Bowles aussehen ließ.

»Ich war es, die die Dame mit dem EpiPen gefunden hat«, rief sie ihnen zum hundertsten Mal in Erinnerung und zog dabei in gespielter Empörung eine Braue in die Höhe. »Und ich wiederhole es gern: Mir müsst ihr danken«, wobei sie den unrechtmäßig erworbenen Bowler auf der Spitze ihres Zeigefingers kreiseln ließ, »und nicht Karl.«

Liebestrunken grinste Karl sie an. Immer langsam, wollte Julian ihn warnen, du verschreckst sie noch. Damals wusste er noch nicht, dass ihm Frauen nur selten widerstehen konnten, was sicher nicht an seinem Aussehen lag – im Allgemeinen bevorzugen Frauen nicht gerade leicht schmuddelige Männer mit clownesken Augenbrauen. Es musste an etwas anderem liegen.

Sie leerten die Flasche Brandy, die einer von Karls Mitbewohnern auf einer Party hatte mitgehen lassen. Cara tigerte in Karls Zimmer auf und ab, zog Bücher aus den Regalen, inspizierte einige wahllos verteilte Gegenstände, nahm eine Wirbelsäule in die Hand, stellte sie aber rasch wieder hin, blies Staub von den in Weinflaschen vertrockneten Blumen und schob sich ihren Hut keck ins Genick. Vor Karls Mikroskop war sie stehen geblieben, und das hatte alles in Gang gesetzt. Mit einem Finger strich sie über eine Schachtel Objektträger und sah sich über die Schulter nach ihnen um, sprach aber nur zu Karl: »Jemand, den ich kenne, hatte einen Freund, der sich unterm Mikroskop gern das eigene Sperma angesehen hat.« Und heftig flirtend: »Hast du das schon mal getan, Karl?«

»Mache ich jeden Tag«, erwiderte er und unterdrückte ein Lächeln, nahm seine Brille ab und polierte sie mit dem Hemdsaum. Er sah auf, hielt inne, um ihren Blick zu erwidern, und blinzelte, wie er es ohne Brille oft tat. »Meins und das anderer Männer.« Ohne Brille wirkte sein Gesicht nackt, verletzlich wie das eines kleinen Jungen, der seine Mutter verloren hat.

Verity hörte auf, die CDs durchzusehen, und richtete sich auf, gespannt wie ein Terrier, der das Scheppern der Futterdose hört. »Echt jetzt?«

»Aber ja, darum geht es bei meinem Forschungsvorhaben. Wir untersuchen Spermien und testen deren Reaktion auf diverse Chemikalien und Medikamente.« Wieder grinste er Cara an. Seine spitzwinkligen Brauen waren wirklich sehr attraktiv.

»Das hast du bislang verschwiegen«, sagte Verity. »Du arbeitest an einem Projekt über Empfängnisverhütung?«

»Ja, deshalb bin ich noch hier.« Mit einer Handbewegung deutete Karl auf die Wohnung, und er zuckte mit den Achseln. »Es gab einen kleinen Zuschuss, ich werde also bezahlt.«

»Sammelst du auch Proben von dir selbst?« Unterm Rand ihres Bowlers warf ihm Cara einen Seitenblick zu.

»Wir arbeiten hauptsächlich mit tiefgefrorenen«, Karl sah kurz zu Julian hinüber und grinste, »sind aber auch ständig auf der Suche nach Spendern.« Julian schnaubte und spürte, wie ihm heiß wurde. Verity ließ sich neben ihm in die Kissen fallen und rieb mit der Hand über die Innennaht seiner Jeans.

Eine weitere Flasche Brandy wurde entdeckt, danach gab's Ouzo. Der Soundtrack vom Film *The Mission*, Karls Lieblingsmusik, lief in Dauerschleife. Julian konnte sie durch die Wand hören, während er auf dem Toilettenrand saß, seine Jeans um die Knöchel, Verity vor ihm auf den Knien, die eifrig half und ihn mit all dem Feingefühl einer Stallmagd abmelkte. Er schaute auf das Glas in seiner linken Hand und dachte an Cara, die nebenan bei Karl war. Irgendwie half das. Cara mit der Lücke zwischen den Vorderzähnen, dem wippenden Haar, das nach Aprikosen duftete, und dieser Bluse, die sich den ganzen Abend schon aufzuknöpfen drohte. Karl hatte sich über sie gebeugt und ihr endlich den Hut abgenommen, als Verity ihn mit dem Glas in der Hand aus dem Zimmer führte. Ein letzter Blick zu Cara, die an den Rand von Karls Schreibtisch rückte, ihr Kleid, das über die Schenkel hochglitt, Karls Hand schon in ihrem Haar und Cara, die sich zurückbeugte, damit Karl sich über sie lehnen und sie küssen konnte, woraufhin sich endlich ihre Bluse öffnete und ja, kein BH … da bekam Verity ihre Probe.

Die Lüftung summte und brummte, während Verity seine wolkige Spende inspizierte, das Glas ans Licht hielt und hin und her schwenkte, bis er sie schließlich bat, damit aufzuhören, überkommen von plötzlicher Scham und Ernüchterung.

Karl bereitete den Objektträger vor und stellte das Mikroskop ein, gab die Probe in Salzwasser und erklärte Cara: »Die Lösung muss etwa denselben Salzgehalt wie Meerwasser haben, da im Meer eine ähnliche mineralische Balance wie in unseren Körpern herrscht. Würde ich die Spermien in schlichtes Trinkwasser geben, würden sie sterben.« Cora, die ihm zur Hand ging, sah wie eine leicht derangierte Zahnarzthelferin aus, die Bluse falsch zugeknöpft.

Verity wich Julian nicht von der Seite, vermied aber jeden Blickkontakt, während Karl noch ein paar winzige Einstellungskorrekturen am Mikroskop vornahm, durchs Okular linste und den Objekttisch ein wenig anhob oder senkte. Julian scharrte vor Ungeduld fast mit den Füßen, als Karl dann unruhig wurde und einen ›Pippi-Tanz‹ aufführte. »Tschuldigt, ich beeil mich«, sagte er und schoss aus dem Zimmer. »Fasst nichts an!«

Als Karl fort war, drehte Cara einen Joint, und Verity ließ sich neben ihr in die Kissen fallen. Julian hantierte mit einem Satz Spielkarten und versuchte sich an einen Trick zu erinnern, den ihm sein alter Freund Friedenskonvoi Raph in jenem Sommer gezeigt hatte, in dem er zum ersten Mal mit seiner knallbunten Schrottlaube, einem Bulli, am Rand der Hortoner Ausfallstraße haltgemacht hatte.

Es war ein guter Trick, den nicht viele Leute kannten. Wenn ihm nur wieder einfiele, wie er funktionierte, könnte er alle vier Asse aus dem Stapel ziehen. Cara und Verity prusteten vor Lachen. Cara setzte Karls Skelett ihren Hut auf. Der Joint wurde endlich an ihn weitergereicht und schmeckte brennend heiß.

Sie hörten die Spülung rauschen, und ein wenig verlegen hastete Karl zurück ins Zimmer: »Warum raucht ihr den Spliff nicht zu Ende, während ich mich um das hier kümmere.« Er nahm die Arbeit am Mikroskop wieder auf. »Muss wohl eine Birne wechseln. Ist mir noch nie passiert«, brummelte er kopfschüttelnd vor sich hin.

Julian war schon ziemlich stoned, als Karl ihn zu sich rief und ihm eine Hand auf die Schulter legte. »Wirf einen Blick drauf«, sagte er. »Die schwimmen alle ohne konkretes Ziel durch die Gegend.« Und Verity sagte er, sie solle Ruhe geben und warten, bis sie dran sei.

Julian beugte sich zum Okular vor und war eigenartig gerührt von dem, was er da sah. Diese Spermiengruppe – ach was, viel mehr als das, so viele und jedes mit eigenem Lichthof, als würden sie von innen heraus leuchten – sie flitzten umher, flackerten und funkelten. Sein ureigenes Universum, das gänzlich aus Kometen bestand. Sie wirkten so entschlossen, so forsch und hoffnungsfroh, dass es ihm für einen Moment leidtat um jedes einzelne, um all die Botschaften, die sie nie überbringen sollten.

Sechs

Julia trat am nächsten Tag in sein Leben. Es war, als wäre sie formvollendet seinem Kopf entsprungen. Julia, wie eine Belohnung für den Anstieg, den er auf sich nahm, um zu ihr zu gelangen, stand auf dem Hügelrücken der Downs mit fliegendem Haar, drei sanft abfallende Grafschaften in ihrem Rücken. Nur Augenblicke zuvor hatte er sie sich erträumt, genau diese Frau, als er dem Kreideweg folgte und die Scham schwand, während er immer höher stieg, noch ein wenig atemlos von Brandy und Ouzo am Abend zuvor. Er hatte sie aus den Tiefen seines Brummschädels heraufbeschworen, sie ins Leben gewünscht und: Ta-ta! Sie war alles, was er sich erhoffte, sogar mitsamt den muskulösen braunen Schenkeln, die aus ihren abgeschnittenen Jeans ragten.

Chaotische Böen fegten über den grasbewachsenen Kamm, trieben ihn auf sie zu. Sie lief mit dem Rücken zum Wind, das Kinn zum Himmel gereckt, und bemerkte ihn erst, als er schon so nahe war, dass sie erschrocken zusammenfuhr.

»Hi«, rief er, als sie sich mit verdattert hochgezogenen Brauen umdrehte, ihr Gesicht exakt so, wie er es sich ausgemalt hatte, fein geschnitten, die Haut gebräunt und unter dunklen Wimpern die Augen so unerwartet blau wie bei einer siamesischen Katze.

»Mensch, ist das windig«, sagte er und war selbst erstaunt, dass er sprechen konnte. Sie nickte und zeigte nach oben: »He, aufgepasst«, aber erst als sie den linken Arm hob, bemerkte er den Lederhandschuh. Er folgte ihrem Blick himmelwärts zu einem Vogel, der sich im Sinkflug drehte und drehte wie ein Herz im freien Fall. Er landete und wurde zum Falken. Julian war wie gebannt. Dieser Blick eines Raubtiers. Er hatte sich direkt aus dem Himmel auf sie gestürzt; der Schlag seiner Flügel war der Schlag seines Herzens. Er landete auf ihrem ausgestreckten Arm, vereinnahmte sie für sich, packte ihr Handgelenk mit gelbschwarzen Krallen und schützte eifersüchtig unter seinem Mantel aus Flügel- und Schwanzfedern den Fleischbrocken, den sie ihm reichte.

»Wow, hab noch nie einen Falken von so nahe gesehen.«

Sie lachte über sein Staunen. »Wo bleiben deine Manieren, Luzifer?«, sagte sie, als er ihr ein Bröckchen aus der Hand schnappte. »Genau genommen ist es ein Harris-Habicht.« Der Vogel musterte sie mit seinen psychopathischen Augen.

»Sei nicht so gierig«, schalt sie ihn, und Julian sah, wie sich die Bluse im Wind blähte, sah einen Schimmer ihrer Haut. Sie hielt ihm im Handschuh erneut rosiges, sehniges Fleisch hin. Eine Lederquaste baumelte am Handgelenk und zuckte, wenn der Habicht an seinem Futter riss.

»Was geben Sie ihm?«

»Fragen Sie lieber nicht«, so, wie sie die Nase kraus zog, wurde ihm weich ums Herz. Delikat verstreut über den Nasenrücken entdeckte er vereinzelte Sommersprossen. Eine weitere schelmische Bö zeigte ihm einen Ledergürtel und darüber für einen kurzen Moment der Ablenkung ihren flachen Bauch, glatt wie neues Packpapier. Träumte er?

»Den ganzen Weg hier rauf, um ihn fliegen zu lassen; ein perfekter Tag, dieser Wind, aber er hat heute Morgen noch nichts gefangen.«

Er lauschte ihrem Akzent, erhoffte sich Hinweise auf ihr exotisches Aussehen, fand aber keine. Sie zog dem Habicht eine Grimasse, was der zum Anlass nahm aufzufliegen, das herrische Gefieder vom Wind zerzaust, so segelte er zu den

Bäumen hinüber. »Und wieder geht es los«, sagte sie, und Julian sah, wie sie mit wiegendem Gang zum Wäldchen eilte, sah ihre weite, an der Taille aber eng anliegende Bluse. Der Beutel, dem sie die Fleischbrocken entnommen hatte, baumelte an ihrer Hüfte, der Handschuh kam ihm wie die komische Verlängerung ihres schlanken, braun gebrannten Arms vor.

Der Habicht landete in einem Baum, und Julian merkte, wie er den Atem anhielt, die Arme wie gekreuzigt, so drängte er den Vogel, zu ihr zu fliegen, jeder Muskel angespannt. Der Habicht hob ab, und Julia begann zu laufen, dann zu rennen, folgte seinem Flug.

Sie war schon fast außer Sicht. Er geriet in Panik; ihm wollte einfach nicht einfallen, was er rufen konnte. Hastig klopfte er seine Taschen ab, aber er hatte nur den Schlüssel fürs Fahrradschloss dabei und eine Packung Tabak, nichts, von dem er behaupten konnte, sie hätte es verloren. Er sah sie unter den Bäumen verschwinden; und hilflos stand er mit hängenden Armen da, während er sie aus den Augen verlor. Er rannte zum Wäldchen, stolperte über Grasbuckel, doch fand er keine Spur mehr von ihr. Dornenbüsche langten nach ihm. Außer Atem lehnte er sich an den Stamm eines Baumes. Durch das Laub sah er nur in weiten Kreisen fliegende Krähen, hörte das Echo ihrer harschen Schreie.

Mehrmals kehrte er in den folgenden Tagen auf die Downs zurück, traf sie aber nicht wieder. Er beugte sich in seinem Zimmer über die Pflichtlektüre und machte abends seine Schicht im *Crown* unter patzigen Betrunkenen, zapfte Pints und wischte Bierpfützen auf. Als sie am nächsten Freitag schlossen, fragte Karl, was mit ihm los sei.

»Ich habe mich verliebt«, sagte Julian. »Und jetzt tut es hier weh.« Er zeigte auf sein Herz.

»Komm mir bloß nicht mit deinem Herzen«, sagte Karl. »An diesem Wahn ist allein deine Hirnanhangdrüse schuld.

Dopamin, Oxytocin, Adrenalin, Noradrenalin, Vasopressin …«

»Ach, hör doch auf.«

»… und Serotonin«, fuhr Karl fort. »Wer behauptet, verliebt zu sein, hat denselben Serotoninspiegel wie Patienten, die an einer Zwangsstörung leiden, und allein aus dem Grund kannst du nicht aufhören, an sie zu denken. Das ist wie bei diesen Leuten, die sich immer wieder die Hände waschen müssen, obwohl die Haut vom Wasser längst aufgeraut ist.«

Julian schnaubte.

»Du lachst, aber denk nur mal einen Moment an die Präriemäuse.« Karl erwärmte sich für sein Thema; seine Hände formten zwei kleine Nager. »Ständig scharf aufeinander. Ach und *sooo* verliebt. Treiben es viel öfter miteinander, als es für die Reproduktion nötig wäre, bauen im Gras kleine Liebesnester, suchen für ihre Liebste kleine Leckerbissen … gibt man dem liebeskranken Männchen aber ein Medikament, das sein Vasopressin unterdrückt, rennt er auf und davon, und Mrs. Wüstenmaus ist das Letzte, was ihn interessiert.«

»In dem Moment, wo ich sie gesehen habe, ist es passiert«, sagte Julian, der seinen Freund ignorierte.

»Klar, deine Hirnanhangdrüse hat eine kleine Cocktailparty für dich organisiert.«

Er konnte nicht aufhören, an sie zu denken und welchen Satz sein Herz bei ihrem Anblick gemacht hatte, aber auch, wie sich allerhand weniger poetische Gegenden in ihm geregt hatten. Nieren, Magen, Galle, Darm; die Konturen seiner Liebe wurden von Organen gesäumt.

Seine Mutter rief an und erinnerte ihn daran, zu ihrem Geburtstag nach Hause zu kommen, seine Gedanken aber drifteten ständig zu der Frau mit dem Habicht. Wie wollte er sie je wiederfinden?

»Dich wiederzusehen wird besser sein als jedes noch so

ausgefallene Geschenk«, sagte Jenna. »Du fehlst mir … Und das Schwimmen. Bist ja der Einzige, der mutig genug ist. Wir braten Fisch im Blecheimer, kühlen den Wein im Fluss.« Sie versprach all die üblichen Firdaws-Wonnen, und er versuchte, die Erleichterung, aber auch die Begeisterung in ihrer Stimme zu überhören, als er versicherte, dass er nicht im Traum daran denke, diesen Tag verpassen zu wollen.

»Ich werde da sein.« Selbst in den eigenen Ohren klang er kurz angebunden. Manchmal war ihm, als biete er seiner Mutter nur kümmerliche Reste von seiner voll gedeckten Tafel an.

Im Garten würden pralle Artischocken auf ihn warten, Bäume voller Pflaumen, duftende Rosen, der rasch dahinströmende Fluss, und zwischen den Holzapfelbäumen spannte sich die Hängematte wie ein Lächeln in einer Landschaft, die ihm so vertraut wie das Gesicht seiner Mutter war.

An ihrem Geburtstag schwamm Jenna immer gut anderthalb Kilometer im Fluss. Sie sprang vom hohen Ufer, an dem sie an jenem Tag Mitte August stets picknickten, einem Tag, an dem es die Sonne nie wagen würde, nicht zu scheinen. Der Fluss war dort breit wie ein Teich aus glasig schwarzem Wasser, gesäumt von purpurnem Blutweiderich; auf dem Boden lagen verstreut einige Schwanenfedern. Sie schrie nie vor Kälte, sondern rief, sobald sie auftauchte, jenen Mut zu, die tapfer, verliebt oder betrunken genug waren, ihr folgen zu wollen. Das Wasser sah einladend aus, mit den Seerosen und seinen in den Spiegelbildern der Bäume blühenden Blumen, aber es war dermaßen kalt, dass es in den Knochen schmerzte, und weiter flussab wurde es zudem unheimlich und verkrautet an den Stellen, an denen die Schlehen dicht heranrückten.

Mit Brennnesseln überwucherte Ufer stiegen steil auf, und dichter Bewuchs und Dornengestrüpp machten es erst gut anderthalb Kilometer flussabwärts wieder möglich, aus dem Wasser zu steigen. Von dort lief sie barfuß durch goldene Stoppelfelder, schüttelte sich das Wasser aus dem Haar, juchzte in ihrem schwarzen Badeanzug. Ihr alljährlicher Triumph. Stets gab es den dazu passenden Sonnenuntergang, und meist spielte der liebe, alte Michael auf der Mundharmonika. Während seine Mutter erzählte, konnte Julian den Fisch fast schmecken, den sie mit weichem, braunem Brot und Brunnenkresse aßen, roch den rauchigen Duft, der aufstieg, wenn Jenna das Geschirrtuch vom Blecheimer mit der Hickoryglut nahm.

»Ich habe ein unglaubliches Geschenk für dich gefunden«, log er. »Kann es kaum erwarten, es dir zu zeigen …«

Die Suche nach Jennas ›unglaublichem‹ Geschenk rüttelte ihn aus seiner Trübsal auf. Sein Rad kettete er in der Swallow Street vor dem Hanfladen an einen Laternenpfosten, winkte Pete dem Hippie zu und machte sich auf den Weg in die Antik- und Trödelarkaden. Als erstes fiel ihm bei Geldings Antiquitäten eine Sammlung Messingschlösser ins Auge – manche aus viktorianischer Zeit, andere älter, alle aber so glänzend poliert, dass er sich wie eine Elster vorkam, weil er sie unbedingt haben wollte, insbesondere eins, das wie ein Herz geformt war. Das Preisschild hing an einem dünnen roten Bändchen. Er zuckte zusammen, als er las, was darauf stand. Diese Läden waren nicht für Studenten gedacht.

Nur um nachzusehen, ob es noch dort war, schlenderte er von den Vorhängeschlössern zu dem, was er sich am liebsten kaufen würde. Und es war noch da, prunkte auf seinem Podest: ein aufziehbares Mahagoni-Grammophon mit einem funkelnden Trichter wie dem aufwirbelnden Rock einer Dirne.

Eine Weile blieb er davor stehen, starrte nur das Grammophon an, dachte nach und drehte sich eine Zigarette. Wegen der Frau mit dem Habicht war er die ganze Woche schon so mies gelaunt, dass er sich beinahe wünschte, sie wäre in seinen Träumen geblieben. Selbst zu seiner Mutter war er patzig gewesen, obwohl sie ihm angeboten hatte, die Zugfahrt nach Firdaws zu bezahlen. Er sah es vor sich, das Grammophon auf dem Gras am Fluss: Billie Holiday oder Patti Page. Wie erstaunt Jenna sein würde.

Crosby, Stills and Nash rieselten aus einem Radio, himmlische Harmonien, die ihn besänftigten. Und während er seine Zigarette perfektionierte, fühlte er sich seit Tagen zum ersten Mal wieder fast zufrieden. Er neigte den Kopf, um das Papier anzulecken, und warf dabei einen Blick auf ein großes Ölgemälde, das an der Rückwand des Geschäftes hing und vor smaragdgrünem Hintergrund einen Kormoran zeigte, der seine Flügel trocknete. Julians Blick wurde aber gleich von einem Spiegel mit reich verziertem Goldrahmen abgelenkt, darin sein Mädchen: Julia. Rostbraunes Sommerkleid, wallendes Haar und nackte Schultern; stumm betrachtete sie ihn und biss sich dabei auf die Lippe.

Er stand direkt neben ihr, so nahe, dass er sie hätte berühren können. »Der ist genau richtig«, sagte er, nachdem sie ihm von der prachtvollen Geschichte des Spiegels erzählt und er ein Schlucken unterdrückt hatte, als sie ihm den Preis nannte. Er musterte im Spiegel ihre Augen, die helle Iris mit einem kaum wahrnehmbaren Ring aus dunkelstem Blau, fast wie Tinte, die am Rand ausgelaufen war.

»Am besten daran gefällt mir die liebevolle Anteilnahme, die das Gesicht des Engels zeigt«, sprach sie fast im Flüsterton. Ihr Haar schimmerte so weich, dass er es am liebsten angefasst hätte.

»Der Rahmen«, erinnerte sie ihn. Der geschnitzte Engel, dessen gefaltete Flügel einen der Spiegelränder umschlossen, hätte, was ihn betraf, ebenso eine Krähe oder eine alte Vettel darstellen können.

»Sieht ein bisschen wie Marlon Brando aus«, sagte sie.

»Hä?«

»Der Engel. Finden Sie nicht?« Sie hielt ihren Blick auf ihn gerichtet, und so schauten sie einander unverwandt im Spiegel an.

Sieben

Er verpasste Jennas Geburtstag um eine Woche, fuhr mit dem Spiegel und mit Betrunkenen aus der Stadt. Der Zug der Scham.

Der Mond blieb gleichauf mit dem nach Westen rasenden Zug, und es roch penetrant nach Toilette, diesem Garten der Hölle. Er nahm Yeats aus der Tasche, legte ihn auf den Tisch, kaute auf einem Streichholz, lehnte den Kopf ans Fenster und starrte den Mond an, sah aber nur Julia, dachte nur an sie.

Er schüttelte einen Traum vom Fallen ab und erwachte mit einem Ruck nur eine Haltestelle vor seiner Station; Julias steter Blick schwebte immer noch vor ihm. Mit dem Spiegel in den Armen schob er sich seitwärts durch den Gang in einen der vorderen vier Waggons und schimpfte dabei laut über sich selbst. Hortons Bahnsteig ist kürzer als der Zug, natürlich ist er das, *Blödmann*. Der Spiegel war ein sperriger Reisegefährte, die Verpackung an einer Stelle schon gerissen. Gemeinsam taumelten sie hinaus auf den mitternächtlich leeren Bahnsteig. Oh verdammt, warum war seine Mutter nicht gekommen, um ihn abzuholen? Hatte sie tatsächlich geglaubt, er meinte es ernst, als er sagte, er ginge die Strecke auch gern zu Fuß?

Als er vom Bahnhof aus losstapfte, dachte er kurz daran, seine Last loszuwerden, begann stattdessen aber, in strengem Ton auf sie einzureden. Würde seine Mutter den Spiegel überhaupt mögen? War schon ein bisschen ausgefallen: Rokoko, laut Julia. Nebel waberte durchs Dorf, und der süßliche

Geruch nach Mist und Silage erinnerte ihn daran, dass er daheim war. Im Tal bellte ein Hund, woraufhin ihm ein kläffender Chor antwortete. Die Verpackung riss noch etwas weiter ein: An einer Ecke versuchte ein Flügel des Engels durchzubrechen. Julian marschierte unverdrossen weiter, drückte den Spiegel an sich wie einen tapsigen Tanzpartner, gab sich Mühe, nicht mit den Knien dagegenzustoßen, und mied die Furchen im Weg, die ihn fürchten ließen, er könnte fallen und sich obendrein noch sieben Jahre Pech einhandeln.

Sein schlechtes Gewissen lauerte im Nebel, hielt mit ihm Schritt und verhöhnte das Geschenk, dessen Preis es erst recht geschmacklos machte. *Glaubst du, du kannst dich damit freikaufen, obwohl du ihr den ganzen Tag verdorben hast? Muss man sich mal vorstellen, schafft es nicht mal zu ihrem Geburtstag nach Hause. Dabei hattest du es versprochen. Und sie hat dir sogar das Fahrgeld geschickt …*

Er verstärkte den Griff, mit dem er den Spiegel hielt, als er im Dunkeln ein plötzliches Kreischen hörte, bei dem sich ihm die Kopfhaut zusammenzog. Das typische Rattern und die hüpfenden Scheinwerfer des uralten Land Rovers seiner Mutter waren nie willkommener gewesen.

»Moment, Mum, ich muss das hier noch hinten verstauen«, sagte er, als sie die Tür aufriss, auf die Straße hüpfte und klagte, dass sie so spät und sein Haar so lang sei. Er scheuchte sie beiseite, suchte nach den Hundedecken, um den Spiegel darin einzuwickeln.

»Hey, nicht so neugierig, das ist dein Geschenk.« Als sie die Hand ausstreckte, um ihm das Haar aus dem Gesicht zu streichen, blockte er sie mit der Schulter ab.

Während sie auf der Fahrt nach Hause durch die Gänge schaltete, spürte er, dass sie ein Schluchzen unterdrückte. »Was ist denn, Mum?«

»Nichts. Später …« Wieder das unterdrückte Schluchzen.

»Tut mir leid, dass ich es zu deinem Geburtstag nicht geschafft habe.« Die Straße war holprig und der Geruch nach Hund so penetrant wie immer.

Sie beruhigte ihn: »Ach, das. Mach dir deshalb keinen Kopf.« Allerdings konnte er im Dunkeln ihr Gesicht nicht sehen.

Er begann ihr von Julia zu erzählen – ihrer unglaublichen Schönheit, dem Habicht, dem Glück, sie wiederzufinden –, nur klang all das zu überspannt, und sie sagte bloß: »Aha, ähm, ja sicher.«

Kaum in Firdaws angekommen, stimmte ihn der Geruch nach zu Hause milde: feuchte Erde und Rosen, Geißblatt, der Hof, Kühe wie früher, frisch gemähtes Gras, an den Bäumen Obst, poliert vom Sommer, der ihm irgendwie entgangen war. Mehrmals atmete er tief ein, jeder Zug so wohltuend wie die Luft, um die man nach einem Weinkrampf ringt.

Er überließ sich Jennas Umarmung; ein tiefer Seufzer: »Es ist so schön, wieder hier zu sein.« Am Flussufer flogen ein paar Gänse auf. Sand und Steine knirschten unter seinen Schritten, die Terrier sprangen an ihm hoch, schnupperten an seinen Taschen.

In Firdaws Holzrauch und Chintz, das vertraute Willkommen. Schalen mit Rosen, die Blütenblätter fallen ließen. Sorgsam stellte er den Spiegel an die Küchenwand und dachte: Ich erzähle ihr alles.

»… da war sie also, diese schöne Frau, die ich gerade erst kennengelernt hatte, und wartete nach der Arbeit auf mich, saß auf der Motorhaube ihres kleinen Fiats und las im Licht der Straßenlampe. Und das da«, mit einem Kopfnicken wies er auf ihr Geschenk, »wartete eingepackt auf dem Rücksitz auf mich.« Julia hatte versprochen, ihm den Spiegel zu liefern, und sie hatte Wort gehalten. Eingepackt in leuchtend rotes Papier, sogar mit Schleife.

»Gehört zum Service«, sagte sie, und kaum war sie vom Wagen gesprungen, überraschte es ihn selbst, dass er die Finger ihrer linken Hand an seine Lippen führte, um sie zu küssen. Julia scherzte über sein höfisches Benehmen, lächelte jedoch, knickste und entzog ihm nicht ihre Hand. An den Fingern konnte er undeutlich das Leder des Handschuhs riechen, den sie trug, wenn sie den Habicht fliegen ließ.

»Jetzt lass mich doch mal erzählen.« Warum wollte seine Mutter ihm nicht richtig zuhören? Ständig übertönte sie ihn mit ihrem Geklapper, füllte den Kessel, ließ Wasser aus dem Hahn laufen und fiel ihm ins Wort, um ihm einen Eintopf anzubieten, ein Sandwich.

»Oder möchtest du lieber einen Gin?« Sie zeigte auf die grüne, in weißes Papier gewickelte Flasche auf der Anrichte.

Er nickte; sie schenkte den Gin ein, gab Eis dazu und stieß mit ihm an. »Tut mir leid, ich hätte einen früheren Zug nehmen sollen.« Jenna sah aus, als gehörte sie längst ins Bett. Als sie an ihrem Glas nippte, fielen ihm die grauen Falten an ihren Mundwinkeln auf. Auf dem Tisch gähnte hemmungslos die Katze und wusste genau, dass niemand auch nur im Traum daran denken würde, sie zu verscheuchen. Er war sich unsicher, was seine Mutter überhaupt mitbekommen hatte. Er wechselte das Thema.

»Und? Wen konntest du überreden, mit dir im Fluss zu schwimmen?«

»Ach, Michael natürlich«, sagte sie und schenkte ihnen beiden noch einmal einige Fingerbreit Gin nach.

Julian schnaubte: »Kannst froh sein, dass ihn das nicht umgebracht hat.«

»Bin ich«, sagte sie.

Die Katze schnurrte geradezu ohrenbetäubend laut, sobald er sie unterm Kinn kraulte. Einen Moment lang fiel es ihm schwer, seine Mutter anzusehen. Sie wirkte so gestresst, magerer als noch zu Weihnachten, als wäre sie in ihrem Kleid mit lauter verwaschen aussehenden Gänseblümchen in sich zusammengesunken. Früher konnte er verstehen, wenn die Leute sagten, er sei ihr wie aus dem Gesicht geschnitten, aber das war vorbei, seit ihre Knochen unter der Haut durchstachen.

Er zögerte einen Moment, wusste nicht recht, was er ihr von der fantastischen ersten Nacht mit Julia erzählen sollte, aber dann brach alles überstürzt aus ihm heraus. Wie sie die Treppe zu seiner Wohnung hochgestürmt waren, Julia auf seinen Fersen, wie er Papiere beiseiteräumte, Bücher, Socken von den Sesseln, um Platz zu schaffen, und wie er sich gewünscht hatte, er hätte noch frische Milch im Kühlschrank.

Die ganze Nacht; und niemand anders, der über sie urteilte als eine Mondsichel, die schmaler kaum sein konnte. Am Morgen wurde er wach, als Julia auf Zehenspitzen zur Tür tappte. Er sprang aus dem Bett, um sie zurückzuziehen, ihr Sommerkleid abzustreifen, sie aber wehrte sich: »Nein! Ich darf nicht zu spät kommen. Ich muss mich vor der Arbeit noch um den Habicht kümmern, muss Hühnerklein auftauen und Mäuse. Igitt.« Wie sie ihre anbetungswürdige Nase krauszog: »Ehrlich, ich würde mich auch lieber nicht um Luzifer und seinen widerlichen Fraß kümmern, aber solange mein Mann weg ist, bleibt mir nichts anderes übrig.« Mann. Zum ersten Mal hatte sie dieses Wort in den Mund genommen, das ihm die Laune verdarb. Ehemann. Und als er sie zum Abschied küsste, dachte er, kein Duft könne erotischer sein als der Geruch nach Leder an ihren Fingern, denn der verriet, dass Chris, ihr Mann, nicht da war und Luzifer in ihrer Obhut.

»Verheiratet? Julian, was zur …?«

Die Missbilligung stand seiner Mutter ins Gesicht geschrieben, und ihn überkam der plötzliche Drang, wie irrsinnig zu kichern. »Sie will ihn verlassen und er sie, und das schon seit einer Ewigkeit.« Unschuldig hielt er ihr die offenen Hände hin, aber sie rümpfte nur abschätzig die Nase und schaute zur Küchenuhr. »Aber egal, das ist jedenfalls vorbei«, sagte er. »Nach zwölf grässlichen Jahren hat sie ihn endgültig verlassen.«

Abrupt wandte sich seine Mutter zu ihm um. »Was hast du gesagt, wie alt sie ist?«

»Ich habe es gar nicht erwähnt.«

Sie wartete und ließ ihn dabei nicht aus den Augen.

»Sie hat mit achtzehn geheiratet. Und ja, sie ist älter als ich, ein paar Jahre. Ist das wichtig?«, sagte er, während sie an ihren Fingern abzählte.

»Dann ist sie wie alt? Dreißig?«, fragte sie, und Stille breitete sich zwischen ihnen aus, bis Jenna sie abrupt mit den Worten »Es ist schon schrecklich spät« unterbrach und die Arme über den Kopf hob, die Finger ineinander verschränkt. »Aber es gibt da noch etwas, das ich dir unbedingt sagen muss.« Sie streckte den Hals, bis er knackte.

»Aber vorher«, rief er, um einen fröhlichen Ton bemüht, »*musst* du dein Geschenk aufmachen.«

Sie drehten sich beide zu dem Paket um, das wie betrunken an der Wand lehnte unter einer hektisch mit Blu-Tack angebrachten Retrospektive von Julians künstlerischen Bemühungen. Über die Regale der Kommode streiften Tontiere in unterschiedlichen Stadien der Vollkommenheit. Mit Jenna formte er sie Jahr um Jahr, auch wenn er sich immer wieder entmutigt fühlte, sobald er sein Resultat neben ihrem sah. Die ersten Tiere hatte er mit vier oder fünf Jahren geknetet, kaum mehr als ein Klumpen Ton mit Rüssel und Schwanz, nur der Leopard vom letzten Jahr war schon fast schön geworden. Jede Weihnacht kamen zwei neue Geschöpfe hinzu, er und Jenna hockten nebeneinander, lauschten im Speicher dem

Blubbern des tragbaren Gasofens, Eisblumen verzierten die Fenster, dann die Aufregung und der Chemiegestank, wenn Jenna den Brennofen öffnete und ihm sagte, er solle die Daumen drücken …

Mit einem Kloß in der Kehle schob er ihr das Geschenk hin. »Mach schon, Mum, pack aus.«

Ein Terrier winselte, streckte sich und sprang auf einen der Sessel neben dem Rayburn. Er stellte sich vor, wie Julia darin saß und die Beine über die Lehne baumeln ließ.

»Gleich, aber erzähl erst zu Ende, und dann muss ich dir auch noch was sagen, ehe ich ins Bett gehe«, sagte Jenna. Er ließ den Spiegel los und begann auf und ab zu laufen. Es fiel ihm schwer, die richtigen Worte für das zu finden, was passiert war: Julia, die in den frühen Morgenstunden zu ihm kam, die Bluse in Fetzen, an ihrem Hals die Fingerabdrücke von diesem Dreckskerl.

»Er hat sie an den Haaren gerissen, jetzt hat sie da eine kahle Stelle. Ich konnte sie doch nicht allein lassen und herkommen.« Flehentlich blickte er seine Mutter an. »Das verstehst du doch, oder?«

»Julian, hör auf rumzulaufen!« Sie befahl ihm, sich hinzusetzen, langte über den Tisch, nahm seine Hand und griff fest zu. Selbst ein einfacher Augenkontakt fiel ihm jetzt schwer.

»Wir haben in der Nacht kaum geschlafen, und ich wollte doch den Zug nehmen …«, er geriet ins Stocken. »Tut mir leid, dass ich nicht hier war.«

»Julian! Hör endlich auf, dich zu entschuldigen! Ich hatte einen sehr schönen Geburtstag«, sagte sie, sah aber trotzdem niedergeschlagen aus. Ihm fielen die Sehnen an ihrem langen, mageren Hals auf, und ihn überraschten die Tränen, die sie ungeduldig mit dem Handrücken fortwischte, als es aus ihr herausplatzte: »Und an diesem Tag hat Michael mich gefragt, ob ich ihn heirate, und ich habe gesagt, ich würde, wenn er mit mir im Fluss schwimmt.«

Er spürte, wie sich etwas in ihm verknotete. »Michael?« Der dicke kleine Michael mit seinen Cordjeans und den haarigen Händen? »Und? Hat er? Hast du?«

Sie nickte und lächelte. »Ja, und nach der Hochzeit wohne ich bei ihm in Barnes, wo es immer ein Zimmer für dich geben wird.«

Fast verschlug es Julian den Atem bei dem Gedanken an Michaels Haus, an die auf Hochglanz polierte Treppe, das penibel ausgewählte kostbare Mobiliar – an seine Mutter, wie sie jeden Morgen aufwacht, umgeben von peinlicher erotischer Kunst aus dem Orient und Michaels umfassender Sammlung von Netsuke-Figuren, die man nicht anfassen durfte (zu denen sich Julian als kleiner Junge aber unwiderstehlich hingezogen fühlte, was zum beschämenden Diebstahl eines elfenbeinernen Affen geführt hatte).

»Du ziehst zu ihm?« Julian füllte sein Glas auf.

»Darling, Michael könnte von hier aus doch nicht jeden Tag ins Büro fahren.«

»Warum denn nicht?« Er nahm einen Schluck Gin. »Und was wird aus alldem hier …?« Mit seinem Glas deutete er auf die Küche, doch ein Eisstückchen rutschte ihm in die Kehle, weshalb er husten musste. Sie beugte sich vor, um ihm auf den Rücken zu klopfen.

»Genau deshalb bin ich ja so besorgt.« Immer wieder sprang sie auf und setzte sich, verrenkte den Hals in einer seltsamen Streckbewegung. Ihre Tränen machten ihm jetzt Angst, weshalb er lieber die beiden Hunde ansah, die wie Yin und Yang zusammengerollt auf dem Sesselkissen schliefen.

»Was passiert mit Firdaws, wenn du nicht mehr hier bist?«

Sie schlug so fest mit beiden Händen auf den Tisch, dass er zusammenzuckte. »Die Vales haben mich gezwungen, die

Pacht zu kündigen.« Wie ein Schrei brach es aus ihr heraus. Wieder schlug sie auf den Tisch, woraufhin die Katze zu Boden sprang. »Ich hätte nie geglaubt, dass diese habgierige Bande mal so weit geht, aber ...« Julian wurde plötzlich übel. »Wäre dein Onkel noch am Leben, die hätten sich das nie getraut«, sagte sie, »aber ich hatte das Haus nur in treuhänderischer Verwaltung, bis du volljährig wirst, und das bist du jetzt. Du bist einundzwanzig. Ein Mann.«

Firdaws war verloren.

Acht

Noch lange nachdem sich Regen und Wolken verzogen haben, sitzt Julian auf dem Fensterplatz und trinkt Bier. Schwalben und Mauersegler huschen über den Himmel, der Rasen dampft nach dem plötzlichen Schauer, es tropft von den Blättern. Er öffnet die Tür zur Veranda, lässt frische Luft herein, holt sich noch eine Flasche, eine Packung Chips und ein Stückchen Cheddar. Er isst den Käse, beißt ein Stück ab, spült den Bissen mit Bier runter und sieht einer Amsel dabei zu, wie sie einen rosigen Wurm aus dem Rasen zupft.

Vom Donner verstört, kriecht der Hund ein wenig beschämt aus seinem Versteck. Er keucht, zittert, seine Feigheit fast tragisch, doch einem Stückchen Käse ist er nicht abgeneigt. Julian klopft aufs Kissen, lädt ihn ein, sich neben ihn zu setzen. Hier hat er als Junge stets am liebsten gelesen, umringt von Hunden. Die Fensterplatzkissen sind heute größer und prächtiger als die genoppten Kissen damals. Wattierter Samt: Julias Wahl.

Der kleine, aus Elfenbein geschnitzte Affe schaut ihn von seinem Platz auf dem Bücherregal an. Julian nimmt ihn in die Hand. Ziemlich verblüffend, dieses Netsuke-Geschöpf mit den glänzenden jetschwarzen Augen und dem anzüglich geringelten Schwanz.

Michael hat nie ein Wort über diesen Diebstahl verloren, hat nicht einmal was zu dem Entschuldigungsbrief gesagt, den er schreiben musste, als Jenna die Figur unter seinem Kopfkissen fand. Michaels Schweigen aber hat Julians Scham im Lauf der Jahre nur noch verstärkt, weshalb er Ausflüchte erfand, um in Firdaws bleiben zu können, sooft seine Mutter zu Michael nach Barnes fuhr.

Tückisch funkeln die Augen des Netsuke-Affen. Deine arme Mutter, sagt er. Kein Wunder, dass sie mit ihrer Heirat gewartet haben, bis du weg warst. »Dicker, haariger Michael.« Das war wirklich nicht nett, oder? Denk nur daran, was er alles für dich getan hat. Dich ständig irgendwo abgeholt, dich irgendwo hingebracht. Hat für dein Examen mit dir gebüffelt. Und diese vielen Streiche, der arme Mann. Wer kommt auch auf die Idee, echte Fliegen in Garibaldi-Kekse zu stopfen? Die vielen Telefonnachrichten, die du nie weitergegeben hast, und dann damals, als du dir den Arsch abgewischt hast mit seinem ... Julian schließt die Faust um die Netsuke-Figur. »Er war besser als ein Vater zu dir«, sagt seine innere Stimme. »Was glaubst du, wo du heute ohne ihn wärst?«

Ungebeten drängten sich weitere gute Taten auf: Wie Michael in einem Mietwagen bei Mrs. Briggs vorgefahren war und ihm eine Stelle bei Abraham und Leitch in Aussicht gestellt hatte, wie er für Julia bei Geldings Antiquitäten vorbeifuhr, um ihr die Schlüssel zu bringen und das aufziehbare Grammophon für Jenna zu kaufen, weil die etwas brauchte, was sie ein wenig aufmunterte. Ohne Michael hätte er keine Bücher geschrieben, keine Filmverträge abgeschlossen, keine lukrativen Bühnenstücke verfasst. Und niemals Firdaws zurückerhalten.

*

Julians Gedanken treiben zurück zu jenem Tag, als er zum ersten Mal im Fluss schwamm – er muss zwölf oder dreizehn gewesen sein –, und der Geschmack nach Salz steigt in seiner Kehle auf. Er hätte damals fast geweint, weil seine Mutter ihm was gesagt hatte. Er sieht sie auf der karierten Decke knien, die Arme nach ihm ausgestreckt, aber er: »Hör auf!« und vereitelte so ihren Versuch, ihn zu trösten. Weshalb? Er kann sich nicht erinnern. Plötzlich und ohne ein weiteres Wort war sie aufgestanden, zwei weit ausholende Schritte, und sie war gesprungen.

Rosafarbene Wolken verliehen dem Wasser einen perlfarbenen Schimmer, als sie in ihrem schwarzen Badeanzug eintauchte, ein lang gezogener perfekter Bogen direkt ins Herz des Flusses, an seine tiefste Stelle, ohne auch nur einen Gedanken an jene, die sie zurückgelassen hatte. Vernon, der Schäferhund aus dem Tierheim Battersea, kläffte und sprang das Ufer hinab, um sie zu retten.

»Oh, mein Gott! Er ist wie ein großer Bär.« Jenna schwamm im Kreis und lachte über den Hund, der sich prustend einen Weg durch die Seerosen bahnte. »Ruf ihn zurück!«, rief sie. »Er schafft es nie bis dahin, wo er wieder an Land kann.« Michael glitt aus, fiel aber leider nicht hin, als er Vernon am Nacken packte und ans Ufer hievte, der Hund klitschnass und um sich schnappend, sein Drang, die Maid in Nöten zu retten, ungebrochen.

Während Michael sich mit dem Hund abmühte, stand Julian am von purpurnen Blumen gesäumten Uferrand. Tief unten, im dunkelsten Wasser, streckte seine Mutter die Arme nach ihm aus, und ohne wirklich nachzudenken, sprang er diesmal, fiel ihr entgegen.

»Bist du dir sicher, dass du die ganze Strecke schaffst?«, fragte sie, als er wieder hochkam und die Kälte ihn keuchen ließ. »Vor Swan Bank kannst du nirgendwo raus und kannst auch nirgendwo stehen.«

Er trat Wasser, war sich unsicher, aber Jenna hatte sich schon auf den Weg gemacht, pflügte mit langen Zügen durchs Wasser. Michael rief vom Ufer: »Komm, ich zieh dich wieder raus. Du frierst dir noch die Eier ab!«

Sie war eine kräftige Schwimmerin, zerteilte vor ihm den Fluss, doch als der schmal und ganz gespenstisch still wurde, bekam Julian Angst. Sie schwammen durch einen Tunnel angestauter Schlehdornäste, durch Schlingpflanzen mit langen Tentakeln, woraufhin er in Panik geriet, nach Luft schnappte und Wasser schluckte. Jenna sagte, er solle sich vorstellen, Finger würden seine mageren Arme und Beine greifen wie bei einer »schönen Massage«, und sie versicherte ihm, dass es mit den schlüpfrigen Streicheleien bald vorbei sein würde und sie sich an einer breiten, ruhigen Stelle auf dem Rücken treiben lassen und erholen konnten.

Als sie dann weiterschwammen, wurde der Fluss tiefer, und er bat Jenna, langsamer zu werden, damit sie Seite an Seite schwimmen konnten, während unter ihnen die Schlingpflanzen dahinglitten.

»Die haben wir jetzt hinter uns«, sagte sie und drängte ihn weiter. »Weißt du, wegen der Pflanzen würde ich mir keine Gedanken machen. Die Schlange macht mir größere Sorgen. Hab ich dir nicht davon erzählt?« Sie sah über die Schulter zu ihm zurück und passte die Worte dem Rhythmus ihrer Schwimmzüge an. »Vor einigen Wochen bin ich mit Vernon zur Swan Bank spaziert. Eine Zeit lang habe ich nur dagesessen und den tanzenden Libellen zugeschaut. Sieh doch, Liebes – genau wie die beiden da drüben«, sagte sie und wies zum Schilf, Julian aber war blind für deren luftigen Discoreigen; er konnte auf nichts anderes als auf das Wasser schauen, sah nur Dunkelheit.

»Vernon stand am Ufer und trank, als diese riesige Schlange vorüberschwamm. Sie war dick wie mein Arm und lang genug für drei Windungen.« Sie machte eine entsprechende Wellenbewegung mit dem Arm, die Finger zusammengepresst, als wären sie der Schlangenkopf. Julian schrie auf und wurde mit einem weiteren Mundvoll Wasser belohnt. »Es kommt noch schlimmer«, sagte sie und strampelte mit den Beinen, aber zu heftig, um dadurch rasch irgendwohin zu gelangen. »Ich war von ihrem Anblick noch ganz gefangen, als sie plötzlich umdrehte, und kaum hatte sie Vernon erreicht, bäumte sie sich aus dem Wasser auf und zischte ihm direkt ins Gesicht. Schätze, die hatte Junge in der Nähe«, sagte sie und schwamm weiter.

Er keuchte, als sie das Ufer erreichten, konnte sich gar nicht schnell genug das schlammige Ufer hinaufziehen. Sie lagen auf dem Gras, rangen nach Luft. Er hatte sich beim Rausklettern einen Kratzer zugezogen, und ein kleiner rosiger Blutstropfen rollte über seine Haut.

»Warum hast du mir das mit der Schlange erzählt?«, fragte er. Sie setzte sich auf, strich ihm mit der Hand über die Stirn und sah so besorgt drein, als hätte er Fieber. »Ich weiß nicht, ich glaube, ich hatte einfach Angst«, sagte sie und half ihm hoch, um mit ihm zurück zum Feuer zu laufen, das Michael sicher schon am Ufer angezündet hatte, damit sie sich aufwärmen konnten.

*

Es war Michael, der zuerst die Frage aufwarf, ob die Vales wirklich berechtigt gewesen waren, den gesamten Erlös zu behalten, als sie Firdaws gegen ihren Willen verkaufen mussten. Er gab Jennas Unterlagen seinem Bruder, einem Kronanwalt, der nichts lieber tat, als sich wegen einer Erbangelegenheit zu streiten.

An Weihnachten, drei Jahre nachdem sie Firdaws verloren hatten, gab ihm Jenna in Barnes den Scheck: »Wir haben gewonnen.«

Mit einem Lächeln, als gäbe er sich Mühe, nicht allzu stolz auf sich zu sein, schaute Michael zu. »Dein Anteil an Firdaws.« Beide, er und Julia, starrten ungläubig auf die Summe.

Das Geld reichte für eine üppige Anzahlung auf Cromwell Gardens. Weiße Wände, kunstvolle Deckenfriese, prachtvolle Fenster und nach hinten raus ein Garten. Als Mr. Pym, der Besitzer der Wohnung, ihnen die Küche zeigte, sagte er: »Von Beruf bin ich Gewächshausdesigner, deshalb ...« und zog schwungvoll die Küchentür auf. Statt des erwarteten Gartens sahen sie ein großes, prachtvoll verziertes Treibhaus, das auch in Kew Gardens nicht fehl am Platze gewirkt hätte. In den Beschreibungen des Maklers war von einem Gewächshaus keine Rede gewesen. »Meine Orangerie«, nannte es der offensichtlich mit sich zufriedene Mr. Pym, während sie über den Preis verhandelten und Julian sich wünschte, Julias Hoffnungen stünden ihr nicht so deutlich ins Gesicht geschrieben. Sie stand wie angewurzelt da, fast, als litte sie an einem akuten Anfall von Stendhal-Syndrom. Eine Doppeltür nahm die gesamte Vorderseite des Gewächshauses ein, die Schmiedearbeiten waren weiß gestrichen, verschnörkelt und oben mit sich entrollendem Farn geschmückt. Pym zeigte ihnen das klug ausgedachte Bewässerungssystem und die Fenster, die sich über ein Thermostat automatisch öffneten. Innen gab es ein Cocktailschränkchen aus Bambus, mehrere Rohrmöbel und schnurgerade, wie Bärenfellsoldaten angeordnete Reihen grüner Keramiktöpfe mit Zitronenbäumen.

»Fast schon Zeit für meinen Gin Tonic«, sagte er und deutete mit dem Zeigefinger auf seine goldene Armbanduhr. »Und ich weiß ganz genau, wo ich den genießen werde. Ist aber nicht im Preis inbegriffen.«

In Julias Augen glänzten ungeweinte Tränen, und sie flüsterte ihm zu. »Das ist vom Schicksal so gewollt.«

»Wie auch immer, der Makler meinte, die meisten Leute würden Platz für einen richtigen Garten bevorzugen, einen mit Blumenbeeten und einer Schaukel für die Kleinen, falls

Sie denn welche haben.« Mr. Pym blickte nervös von Julia zu Julian. Den wahren Grund für ihre Begeisterung konnte er ja nicht erahnen.

Sobald ihnen die Wohnung gehörte – zu einem Preis, der darauf hinauslief, dass Julian schon bald wieder ein Drehbuch schreiben musste –, wurde Mr. Pyms Gewächshaus zum Mittelpunkt von Arbour, dem Spezialgeschäft für Innenbegrünung, das Julia mit ihrer Freundin Freda gründete. Freda bezahlte den Lieferwagen, auf den Julia den Namen ihrer Firma malte, umrankt von rebentragendem Wein; und sie ließen sich Visitenkarten drucken.

Die armen Pflanzen! Er begriff nicht, wie Julia und Freda das ertrugen. Aus dem Erkerfenster seines Schreibzimmers konnte er sehen, wie sie ihren Van für die Fahrt in die Stadt mit glänzenden Buchsbaumkugeln und Lutscherbäumen beluden, mit offenmäuligen Lilienbüscheln und blütenschweren Orchideenzweigen, während die Karren auf dem Rückweg nur mit Traurigkeit gefüllt waren, mit geknickten, in der City gescheiterten Gewächsen, die Blätter verloren, trocken wie Bast.

In der Wohnung das reinste Glück. Nachdem Julia sie renoviert hatte, wurde man in Cromwell Gardens beim Betreten jedes Zimmers von leuchtenden Sorbettönen geblendet: An sämtlichen Wänden waren die Farben mit Schwamm und Lumpenrollen aufgetragen und schimmerten intensiv in den Tönen frisch gepressten Obstes. Julia freundete sich mit Polsterern aus der Gegend an und rettete aus verstaubten Läden in Archway die unglaublichsten Möbelstücke. Tassenförmige, mit blassgrünem Samt bezogene Stühle im Wohnzimmer, dazu ein langer Holztisch mit verzierten und vergoldeten Kanten, Lampen mit bemalten Seidenschirmen, ein pflaumenfarbenes Sofa auf Löwenpranken aus Messing. Wie in einer Opiumhöhle oder in einem Stripclub, fand er, aber irgendwie gut. Das Hauptlicht hing aus dem granatapfelförmigen Deckenstuck herab, und die Platanen an der Straße warfen im hellen Sommer ihr Laubmuster an die Wände.

Es lag, dachte er jetzt, etwas Widersprüchliches in Julias Wunsch nach üppiger Opulenz in ihrem Zuhause. Sie selbst kleidete sich, als versuchte sie, in der Menge zu verschwinden, trug Männerhemden, steinfarbene, unten aufgekrempelte Hosen und in matten Tönen gehaltene Pullis mit rundem Ausschnitt. Meist hatte sie braune Halbschuhe an oder einfache Turnschuhe. Lippenstift benutzte sie nur ihm zum Gefallen, und irgendwo auf den Fahrten von Burnt Oak nach Cromwell Gardens mussten Julias hauchdünne Kleider davongeschwebt sein.

Bei der erstbesten Gelegenheit machte sie sich auf den Weg ins Malergeschäft. Ihm gefiel, wie sie aufblühte, wenn sie mit Farbfächern durch die Gänge flog und die Farbdosen auf den Tresen knallte, während er ihr kopfnickend und völlig hingerissen zusah. Sie versprühte geradezu Funken. All das stand in den Sternen geschrieben, davon war er überzeugt. Am Abend zuvor hatten sie in der weißen Wüstenei der Wohnung herumgekalbert, waren wie aufgeregte Kinder über die polierten Dielen getollt. Ihre erste Nacht dort, in der Wohnung verteilt ein paar Kartons mit den wenigen Habseligkeiten. Michael hatte eine Kiste Champagner geschickt, also hockten sie auf ihren Badetüchern auf hektarweiten Dielenflächen, Julias Haar noch feucht von der herrlich tiefen, klauenfüßigen Wanne. Die Flammen ihres ersten Kaminfeuers warfen Schattentänze auf die Wände. Sie stießen mit hastig ausgepackten Gläsern an, brachten auf alles nur Erdenkliche einen Trinkspruch aus. Die Zentralheizung pumpte, die Bibberkälte von Burnt Oak würde nach einer Nacht vergessen sein. Kein Tippen mehr mit fingerlosen Handschuhen, kein hilflos gegen den Dezemberfrost anzischender Gaskocher. In Cromwell Gardens schrieb er zwar weiterhin in der Küche, jetzt aber an einem Tisch vor dem Erkerfenster, neben ihm auf einem Ständer der Bildschirm.

Er saß an einem Roman und an einem Drehbuch. Julia hatte nichts dagegen, das Anstreichen größtenteils selbst zu übernehmen. Sie brachten einen Trinkspruch auf ihre hündischen Wohltäter *Beifuß* und *Mrs. Fiffibella* sowie auf den nächsten Kinohit *Fletch Le Bone* aus. Julia lag mit dem Kopf in seinem Schoß, während seine Finger durch ihr trocknendes Haar kämmten und er sie wie so oft fragte, ob sie ihn heiraten wolle. Sie schüttelte den Kopf und lachte, so trotzig wie verblüfft, richtete sich auf und sagte, was sie immer sagte: »Aber hör nicht auf, mich zu fragen …«, kniete sich hin und küsste ihn auf die Nase. »Ich liebe es, wenn du mich fragst, aber wenn ich Ja sage, hörst du auf, mich zu fragen …«, und sie kuschelte sich an ihn, weshalb er sie auch küssen musste.

»Aufs Nichtheiraten«, sagte sie und stieß mit ihm an.

»Auf Michael und all seine guten Ratschläge«, sagte er, aber als Julia ihr Glas hob, verrutschte ihr Handtuch. Er langte danach und zog es fort.

»Auf uns«, sagte er und berührte mit seinem Glas ihre Brustwarze.

Später, als das Feuer langsam erlosch und sie die Matratze in die Zimmermitte legten, erzählten sie einander flüsternd vom Sohn oder der Tochter, deren kleines Zimmer auf der anderen Flurseite lag. Straßenlampen malten fallenden Schnee auf die weißen Laken, mit denen sie die Fenster zugehängt hatten, Schattenflocken wirbelten darüber hinweg, ihre Lippen an seinem Ohr.

Als er mit dem Schraubenzieher am nächsten Morgen den ersten Deckel aufstemmte, starrte er skeptisch die hellrosa Farbe an und schaute zu Julia hinüber, um sich zu vergewissern, dass ihr auch keine Zweifel gekommen waren. Sie nickte, ein blaues Kopftuch fest ums Haar gebunden, was ihre markanten Gesichtspartien hervorhob. Licht auf der Knospe ihrer angeknabberten Unterlippe, typisch Vermeer, dachte er.

Sie brachte Wochen mit dem verzierten Stuckfries zu, gab jeder verrückten Laune nach, bunte Kleckse auf dem Brett, das ihr als Farbpalette diente, feine Pinsel im Haar. Sie kolorierte und glasierte, purpurfarbene Trauben, sonnengeküsste Pfirsiche, malte jedes Weinblatt aus, jede Ranke, stand wagemutig auf einer zwischen zwei Trittleitern gelegten Planke. Sie finde es meditativ, sagte sie, und er massierte sie, wenn ihr Nacken verspannte. Sie ließ ihre alte Bowie-CD laufen – kannte jedes Wort –, und wenn sie nach dem Abendessen die Pinsel auswusch und *Hunky Dory* mitsang, machte er es sich am Küchentisch bequem und versetzte sich in die Sprechweise seines jüngsten hündischen Alter Egos, ein Glas Wein griffbereit. Und vom Gewächshaus wehte der Duft blühender Zitronenbäume herüber.

In Cromwell Gardens hingen Samtvorhänge von der Decke bis auf den Boden. In ihrem Schlafzimmer waren sie maulbeerblau, nachts fast schwarz, doch von einem kräftigen Rot, wenn die Sonne draufschien. Jeden Morgen ein rubinrotes Erwachen: Julia nackt an seiner Seite, wenn sie die Nacht aus dem Haar schüttelte und rosiges Licht sich auf ihren Schultern fing, sobald die Decke beiseiteglitt …

Sie spielten Perudo, wobei Julia öfter gewann, obwohl sie im Gegensatz zu ihm den Fall der Würfel nicht mit mathematischen Prinzipien vorherzusagen versuchte. Ihr Leben ordnete sich um Teepausen, in denen er ihr Auszüge aus dem Drehbuch vorlas, um das Be- und Entladen des Lieferwagens, den Julia und Freda mit Topfbäumen und Pflanzen aus dem Gewächshaus füllten, um Takeaway-Essen und Pfannengerichte, das gemeinsame Bad in der Wanne, wenn sie sich abends mit dem Waschlappen gegenseitig den Tag abschrubbten, Julias eingeseifter Leib schlüpfrig wie der einer Meerjungfrau.

Wie glücklich sie im Bett waren! Fielen übereinander her wie – was hatte Karl gesagt? Ach ja … wie die Präriemäuse. Julia mit ihrem Thermometer, ihrem Eisprungkalender und das Schlafzimmer uterusfarben. Strümpfe, Spitze, der Küchentisch, der Gartenzaun. Elegante Proportionen, hohe Fenster, Julia, die sich über die Fensterbank nach draußen lehnte und nichts als ihren Pulli trug, sein Blick wie gebannt von den rosigen Halbmonden unter den aufgeribbelten fliederfarbenen Wollfäden; Kerzen, die aus seinem Schatten ein Monster machten, ein quietschendes Messingbett.

Nicht lange nach ihrem Einzug kam Karl aus Rotterdam zu Besuch, das Jackett vom Flug zerknittert, die clownesken Brauen hochgewinkelt.

In Gedanken lässt Julian diesen Tag noch einmal ablaufen. Julia hoch oben auf ihrer quer durchs Zimmer ragenden Planke und Karl, der beide Hände vor die Augen legt und tut, als müsste er sich eine Sonnenbrille aufsetzen, um seine Augen vor der überhellen Farbe zu schützen. Er hatte aus Holland identische Zwillinge mitgebracht, die in Stereo sprachen und aufeinander abgestimmte enge T-Shirts trugen. Bei ihrem Anblick verfinsterte sich Julias Miene.

»Anki und Hendrika.« Sie waren winzig wie Püppchen, weshalb Julian sich vornüberbeugen musste, als er ihnen die Hand gab. Wie sollte er die je auseinanderhalten?

»Das ist ja ein Palast«, rief Karl in dem Versuch, Julias Gunst wiederzugewinnen, ging zur Leiter und griff nach ihren Händen. »Springen?«

Julia zögerte, legte die Palette ab und säuberte den Pinsel mit einem Tuch, ehe sie ihn sich ins Haar steckte.

»Komm schon … eins, zwei, drei …«, rief Karl, und sie ergriff seine Hände und ließ sich von ihm zu Boden helfen.

Die Zwillinge hockten wie Buchstützen beidseits von Karl auf dem pflaumenblauen Sofa. Er hatte zugenommen, und Julian fiel auf, dass der mittlere Hemdknopf offen stand oder – da er die hochmütige Verachtung seines Freundes für Fragen der äußeren Etikette kannte – vermutlich sogar fehlte. Julian ging in die Küche, um eine Flasche Wein zu öffnen. Julia kam ihm nach, um Gläser zu holen und ihm dabei zuzuflüstern, dass es sich wohl kaum lohne, die Namen von Karls Freundinnen zu behalten, da er ständig neue anschleppe. »Er reibt es dir unter die Nase«, sagte sie.

Nachdem er Wein eingeschenkt hatte, fragte Julian seinen Freund, an welchem Forschungsprojekt er gerade arbeite. Karl stand offenbar kurz vor einem entscheidenden Durchbruch, aber tat er das nicht immer? Die Zwillinge, sagte er, assistierten ihm in Rotterdam, und die beiden blickten auf, lächelten und steckten ihre Köpfe unter seinem Kinn zusammen, um ihr eigenes Gespräch zu führen. Karl sah in gespielter Verzweiflung auf sie herab. »Weißt du, als Babys haben sie gegenseitig an ihren Daumen genuckelt.« Die zwei unterbrachen ihr Gespräch und lächelten.

»Wie niedlich«, sagte Julian.

»Sie haben in Rotterdam gemeinsam ihren Doktor gemacht, und Pfizer hat beiden eine Stelle in meinem Fachbereich gegeben, ich Glückspilz!« Karl senkte die Stimme und beugte sich zu Julians Ohr hinüber: »Und da ich dir ansehen kann, dass du es unbedingt wissen willst – ja, die beiden schlafen jede Nacht im selben Bett.«

Die Zwillinge taten, als würden sie ihn mit heftigen Rüffeln und einem synchronisierten Kneifen in die Oberschenkel strafen, während die eine Sätze anfing, die von der anderen beendet wurden. »Doppelte Freude und doppeltes Leid«, sagte Karl grinsend, als Julia aus der Küche rief, sie sollten zu Tisch kommen.

*

Der Hund leckt Julian die Hand. Sie teilen sich das letzte Stückchen Cheddar, und Julian streichelt ihm über die Schnauze. Er starrt zu den Apfelbäumen, zu der klitschnassen verlassenen Hängematte und denkt: Vielleicht ist das alles. Vielleicht bleibt mir von nun an nichts anderes mehr, erinnern statt leben.

Seine Finger knibbeln an einem dunklen Fleck im Bezug des Fensterplatzes. Die Stelle ist ein bisschen rauer, fast wie eine Katzenzunge. Miras Eiscreme. Dass er recht gehabt hatte, sollte sich gleich nach ihrem Einzug zeigen. Purpurner Samt war keine vernünftige Wahl gewesen. Wann aber hätte sich Julia je vernünftig entschieden?

Michaels Netsuke-Affe wird in seinen Fingern warm wie eine kleine Hand. Er stellt ihn zurück ins Bücherregal. Er hat alle Regale im Haus abgesucht. Miras Bilderbücher wurden sorgfältig entfernt. Hier stehen seine und Julias Bücher weiter wild durcheinander. Nur ihre Pflanzenbücher sind verschwunden. Diese Paperbacks aber gehören ganz offensichtlich ihr – grünrückige Viragobände, du Maurier, Jeanette Winterson, Bridget Jones – Himmelherrgott, er feuert sie mit flatternden Seiten in einen Pappkarton, den er auf die Veranda gestellt hat und der sich nach und nach mit einer Flut ihrer Sachen füllt. Wenn der Karton voll ist, will er ihn zubinden und ihr schicken.

Neun

Jetzt, da Julias Bücher aussortiert sind, erkennt er eine beruhigende Ordnung in diesem seinem Regal. Marvell, Milton, Ricks, Spenser, Teskey, Vergil, Yeats. Die Bände eher durchgeblättert als gelesen, die Buchrücken geriffelt wie geriatrische Fingernägel. Die sonnenverblichenen Cover erinnern ihn an den ernsten Studenten, der er war, ehe er Julia kennenlernte. Sein Blick überfliegt die Regale: die befriedigende Uniformität der Everyman-Bände, Bibel, Homer und Stanley Fish, seine gesamte Lektüre in Teekisten verpackt, als sie mit nichts weiter als seinem unvollendeten Abschluss, Julias Eheschulden und dem enttäuschten Jammern seiner Mutter aus Mrs Briggs' Haus in Burnt Oak flohen.

Vereinzelte Teeblätter haben Flecken auf einigen der Leineneinbände hinterlassen, andere haben sich leicht gewellt. Die Buchdeckel von *Paradise Lost* biegen sich, der Band aufgequollen mit Anmerkungen auf eingeklebten Zetteln, der Rücken an mehreren Stellen gebrochen. Als er das Buch aus dem Regal zieht, stecken seine Notizen alle paar Seiten ihre zerfledderten Zungen raus, manche flattern zu Boden, seine Schrift kleiner und ordentlicher, als er heute schreiben könnte, was dem Computer geschuldet ist. Dies ist das erste Exemplar von *Paradise Lost*, das ihm je gehörte, ein Geschenk von seinem alten Freund Friedenskonvoi Raph, auf dem Cover Rubens' *Adam und Eva*, so herrlich wie schamlos nackt.

Er kam von einer Vorlesung über *Paradise Lost* zurück in

die Wohnung, als Julia ihm sagte, dass sie schwanger sei. Damals machte er mit seiner Dissertation bereits ordentlich Fortschritte; Julia kannte er erst wenige Wochen. Der Zeitpunkt hätte kaum schlechter gewählt sein können, trotzdem erinnert er sich nur daran, wie sehr er sich gefreut hatte, und zwar von dem Moment an, da sie mit jenen drei Worten ihren sanften Zauber sprach. Ihn überkam ein heftiges Besitzdenken, das nichts mit dem in Julia heranwachsenden Baby zu tun hatte. Während er in der Vorlesung saß – *Miltons Einstellung zur Scheidung im Lichte der Geburt Evas* –, hatte sie den Test gemacht, aber schon ehe sie ihm ihre Neuigkeit mitteilte, litt er unter drängenderen Problemen als *Literatur, Kultur und Krise zwischen 1631 und 1671*.

Jetzt, da der Sommer endgültig vorbei war, wurden seine Schichten im *Crown* gekürzt, und obwohl er dadurch Zeit für den stetig anwachsenden Stapel noch zu lesender Bücher gewann, wurde er zugleich um Geld gebracht, das sie dringend brauchten. Julias Arbeitslohn bei Geldings Antiquitäten verschwand, ehe sie ihn in Händen hielt, was an den diversen Ratenkäufen und Darlehen lag, die Chris während seiner Ehe mit Julia in ihrem Namen gemacht oder abgeschlossen hatte und deren Verpflichtungen er, um sie zu strafen, nicht länger nachkam. Also musste sie für seinen Kühlschrank zahlen, seine Waschmaschine, seinen Fernseher, den Lieferwagen und auch für das neue Dach des Cottages, das Chris wohlweislich unter dem Namen seiner Mutter hatte laufen lassen. Von Schulden ließ es sich schwer scheiden. Julian verfluchte den unverantwortlichen Impuls, der ihn veranlasst hatte, nur Wochen zuvor Unsummen für den Spiegel bei Geldings auszugeben. Wenn das so weiterginge, würde er bald die Container hinterm Coop durchwühlen, wo, wie er wusste, einige Studenten ihre Vorräte mit Lebensmitteln auffrischten, deren Haltbarkeitsdatum abgelaufen war. Sie hatten kaum noch genug Geld für den Gaszähler, also wärmten sie sich gegenseitig im Bett. Ach ja, das Bett.

Ihr Geruch haftete noch an ihm, als er an jenem Morgen das Zimmer verließ. Unten passte ihn Mrs Briggs ab und schwang den Staubsauger. »Ich bin es leid, beide Augen zuzudrücken«, sagte sie. »Dieser Irre, der da an meine Haustür hämmert.« Julian murmelte irgendwas und ließ sich Zeit, das Hosenbein in die Socke zu stopfen. Um ihren Worten Nachdruck zu verleihen, legte sie ihm die Hände auf die Schultern und zwang ihn so, zu ihr aufzusehen. Ihre von der entzündeten Schilddrüse glubschigen Augen drohten wie Eier aus dem Nest zu fallen. »Ich werde nicht länger zulassen, dass hier zu jeder Tages- und Nachtzeit fremde Männer aufkreuzen und in diesem Ton mit mir reden«, sagte sie. »Das kann ich unter meinem Dach nicht dulden.«

Erst als Julian sich bereit erklärte, nach einer neuen Wohnung zu suchen, nahm sie die Hände von seinen Schultern, wandte das Krötengesicht ab, schlurfte in ihren Pantoffeln davon und zog den Staubsauger wie eine Opfergabe hinter sich her.

Die Vorlesung war vorbei, und er hoffte, wenigstens ein bisschen davon behalten zu haben, war aber viel zu abgelenkt gewesen, um sich mehr als ein paar Notizen zu machen. Es war um irgendwelche Sekten zur Zeit Miltons gegangen, die Ranters unter anderem, Calvinisten, die glaubten, sie seien fürs Himmelreich bestimmt, ganz unabhängig von ihren Taten. EINE SÜNDE IST ALLEIN DAS PRODUKT DER FANTASIE, hatte er geschrieben, ehe sich seine Gedanken dem drängenderen Problem zuwandten, wo er und Julia künftig wohnen sollten.

Als er mit dem Rad zurückfuhr, nieselte es. Er nahm das Lokalblättchen an sich und steckte es in seinen Crombie, damit es trocken blieb. Die Straße war bedeckt mit einem aufgeweichten Blätterbrei, und in ebendiesem Moment entschied sich die Fahrradkette, vom Zahnrad zu springen. Seine Hände wurden ganz ölig. Irgendwann hatte er es zurückgeschafft und blätterte in der durchgesuppten Zeitung bis zu den Anzeigen für Mietwohnungen, während er die Treppe hinauflief. Der Antiquitätenladen hatte montags geschlossen, also war Julia auf der anderen Seite der Tür. Sein Herz tat einen Sprung, als er den Schlüssel ins Schloss steckte.

Sie stand am Fenster. Ein heller Sonnenstrahl hatte sich mit einer Wolkenlücke verschworen, um über sie hinweg auf den Boden zu fallen, sodass dieser Anblick, sie in blauem Hemd mit langen, braun gebrannten Beinen und lockerem, schimmerndem Haar, sogleich in dem für holländische Meister reservierten Teil seines Hirns abgespeichert wurde. Julia blickte weiter auf die Straße, hatte vielleicht nicht gehört, dass er gekommen war. Als sie sich umdrehte, betonte das Licht den Schwung ihrer Wangen. Sie lehnte sich ans Fensterbrett, das Hemd reichte kaum bis auf ihre Oberschenkel, die Sommerbräune war noch nicht verblasst, würde sie auch nie. Er flog durchs Zimmer, sie aber legte ihre Finger auf seine Lippen und drückte fest zu, sodass er einen Moment nicht wusste, ob er sie beißen oder küssen sollte.

Das blassblaue Hemd war seins, und das gefiel ihm. Es roch noch nach dem heißen Eisen, mit dem sie es gebügelt hatte. Mit Unterwäsche hatte sie sich gar nicht erst abgegeben, und seine Hände fanden ihren warmen Rücken. Sie legte den Kopf an seine Schulter, ihr Haar roch nach seinem Shampoo. Er ließ die Hände vom hinteren Brustkorb nach vorn wandern, und sie keuchte auf und wand sich, sobald er ihre Brüste berührte. »Sie sind so heiß und empfindlich geworden«, sagte sie, und er war keiner von den Jungen, die nicht wussten, was das bedeutete.

Was hatte er gefühlt, als sie es ihm sagte? Jauchzendes

Glück, ja. Angst? Vielleicht. Doch sosehr er sich auch bemüht, er kann sich nicht mehr daran erinnern, was ihm durch den Kopf ging. Er sieht sich selbst nur noch von außen wie durch die Glasscheibe eines Dioramas oder wie auf einem Bildschirm bei abgeschaltetem Ton. Er ist dünn, hager fast, trägt einen schwarzen, v-förmig ausgeschnittenen Pullover, der ein bisschen zu lang ist, am Saum ausgefranst, dazu eine weite Anzughose und gelbe Socken mit einem noch kleinen Loch am großen Zeh. Verwegen, wie er gern glaubt, das dunkle Haar kringelt sich über den Kragen und fällt ihm in die Augen, wenn er es nicht zurückstreicht. Gelehrt, umringt von Büchern und unaufgeräumten Zettelhaufen, Gustave Dorés Radierungen an der Wand. Kerzen stecken in Weinflaschen, am Fenster stapeln sich die wenigen Teller und Schalen, die Bettdecke ziert ein Herbstlaubmuster. Eigentlich noch fast ein Junge, wie ihm jetzt klar wird. Zum ersten Mal in seinem Leben frei, aber machtlos gegen den Charme von der Schönheit mächtigem Blick.

Und da ist er, lässt die Zeitung fallen, schließt Julia in die Arme, küsst sie, knöpft das blaue Hemd auf, öffnet es, küsst ihren Bauch, und gleich darauf erhebt er sich über ihr im schmalen Bett, dringt vorsichtig ein und gibt sich dabei so erstaunt, so ehrfürchtig gegenüber den Tatsachen des Lebens – den überraschend neuen Tatsachen *ihres* Lebens –, dass er sie zum Lachen bringt, dann zum Weinen; ihre Arme über den Kopf gestreckt, die Hände offen zur Zimmerdecke, die Finger gespreizt, fleht sie ihn an, nicht aufzuhören, ihr Haar wie aufgeribbelt über das Kissen gebreitet.

Er hegt nicht den leisesten Schimmer eines Zweifels, die neugeborene Gewissheit erstickt alle anderen Gedanken. Am nächsten Tag geht er zu Professor Mulligan, um ihm zu sagen, dass er sein Studium aufgibt.

Paul Mulligan versuchte, ihn mit Worten davon abzubringen, die noch vor Tagen Musik in Julians Ohren gewesen wären. »Angesichts Ihrer Arbeit über Milton zweifle ich nicht im Mindesten daran, dass Sie einen wichtigen und über die Maßen bedeutenden Beitrag leisten werden«, sagte Mulligan mit einem Augenzwinkern. Doch die verlockende Musik von Büchern, Studien und fernen Doktortiteln war über Nacht zu bloßem Beiwerk geworden. Er ziehe nach London, sagte Julian, während Mulligan seine Brille putzte. Er würde reichen Kindern Nachhilfe fürs Abitur geben und sich damit über Wasser halten.

Vor wenigen Jahren hatte Mulligan ihm geschrieben, c/o Abraham und Leitch, auf privatem Briefpapier, nicht auf dem der Universität. Er sagte, seine jungen Neffen hätten einen Film über einen Hund im Weltraum sehr vergnüglich gefunden, und Mulligan selbst gefalle die Szene, in der Laika als Geist auf dem Mond erscheint. Er sei, schrieb er in seiner akkuraten Schrift, sehr erstaunt, aber auch stolz gewesen, Julians Namen im Abspann zu sehen. Er schloss mit den Worten: »Man sagt, wenn das Leben an Fahrt aufnimmt, schwindet die Zeit für Studium und Reflexion. Ich hoffe sehr, dass das in Ihrem Fall nicht zutrifft.«

Julian stellt den Milton zurück und rülpst. Er zählt die leeren Bierflaschen, was ihm bestätigt, dass er ziemlich betrunken ist. Mit dem Rest in der letzten Flasche spült er die Schlaftablette hinunter.

Das Gewitter hat sich verzogen, trotzdem ist die Luft in seinem Schlafzimmer stickig geblieben. Ihm bleibt keine andere Wahl, stickige Luft oder der Gestank des Jasmins, sobald er das Fenster öffnet. Die Rufe der kleinen Eulen vom Dach des Speichers. Er zieht sich aus, fällt ins Bett und wühlt im Chaos der Laken, bis er gefunden hat, was er sucht. Julias Pullover ist dünn und fliederfarben, vom Tragen ganz labberig und an den Ellbogen fast durchgescheuert, gerade lang genug, um ihren Po zu bedecken, und meist morgens getragen, wenn sie nach unten ging, um sich einen Kaffee zu machen.

Irgendwo weit entfernt das qualvolle Bellen einer Füchsin im Tal. Der Kaschmirpullover ist alt und weich, der Saum leicht aufgeribbelt. Julian ist wütend auf sich, feuert ihn aus dem Bett. Er sollte nach unten gehen und den Pullover in den Karton mit ihren restlichen Sachen werfen.

Der Tablette gelingt es nicht, seine aufgewühlten Gedanken zu beruhigen – rund und rund drehen sie sich –, und er ertappt sich dabei, dass er die Nase wieder in ihren Pullover drückt. Ihr Geruch lässt nach, ist kaum noch da, aber er presst den Pullover an sich, um einen Schmerz zu dämpfen, der im Unterleib begann, kneift die Augen zusammen. Er verflucht den sich regenden Steifen, aber auch jenen Teil seines Hirns, der sich immer aufs Neue und allzu lüstern dazu verschwört, ihm den Weg zu einem Bett zu leuchten, in dem Julia liegt. »Die Liebe ziemt Dir, nicht die Leidenschaft …« Wer sagt das? Ach ja, Raphael zu Adam in *Paradise Lost*, Achtes Buch. Und schon ist die Wachskerze angezündet, leuchtet ihm den Weg zu einem Hotel in Paris, Duftkerzen brennen auf dem Tresen. Dies ist ein Ort, an den er immer wieder auch gegen seinen Willen zurückkehrt. Julias hüftschwenkender Gang entlang der Kerzenreihe, High Heels aus schwarzem Samt, die Lippen mit einem *Zügellos* genannten Rot bemalt, was nur er weiß, weil er einen Kicheranfall bekam, als er den Namen in einer Drogerie in der Rue Jacob las. Es läuft leise Trance-Musik, nierenfarbene Sofas mit gestepptem Polster, gemurmelte Gespräche und ein Mann in braunem Samtanzug, der allein an der Bar sitzt.

Julian entdeckte den Mann, nur wenige Augenblicke, bevor Julia ihren Auftritt hatte. Er war offensichtlich Gast des Hotels, spielte mit dem Zimmerschlüssel, der neben seinem Glas lag. Julian schätzte ihn auf Anfang fünfzig, kurze stahlgraue Locken, große Nase. Er trank Rotwein und blickte sich von Zeit zu Zeit in der Bar um, nickte kaum wahrnehmbar zum Takt der Musik. Julian sah, wie das Glas des Mannes auf halbem Weg zum Mund verharrte, sah ihn plötzlich erstarren, folgte seinem Blick zur Tür. Und da war sie: Julia, die sich eine Nadel ins Haar steckte, zögerte.

Als sie eintrat, erstrahlte die weiße Seide ihrer Bluse. Himmel, war sie gut. Venus tritt aus ihrer Schale. Ta-ta-tamm. Alle Köpfe drehten sich zu ihr um.

Sie war genauso angezogen, wie er es sich gewünscht hatte, und trotz ihres anfänglichen Protests bewegte sie sich souverän auf den hochhackigen Schuhen, im engen Rock. Kaum in der Bar, blieb sie stehen, raffte kurz ihren Mut zusammen, ehe sie näher glitt. Er hielt den Atem an. Sie hatten Wodkas aus der Minibar getrunken, ehe er sie verließ, damit sie sich umziehen konnte; sie dürfte also schon ziemlich betrunken gewesen sein. Durch den schimmernden Stoff der Bluse sah er ihre Brüste schwingen, als sie so nahe an ihm vorbeiging, dass er den Luftzug ihrer Bewegung spürte, dennoch nicht einmal ein Augenzwinkern der Verschwörung. Völlige Fremde. Sie setzte sich an den Ecktisch, direkt in seinem Blickfeld, ihr Haar halb hochgesteckt, halb fiel es locker herab. Sie kreuzte die Beine, überlegte es sich wieder anders, ignorierte das Glotzen, während sie die Cocktailkarte überflog, und er spürte, wie er immer wieder schlucken musste, wie sein Herz ebenso hämmerte wie jetzt seine Faust.

Julia. Was für eine Schauspielerin. O ja. Er hasste sich selbst ebenso wie ihren schäbigen Pullover und, im Nachhinein, auch dafür, wie er sich gefühlt hatte, als der Mann im braunen Cordsamt sich von seinem Barhocker an Julias Tisch schob. Er sah zu, wie er den Arm ausstreckte und ihr die Karte abnahm. Sie beugte sich vor, um besser hören zu können, was er sagte, und Julian folgte der Route seines schamlosen Blicks, als die Bluse sich kurz öffnete und die spitzen Kegel ihrer Brüste sichtbar wurden.

Ausgemacht war, dass er sich bis nach dem ersten Cocktail zurückhielt, also duldete er, wie Julias Finger am Stiel ihres Glases auf und ab wanderten, während der Mann redete. Ihm entging nicht, dass er sich fragte, ob dies zu ihrem Spiel gehörte. Der Mann beugte sich weiter vor, war beinahe attraktiv für jemanden seines Alters mit seinem Drei-Tage-Bart und den gleichmäßig frisierten Locken. Schließlich hatte Julia ausgetrunken, und es stand ihm frei, zu ihr zu gehen und beide zu einem Drink einzuladen. Ob er sich ihnen anschließen könne?

»Natürlich.« Julia lächelte, hieß ihn willkommen und deutete auf das Sofa. Der Mann rückte missmutig näher an sie heran. Er hatte seine braune Samtjacke abgelegt und den Schlips gelockert; eisengraue Fragezeichen lugten über den Hemdkragen. Er schob die Schulter vor, gab sich jede Mühe, den aufdringlichen jungen Engländer auszuschließen, und ließ zweimal seine Hand länger auf ihrem Schenkel liegen.

Julia und Julian hielten sich an ihr Theaterstück – und das war es im Grunde, sein geschmackloser Geburtstagswunsch. Er wollte dem Skript ja auch folgen, aber nach dem dritten Margarita meldete sich ein frecher Geist. Fast hätte er laut gelacht, als er sich zurücklehnte, die Rechnung bestellte und sich anschickte zu gehen, während Julia der lippenstiftrote Mund aufklappte. »Merci«, sagte er, warf ein paar Scheine auf den Tisch, stand auf und winkte zum Abschied. »*Amusez-vous bien* …«

Sie kam kurz darauf nach oben, als er schon nackt im Hotelbett lag und vorgab zu schnarchen. Sie zog die Decke weg und gab ihm einen Klatsch auf den Hintern. »Du solltest mich doch retten.« Sie hüpfte, zog ihre High Heels aus. »Was war mit deinem überraschenden Vorschlag, mich zu vögeln und dann mit mir zu verschwinden? Hat sich deine kleine Fantasie nicht vor allem darum gedreht?«

Er zog sie aufs Bett, ehe sie noch etwas hätte ausziehen können. »Gib's zu. Du wolltest mit ihm vögeln«, sagte er und schob ihren Rock nach oben. »Jetzt mach schon, gib es zu.«

Ihre Beine um seinen Hals, ihre Hacken trommeln auf seine Schultern, in seinen Ohren wie Flügelschlagen. »Du wolltest mit ihm vögeln ...«

Er glühte vor Scham und hämmerte wütend auf ihren Pullover ein. »Gib's zu, gib's zu ...« Morgens war sie damit herumgelaufen, hatte nichts weiter drunter angehabt. Mit den Jahren hatte sich der Pullover gedehnt, weil sie immer wieder versuchte, ihn bis auf die Schenkel zu ziehen, nur war er einfach nicht lang genug, vor allem wenn sie sich vorbeugte, um ihr Höschen aufzuheben, was sie auf ihre typische Weise mit durchgedrückten Beinen tat, die Hüfte so gelenkig, dass sie, wenn sie ihre Zehen berührte, die Hände flach auf den Boden legen konnte.

»Gib's zu!«, brüllt er ins leere Zimmer, tritt die Decke beiseite, trommelt aufs Kopfende, lauter, schneller, ein Pulloverärmel flattert wild hin und her. Das Blut pocht. »Ich hab's getan. Ich hab's getan. Ich hab's getan.«

Zehn

Früher oder später musste es ja passieren. Er konnte sich nicht ewig vor Katie verstecken. Wieder ein brutal heißer Tag. Die Milch vor der Tür ist warm geworden. Katie folgt ihm in die Küche, klimpert mit den Schlüsseln wie eine Maklerin; die beiden Flaschen klirren. Wegen Katies Ankunft hatte er sie draußen vergessen. »Ich will sie schon lange abbestellen«, sagt er. Was nicht einfach ist. Die zweite Flasche ist immer für Mira gewesen.

Sie knallt die Milch in den Kühlschrank und zieht ein Gesicht bei dem Chaos, das sich ihr bietet. Er fängt an, sich zu entschuldigen.

»Okay, okay. Aber jetzt wollen wir *dich* mal genauer in Augenschein nehmen«, sagt sie und reißt so plötzlich die Küchenvorhänge auf, dass er zurückschreckt. Sie trägt ein knallbuntes, mit blühenden Rosen gemustertes Kleid, ihre Haut ist gerötet, die Arme sind nackt. Um die Taille trägt sie einen breiten roten Lackledergürtel, in dem sich bei jeder Bewegung das Licht spiegelt.

Sie wendet sich vom Fenster ab, nähert sich ihm wie ein Rosenbusch in voller Blüte. »Ach, Jude«, sagt sie und greift nach ihm, als der Hund aus dem Garten herbeijagt, an ihr hochspringt und versucht, sie abzulecken.

»Wenigstens einer, der sich freut, mich zu sehen«, sagt sie und geht in die Knie, um ihn an den Ohren zu kraulen. Bist ein braver Hund, Zephon.«

»Ich fürchte, er hat sich in einem Kadaver gewälzt.« Julian

flüchtet, um den Kessel aufzusetzen. »Er stinkt.« Katie richtet sich auf, schnüffelt an ihren Fingern und verzieht das Gesicht. »Ehrlich gesagt, da ist er nicht der Einzige.«

Er hebt den Arm, riecht an seiner Achselhöhle. Gibt ihr recht.

»Und rasiert hast du dich wann zuletzt?«

Er dreht den Wasserhahn zu und reibt sich mit der Hand übers Kinn, woraufhin es zu jucken beginnt. Sie kommt, nimmt ihm den Kessel ab, lässt Wasser über ihre Hände laufen und sieht sich nach etwas um, womit sie sich abtrocknen kann.

»Es tut mir so leid«, sagt sie. »Ich kann mir nicht mal ansatzweise vorstellen, was du gerade durchmachst.«

Er gibt ihr ein Geschirrtuch und schämt sich, weil es so dreckig ist, schämt sich wegen der leeren Flaschen, der mit halb gegessenem Essen verklebten Teller, wegen seines Gestanks.

»Nun mach schon«, sagt sie, trocknet ihre Hände ab und gibt ihm einen kleinen Schubs in Richtung Treppe. »Nimm ein Bad und rasier dich, während ich hier unten ein bisschen aufräume. Mum hat die Jungen, also kann ich dir Frühstück machen. Und du musst auch nicht reden, wenn du nicht willst …«

Das Wasser donnert in die Wanne, verschwört sich mit seinem Gewissen und ruft einen Song in Erinnerung, den Rhythmus der Klanghölzer, eine Sängerin mit rauchiger Stimme: »*Easy, easy, easy. Loving you is easy.*« Er war von der Great Ormond Street direkt zum Marylebone Hotel gefahren. Der Song lief in der Bar, eine Kuhglocke gab den Takt, verrauschte Percussion, die Sängerin eine Schwedin, die ›easy‹ wie ›eisy‹ betonte, was ihn und Katie zum Lächeln brachte.

Katie in dem zu engen blauen Kleid, ihre zu dick aufgetragene Trauer und der Hyazinthenduft. Als Barsnack gab es Burger. Sie erzählte vom demütigenden Ende ihrer Ehe. Aber bei dem, was er davon mitbekam, hätte sie ihm ebenso gut erzählen können, wie demütigend es gewesen war, ihr Haar zu föhnen. Statt zuzuhören, skizzierte er Firdaws' Küche auf einer Papierserviette: Striche und Pfeile, die andeuteten, wo Schränke sein sollten, das Layout der Fliesen, die Ablage für Töpfe und Pfannen. Auf einer zweiten Serviette zeichnete er den Grundriss für Miras Schlafzimmer; das Bett mit dem Fußende zum Fenster, von der Tür flächendeckend Regale an den Wänden.

»Ich war nach Billy im Mutterschaftsurlaub, und da ist es passiert …«, sagte Katie. Er wollte sie bitten, Miras Zimmer mit Teppich auszulegen, damit sie, wenn sie nach Hause kam, keine Pantoffeln anziehen musste. Wie das ganze Krankenhaus war auch der Boden in ihrem Zimmer aus hellem Linoleum. »Camilla war seine Aushilfslehrerin. Originell, nicht?«

Als er merkt, wie ausgehungert er ist, legt er den Stift beiseite und stopft sich den Mund mit Burger voll. Katie erzählt, sie könne nicht aufhören, daran zu denken, wie oft sie das Lehrerzimmer betreten habe und alle verstummt seien.

»Sie hatte eine Halskette mit einem rubinroten Kreuz, und jeder wusste, dass er sie ihr gekauft hatte.«

Er dachte an Mira im Krankenhausbett, die Hand auf der Bettdecke, und an Julia, die von der Pritsche den Arm ausstreckte, um nach ihren Fingern zu greifen.

»Angefangen hat es mit einer Anmeldung zu einem Gruppenevent. Bergsteigen«, fuhr Katie fort. »Und Adrian kam mit einer Sehnenzerrung nach Hause. *Vom Bergsteigen*.«

Der Barkeeper kam, um die übrig gebliebenen Pommes abzuräumen, während Katie weiter Adrians Verfehlungen auflistete. Es gab Komplikationen beim Hausverkauf; sie und die Jungen würden nach den Sommerferien bei ihrer Mutter wohnen müssen, und bis dahin würde sie alle Aushilfsstunden annehmen, die sie kriegen konnte. »Ich gehe nicht zurück«, sagte sie und hielt dabei ihre Hand hoch, den dick gewordenen Finger mit dem Ehering. »Und der hier kommt ab …«

Da seine Listen und Pläne in ihrer Tasche lagen und nur darauf warteten, in die Tat umgesetzt zu werden, war es wohl das Mindeste, was er tun konnte: den Barkeeper um etwas Butter zu bitten. Die Butter wurde in einem Körbchen zusammen mit einigen Brötchen gebracht. Sie war weich, schmolz fast, als er die Verpackung öffnete. Er nahm sie aus dem Einwickelpapier, um sie Katie auf den Ringfinger zu schmieren. Als er begann, die Butter einzureiben, wandte sie den Blick ab, als nähme er eine Operation vor. Er drehte den Ring hin und her, bis er sich überraschend leicht vom Finger abziehen ließ.

Sie starrte auf ihren glänzenden nackten Finger. »Oje, dich darum zu bitten war wohl ein bisschen taktlos«, sagte sie.

Er wischte den Ring ab und gab ihn ihr. Ihr blieb ein Streifen blasser Haut. »Stell dir einfach vor, ich hätte dir einen Splitter herausgezogen«, sagte er, woraufhin sie schmollend die Unterlippe vorwölbte. »Wirklich nicht gerade feinfühlig von dir«, merkte sie an, woraufhin er entschuldigend mit den Schultern zuckte. Sie lächelte, ohne ihre Grübchen zu zeigen, und knabberte an einem der Brötchen. »Ich weiß, wenn ich sehe, was du gerade mit Mira durchmachst, sollte ich nicht ständig darauf herumreiten«, sagte sie.

Ach, sie hat es gut gemeint. Im Bad seift er sich das Gesicht ein. Sein schlechtes Gewissen lässt ihm keine Ruhe: Es würde sicher nicht schaden, ermahnt es ihn, ein wenig freundlicher zu deiner früheren Geliebten zu sein. Er greift zum Rasierer, wischt über den dampfbeschlagenen Spiegel und wird plötzlich von einer so starken Sehnsucht gepackt, dass er die Augen zusammenkneifen muss, dennoch sieht er sie herumplanschen, seine Mira, seine kleine Elfe, das Haar zum Knoten hochgesteckt, wie sie ihm beim Rasieren zuschaut. Es gefiel ihr, wenn er Schaum in ihr Gesicht schnippte und sie ihn nachmachte, sich mit einem Lutscher rasierte, der irgendwie ins Bad gelangt war, und all die richtigen Grimassen zog, ihr Kinn lustig vorgereckt.

Er drückt sich den Schaum in die Hand und setzt an der Kehle an, beugt sich zum Spiegel vor. Es ist ein altmodisches Bad, unverändert seit der Zeit seines Vaters, vielleicht gar seines Großvaters: ein primelfarbener Raum, der ihn oft an Zitronenbaiser erinnert, ein runder Drehspiegel auf einem Messinggestell, gerade groß genug, um ein Buch darauf abzulegen. Er lässt weiter heißes Wasser einlaufen und beginnt, sich das Kinn zu schaben. Aus dem Dampf steigt sein Gewissen auf: Vergiss nicht, ohne Katie wäre Firdaws wohl für immer verloren gewesen. Niemand sonst hätte dir gesagt, dass es zum Verkauf stand. Nicht mal Michael. Er hat es dir bewusst *verschwiegen*. Stoppeln kippen wie Stämme in die schneeige Weite seiner Kehle.

Es war Schicksal, dass gerade er es war, der an jenem Tag mit Mira zu ihrer Auffrischungsimpfung ins Krankenhaus fuhr, sonst hätte er nie erfahren, dass Firdaws zum Verkauf stand. Er wechselte die U-Bahn in – haha, ihr Götter – Angel Islington, als er sie sah: Katie direkt vor ihm auf dem Bahnsteig.

Anfangs war er unsicher; ihr Haar kam ihm anders vor, viel blonder. Sie hielt einen Hosenmatz an jeder Hand und trug auf dem Rücken einen sperrigen Stoffbeutel, der sie wie ein Lastkamel aussehen ließ. Sie hatte ihn noch nicht entdeckt, doch während er sich durch die Menge schob, wusste er plötzlich, dass es wirklich Katie war. Sie wuchtete sich den jüngeren der Kleinen auf die Hüfte, dessen dicke Beinchen sie wie ein Nussknacker umklammerten, und als sie sich umdrehte, um etwas zu sagen, erkannte Julian sie an ihrem Lächeln: dieses Lächeln, das sich über eine Gesichtshälfte stärker ausbreitete als über die andere, in der Wange das doppelte Grübchen, das sie unzweifelhaft zu Katie machte, und er rief ihren Namen.

Sie war fülliger, als er sie in Erinnerung hatte, aber immer noch hübsch. Der Busen war zurück, was ihn freute. Der Kummer wegen ihrer Trennung hatte sie bei ihrer letzten Begegnung auf schockierende Weise geschrumpft aussehen lassen. Beim Anblick der unter dem dünnen T-Shirt aufragenden winzigen Höcker hätte er sich ihr am liebsten vor die Füße geworfen und um Vergebung gefleht.

»Katie?«

Sie drehte sich um, fassungslos klappte ihr die Kinnlade runter. »Julian? Jude?« Sie winkte ihm mit dem Ärmchen des Kleinen zu, die Grübchen blitzten. »Was machst du denn hier?«

Drei, vier Züge leerten und füllten sich wieder, während sie redeten und die Luft seufzend über sie hinwegrülpste; die Jungen quengelten und wurden ungeduldig.

»Billy. Arthur.« Sie ließ sie Hallo sagen. »Ich habe geheiratet und dann die hier gekriegt.« Er wuschelte Billy durchs Haar, während sie einen Blick in seine Babytrage warf, in der Mira schlief, den Kopf an seinen Nacken gelehnt.

»Aaachh …«, entfuhr es ihr langsam.

Die Lippen, die er Katie an jenem Tag auf die Wange drückte, waren die eines Mannes, dem etwas erspart geblieben war. »Du benutzt ein anderes Parfüm«, sagte er, die Nase an ihrem Hals. Und sie erwiderte: »Nun, sieben Jahre sind eine lange Zeit. Was hast du erwartet?«

Er durfte nicht zu spät zur Klinik kommen, also schrieb er seine Nummer auf und steckte sie ihr in den Beutel. Er würde die nächste Bahn nehmen.

»Du weißt, dass Firdaws zum Verkauf steht?« Sie sagte es ganz beiläufig, als sich die Tür öffnete, und sein Herz schien einen Schlag lang auszusetzen.

Er war fast außer sich vor Aufregung, als er zurück nach Cromwell Gardens kam. Freda brach gerade auf, um Pflanzen auszuliefern, Bernsteinperlen klackten. Sie sah Julia an, zog eine Grimasse; was er sagte, ergab offensichtlich kaum einen Sinn. Behutsam legte er den Tragesack mit Mira auf dem Boden ab, während Julia weiter mit gefurchter Stirn Zwiebeln schnitt. »Das ist Schicksal, fast zu schön, um wahr zu sein.« Er packte sie, wirbelte sie herum: »Firdaws steht zum Verkauf!«

Sie sah ihm in die Augen, legte schließlich das Messer hin und wischte sich die Tränen mit dem Ärmel ab. »Und das hat man dir im *Gesundheitszentrum* erzählt?« Er gab keine Antwort. Es hatte keinen Zweck, die Dinge zu verkomplizieren, indem er Katie erwähnte.

»Du solltest dabei auf Brot kauen«, sagte er, riss einen Kanten ab und gab ihn ihr.

Sie befreite Mira aus ihrem Tragesack. »Was redest du denn da, Julian?« Sie fuhr sich mit der freien Hand durchs Haar und roch dann daran. »Diese verdammten Zwiebeln.«

»Ich muss sofort bei der Agentur anrufen. Mira war übrigens sehr brav, hat bei der Spritze nur einmal kurz aufgeschrien«, sagte er und tänzelte zum Telefon.

»Firdaws? Ist das dein Ernst?«, sagte sie und stellte sich ihm in den Weg.

»Verstehst du denn nicht? Eine solche Gelegenheit bietet sich nie wieder.«

»Das ist doch lächerlich.« Sie hielt Mira auf ihrer Hüfte und riss den Kopf herum, als er Laub aus ihrem Haar pflücken wollte. »Hast du dabei auch nur für einen Moment an mich gedacht?« Mira begann zu weinen. »Meine ganze Arbeit ist hier. Ich kann doch nicht zwischen Firdaws und Cromwell Gardens pendeln. Wie soll das gehen?«

»Uns fällt schon was ein«, sagte er.

*

Wie eine Komplizin war Mira an seiner Seite, während sie zusammen zum Waterlow Park rannten. Sie zog ihn voran und stolperte dann, sodass sie an seinem Arm hing, zeigte aber immer noch eifrig auf Dinge, die sie ihm erklären musste, die er sich genauer ansehen sollte. Hunde, Vögel, ein auf dem Gehweg flatterndes Comicheft, eine Zehn-Cent-Münze in der Gosse. Im Park, auf einem Sitz mit einer Eistüte in der Hand, die Rhododendren in greller Pracht, erzählte er ihr von Firdaws, von ihrem Schlafzimmer, das einmal seins gewesen war, mit den silbernen Sternen auf dem Vorhang, von den Feldern, über die sie laufen konnte, von dem tollen Hund, der ihr gehören würde. Er versprach, ihr im Fluss das Schwimmen beizubringen und ihr die frisch geschlüpften Vögel im Nest zu zeigen. Ein Eichhörnchen war so kühn, zu ihnen zu hüpfen, um dieser wundersamen Ankündigung zu lauschen. Julian legte einen Finger an die Lippen und sagte Mira, sie solle still sein. Er brach ein Stück von der Waffel ab, schöpfte damit etwas Eis, und das Eichhörnchen nahm es ihm ab, blieb an ihrer Seite, hockte höflich da und schleckte wie ein winziges Kind an seinem Miniaturhörnchen, während Julian sich ausdachte, was es denken mochte, und Mira im Ton eines schnöseligen Schuljungen davon erzählte, bis sie nicht mehr an sich halten konnte und in ein lautes Kichern ausbrach, woraufhin das Tier zum nächsten Baumstamm huschte.

*

»Du hast es gewusst?«

Noch ehe der Tag zu Ende ging, stand er in Michaels Büro, in der bebenden Hand die Maklerbroschüre. Er war von der U-Bahn hergerannt, durch die eleganten Türen geplatzt, hatte das sarkastische »Tja, Ihnen auch einen guten Tag« der Empfangsdame ignoriert und war an ihr vorbeigehastet. Als Michael an der Biegung der Steintreppe auftauchte – »Julian?« – und seine Miene sah, packte er ihn am Ärmel, führte ihn ins Besprechungszimmer und bedeutete ihm, sich hinzusetzen.

»Du hast es gewusst, stimmt's?« Julian wollte nicht sitzen, pfefferte die Broschüre auf den Tisch.

»Was?« Michael stand neben ihm. »Oh, ich verstehe …«

»Hattest du Angst, meine Mutter könnte dahinterkommen und dich auffordern, dahin zurückzuziehen? Du müsstest dich zur Ruhe setzen, wenn sie dich überreden würde …«, sagte Julian. »Was denn, nach Firdaws zurückziehen und all das hier aufgeben?« Mit einer weiten Armbewegung deutete er auf die Räume mit all dem schimmernden Mahagoni, den hohen Fenstern, auf die mit jungem Laub überzogenen Bäume draußen auf dem Platz.

Michael schüttelte den Kopf und sagte: »Wie zum Teufel willst du das schaffen?« Die Rezeptionistin steckte den Kopf durch die Tür – »Kaffee?« – und zog sich zurück, ohne eine Antwort abzuwarten.

»Ich verkaufe Cromwell Gardens. Und auf mich wartet jede Menge Arbeit, hast du selbst gesagt. Ach, außerdem verschiebe ich den Roman.«

»Wieder mal?« Michael zog eine Grimasse.

»Hör zu, Michael, ich weiß, dass es nicht leicht wird …«

Michael zog einen Stuhl vor und überredete ihn, sich zu setzen. »Das habe ich nicht gemeint«, sagte er und räusperte sich: »Hast du dabei je an Julia gedacht? Sie scheint mit ihrer Arbeit sehr zufrieden zu sein, aber was ist, wenn du nach da draußen ziehst? Was ist mit dem, was sie sich aufgebaut hat? Oder erwartest du, dass sie all das einfach aufgibt?« Julian war nur kurz verlegen, als er ihm sagte, ja, genau *das* erwarte er. »Es ist das Paradies. Julia wird es lieben«, sagte er. »Ich bin mir noch nie in meinem Leben so sicher gewesen.«

Michael griff nach der Maklerbroschüre und überblätterte ein Foto, das die in unschönem Marmor gehaltene Küche der Nicholsons zeigte. »Ist verdammt viel Geld für einen Mann in deiner Position«, sagte er, wobei er mit dem Finger auf die aufgeschlagene Seite tippte.

»Es ist für Mira. Findest du nicht, dass sie die Möglichkeit haben sollte, in Firdaws aufzuwachsen? Ich sehe doch die Kinder, wie sie auf der Straße in langen Reihen an unserer Wohnung vorbeimarschieren. Graue Schulpullover und dazu passende graue Gesichter. Das wünsche ich mir nicht für Mira. Außerdem ist es Schicksal. Ja, ganz richtig. Sieh mich nicht so an, ich bin kein Idiot, Michael. Firdaws wartet auf uns, die Tore weit offen. Ich schulde es ihr.«

Cromwell Gardens war längst zu klein, so viel stand fest. Kaum zurück in der Wohnung, betrachtete er sie mit kritischem Blick. Julias Millimeterpapier ausgebreitet auf dem Tisch, in der Blechdose ihre Caran-d'Ache-Stifte. Am Erkerfenster sein Schreibtisch, darauf alles nach hinten geschoben, damit Mira nicht danach grabschen konnte; seine Kopfhörer quer über den Seiten des halb fertigen Drehbuchs. Damit hatte er angefangen, als Mira ihm zwischen den Beinen herumkrabbelte; kein Wunder, dass er so lange brauchte. Wohl kaum ideal. Miras Kinderzimmer war winzig, keine Frage, sie würden bald umziehen müssen. Eigentlich kaum mehr als eine kleine Kammer, ihr Bettchen am Fenster mit Blick über einen Rasenstreifen zu Julias Gewächshaus, so nah, dass man sehen konnte, wie sich die Blätter ans Glas drückten.

*

Das Badewasser wird kalt. Sein schlechtes Gewissen lässt ihm keine Ruhe und erinnert ihn daran, dass Katie auch gerade eine schwere Zeit durchmacht. Früher oder später wirst du dich aufraffen und nach unten gehen müssen. Du bist schon seit über einer Stunde in der Wanne. Sieh nur, das Kondenswasser läuft die Wände runter.

»Schon viel besser«, sagt Katie, als er nach unten kommt, nimmt ein Handtuch und trocknet ihm das Haar. Er trägt Jeans und ein sauberes T-Shirt. Sie nickt zustimmend, auf dem Tisch eine Schale mit Himbeeren, jede prall und perfekt. Sie muss im Garten gewesen sein, um sie zu pflücken. Sicher hat sie auch gesehen, dass er kaum gegossen hat, dass er alles verkommen lässt.

Sie füllt die Stille mit dem Neusten über ihre Ehekrise, bietet ihm Eier oder Pfannkuchen an. Er zuckt die Achseln. »Entscheide du.«

»Warum suche ich mir nur immer solche Versager aus?«, sagt sie und schlägt Eier in eine Schüssel. »Erst dich, dann Adrian.«

Ihm dröhnt der Kopf. Sie hat sämtliche Fenster geöffnet, von draußen der Schrei der Bussarde. »Bitte, Katie!«

Mit wippendem blondem Pferdeschwanz steht sie vom Tisch auf. Die Luft ist geschwängert mit guten Absichten. Die Arbeitsflächen blitzen, sie hat den Boden gewischt, einige Zweige Jasmin für den Tisch gepflückt und sich um den Kühlschrank, aber auch um die überquellenden Abfalleimer gekümmert. Sie hat das Futterhäuschen am Türsturz aufgefüllt, und die Blaumeisen schimpfen, weil er das nicht schon längst getan hat. Sie bringt eine Kanne Kaffee und Rühreier, setzt sich, um ihm Butter auf das Toast zu streichen.

Er schenkt Kaffee in zwei Becher, und als er nach der Milch greift, sieht er einen Moment lang Julia und nicht Katie am anderen Tischende sitzen. Julia reicht ihm das Kännchen.

Katie bietet ihm einen Nachschlag an, versucht, ihn dazu zu überreden, greift nach seinen Händen und sagt, er müsse jemanden finden, mit dem er reden könne, Küchenpsychologie, bei der er am liebsten laut aufgeschrien hätte.

»Ich verstehe ja durchaus, dass ich dafür wohl nicht die Richtige bin«, sagt sie. Am Vogelhaus zwitschern die Vögel. Komm schon. Sag was. Sie spielt mit ihrem Pferdeschwanz. Er wünscht sich, sie würde gehen. Müdigkeit droht ihn zu überwältigen.

»Kann ich dich zu einem Spaziergang überreden?«, fragt sie, und bei dem Wort Spaziergang springt Zeph von seinem Platz auf. »Nur bis zum Fluss und zurück?«

Er schüttelt den Kopf. Die Vögel zanken sich, das Sonnenlicht spiegelt sich in den Töpfen. Sie drückt seine Hand. »Jude, ich finde wirklich, du solltest versuchen, darüber zu reden.«

Er befreit sich aus ihrem Griff, steht auf und beginnt auf und ab zu laufen. »Ich hielt es für unmöglich, dass sie sich nicht in dieses Haus verliebt, wenn sie es erst einmal mit eigenen Augen sieht«, sagt er. »Weißt du noch, dass wir dich und die Jungs am Einzugsabend getroffen haben?«

»Beim Feuer, ja«, sagt Katie. »Mira wollte mit Billy und Arthur spielen, aber du hattest Angst vor den älteren Kindern, weil die mit Böllern geworfen haben.«

»Und wie traurig Julia war? Sie hat ausgesehen, als hätte man sie zu ihrer eigenen Hinrichtung geführt.«

Am Morgen des fünften November waren sie von Cromwell Gardens aufgebrochen, und es wurde dunkel, als sie

Firdaws erreichten. Eine große schwarze Wolke hing über den Baumwipfeln, der Halbmond eine fast im Schlitz verschwundene Münze. Er wollte Julia über die Schwelle tragen, aber sie lachte nur und meinte, er würde sich den Rücken brechen – außerdem hielt sie noch eine von der Reise ganz schläfrige Mira im Arm.

Er hatte für Blumen gesorgt und ein Feuer im Kamin anzünden lassen. »Sieht es mit all den Möbeln nicht richtig einladend und gemütlich aus?«, fragte er, und sie nickte. Mira war jetzt wach und rannte von Zimmer zu Zimmer, während er Julia das Haus zeigte. In der Küche legten sie eine Pause ein. Julia hatte Tränen in den Augen: »Ich kann verstehen, warum du Firdaws unbedingt zurückhaben wolltest«, sagte sie. »Ich hoffe nur, du hast recht, und das hier wird wirklich unser neues Zuhause.« Dann vergrub sie ihr Gesicht an seinem Hemd. Er drückte sie fest an sich. »Danke, dass du es mich versuchen lässt«, sagte er und küsste sie auf den Kopf.

Auf der Dorfwiese loderte ein mächtiges Feuer, und während sie sich der Schar der Zuschauer näherten, schürte der Geruch nach Kordit ihre Vorfreude. Raketen kreischten, goldener Löwenzahn explodierte über ihren Köpfen, und doch ertappte Julian sich dabei, wie er sich abkehrte, um Miras himmelwärts gewandtes Gesicht unter ihrer Wollmütze zu betrachten. Zerberstende Funkenschauer erhellten ihre Haut; Mund und Augen vor Staunen rund, und mehr Vergnügen als am Feuerwerk selbst fand er daran, ihr zuzusehen, wie sie das Feuerwerk beobachtete. Ein Gedanke leuchtete in ihm auf: Das ist es! Irre. Ich bin Vater, wie unglaublich!

Das Feuer knisterte, warf Flugasche wie Glühwürmchen auf. Es roch nach gebratenen Würstchen. Mit geröteten Wangen wandten sich die Leute von den Flammen ab. Die alten Bäume und die Kirche hinterm Feuer formten beruhigende Silhouetten.

Mira hielt ihren ersten kandierten Apfel in den behandschuhten Händen, Kinn und Wangen überzuckert. Sie versteckte sich im Schatten des Kinderwagens vor denen, die Hallo sagen wollten: verzerrte alte Gesichter, grinsende Kürbisse im Licht des Feuers. Liebling. Spatz. Du Hübsche.

Julia umklammerte seinen Arm und vergrub sich an seiner Schulter, während er Miras Wagen durch den Morast schob. Kinder mit Wunderkerzen tanzten durch die Gegend, um den Hals glühende Ketten fluoreszierender Leuchtstäbe. So viele Menschen freuten sich, Julian wieder da zu wissen, wohin er gehörte. Wenn Julia sich zu ihnen umdrehte, um zu lächeln, biss sie sich auf die Lippen. Julian wusste zu jedem etwas zu sagen: »Das ist die jüngere Miss Hamlyn aus dem Dorfladen … der Mann dort mit dem Stock ist Mr. Horseman, dem das Land neben unserem Haus gehört, ist der alt geworden … Ich glaube, das ist die Frau, der die Ställe gehören, soll ich sie mal fragen, ob Mira auf einem der Ponys reiten darf?«

Mit ausgestreckten Armen beugte sich Mira aus ihrem Wagen zu den anderen Kindern vor. Und während er sie ums Feuer herumschob, erinnerte er sich daran, wie aufgeregt er selbst als Junge auf dieser Dorfwiese gewesen war, wie er zum Feuerwerk schrie, Würstchen über der Glut briet, seinen Namen mit einer Wunderkerze in die Luft schrieb, wie er mit den anderen Kracher auf das Dach des Pavillons geworfen hatte …

Billy und Arthur rannten vorbei; Katie packte sie an den Armen und schaffte es, als sie ihn sah, ihre Jungs für einen Augenblick still zu halten. »Jude!«

»Ach, Katie. Ich habe mich schon gefragt, ob du auch da bist.« Er legte Julia eine Hand auf die Schulter, damit sie kurz stehen blieb. Es fiel ihm nicht leicht, ihr Katie vorzustellen, und Julias finstere Miene war ihm peinlich. Katie aber tat unbekümmert, als sie ihn umarmte, und in ebendiesem Moment hatte er bemerkt, dass sie wie früher nach Hyazinthen roch. Erst fand er das bezaubernd, dann ärgerte es ihn.

*

Er hört auf, hin und her zu laufen, setzt sich, verschränkt die Hände hinterm Kopf. Das Telefon klingelt. »Lass es klingeln«, sagt er. Katie beugt sich weit vor, wischt einige Krümel vom Tisch, kehrt sie mit der Handfläche in ein Tuch.

»Als wir vom Feuer zurückkamen, ist Julia gleich ins Bett«, sagt Julian. »Wir hatten deinetwegen einen schrecklichen Krach.«

»*Meinetwegen*?« Katie hält inne. »Wieso das denn?«

»Ach, du weißt schon, weil du hier lebst.« Er zuckt mit den Achseln. »An dem Abend ist Mira mit Bauchschmerzen aufgewacht. Verdammt. Wir haben ihr in einem fort Calpol gegeben.«

Er läuft wieder auf und ab, blinzelt die Tränen weg. Er muss Katie jetzt wirklich bitten, ihn allein zu lassen. Das Telefon läutet wieder und wieder. »Soll ich rangehen?«, fragt sie und steht auf.

»Lass nur. Lass es klingeln.«

Elf

Julian hört, wie seine Mutter nach ihm ruft. Verzweifelt bemüht er sich, wach zu werden, windet sich durch eine Lücke im Trüben, die Arme verheddert, zwischen den Fingern schleimige Schwimmhäute. »Der arme Hund hat es kaum noch ausgehalten, musste unbedingt raus«, rief sie ihm zu, noch ehe sie ganz die Treppe hinauf war. Er kommt zu spät zur Prüfung, verpasst den Bus, schlimmer noch, er muss Mira finden, Schlingpflanzen winden sich um seine Füße, ziehen ihn zurück, obwohl er vorwärtsschwimmt. Wie eine wirbelnde Münze stürzt ihm Miras Gesicht entgegen, Quallen pulsieren in ihrem Haar, er taucht ins Licht, die Hände schnappen nach Luft, Mira trägt einen Gänseblümchenkranz. Jetzt ist er vollends wach, langt nach seinen Jeans, stolpert fast darüber. Jenna ist in seinem Zimmer, bevor er den Reißverschluss zuziehen kann. Sie fächelt sich mit der Hand Luft zu, tritt mit ihren verschlissenen chinesischen Pantoffeln über die auf dem Boden liegenden Kleidungsstücke. Ihr Kleid ist zerknittert, das graue Haar müsste mal wieder gemacht werden.

»Mum? Was willst du denn hier?«

»Wie kannst du nur bei geschlossenen Fenstern schlafen?«, sagt sie und reißt den Vorhang auf, während er ein T-Shirt aufhebt und sich überstreift. »Dein Zimmer stinkt wie ein Hamsterkäfig.«

Unten in der Küche liegt ein Stapel von Katie zubereiteter Sandwiches auf einem gepunkteten Teller. Er weiß nicht mehr, ob er irgendwas gegessen hat, nachdem sie gegangen war, aber jetzt knurrt sein Magen. Michael steht in der Tür zum Flur, den Kopf unterm Türsturz eingezogen, in den Armen Tüten aus dem Auto. Einige verwirrte Fliegen huschen auf Zehenspitzen über den plötzlich sauberen Tisch. Seine Mutter beugt sich vor, um in der kleinen Vase am Jasmin zu schnuppern, den Katie für ihn gepflückt hat, dann reißt sie überall die Vorhänge auf und öffnet die Fenster. Michael zieht ihn in eine haarige Umarmung, und im Geiste bedankt er sich bei Katie dafür, dass sie ihn gedrängt hat, ein Bad zu nehmen.

»Deine Mum war verrückt vor Sorge …« Über die Ränder seiner Halbbrille hinweg mustert er Julian. »… wir haben immer und immer wieder angerufen«, sagt er und sucht nach dem Telefon. Ja, es steht noch da.

Jenna hält ihm eine auf ihrem Unterteller scheppernde Tasse hin, und der Duft steigt ihm in die Nase. Persischer Kaffee, in dem eine dicke Kardamomkapsel schwimmt. Julia hatte nie Geschmack daran gefunden, weshalb er es sich abgewöhnt hatte.

»Letzten Endes haben wir beschlossen, einfach herzufahren und darauf zu hoffen, dass du zu Hause bist«, sagt Jenna.

»Ein ziemlich weiter Weg, wenn ich nicht da gewesen wäre.« Er klingt gereizt, er kann nicht anders. Er sackt auf einem der Stühle am Tisch zusammen, auf den Michael einen mehrere Zentimeter dicken Stapel Papiere knallt. »Verträge«, sagt er und schiebt sie dann ordentlich übereinander. »Außerdem ein paar Anfragen, die du interessant finden könntest.« Julian schüttelt den Kopf, während seine Mutter den Hund füttert und zu putzen beginnt, als wäre sie nie fort gewesen. Als Nächstes wird sie ihn noch aus dem Haus scheuchen, damit er den Schulbus erwischt. Sie packt den Kühlschrank mit Tupperware aus der Kühltasche voll und schwatzt dabei über das, was ihr bei der Fahrt durchs Dorf aufgefallen ist: die neuen Häuser auf Beardon Hill, den abgefackelten Kricket-Pavillon.

»Ich meine, wer macht denn so was nur aus Spaß?«

Michael legt auch die Ausdrucke sämtlicher unbeantworteter E-Mails auf den Stapel. Hausarbeit.

»Wir haben im Dorfladen angehalten. Miss Hamlyn-die-Jüngere meint, es sei in der Nacht passiert, in der auf der Wiese das Feuer brannte, irgendein Knallkopf mit einem Benzinkanister.« Seine Mutter beginnt den Feudel über den Boden zu schieben und all die winzigen Knallköpfe aufzukehren, die weggewischt gehören, während Michael ihm sagt, dass das Fernsehen Interesse an *Hunde der Stuart-Restauration* zeige, offenbar eine gute Produktionsfirma.

»Man möchte, dass du das Drehbuch schreibst ...« Michael sieht ihn erneut über seine Halbbrille hinweg an: »Ich dachte, es macht dir vielleicht Spaß, außerdem wäre es auch gut für die gesamte Reihe«, doch als er Julians Miene sieht, verstummt er.

»Weißt du, es kann nur zu deinem Besten sein«, sagt Michael, rückt einen Stuhl heran, setzt sich neben ihn und legt eine wohlwollende Pranke auf seine Hand. Er zeigt auf den Stapel Papiere. »Wenn du wieder auf andere Gedanken kommst.«

Julian hebt den Kopf aus seinen Händen. Jenna, wie immer fest entschlossen, ihn aufzupäppeln, schneidet funkelnde Bissen von einer Mango ab, fängt sie in einem Weinglas auf und lässt sie in eine Schüssel gleiten.

»Deine Haut sieht schrecklich aus«, sagt sie und reicht ihm die Schüssel. Er könnte erwidern, dass sie selbst auch nicht allzu toll aussieht mit ihrem formlosen, vom langen Sitzen im Auto völlig zerknitterten Kleid und den leicht schuppigen Füßen in diesen grässlichen chinesischen Pantoffeln, die sie tragen wird, bis sie gänzlich auseinanderfallen.

»Aufessen«, sagt sie und zeigt auf die Schüssel. Ihr Make-up hat sich in die Falten rund um die Augen geflüchtet, und ihre Nasenspitze glüht, ein Nasenflügel schimmert. Auf eine gemeine Weise freut es ihn, dass sie so schlecht aussieht. Ihr bemüht fröhliches Geplapper deprimiert ihn. Ist es da ein Wunder, dass er nicht ans Telefon geht? Aber als ihm klar wird, dass sie offenbar geweint hat, muss er den Blick abwenden. Er konzentriert sich auf die glitzernden Fruchtscheiben, auf den Saft, der sich auf dem Löffel sammelt, doch als er denkt, dass ihre Tränen die Mango gesalzen haben, kann er kaum schlucken.

Er geht zur Anrichte, nimmt einige Tontiere zur Hand, seinen drallen Elefanten, zwei Dachse.

»Du wolltest auch mit Mira welche machen.«

»Weiß ich. Igel«, sagt sie und hockt sich auf den Tischrand. »Aber jetzt komm, iss dein Frühstück.«

»Nachdem du ihr an Weihnachten den im Garten gezeigt hast, stimmt's? Hast du es ihr nicht schwören müssen?«

Er stellt die Dachse zurück, langt zum obersten Regal und greift nach zwei Figuren, einem Tonmännchen und seiner Frau. »Führen sich auf wie sonst was, die beiden«, sagt er. »Hoch oben über all den anderen Tieren.« Er legt sie flach auf den Tisch. »Ehrlich, Mum, ich weiß nicht, was ich mit denen machen soll.«

Ihr Blick wandert von ihm zu den Tonfiguren, dann steht sie auf und nimmt ihn in die Arme. An ihren knochigen Schultern unterdrückt er ein Schluchzen.

»Ach, was war das für eine schöne Weihnacht.« Ihre Worte prallen gegen ihn, ein leerer Eimer, der aus dem Brunnen gezogen wird, während sie ihm den Rücken tätschelt.

»Das war, als wir losgezogen sind, um den Schlitten vom Weihnachtsmann zu suchen. Der Igel hat sich zusammengerollt, sobald Zeph ihm zu nahe kam. Bis dahin kannte sie Igel nur von Bildern. Wir haben für ihn einen Napf mit Hundefutter geholt; sie hat einen Silberstern von einem der Knaller dazugelegt und gesagt, das wäre sein Geschenk.« Sie seufzt, streckt eine Hand nach den Tonfiguren aus. »Am Weihnachtsabend war sie überhaupt nicht gierig. Hat sich, wenn jemand anders seine Geschenke auspackte, darüber genauso gefreut wie über ihre eigenen.« Jenna versagt die Stimme, und sie drückt sich die Faust an den Mund.

Michael tritt nach vorn. »Jetzt lass«, sagt er. »Wir haben versprochen, das nicht zu tun.« Er legt Julian eine Hand auf die Schulter, schüttelt sie. »Lass uns nach draußen in die Sonne gehen.«

Jenna putzt sich die Nase mit Michaels getüpfeltem Taschentuch, während Julian sich Ausflüchte überlegt. Zeph legt ihm die Pfoten auf die Knie, den Kopf schief, in den Augen das Flehen einer ganzen Waisenkinderschar.

Julian sucht nach seiner Sonnenbrille, Jenna holt sich ein Schultertuch. Selbst das durch die Fenster dringende Licht tut ihm in den Augen weh. »Ich glaube, ich leide neuerdings an Agoraphobie«, sagt er, setzt sich wieder und ist sich gar nicht mal sicher, ob er damit nicht vielleicht sogar recht hat. Michael zieht ihn wieder auf die Füße und schiebt ihn nach draußen.

Als sie am Speicher vorbeigehen, wendet Jenna den Blick ab und greift nach Michaels Hand. Horseman hat gemäht, den Weg vom Haus zum Fluss als grüne, von stummen Bäumen gesäumte Allee markiert. Der Himmel zeigt ein erbarmungslos sprödes Blau. Zeph tollt voraus, schnuppert die Luft wie ein frisch freigelassener Gefangener und springt auf die Heuballen, um Schwalben anzubellen.

Aus dem verdorrten Gras und dem hoch aufgeschossenen Kraut der Flusssenke steigen rund um ihre Füße Wolken von Insekten auf. Zeph hat was gerochen und macht sich auf die

Jagd, versprüht Graskörner und Ampfersamen. Jenna zeigt auf die Brombeeren in der Hecke, deren pralle Früchte gerade anfangen sich zu verfärben. »Sehen vielversprechend in diesem Jahr aus«, sagt sie. »Darfst nicht vergessen, Marmelade zu machen.«

Sie gehen an einem halben, von summenden Fliegen umschwirrten Kaninchen vorbei und müssen den Hund davon wegzerren.

Vor ihnen der Wald: eine einzelne, nervös auf ihrem eigenen kleinen Hügel zitternde Silberbirke markiert den Eingang. Jenna zeigt darauf und sagt Michael, in dem Baum würden immer Misteln wachsen.

Weihnachten hat Julian sie hergebracht, Julia und Mira, um Mistelzweige zu pflücken. Sie waren früh aufgebrochen, warm angezogen, die Stiefel quatschten über die Wiese, Mira in Schals gewickelt, die Mütze mit selbst gestrickten Ohrenklappen fest unterm Kinn zugebunden. Sie lief voraus, suchte nach Furchen und Pfützen mit blitzenden Eiskrusten, die sie mit ihren Gummistiefeln zertreten konnte, wobei sie unmelodisch ein Lied über das Kindlein Jesus vor sich hin sang, das man ihr im Kindergarten beigebracht hatte.

Er hielt Julias Hand; sie hatte einen Handschuh verloren, aber in seiner Hand blieben ihre Finger warm. Die Wollmütze war so blassblau wie ihre Augen, wie der frische, klare Winterhimmel. Sie zog sie über die Ohren, raffte ihr Haar zusammen und stopfte es unter den Mantelkragen. Nasenspitze und Wangen waren von der Kälte leicht gerötet, und im Arm hielt sie einen Korb, eine Gartenschere lugte aus der Hosentasche.

Sobald die zitternde Silberbirke in Sichtweite kam, hob er Mira auf die Schultern; der Baum so weiß, dass er nackter als alle anderen wirkte und sich deutlich vor dem dunklen Wald abhob; ein für Hexen berüchtigtes Wahrzeichen.

Mira spielte »Backe, backe Kuchen« auf seinem Kopf. Er musste sich verrenken, um mir ihr reden zu können. »Siehst du den Baum? Das ist eine Märchenprinzessin.« Er setzte sie ab, damit sie hinlaufen und einen Knicks machen konnte. »Und das hier sind ihre Kronjuwelen«, sagte er und zeigte auf den einzigen, achtlos mit Perlen übersäten Mistelzweig.

Mira, die immer noch ihr Liedchen sang, hoppelte um den Hügel, und Julia klatschte dazu in die Hände.

»Hast du schon mal eine Mistelbeere zwischen den Fingern zerdrückt?«, fragte er und sprang nach dem Ast, bekam ihn aber nicht zu fassen.

»Nicht dass ich wüsste«, sagte Julia. »Sollte ich?«

»Ich hab's früher als Klebstoff benutzt. Für Glitzerzeugs und so, wenn ich Weihnachtskarten geschrieben habe«, sagte er. »Ist schleimig wie Samen.«

Sie verzog das Gesicht. »Was für eine wunderbare Kindheit.«

»Früher hat man Mistelbeeren als ein Symbol für die männlichen Hoden verehrt. Deshalb küsst man sich auch unter einem Mistelzweig ...«, sagte er und zog sie zu sich an den Baumstamm. Mira sprang an ihren Beinen hoch. »Und was ist mit mir?«, rief sie, was sie immer sagte und sie stets zum Lachen brachte. »Was ist mit mir?«

Wieder sprang er nach dem Ast, erwischte ihn diesmal. »... wegen Aussehen und Konsistenz des Saftes, der, wie du jetzt weißt, ein bisschen zähflüssig ist ...«

»Ja, ja, schon kapiert«, sagte Julia.

Er zog den Ast so weit herab, dass sie einige Mistelzweige abschneiden konnte. »Die göttliche Essenz des Mannes«, rief er und hielt den Zweig hoch. Als sie sich vorbeugte, um ihn zu küssen, zerdrückte er eine Beere zwischen Finger und Daumen und salbte mit dem Saft ihre Nasenspitze. Julia schrie auf und sprang beiseite. »Und was ist mit mir?«, rief Mira.

Kaum zurück, hefteten sie einen Glücksbringerzweig über jede Tür. Mira raste mit gespitzten Lippen durchs Haus und rief, als er Julia unter der Badezimmertür küsste, laut »Oh là là!« auf jene anzügliche Weise, die sie von Gott weiß wem gelernt hatte.

Jenna stört seine Erinnerungen. »Wirklich, mein Lieber, ich will jetzt nichts mehr davon hören.«

»Wie?« Er war sich gar nicht bewusst, dass er laut geredet hat. »Ich habe doch nur an die Mistelzweige gedacht.«

»Bitte versteh doch«, sagt sie, während sie dem Waldrand folgen. Sie kommen an einem Feld mit Pferden vorbei, die hoffnungsvoll zum Gatter traben und dabei Staub aufwirbeln; Fliegen umschwelgen ihre Augen. Jenna bleibt stehen, um mit ihnen zu reden, die Fliegen zu verscheuchen und behutsam in ihre Nüstern zu pusten. Michael springt für Jenna ein.

»Ich weiß, es ist nicht leicht. Aber du willst doch nicht mit deinen Zahlungen in Verzug geraten, oder?«

Jenna holt sie ein. »Seinen Kummer im Gin zu ertränken ist zu einfach«, sagt sie. »Ich weiß doch, wie ihr Vale-Männer tickt. Und ich habe die vielen leeren Flaschen im Hof gesehen.«

Hätte das Feld eine Tür, würde er durchlaufen und sie hinter sich zuschlagen.

»Vergiss nicht, dass dein Vater ein Säufer war.«

»Ach ja? Ist mir völlig neu!« Am liebsten hätte er kehrtgemacht und wäre davongestürmt. Sie stupst ihn mit ihrer Hüfte, drückt ihn an sich, aber er reißt sich los. Seit er zum ersten Mal betrunken von einer Party nach Hause kam, droht sie ihm damit, dass er Alkoholiker werden könnte. Er tritt einen trocknen Lehmplacken in die Luft. Es sei nur eine

Frage der Zeit, bis man ihn auch tot hinterm Steuer finden würde. Sein Vater aber hatte sich *für* die Flasche und *gegen* Frau und Kind entschieden, hatte sie das nicht immer gesagt? Er sieht einen Stein, tritt ihn in die Brennnesseln und schreckt einen Vogel auf, andere beginnen zu lärmen.

»Na, immerhin versteckst du die leeren Flaschen nicht«, sagt sie. »Und es sieht bei dir auch nicht allzu schlimm aus. Ehrlich gesagt, ich hatte damit gerechnet, dass du in einem Drecksloch haust.«

»Schaffst du es denn, wenigstens ein bisschen zu arbeiten?«, fragt Michael.

»Katie ist gestern vorbeigekommen und hat aufgeräumt.« Er ignoriert Michaels Frage. Er mag ihnen nicht erzählen, dass Katie ihm aufgelauert hat, lässt sie stattdessen lieber in dem Glauben, er hätte sie eingeladen, könnte ja helfen.

»Das ist gut«, seine Mutter hakt sich bei ihm unter. »Ich bin froh, dass du nicht länger ganz zurückgezogen lebst. Wohnt sie endgültig wieder im Dorf?« In der Hitze wummert sein Schädel, der Grund unter seinen Füßen nichts als Steine und festgebackener Staub.

»Vorläufig zumindest, denke ich. Sie arbeitet als Aushilfslehrerin und meint, es gäbe gute Aussichten auf eine Festanstellung an der Woodford Primary.«

»Da muss Wie-heißt-er-noch ja ziemlich weit fahren, wenn er seine Kleinen sehen will«, sagt Jenna missbilligend.

Julian zuckt die Achseln. »Wie-heißt-er-noch lebt in der ehelichen Wohnung, und dagegen kann sie im Moment nicht viel tun.«

»Trotzdem, Penny ist bestimmt überglücklich, dass sie die Enkel bei sich daheim hat«, sagt Jenna, stolpert und lehnt dann den Kopf an seine Schulter. Und so laufen sie eine Weile weiter, die wandelnden Versehrten, sein Arm über ihren Rücken.

»Ich weiß noch, wie du Katie zum ersten Mal nach Hause gebracht hast«, sagt sie.

Julian muss unwillkürlich lächeln.

Ein Tag im Juli, so brennend heiß wie heute.

Der letzte Schulbus vor den Ferien, seine Hand kroch unter ihren Rock. Katies Haut am Innenschenkel so weich und dort ein wenig verschwitzt, wo sie die Beine so fest zusammenpresste.

Sie starrte aus dem Busfenster, tat, als wenn nichts wäre, die Schultasche auf dem Schoß, ganz allmählich aber entspannte sie sich und ließ seine Hand wandern.

»Als sie aus der Schule kam, musste ich nur einen Blick auf sie werfen und wusste, nicht mehr lange und irgendwer würde mit dir über Kondome reden müssen.«

»Na klar«, schnaubt er und lässt sie los, weil sie ihn in Verlegenheit bringt. »Dafür war Raph ja da. Du hättest dir keine Sorgen zu machen brauchen.«

»Hättest auch mich fragen können«, sagt Michael, woraufhin Julian peinlich berührt zusammenzuckt. »Statt irgendeinen Fremden, einen Hippie.«

»Raph war kein Fremder«, sagt Julian. »Er war eigentlich nicht mal ein Hippie.«

Jenna blickt einen Moment lang nachdenklich drein. »Er ist übrigens wieder in der Gegend«, sagt sie. »Ich konnte es gar nicht fassen, als wir an seinem Van am Straßenrand vorbeigefahren sind. Wie lange kommt er schon jeden Sommer her? Seit fünfzehn Jahren?«

Julian zählt an den Fingern ab. »Ich glaube, ich war fünfzehn, als er zum ersten Mal kam.«

»Okay, also mindestens seit fünfzehn Jahren«, sagt sie. »Du warst in jenem Sommer ziemlich launisch und bist oft stundenlang allein umhergestromert. Ich habe nie gewusst, was du eigentlich treibst. Und du hast ihm unseren Badeplatz am Fluss gezeigt. Danach habe ich mich immer wie ein Eindringling gefühlt, wenn ihr beide da wart.«

Julian drückt sie an sich. »Tut mir leid, das wusste ich nicht«, sagt er. »Aber ich hatte ihn gern. Wir haben oft dieselben Bücher gelesen.«

»Ist schon in Ordnung«, sagt sie. »Alle haben immer gesagt, dass du einen Mentor finden musst, ein männliches Vorbild.«

Michael räuspert sich, aber sie unterbricht ihn, ehe er etwas sagen kann. »Nur dass du dir nach dem ersten Sommer mit ihm den Kopf rasiert hast, das fand ich nicht gut. Wie ein Gangster hast du ausgesehen.«

Der Sommer des Jahres 1983. Raphs Van am Straßenrand, ein Schandfleck mit braun und grellrot gestrichenem Grill. Terrier rannten gefährlich nahe um die zuschlagende Axt, ein kahl rasierter, muskulöser Kerl, der die Klinge schwang, einen Fuß gegen den Baumstamm gepresst.

Raph trug kein Hemd, war braun gebrannt, und seine Tattoos leuchteten, als er Julian mit einem Lächeln entwaffnete, das Raphs Gesicht in einen Sonnenstrahl verwandelte. Er bedeutete Julian, zu ihm zu kommen. Dunkel rahmten die Stoppeln sein Kinn. Raphs schimmernde Locken würden sich erst im nächsten Sommer zeigen. Seine Augen blitzten.

Er warf die Axt so, dass sich die Klinge in den Boden grub, und wischte sich das Gesicht mit einem rotweiß gepunkteten Tuch, das er sich um den Hals gebunden hatte. Über seine Schulter hinweg konnte Julian ins Innere des Vans sehen, die kunterbunten, mit Büchern und Papieren vollgestopften Regale, die an Haken hängenden Tontöpfe. »Ich habe mich gerade gefragt, ob du mir nicht den besten Platz zum Baden zeigen kannst«, sagte er, als er Julian zur Begrüßung die Hand gab.

»Ist er immer nur im August gekommen? Wo war er den Rest des Jahres?«, will Michael wissen, während sie weitergehen.

»Ach, er war überall, in Devon, Dorset, Glastonbury, Wales ... allerdings immer mit dem ganzen Konvoi. Den August aber, meinte er, braucht er für sich allein, deshalb ist er hierhergekommen.«

Michael räuspert sich leise. »Muss fürs Dorf ja der reinste Segen gewesen sein, dass er nicht mit seiner ganzen Bagage aufgetaucht ist. Kann mir nicht vorstellen, dass das irgendwem gefallen hätte.«

»Stimmt, es gab immer einen großen Aufschrei, wenn irgendwo ein Maschinenteil vermisst wurde«, sagt Jenna. »Kann nicht schön für ihn gewesen sein, dass die ganze Gemeinde jedes Mal mit dem Finger auf ihn zeigte. Aber ich muss zugeben, manchmal habe ich mir Sorgen gemacht, sooft wie du dich mit ihm herumgetrieben hast. Einmal bin ich abends sogar übers Feld gelaufen, um nach dir zu sehen, und da habt ihr zwei wie Vagabunden an einem kleinen Feuer gesessen und vor euch hingeschnattert, ein Bier in der Hand. Ihr habt mich nicht gesehen, aber ich weiß noch, wie ich dastand und dachte, wie sehr mir diese Art zu leben gefiel. Am liebsten hätte ich mich zu euch gesetzt.«

»Ich würde es schwerlich ertragen, nicht jeden Tag duschen zu können«, bringt Michael ein wenig atemlos vor.

»Er ist der glücklichste Mensch, den ich je kennengelernt habe.« Allein bei dem Gedanken an Raph muss Julian lächeln. »Er war noch nicht lang auf Trebe, als er zum ersten Mal herkam, denn dem Konvoi hatte er sich erst angeschlossen, als er aus der Marine entlassen wurde – er war dabei, als die *Belgrano* versenkt wurde. Hat ihn völlig fertiggemacht.«

»Diese dämliche Thatcher«, sagt Jenna. »Kein Wunder, dass er sich dem Friedenskonvoi angeschlossen hat.«

»Tja, bloß um gleich ins nächste Gefecht zu geraten. Weißt du noch, wie sein Van nach der Schlacht auf dem Bohnenfeld aussah?« Nur mit Schaudern kann Julian an den lecken Wassertank denken, an das mit Pappe zugeklebte Türfenster oder an das aufgerissene Metall, wo die Stemmeisen die Wagenwände durchschlagen hatten.

»Ich konnte gar nicht glauben, dass der noch fuhr. Sämtliche Fenster waren eingeschlagen und die Türen eingetreten. Dabei gab es dafür überhaupt keinen Grund, der Konvoi wollte doch bloß nach Stonehenge. Und dann das Gesicht vom armen Raph.« Eine bläuliche Narbe ziert seine Wange, seit man ihn durch die Windschutzscheibe aus seinem Van gezogen hatte.

»Ich habe es in den Nachrichten gesehen«, sagt Jenna und verzieht das Gesicht. »Wie diese verdammte Frau ihre Muskeln anspannte. Allerdings haben sie alle mit voller Kraft zugeschlagen. Ich fand, die Polizei sah wie randalierende Hooligans in Uniform aus. Einige Busse hatten Feuer gefangen, überall Rauch, und nie werde ich die Schwangere in ihrem weißen Kleid vergessen, die mitten zwischen den Bohnen steht und darum bettelt, gehen zu dürfen. Und all die entsetzten Kinder, die schreiend durch die Gegend rannten.«

»Raph musste genäht werden«, sagt Julian. »Er hat versucht, mit der Polizei zu verhandeln. Sie wollten umkehren, aber sie waren auf einem Feld in die Ecke gedrängt worden, fast als hätte man vorgehabt, ihnen erst eine Abreibung zu verpassen und ihre Wagen in Brand zu setzen, bevor man sie wieder ziehen ließ.«

Zeph scheucht einen heftig flatternden krächzenden Fasan aus der Hecke auf, und sie bleiben stehen, um seinen unbeholfenen Aufstieg zu verfolgen. Julian schießt mehrere Male mit seiner Fingerpistole auf den Vogel.

Sie kommen zum Fluss, und Jenna nimmt Michael die Picknickdecke ab, um sie am Ufer auszubreiten. Überall haben Kanadagänse hingekackt. Sie kicken grüne Kotwürstchen ins Wasser. »Dreckige Viecher, gehen einem ständig auf die Nerven und schmecken nicht mal. Wie zäher, fettiger Fisch«, sagt Jenna.

»Willst du Katie noch mal zu dir einladen, solange wir hier sind?«, fragt sie. »Weihnachten hat sie so hübsch ausgesehen, hat sogar ihre Figur behalten, und wenn man bedenkt, wie dick ihre Mutter war ...«

»Ich hab nur gedacht, für Julia kann es nicht besonders angenehm gewesen sein, feststellen zu müssen, dass deine Ex gleich die Straße runter wohnt«, unterbricht sie Michael und lässt sich mit einem *Uff* auf die Decke plumpsen. Julian dreht sich auf den Bauch, stützt den Kopf in die Hände und wünscht sich, er würde aufhören. Tut er aber nicht. »Und dann musste Julia auch noch immer nach London fahren. Sie hatte es wirklich nicht leicht«, sagt Michael. Obwohl Julian die Augen geschlossen hat, kann er spüren, wie seine Mutter versucht, Michael mit einem Blick zum Schweigen zu bringen.

Michael war dabei, als sich Julia und Katie zum zweiten Mal trafen. An Heiligabend. Angekündigt durch Gesang. Julia, barfuß, die Wangen vom Wein gerötet, kratzte die Reste des Lammbratens in Zephs Napf, Haarsträhnen quollen unter ihrem grün-weißen Paisleytuch hervor. Michael am Weihnachtsbaum, ein Glas Roten schwenkend, trug seine gelbe Feiertagsweste, die Julian an einen Cartoon-Fuchs erinnerte. Mira rannte zum Fenster: der Weihnachtsmann! Lampen blinkten auf dem Weg. »Vom Himmel hoch« kamen sie heran. Jenna huschte in ihren neusten chinesischen Pantoffeln über den Flur und riss die Tür weit auf für den bunt zusammengewürfelten Chor von St. Gabriel. In der Schar der Männer, Frauen und Kinder bot Katie einen ziemlichen beeindruckenden Anblick in ihrem weiten Mantel, einem Pelzkragen wie Nebelschwaden, die ihr Gesicht umrahmten. Ihre Jungen, blond mit Pudelmützen, kleine Cherubim auf einer Weihnachtskarte, die Gesichter erhellt von Kerzen, die in Marmeladengläsern an Hirtenstäben baumelten. Michael mit seinem kraftvollen Bariton trat vor und stimmte in den Gesang ein, den Arm ausgestreckt wie Pavarotti. Hinter ihm, im Gewusel im Flur, hüpfte Mira auf und ab, und Julia presste sich an seinen Rücken und zischte ihm ins Ohr: »Das ist doch Katie, oder?«

Jenna hatte nur Augen für ihre alte Freundin Sue, die laut sang, eine Fackel in der Hand, und dabei winkte und grinste. Lautlos rief ihr Jenna zu: »Du siehst fantastisch aus!« und fragte dann, als das Lied zu Ende war, ob sie nicht alle reinkommen und noch eins vor dem Kamin singen wollten. Sie bot an, ihnen Sherry und Mince Pies zu holen, nachdem sie Julian einen raschen Blick zugeworfen hatte, um sich zu vergewissern, ob sie auch keine Grenze überschritt. »Du hast dich kein bisschen verändert«, sagte sie zu Susan, die sie auf der Schwelle umarmte. Und Sue kam herein und sagte: »Ach, Firdaws sieht ja genauso aus wie früher. Als wenn ihr nie weg gewesen wärt.« Jenna griff nach Julian: »Ja, stimmt wohl, aber jetzt gehört es ihm …«

Julia stand gleich neben ihr. »Und Julia«, sagte er vorwurfsvoll und streckte seine Hand aus: »Mir und Julia.«

Der Chor drängte ins Haus und zog an der Tür die Schuhe aus, obwohl Julian den Sängern sagte, das sei nicht nötig. Mira rannte zu Billy und Arthur. Die Feuerwerkjungs, so nannte sie die beiden. »Mann, und dann sind wir nach Hause, und Oma hatte noch mehr Raketen, nur für uns«, prahlte Arthur und wischte sich mit dem Ärmel die Nase ab. Julian wünschte sich, Katie wäre nicht vom Pelzkragen bis zu den blonden Haarwurzeln rot angelaufen und hätte ihn nicht gerade ›Jude‹ genannt, woraufhin Julia nur die Augenbrauen hochgezogen hatte. Er schoss aus dem Zimmer, als seine Mutter rief, wo denn die Brandybutter sei.

Zu Julians großer Erleichterung schien Katie am Morgen des Ersten Weihnachtstags vergessen zu sein, als er aus dem Bett stolperte, sich den Schlaf aus den Augen wischte, die Hähne noch nicht krähten und er am Gästezimmer vorbei, in dem Michael und Jenna leise im Duett schnarchten, mit Julia zu Mira lief, die juchzend ihren Weihnachtsstrumpf leerte. Sie sahen ihr von der Tür aus zu, und ihr Grinsen wurde immer breiter, je mehr sie die Kleine mit ihrer Freude ansteckte. Von Geschenkpapier umgeben, kommentierte Mira alles, was sie auspackte, wie eine höfliche, jüngferliche Tante: »Ach, sieh an. Genau was ich mir gewünscht habe.« Sie ließ den Zug pfeifen, die neue Ente für die Wanne quietschen, die kleine hölzerne Katze auf ihren elastischen Beinen tanzen und brachte sie alle zum Lachen.

Michael strahlte, als Jenna unterm Weihnachtsbaum ein größeres Paket hervorfischte und Julia und Julian hinhielt.

»Ach, wartet nur, bis ihr seht, was sie für euch gemacht hat«, sagte Michael und rieb sich die Hände.

»Pst.« Jenna knuffte ihn in seine Feiertagsweste. »Du verdirbst noch die Überraschung.«

Julian und Julia schoben sich immer wieder das Paket über den Boden zu.

»Mach du es auf.«

»Nein, du.«

»Vorsichtig! Nicht schütteln!«, sagte Jenna. »Himmelherrgott, jetzt mach es schon einer von euch beiden auf. Julian?«

»Und was ist mit mir?«, hörten sie Miras Stimme, also schoben sie ihr das Paket mit der grünen Satinschleife zu.

»Aber nicht vergessen, das ist für Mummy und Daddy«,

mahnte Jenna, als Mira die Schleife öffnete und das Geschenkpapier aufriss.

Drinnen lag eine stabile Schachtel mit abnehmbarem Deckel. »Vorsichtig jetzt.« Jenna beugte sich über Mira, als diese in das Seidenpapier griff und zwei Tonfiguren herausholte, mit jeder Hand eine. »Lass sie nicht zusammenstoßen«, sagte Jenna. »Auf die beiden bin ich nämlich ziemlich stolz.«

Sie waren schön geformt und angemalt, nackt bis auf die diskreterweise angebrachten grünen Feigenblätter, mit denen Jenna ihr Geschlecht verdeckt hatte. Julia sprang gleich auf, um Jenna zu umarmen, wofür diese sich mit einem flüchtigen Kuss bedankte, da sie von Julian abgelenkt wurde, der über die knubbligen Knie der männlichen Figur lachte.

Jetzt sitzt er am Ufer und will von alldem nichts mehr wissen. Eine Libelle landet auf Jennas Schulter, die sich nicht rührt, damit alle die wie Emaille blitzenden Flügel bewundern können. Die Sonne wärmt ihre Rücken. Zeph macht es sich weiter hügelauf in Wächterpose bequem.

Jenna erhebt sich und reckt die Arme. Sie tritt ans Ufer. »Wir hätten Handtücher mitnehmen sollen.« Michael und Julian sehen sich entsetzt an.

»An ihrem Geburtstag musste ich im Fluss schwimmen«, sagt Michael, weshalb er sich immer noch leid zu tun scheint.

Julian stöhnt. »Tja, Pech. Du hättest herkommen sollen. Ich glaube nicht, dass ich es vergessen habe.«

Jenna wirbelt herum. »Das war letzte Woche«, sagt sie. »Und niemand hat von dir verlangt, dass du dich daran erinnerst. Jetzt sofort brauche ich das Handtuch sowieso noch nicht. Ich habe ja keinen Badeanzug an.«

Sie setzt sich wieder. »Wisst ihr noch, wie wir das letzte Mal zu meinem Geburtstag hier waren? So viele Leute. Und Raph? Wie der nackt gebadet hat?«, sagt sie, und Julian schnaubt. Raph war das egal gewesen. Er trat Wasser und lachte von unten zu ihnen herauf, beglückwünschte Jenna laut zu ihrem Geburtstag und hob eine Hand zum Gruß. Die Tattoos auf seinen breiten Schultern regten sich wie Flügel.

Jenna kichert: »Sue wollte alle überreden, uns auch nackt auszuziehen und zu ihm ins Wasser zu springen.«

Einen Moment lang tut es gut, sich Sue vorzustellen, die wie ein großes Stück Mäusespeck vom Ufer ins Wasser fliegt.

»Damals war er zum ersten Mal hier«, sagt Julian. »Danach hat er immer eine Badehose angehabt.«

»Ich bin zu alt, um auf diesem harten Boden zu sitzen«, sagt Michael. »Lasst uns nach Hause gehen.«

»Denkst du, ihr trefft euch?«, fragt Jenna, die beim Thema Raph bleibt. »Ich hätte ja gern gewusst, wie es ihm geht.«

»Woher das plötzliche Interesse? Das war doch sonst nicht so. Du hast mich immer nur über ihn ausgefragt.«

»Aber sicher, natürlich«, sagt sie.

Zurück im Haus, macht Jenna sich daran, ein paar Koteletts zu braten, setzt Wasser auf und schneidet Äpfel und Zwiebeln, als wäre sie nie fort gewesen. Das Hackbrett ist, wo es sein soll, gleich neben dem Gläserschrank, die Messer sind wie gewohnt im Block an der Spüle. Katie hätte die Küche kaum getreuer rekonstruieren können.

Jenna bringt Teller und Geschirr und bedeutet ihm, den Tisch zu decken. Die Tonfiguren sind, wo er sie zurückgelassen hat: der Mann leicht zur Seite gedreht, der herrlich geformten schlanken Taille der Frau zugewandt, ihrer weichen Haut von der Farbe braunen Papiers, den strahlend blauen Augen, das Haar so glänzend wie eine frisch aus der Schale gefallene Kastanie.

Der fettige Geruch nach gebratenem Fleisch breitet sich aus. Jenna winkt mit dem Spatel und gibt ihm zu verstehen, dass er Musik auflegen soll, sobald er den Tisch gedeckt hat. Er greift nach der Tonfrau. Sie ist wunderbar proportioniert, eine Schönheit, die Brüste vielleicht ein wenig voller als die von Julia. Ihre leuchtend blauen Augen, fällt ihm jetzt auf, wirken allerdings ziemlich irre.

Jenna stellt den Wasserkrug auf den Tisch und fängt nun selbst an, die Teller hinzustellen, während die Koteletts in der Pfanne vor sich hin brutzeln. Sie sieht ihn da sitzen, die Tonfigur in der Hand, und stürzt zu ihm, sodass er überrascht aufspringt.

»Ist ja gut, ich helfe dir.«

»Gib sie her!«

Sie schnappt ihm die Frau aus der Hand.

Er will Nein rufen, aber das Wort kommt nicht schnell genug. Sie holt aus und wirft die Tonfrau gegen den Kühlschrank. Zerschmettert sie. Zeph bellt, Michael kommt aus dem Zimmer, den Hörer noch am Ohr und sieht die Scherben. »Was zum Teufel ist denn hier los?«

Zwölf

Lichter. Hektik. Blitzblanke Flure, schnelle Schritte. Das Ping des Fahrstuhls, der Magen sackt, noch ein Flur blitzt vorüber, ein Bettgeländer rattert, auf dem Kissen ein talgfarbener Kopf. Plexiglastunnel, fliegende dunkle Rippen, verschlucken sie wie ein Wal. Irgendein Beeper piept, Neonlicht flackert. Mira, eine Hand an die Stirn gepresst, das spacige Saugen und Seufzen der Doppeltür, auf der PÄDIATRIE steht.

Reglose Gestalten treiben in Meeren von Drähten und Schläuchen, Monitore verschwimmen, Neonlichter wogen, Horizonte, Gipfel, Rettungsleinen. Maschinen schlippschlappen, Stimmen murmeln, rufen, ein Telefon klingelt, ein Alarm wird ausgelöst – piep, piep, piep. Das Rattern und Rappeln der Ventilatoren, Bildschirme in Position gerückt, das Tröpfeln der Infusionen, Pflaster und Binden sichern die Schläuche. Miras Hand schlaff in seiner, ihre winzigen Finger nikotingelb.

Eine der Skalen blinkt rot, aber er kriegt die Münze nicht in den Schlitz. Er will sie mit der flachen Hand hineindrücken. Hinter ihm knackt irgendwer den Jackpot, Kaskaden von Metall auf Metall; eine Nierenschale fällt zu Boden, verstreut ihren Inhalt. Die Münze regt sich nicht, und er hämmert mit der Faust drauf. Die Ventilatoren bleiben stehen, der Alarm schrillt lauter, immer lauter, und Mira reißt die Augen auf. Während die Krankenschwestern angerannt kommen, rüttelt er ihr Bett, als wäre es ein Flipperautomat.

Schweißgebadet wacht er auf. Seine Mutter steht über ihn gebeugt, eine Tasse mit dampfendem Kardamomkaffee in der Hand. »Trink, solange er noch heiß ist, Darling.« Sie hockt sich auf den Bettrand, während er nach dem Telefon langt, um nachzusehen, wie spät es ist. Seine Hand hört nicht auf zu zittern. »Scheiße«, sagt er und richtet sich langsam auf. Er schüttelt den Kopf, versucht den grässlichen Traum loszuwerden, aber vergebens.

»Verdammt, ich habe immer und immer wieder denselben Albtraum«, sagt er. Jenna gibt ihm den Kaffee und tritt ans Fenster.

»Hört das denn nie auf? Ich werde ihn einfach nicht los. Jedes Mal wieder sehe ich Mira auf der Intensivstation, die vielen Schläuche, büschelweise fällt ihr das Haar aus, und die Kopfhaut ist ganz gelb.« Er schirmt die Augen ab, als Jenna die Vorhänge aufzieht.

»Genug jetzt.«

»Ich habe Angst vor dem Moment, in dem sie herausfindet, dass sie keine Haare mehr hat, wie sie sich fürchten wird, wenn sie sieht, dass ihr Kopf so blank ist wie eine Kugellampe …«

»Julian, versuch damit aufzuhören.«

»Und ich sehne mich danach, dass sie wieder wach wird, und dränge sie Stunde um Stunde, doch zu lächeln. Aber dann wache ich hier auf und denke an die vielen Male, da sie krank war und ich sie mit einem Video abgefertigt habe.«

»Jetzt mach dir keine Vorwürfe«, sagt die Mutter, beugt sich erneut über ihn und legt ihm eine Hand auf die Stirn. »Du konntest ja nicht wissen, was mit ihr los war.«

»Ach nein?« Seine Hände fliegen an den Kopf.

»Und hör sofort auf, dir Haare auszureißen!«

»Du weißt ja nicht, wie genervt ich war, wenn sie mal wieder krank wurde …« Jenna versucht, ihn zu beruhigen, streicht ihm das Haar aus dem Gesicht. »Ich habe sie vorm Fernseher abgesetzt, mit Käse und Keksen bis zur Schlafenszeit …«

»Das habe ich mit dir genauso gemacht«, sagt Jenna. »Und du warst unter der Woche praktisch ein alleinerziehender Vater.«

»Ich habe sie mit Calpol abgefüllt, dabei hätte ich mit ihr zum Arzt gehen sollen.« Er zieht ein Kissen übers Gesicht, vergräbt die Fäuste darin.

»Julian, wir sind das doch schon hundertmal durchgegangen. Du *bist* mit ihr zum Arzt gegangen. Du warst mehrere Male mit ihr bei Dr. Andrews.«

»Und habe mich jedes Mal wieder wegschicken lassen.« Julian lässt das Kissen sinken und äfft den alten Arzt nach, der ihn mit einem bemüht nachsichtigen Lächeln entlässt. »Ach ja, die Kleinen, die werden schon mal krank, haben Fieber und Bauchweh.« Julian verkriecht sich wieder im Bett. »Das arme kleine Ding!«

Jenna versucht, ihm das Kissen vom Gesicht zu ziehen, aber er klammert sich daran fest, fleht sie an, ihn in Ruhe zu lassen.

»Julian, jetzt hör bitte auf. Raus mit dir! Gehen wir mit dem armen Hund spazieren.«

»Ich kann nicht. Ich will nur schlafen.« Wellen der Verzweiflung durchfluten seine Brust. Seine Mutter setzt sich zu ihm, reibt ihm über den zuckenden Rücken, geht Schritt für Schritt vor.

Er muss arbeiten, nichts sonst kann ihn retten. Jenna drängt Julian, die Post durchzusehen. Über die Schulter liest sie mit. Letzte Mahnungen vom Bauunternehmer und der Baugenossenschaft, schlechte Nachrichten von der Bank. Als er wegen Firdaws verhandelt hat, waren die Berechnungen seines Beraters offenbar zu optimistisch ausgefallen, der Verkauf von Cromwell Gardens konnte nicht mal die Hälfte der

Kosten abdecken. Deshalb hatte Julian an Neujahr den Entschluss gefasst, bis zum Umfallen zu arbeiten, um sie aus der Klemme zu befreien, in die er sie manövriert hatte.

»Darauf trinke ich.« Julia stieß mit ihm an, während der Fernseher lief, Big Ben läutete, und Feuerwerkskörper explodierten. Himmel, wie hatte er sich gewünscht, ihr sagen zu können, dass er alles geben würde. Eigentlich sollten sie auf einer Party in London sein, aber Mira hatte sich mal wieder was eingefangen. Die Party fand auf einem Hausboot auf der Themse in Hampton Wick statt, Spanferkel und Tanz an Deck, Freda würde da sein, William auch. Karl wollte mit seiner Freundin aus Amsterdam kommen. Jenna und Michael drängten sie, doch hinzugehen, es sei für sie wirklich kein Problem, auf Mira aufzupassen. Trotz an die Brust gedrückter Wärmflasche und obwohl sie in eine Decke eingemummelt war, bibberte Mira auf dem Sofa vor sich hin. »Und was ist mit mir?« Sie hatte kein Wort gesagt, aber er hörte sie trotzdem.

Er holte das Calpol. Nirgendwo konnte es schöner sein, das neue Jahr einzuläuten, dachte er und sah zu Julia hinüber, die sich Miras Kopf in den Schoß gelegt hatte und ihr sacht das Haar aus der Stirn strich; es roch nach Kiefern, der Weihnachtsbaum funkelte, im Kamin knisterte Apfelholz.

In dem Raum, den er nur Nicholsons' Bad nannte, nahm Julia hinter verschlossener Tür ein langes, stilles Bad. Einen Moment blieb er auf dem Treppenabsatz stehen, roch das zu Weihnachten geschenkte Duftbadeöl, Grapefruit und Rosen, und widerstand der Versuchung anzuklopfen, reinzugehen und ihr beim Baden zuzuschauen. Er ging, um nach Mira zu sehen. Sie lag mitten in ihrem Bett, der Mund offen, schnarchte stetig vor sich hin, ein Arm über der Stirn, die Temperatur dank des rosafarbenen Zaubertranks leicht gesunken.

Unten brummelte Jenna, Truthahn und Schinkenpastete

würden zu trocken. Schließlich gesellte sich Julia zu ihnen. Nach dem Bad wirkte sie entspannter, die Haut glänzte von der Bodylotion. Sie trug Jeans und ihren fliederfarbenen Pullover, das Haar gebändigt von einigen Seidenlilien, die ihr Julian in den Weihnachtsstrumpf gesteckt hatte. Jenna schnappte nach Luft. »Wie schön! Die passen so gut zu deinem Pullover.« Sie zeigte auf die Blumen, Julia griff sich an den Kopf und lachte: »Ach, die sollten nur verhindern, dass mein Haar wieder nass wird.« Sie fing an, die Spangen abzunehmen, und schüttelte das Haar aus.

Er nahm ihr die Seidenblumen ab, während sie sich mit den Fingern durchs Haar fuhr, ließ eine der Spangen auf- und zuschnappen und zwickte sich mit dem winzigen Plastikgebiss in den Daumen. Eine Frau im Nachbardorf hatte die Seidenblüten von Hand gemalt: hauchzart gefärbte Lilien mit samtschwarzen Staubgefäßen und flammendgelben Kehlen. Er hatte sie auf dem Weihnachtsbasar in der St. Gabriels Kirche entdeckt, und als Mira sah, wie er sie kaufte, musste sie schwören, das Geheimnis zu bewahren. »Für Mummy«, sagte er und legte einen Finger auf die Lippen. Feierlich machte sie es ihm nach und sagte: »Hand aufs Herz«, um sich dann an die Brust zu fassen, eine Bewegung, bei der ihn stets ein Schaudern überlief.

Er stand hinter Julia und schob ihr Haar beiseite, um den warmen Duft ihres Nackens einzuatmen, die neue Lotion, Grapefruit und Rosen, aber auch den schwereren eigenen Duft ihrer Haut.

»Hör auf, mich zu nerven.« Sie riss sich von ihm los, und ihr Blick traf ihn derart, dass er die Lilien zu Boden fallen ließ, wo sie liegen blieben, bis Jenna sie aufhob und wie einen herabgefallenen Kranz hoch oben auf die Kommode dem Tonpärchen zu Füßen legte.

Er zuckt zusammen beim Gedanken an die Kommode, an

Jennas Wut am Abend zuvor, an die so liebevoll geformte Frau aus Ton, in Scherben auf dem Boden. Die heftige Reaktion schockierte ihn immer noch. Heute wirkte seine Mutter ruhiger, ihre eingecremte Hand sanft auf seiner Stirn.

Zur Abwechslung dröhnt sein Schädel mal wieder. Er wünscht sich, Jenna würde es sein lassen, die Vorhänge aufzuziehen. Den letzten Schluck Kaffee hebt er sich auf für eine Paracetamol. Und er wünscht sich, sie würde aufhören, die Fenster zu öffnen: Die Vögel draußen veranstalten ein höllisches Gezänk und Gekreisch. Es geht ein frischer Wind, der Efeu wedelt ihm Siegeszeichen zu. Auf der Suche nach den Tabletten durchwühlt er die Schublade des Nachtschränkchens. Vaseline, Vitamine, ein Nagelclip, Papierschnipsel. Er fischt einen einzigen gebogenen Pfeifenputzer hervor, mit grauen Fusseln behangen, keine Spur mehr von den Mümmelmännern, die er ihr zur Freude gedreht hatte, Häschen mit Filzgesichtern, eine ganze Familie aus Pfeifenputzern, alle mit Namen. Er lächelt versonnen, als ihm wieder einfällt, wie Mira mit Babylauten für die Langohren sprach, ihre komische raue, sehr hohe Stimme, das seltsam rauchige Kichern, dann fährt er fort, nach den Tabletten zu suchen. Ganz hinten in der Schublade findet er die mit einem Gummiband umwickelte Packung, aber auch ein kleines Glasdöschen mit einem halben Joint.

Er hält die Zigarette ans Licht, perfekt gedreht. Seit Januar liegt sie da, vergessen seit dem Abend mit Karl in Amsterdam.

»Bist du völlig irre?« Endlos hatte sich Julia über seine Blödheit aufgeregt, weil er mit dem Joint in der Manteltasche durch den Zoll des Flughafens Heathrow gegangen war. Er aber jubelte innerlich, lief nicht, tanzte, konnte einfach nicht still halten. Der Kurztrip zu seinem holländischen Verleger war ein voller Erfolg gewesen. Angesichts ihres Ärgers musste er nur noch mehr lachen. »Den hatte ich komplett vergessen. Ehrlich. Karl und ich haben im Hotel geraucht, und danach habe ich einfach nicht mehr dran gedacht.«

Sie aber machte deshalb ein Riesentheater. Immer wieder musste er sie bitten, da er vor Ungeduld auf und ab hüpfte, doch endlich einmal zuzuhören, weil er ihr etwas besonders Gutes erzählen wollte: »Also, wenn du jetzt einen Moment still sein könntest …«

Sie holte dampfende Würstchen im Teigmantel aus dem Ofen, der Ofenhandschuh an ihrem schlanken Arm erinnerte ihn an den Lederhandschuh, den sie trug, als sie den Falken fliegen ließ. »Jetzt hör doch mal zu.«

Für Mira hatte er aus Amsterdam ein Jo-Jo mitgebracht, eines, das beim Kreiseln aufleuchtete. Sie war wieder gesund, nur noch ein bisschen verschnupft, regte sich aber gleich auf, als es ihr nicht sofort gelang, das Jo-Jo richtig zu werfen. Sie war für die Schnur zu klein, weshalb er sie auf einen Küchenstuhl stellte und ihre Hand in seine nahm, damit sie gemeinsam das Jo-Jo werfen und zum Glühen bringen konnten. Julia echauffierte sich nicht länger über seine neue Karriere als Drogendealer, sondern machte die Zwiebelsoße für die Würstchen warm. »Ich glaube, ich habe was in London für dich gefunden, wo du erst mal unterkommen kannst. Seit Karls Dad …« Sie erstarrte, eine Hand an der Stirn. »Ach ja, mein Gott«, sagte sie.

Volle sieben Monate hat der halb gerauchte Joint hier gelegen. Einem plötzlichen Impuls gehorchend, lässt er ihn aus dem Döschen gleiten, riecht daran, schnipst die Asche vom verbrannten Ende ab und findet ein Feuerzeug. Er geht ans Fenster, beugt sich hinaus. Allein vom Anstecken muss er so heftig husten, dass ihm die Augen tränen. Er nimmt noch zwei Züge, hält den Rauch so lange in der Lunge, wie er nur kann, ohne wieder husten zu müssen, und drückt den Joint dann auf dem Fensterbrett aus. Sein Hals brennt.

Er hat keine Ahnung, warum er das getan hat, wird aber gleich viel ruhiger. Er lehnt sich weiter hinaus und sieht hinter Horsemans Feldern den Fluss blitzen, irgendwer trottet auf einem gescheckten, schweifwedelnden Pony vorbei, Blätter schimmern im Wind. Eine Krähe erwidert seinen Blick, und er sieht zu, wie sie auf dem Zaun hin und her trippelt, stehen bleibt und sich übertrieben eifrig an einem ihrer Flügel zu schaffen macht. Er hat noch Kopfschmerzen, aber immerhin ist das Dröhnen in seinem Schädel jetzt in einen steten Rhythmus übergegangen.

Erneut steckt er den Joint an, drückt ihn nach einem einzigen Zug aber wieder aus. Bekifft kriegt er ja vielleicht wenigstens Appetit. Seine Mutter versucht ständig, ihn zum Essen zu überreden, als besäße sie den Zaubertopf, der unaufhörlich Hirsebrei kocht.

Iss. Iss. Iss. Der Holzlöffel, mit dem Jenna an die Schale des Granatapfels pocht, Juwelen, rot wie Babylippen, fallen auf Lammfleisch und gewürzte Linsen, für ihn abgefüllt in eine Schale, dampfend, gehäuft auf einem Bett aus Reis. Sie hat ihm Sahne unter den Kartoffelbrei gerührt und so viel Butter aufs Toast geschmiert, dass sie an den Rändern überquillt. Mit hungrigem Blick sieht Michael zu. Iss. Iss. Iss.

Sie würden reden, endlos, und ein Teller würde dem anderen folgen, Jennas Stimme ständig lauter, die von Michael wie Hammerschläge auf sein Hirn und keinerlei Anzeichen dafür, dass sie bald wieder gingen.

Ach, dieser letzte Zug war ein schrecklicher Fehler gewesen. Er sieht sich durchs Zimmer taumeln, fest davon überzeugt, dass irgendwo noch Kekse sein müssen, aber natürlich gibt es keine, und alle Wege führen unweigerlich ins wirre Gestrüpp und zum fliederfarbenen Pullover, der unter seinem Bett liegt. Er spitzt die Ohren, lauscht, ob die Schlafzimmertür geöffnet wird, und bedauert, dass er sie nicht abschließen kann. Dann schnappt er sich den Pullover, verkriecht sich wieder unter der Decke und krümmt sich zusammen, den Pullover an sich gedrückt.

Julia hatte den Pullover an jenem Morgen getragen, als er nach Amsterdam geflogen war. Sie bückte sich, noch ganz verschlafen, suchte ihre Unterhose, murmelte kaum hörbar, als er aufsprang und nach ihr griff.

»Ich wünsche mir, du würdest nicht fahren«, sagte sie.

»Ich kann nicht mehr absagen«, erwiderte er, packte sie an den Hüften und drängte sich von hinten an sie.

»Mira reißt jeden Moment die Tür auf.« Sie lachte, schob ihn halbherzig beiseite.

Er ließ sie los, und sie saßen nebeneinander auf dem Bett. »Ich habe ein schlechtes Gewissen, weil ich fahre, obwohl sie noch nicht wieder ganz auf dem Damm ist, aber ich hab's versprochen. Es ist der einzige Tag, an dem die Holländer alle an einen Tisch kriegen können.«

Michael fuhr ihn zum Flughafen. Die Straßen waren glatt, also mussten sie reichlich Zeit einplanen. Er schaute auf die Uhr, noch früh genug: »Wie wär's mit einem Quickie?« Um sich vor den Blicken einer vielleicht hereinplatzenden Mira zu verstecken, fand der wie gewohnt auf einem leicht zerschlissenen Teppich zwischen Bett und Wand statt. Hinterher brachte Julia Kaffee und Toast mit Marmelade, während er ein paar Sachen in eine Tasche warf.

»Sobald du zurück bist, muss ich nach London«, sagte sie und reichte ihm seine Tasse. »Wenigstens für ein paar Tage. Freda dreht sonst noch durch.«

»Ist ja nur eine Nacht. Du wirst kaum Zeit haben, mich zu vermissen.«

Sie hörte auf zu kauen. »Ist es weit von Rotterdam nach Amsterdam?«

»Nur etwas über eine Stunde.«

»Triffst du Karl?«

»Er kommt zum Abendessen«, sagte er, und obwohl er ihr den Rücken zukehrte, spürte er, wie sich ihr Blick verfinsterte.

Sein holländischer Verleger war überaus großzügig. Beim Anblick der Suite im Dylan-Hotel sehnte er sich nach Julia: ein großes Doppelbett in einer Mansarde mit Dachbalken; allein das Arrangement der Kissen ließ an verspielte Stunden denken.

Das Treffen war gut gelaufen. In Fleisch und Blut gefiel ihm sein holländischer Verleger noch besser als am Telefon. Das erste Spin-off von *Fletch Le Bone* sollte Spitzentitel werden. Ihm wurde sein Übersetzer vorgestellt, der sich ein bisschen wie der Hund im Buch kleidete und einen Mantel à la Columbo trug. Ein nervöser Tick sorgte dafür, dass er ständig mit den Augen zu zwinkern schien. Der Film *Fletch Le Bone I* war in Holland ein Riesenerfolg gewesen. Julian sah sich schon in Gulden schwimmen, weshalb er bester Laune war, als Karl ins Dylan kam.

Karl hatte deutlich weniger Haare als früher, der Anzug aber war auf vertraute Weise zerknittert. »Das kommt jetzt genau richtig«, sagte er, als Julian ihm ein Bier aus der Minibar reichte. »Der Verkehr rund um Rotterdam war grauenhaft.« Während sie tranken, kam er auf das neue antipsychotische Medikament zu sprechen, an dem er arbeitete. »Wir haben es fast geschafft«, sagte er. »Ist vielleicht eine bahnbrechende Entwicklung für die Behandlung von Capgras.«

»Von was?«

»Nie gehört? Nein? Nun, einfach ausgedrückt, ist Capgras eine wahnhafte Störung, die den Patienten glauben lässt, ein enges Familienmitglied sei durch einen identisch aussehenden Doppelgänger vertauscht worden.«

Julian überlief ein Schaudern. »Das erinnert mich an einen

Traum, den ich als Junge öfter gehabt habe: Ich stehe in Firdaws in der Tür und zeige auf ein Porträt meines Vaters, aber meine Mutter wird wütend, will mich fortziehen und bestreitet, dass wir uns je begegnet sind …«

»Ein grässliches Syndrom«, sagt Karl. »Sehr schwer für den Ehepartner. Manchmal beginnt der Patient eine völlig neue Beziehung zu dem ›Doppelgänger‹, die sich grundlegend von der vorigen unterscheidet. Am schlimmsten ist es, wenn die Erkrankten zu dem Schluss kommen, den ›Doppelgänger‹ zu hassen, und versuchen, ihn loszuwerden. Es gab da diesen grausigen Fall eines Mannes, der seinen Vater enthauptet hat, nur um zu beweisen, dass der ein Roboter sei. Er sagte, er habe die Batterien rausnehmen wollen.«

Julian machte noch zwei Flaschen auf und gab eine davon Karl. »Hey«, sagte Karl, nachdem er einen Schluck genommen hatte. »Du solltest beim Empfang anrufen und dir einen Joint bestellen. Ich meine, wo du nun schon mal in Amsterdam bist …«

»Das kann ich nicht!«

»Natürlich kannst du, du musst sogar, du bist doch nur eine Nacht hier.«

»Nein, ich meine, das weiß ich, aber einfach beim Empfang anrufen?«

»Ehrlich, die werden nicht mal mit der Wimper zucken. Das hier ist ein gutes Hotel.«

Zusammen mit einem einzigen Stängel einer Singapur-Orchidee kam der Joint in einem Glasdöschen auf einem Silbertablett, extra lang, das Ende perfekt eingedreht. Der Zimmerservice stellte das Tablett mit dem Blumengruß auf den Tisch und wünschte ihnen viel Vergnügen.

Nachdem sie geraucht hatten, machten sie einen Spaziergang am Kanal. Karl war auch in guter Stimmung, legte Julian einen Arm um die Schulter und bestand darauf, dass sie durch De Wallen liefen, aber Julian hatte plötzlich einen solchen Hunger, dass er nur an das von seinem Verleger empfohlene Restaurant denken konnte. Die Fleischbällchen mit Nudeln müsse er unbedingt probieren.

Lichter hüpften übers schwarze Wasser, brachen sich in goldenen, blauen, orangenfarbenen Wellen, im Gesicht ein erfrischender, weicher Nieselregen. Julian grinste Karl an. »Ich glaube, ich bin ziemlich bekifft.« Aus nichtigstem Anlass kicherte er vor sich hin. »Julia hat nicht viel dafür übrig, ist also schon eine Weile her.«

»Und wie geht es ihr?«

»Sie hat sich während ihrer Ehe mit dem Schwachkopf dieses Zeugs oft reingezogen, die Arme, weil sie ihn anders nicht ertragen hätte.«

»Gefällt ihr das Leben auf dem Land?«

Julian hatte Mühe, den Regenschirm zu öffnen, den er aus dem Foyer des Hotels mitgenommen hatte. »Zum Glück habe ich an den hier gedacht«, sagte er.

Sie blieben unter einer Brücke stehen; Karl nahm ihm den Schirm ab und hielt ihn über ihre Köpfe. Sie blickten ins Wasser. »Jedes Jahr werden Tausende von Fahrrädern aus den Kanälen gefischt. Die Leute können so blöd sein«, sagte Karl. »Also, zurück zu Julia.«

»Ach ja, Julia. Ehrlich gesagt, sie ist ein bisschen durch den Wind. Ihr Geschäft mit Freda läuft gut an, was großartig ist, nur wird es ihr zu viel, ständig zwischen Firdaws und London zu pendeln. Ach, ein Albtraum …« Julian verstummte, schlug den Kragen hoch und nahm Karl den Schirm wieder ab. »Gib schon her, ich bin größer als du.«

»Na gut, nimm ihn, aber lass uns schneller laufen, um warm zu werden.« Ein vorbeifahrendes Boot erhellte Karls Gesicht. Seit sein Haar schütterer geworden war, wirkten die Brauen noch clownesker als früher.

»Ich hab's verbockt«, gestand Julian mit einem Seufzer. »Ich war so begeistert von der Vorstellung, wieder in Firdaws zu wohnen …«

»Soll ja der Himmel auf Erden sein«, sagte Karl, was Julian ein Lächeln entlockte.

»Ist es auch. Du musst mal vorbeikommen und ein paar Tage bleiben, wenn du wieder in England bist. Falls ich es noch so lange halten kann. Ach, Mist, ich glaube, das Dope macht mich ganz trübsinnig.«

Sie liefen weiter durch Straßen, die immer belebter wurden.

»Eigentlich sind wir bankrott, und Julia findet die Fahrerei nach London unmöglich. Sie muss drei Tage die Woche bei ihrem Bruder bleiben, und dessen Frau ist eine blöde Zicke. Außerdem wirft das Geschäft nicht gerade viel ab, ihr Anteil geht fürs Benzingeld drauf, aber du weißt, jedes kleine bisschen hilft …«

»Oje, und was wollt ihr machen?«, fragte Karl.

»Keine Ahnung. Ich habe mit meinen Drehbüchern jede Menge zu tun, und es gibt sogar ein Buch, das ich wirklich schreiben *will*, nur bin ich die ganze Woche mit Mira allein, und da schafft man nicht viel. Außerdem sind wir zurzeit so knapp bei Kasse, dass wir uns kein Kindermädchen leisten können.«

»Du bist mit Mira allein?« Karl wich einen Schritt von ihm ab und sagte: »Du meinst, Julia verdrückt sich einfach?«

Julian nickte. »Mir war nicht klar, wie wichtig ihr die Arbeit ist.«

»Wäre es für dich und das Kind nicht besser, wenn Julia sich irgendwo bei euch in der Nähe eine Gartenarbeit sucht?«

»Ich hab's versucht. In Harbinger Hall, nicht allzu weit von Firdaws, gab es eine vielversprechende Stelle. Meine Mum kennt die Besitzer.« In einer Schnittbewegung fuhr sich Julian mit der Hand über die Kehle. »Kam nicht besonders gut an, als ich ihr das vorgeschlagen habe.«

Irgendwo in der Nähe läutete eine Kirchenglocke, Reifen zischten über nasses Kopfsteinpflaster, lärmendes Geschimpfe und Fahrradklingeln hallten in seinem Kopf wider. Die Spiegelbilder auf dem Wasser verzerrten sich, und er war froh, dass Karl in eine Seitengasse einbog. Sie waren in einem Tunnel, riesige Graffiti zogen sich über die Wände, Menschenmassen drängten vorbei, und die Lichter minderten auch nicht gerade sein Gefühl, auf einem Trip zu sein.

Sie bogen auf eine breitere Straße ab, grelle Leuchtreklamen erhellten die berühmten roten Fenster. Eine junge Frau hinter einem der Fenster wiegte sich anzüglich in den Hüften, der knappe BH und ihr winziger Slip blitzten wie eine Reklame für Waschpulver, so hell schimmerte das Weiß auf ihrer Haut. Die ganze Straße entlang leuchteten die Fenster rot, färbten die Pfützen flamingopink. »Mein Gott, als könnte man Menschen an Münzautomaten ziehen.«

Eine Junggesellenparty lief vorüber, drängende, johlende Männer, Frauen lehnten an Türrahmen und schwatzten, eine wand sich hinter ihrem Fenster auf allen vieren, rotierte ihren Hintern wie einen Kreisel rund um die winzige Furche ihres Stringtangas. Julian war fest entschlossen, sich durch nichts, was er sah, erregen zu lassen. »Stimmt es, dass die meisten durch Frauenhandel hergekommen sind?«

»Ich schätze schon, aber alle kommen her, um sich das hier anzusehen«, sagte Karl.

»Ich will nur was zu essen«, sagte Julian, und ein Mann warf den Kopf in den Nacken, zeigte auf einen der Teenager hinterm Fenster, sagte mit Akzent: »Iss die da« und schlabberte mit der Zunge in ihre Richtung.

»Wenn du willst, können wir von hier verschwinden, aber vorher musst du dir wenigstens kurz noch die Oude Kerk ansehen. Ist das älteste Gebäude in Amsterdam, gleich da vorn.« Karl lenkte ihn auf einen Platz. »Gehen wir, wenn du dir absolut sicher bist, keinem Paar live beim Sex zusehen zu wollen«, sagte er, wobei er von einer Leuchtreklame über ihren Köpfen ablas. »Nun komm schon.« Karl zerrte an seinem Ärmel. »Rembrandt hat da oft gebetet.« Und sie drängten sich vorbei an japanischen Touristen, an Strichern und Prostituierten und lehnten unterwegs mehrere Blowjobs und Lesbenshows ab.

Julian war so hungrig, dass er nur zu einer flüchtigen Tour durch die alte Kirche bereit war, die mitten im Pandämonium aufragte, im Herzen des Rotlichtbezirks. Da war Mulciber, wie er seine Stirn an die Stirn Gottes presste. Dann eine ins Kopfsteinpflaster eingelassene bronzene Hand, die nach einem bronzenen Busen griff. »Ein unbekannter Künstler«, sagte Karl und erzählte ihm drinnen ein wenig von der Geschichte der Kirche. Vor der Reformation war sie ein Ort für Bettler und Hausierer gewesen, für Tratsch und Klatsch. Karl übersetzte eine Inschrift über einem Messing-Lettner: »Die falschen Praktiken, die nach und nach in Gottes Haus Einzug gehalten hatten, wurden im Jahre achtundsiebzig unterbunden.« Bei diesen ›falschen Praktiken‹, erklärte Karl, handelte es sich zumeist um Obdachlosigkeit. »Damit wollten die Kalvinisten nichts zu tun haben, o nein.« Er las auch noch was über Katholiken vor, die jedes Jahr herkamen, um das ›Wunder von Amsterdam‹ zu feiern. Irgendwer hatte offenbar die Hostie unversehrt erbrochen, allerdings war Julian unsicher, ob sich Karl das nicht einfach nur ausgedacht hatte.

Karl führte ihn zu einem Wassertaxi, und sie schauten zurück zur Kirche, die hoch aus dem flammend hellen Sündenpfuhl aufragte. Über das schwarze Wasser blitzten rote Schwefellampen, in denen sich die wimmelnde Menge spiegelte wie festgekettete Dämonen auf einem brennenden See.

Sie fanden das Restaurant. Die Spezialität des Hauses war überbewertet, die Nudeln klumpig, die Fleischbällchen trieften vor Fett, aber Julian, vom Joint wie ausgehungert, langte mit einer Begeisterung zu, die Karl zu amüsieren schien. Er redete, während Julian aß. Er begeisterte sich für seine Arbeit am Capgras-Medikament. »Stell dir vor, was das für einen Unterschied machen könnte«, sagte er. »Viele tausend Menschen, befreit von ihrer Konfusion. Ich könnte weit mehr Menschen helfen, als ich es als Arzt je vermocht hätte.«

Julian lachte, weil Karl offenbar nach Entschuldigungen suchte, warum er in die Forschung gegangen war. Es war, als würde die Welt oder doch zumindest sein Doktorvater ihm wegen dieser Entscheidung immer noch den mahnend erhobenen Zeigefinger hinhalten. Dabei hatte er Heino Lieberman als einen freundlichen Mann mit verschmitztem Blick in Erinnerung, weshalb es ihm schwerfiel, sich vorzustellen, er hätte sich je lang über seinen Sohn ärgern können. Während des Studiums waren sie einmal bei ihm zu Hause gewesen, nach irgendeinem Konzert in der Stadt oder auf dem Land. Karls Eltern wohnten gleich in der Nähe des Great Ormond Street Hospital, für Karl und ihn an jenem Abend eine praktische Übernachtungsmöglichkeit. Auf dem Heimweg vom Konzert kamen sie an dem Eingang zum Krankenhaus vorbei. »Da oben flickt mein Dad zerbrochene Herzen«, sagte Karl und legte im Vorübergehen die Hand auf sein eigenes Herz.

Die Liebermans logierten über einem Blumengeschäft. Ihre Wohnung war geräumig und gemütlich, mehrere Flure mit roten Läufern ausgelegt. Heino und Ellie waren ein attraktives Paar, er mit seinen Augenbrauen und sie mit Karls zuckendem Lächeln.

Karls Fleischklöße und Nudeln blieben größtenteils unberührt. Er redete noch immer über seine Capgras-Forschung, und Julian wurde bewusst, dass er ihn schon seit Jahren nicht mehr ohne Freundin gesehen hatte. Er hielt inne, die Gabel auf halbem Weg zum Mund, und erkundigte sich nach der letzten Freundin. Birgitte? Sofie? Wie hieß sie noch mal?

Karl verzog das Gesicht und wechselte das Thema. »Der Umzug nach Connecticut hätte zu keinem schlechteren Zeitpunkt kommen können.«

»Connecticut?«

»Ja, ich hab dir davon erzählt, aber du hast nicht zugehört. Man zieht mich wieder zu meinen ursprünglichen Forschungen hinzu, bloß kommt das Geld neuerdings aus Amerika, also war der Deal, dass ich rüberfahre und das Projekt von dort aus leite.«

Julian erstarrte, das Glas Wein an den Lippen, und sagte entsetzt: »Aber dann sehen wir dich ja noch seltener.«

Karl klopfte ihm auf die Schulter. »Tja, ich werde wohl oder übel ständig hin- und herfliegen müssen. Seit Mum gestorben ist, braucht mein Dad ein bisschen mehr Aufmerksamkeit.«

»Tut mir leid, das mit deiner Mum«, sagte Julian. »Sie hat mir gut gefallen, als ich sie damals kennengelernt habe.« Er erinnerte sich an den Abend, an dem Ellie gestorben war, an Karl, der aus dem Krankenhaus in Cromwell Gardens anrief, an Julia in der Küche, die ihm das Telefon hinhielt, ein schwerer Seufzer, eine Hand auf dem Bauch. Das Baby konnte jeden Tag kommen. Karls heisere Schluchzer.

»Eine schreckliche Art zu sterben. Tut mir leid, dass ich dir damals keine große Hilfe sein konnte«, sagte Julian, aber Karl wischte die Entschuldigung beiseite.

»Mein Dad wird jetzt ein bisschen zu einem Langstreckenproblem. Von Connecticut aus gesehen, meine ich.«

»Gibt es für dich denn keine Möglichkeit, deine Arbeit in London zu machen?«

»Nein. Und, na ja, es gibt auch noch andere gute Gründe für den Umzug.« Karl tippte sich an die Nase, und Julian dachte: Aha, also ist doch eine Frau im Spiel.

»In Vaters Gegenwart darf man das Wort ›Pfleger‹ nicht in den Mund nehmen. Und ehrlich gesagt, steht es auch nicht allzu schlimm um ihn, aber seit Mums Tod schlafwandelt er hin und wieder, und ich kann ihn ja schlecht in diesem Zustand auf die Straße laufen lassen, also muss ich Leute finden, die abwechselnd über Nacht dableiben. Für die Wochenenden habe ich schon jemanden. Claudine, die Tochter meiner Kusine, wäre dann gern mit ihrem Freund in London, aber von dienstags bis freitags muss sie zurück nach York.«

Julian stellte sein Glas ab und zupfte Karl am Ärmel.

»Du suchst jemanden, der drei Nächte die Woche bei deinem Vater bleibt? Stimmt's?« Die Stimme verriet seine Erregung. »Mitten in der Woche?« Er konnte gar nicht fassen, dass Karl nicht selbst auf die Idee gekommen war. Die Lösung schien so offensichtlich: Julia.

Julian hat es immer noch nicht aus dem Bett geschafft, und seine Mum ist zurück. »Julian? Alles in Ordnung?« Er hört, wie sie schnüffelnd die Luft einzieht. »Hast du einen Joint geraucht?«

»Raus hier, raus!« Und ausnahmsweise geht sie auch. Er stöhnt ins Kissen, presst den Pullover an sich, den Julia wie eine alte Haut abgestreift hat. Wer war sie, dieses Monster? Vielleicht litt er selbst ja auch an Capgras. Karl sollte ihn besser in Behandlung nehmen. Er sieht Julia in all ihrer Wut aus einem Meer von Laken und Decken aufsteigen, diese Doppelgängerin, sieht die Spitzenriemchen des ihm unbekannten Nachthemds, die entblößten Schultern, über die sich wild ihre Locken schlängeln, und dann die Worte aus dem schwarzen Loch des Mundes, die keinen Sinn für ihn ergaben.

Dreizehn

Julias Zimmer bei Heino Lieberman lag gleich neben dem Wohnzimmer. Die auf die Lamb's Conduit Street blickenden Schiebefenster ratterten jedes Mal, wenn ein Krankenwagen vorbeifuhr, und vom Bad gleich auf der anderen Flurseite sah man hinab in den Hof des Blumengeschäftes.

Die Wohnung erstreckte sich über drei Stockwerke. War man die Treppe neben dem Blumengeschäft hoch und durch die Eingangstür gegangen, meinte man, ein fast herrschaftliches Stadthaus zu betreten, das ›Drücken‹-Schild an der Tür aus Keramik, auf den Stufen persische Läufer, Gemälde und Buchregale entlang der Wände. Voiles dämpften das Licht der hohen Fenster zur Straße, doch es gab zahlreiche Lampen. Der Geruch der Wohnung kam Julian irgendwie bekannt vor: Lavendel, Gesichtspuder, Altpapier, Wachs, Staubfusseln und Pfefferminz, fast wie das Innere der Handtasche seiner Mutter und dort am stärksten, wo er mit Julia und Heino stand, in der Tür zu dem, was Julias Zimmer sein würde.

»Das Bett haben wir für Ellie hergebracht, als sie die Treppen nicht mehr schaffte. Vorher war es das Musikzimmer mit dem Klavier für ihre Schüler«, sagte Heino, der sich auf seinen Stock lehnte und kurz die Augen schloss. Julia strich ihm über die Hand.

»Kommen Sie«, sagte Heino, und er ging mit Julia ins Zimmer, als führte er sie zum Traualtar. Das Licht war weich, die Tapete voller Veilchen, die bronzefarbene Daunendecke schimmerte leicht, und spitzengesäumte Laken lagen gefaltet auf dem Doppelbett. Unterm Fenster stand eine schmale Liege, auf der Ellies Krankenschwester manchmal geschlafen hatte, auch hier die sorgsam gefalteten Laken am Fußende. Heino wies mit dem Stock darauf. »Deine kleine Tochter kommt doch manchmal, oder? Die kann dann da schlafen«, sagte er.

Heino sah immer noch so aus, wie Julian ihn von seinem Besuch mit Karl in Erinnerung hatte, wenn auch ein wenig gebeugter; nur der Stock war neu, aus dunkel poliertem Holz, eine geschnitzte Schlange, die sich hinauf zum Griff wand. Heino war seinem Blick gefolgt. »Mein Äskulapstab«, sagte er und fuchtelte damit. »Der Gott der Medizin und Heilkunst. Karl hat ihn eigens für mich machen lassen, und ich habe ihn wirklich sehr schätzen gelernt.« Heino hatte eine sehr präzise Aussprache mit einem leichten, kaum wahrnehmbaren Akzent, der am deutlichsten zum Vorschein kam, wenn er das englische ›God‹ wie ›Gott‹ aussprach.

Heino zeigte zum Wohnzimmer. »Machen Sie es sich bequem. Ich hole den Kaffee.« Julia hockte sich auf eine Sessellehne und schaute sich um. Einige Gemälde waren überraschend modern, über dem Kamin ein großes abstraktes, orangegrünes Bild, hohe Bücherregale, in der Ecke ein Stutzflügel. Julian saß auf dem Sofa und beugte sich über ein Sepiafoto in schmalem Lederrahmen auf dem Beistelltisch. Es zeigte ein distinguiert aussehendes, Schulter an Schulter stehendes Paar.

»Jetzt erinnere ich mich wieder«, sagte Julian und hielt das Bild so, dass Julia es sehen konnte. Der Mann mit Walrossschnäuzer und üppig wuchernden Brauen, die Frau mit einem Gesicht wie eine Maus, der Kragen von Spitze umschäumt.

»Das sind Heinos Großeltern. Sie haben es nicht aus

Deutschland rausgeschafft, so wenig wie sein Vater. Heino kam mit seinen Geschwistern auf einem Kindertransport …« Er verstummte, da Heino den Kaffee brachte, die hohe Kanne aus feinem Porzellan. Als Julia die Tassen und Untertassen klirren hörte, sprang sie auf, um ihm das Tablett abzunehmen.

»Danke, meine Liebe«, sagte er, griff wieder nach dem Stock und ließ sich in seinen Sessel sinken.

Karl hatte ihn gewarnt, dass sein Vater ein wenig zugeknöpft sein könne, doch gab er sich überaus liebenswürdig, ließ Julia kaum aus den Augen und stellte die weiße Tasse mit dem schwarzen Kaffee auf seinem Knie ab.

»Erzählen Sie mir noch einmal, was Sie so machen, meine Liebe«, bat er sie. »Karl hat irgendwas von Innenraumbegrünung erzählt, aber ich habe nicht richtig aufgepasst.«

Julia erzählte ihm von Arbour: »Ich designe Gärten für den Innenbereich. Vor allem für Büros.«

»Und den Pflanzen geht es dabei gut?«, fragte er in so ärztlich besorgtem Ton, dass Julian unwillkürlich schnaubte.

»Es ist erstaunlich, wie viel Erfolg man damit haben kann, wenn Licht und Bewässerung stimmen, sogar mit Bäumen. Freda, meine Partnerin, ist außerdem eine fantastische Gärtnerin. Wir lassen alles über Zeitschaltuhren laufen, und sobald eine Pflanze kränkelt, wird sie ausgetauscht.«

Heino fand es fast unmöglich, die Augen von ihr zu lassen, was Julian nur allzu gut kannte. Der Kaffee blieb unberührt. »So einen Garten würde ich mir gern mal ansehen«, sagte er. Sie beugte sich zu ihm vor und sagte, er dürfe jederzeit gern im Lieferwagen mitfahren.

»Ihre Frau ist sehr schön«, sagte er, als seine guten Manieren verlangten, dass er seine Aufmerksamkeit Julian zuwandte, der sich gerade fasziniert ein auf dem Flügel stehendes Porträt ansah. Er wies mit einem Kopfnicken auf das

Bild. »Ihre auch, Heino. Das ist mir damals schon aufgefallen, als wir uns begegnet sind.«

Julia folgte seinem Blick zu dem silbernen Rahmen und sprang auf, als hätte der Anblick von Karls Mutter sie zutiefst bestürzt. Ellie war jung und reizend, der Hals elegant geschwungen, das Haar hochgesteckt.

Sie ging zum Flügel. »Ich fürchte, wir müssen jetzt los«, erklärte sie und tippte sich aufs Handgelenk, obwohl sie nie eine Uhr trug. »Wir müssen den nächsten Zug erwischen, sonst schläft Mira schon, wenn wir zurückkommen.«

Sie wirkte kurz angebunden, als sie erklärte, nach dem Wochenende zurückkehren zu wollen. »Lassen Sie mich Ihnen noch die Schlüssel geben«, sagte Heino, und Julia hielt ihm eine Hand hin, als er sich vorbeugte, um aufzustehen. »Nein, ist schon gut«, sagte er und lächelte zu ihr hinauf. »So alt bin ich nun auch noch nicht.« Er taperte zu seinem Tisch, fischte die Schlüssel mit ledernem Anhänger aus der Schublade und gab jedem von ihnen einen Satz.

Es kostet Julian große geistige Kraft, die innere Tür zur Lamb's Conduit Street zu schließen – nicht einen Moment länger will er sie sich dort vorstellen. Vom Joint, den paar Zügen, ist er immer noch ein bisschen bekifft, und er hat Hunger. Er geht nach unten, das Haus ist leer. Auf dem Küchentisch liegt eine Notiz von seiner Mutter: Sie sind nach Woodford zum Einkaufen gefahren und wollen dann weiter zum Mittagessen zu Sue. Sie hat ihm eine Zucchinisuppe auf den Herd gestellt, die er lauwarm aus dem Topf schlürft. Zeph stupst ihn mit der Schnauze an, und Julian findet es tröstlich, ihn zwischen seinen seidenweichen Ohren zu kraulen. Heute ist es ein wenig kühler, es weht sogar ein leichter Wind. Ein guter Tag, um zur Mühle zu laufen und Raph zu treffen, aber er ist allein im Haus, und die plötzlich friedliche Stimmung lässt ihn zaudern. Selbst die Vögel klingen nicht mehr so verstört; von irgendwoher flötet einer ein süßliches Lied.

Er sieht die ramponierte blecherne Kaffeekanne vor sich, die älter zu sein scheint als ihr Besitzer, innen von dem ewigen Gebräu ganz braun emailliert. Die Kanne auf dem übers Feuer gestellten Dreibein und Raph, der mit einer Tasse in der Hand auf dem Trittbrett seines Lasters hockt. Ist er entspannt, sieht er irgendwie besorgt aus, doch wenn er grinst, verschwinden seine Augen in den freundlichsten Lachfalten.

War es warm, trug Raph weder Schuhe noch Hemd, die Kampfhose hing auf halb acht, ihre geräumigen Taschen voll mit Werkzeug und Krimskrams. Sein muskulöser Körper schimmerte braun wie altes Terrakotta, überzogen von den feinen blauschwarzen Strichen seiner Tattoos. Auf einem Bizeps eine anmutig geätzte Taube im Sinkflug, im Schnabel einen Olivenzweig, faszinierender aber war eine Reihe winziger, miteinander verbundener Herzchen, die sich von der linken Brustseite über die Schulter nach unten zogen wie Aberhundert aus seinem Herzen fallende Blütenblätter, in jedem der Name eines Mannes. Raph weigerte sich, Julian zu sagen, wer sie waren. Das Spiel seiner Muskeln machte es fast unmöglich, einige dieser Namen zu lesen. Den Rücken aber bedeckte ein mächtiges Flügelpaar, jede einzelne Feder so klar und deutlich, dass man sie im Wind zucken zu sehen meinte, wenn er sich bewegte.

Die Flügel kamen als Erstes, hatte ihm Raph gesagt. Kurz bevor er zur Royal Navy ging, lernte er eine Künstlerin von der Kunstakademie Slade kennen, die in einem Tattoo-Studio Arbeit gefunden hatte. Die Flügel waren ihr Abschiedsgeschenk gewesen.

Als er die Armee verließ, wurde Nell, die ihm die Flüge geschenkt hatte, seine Frau. Die Herzen waren ihr zweites Abschiedsgeschenk gewesen, kurz bevor sein Leben auf der

Straße begann. Die geheimnisvollen Namen waren in winziger Schrift eingetragen: Matias, Tomas, Santiago, Juancho, Marcelo, Felipe, Kiko, Ricardo.

Wie herrlich er sie fand, diese langen Sommernächte: die Stille und die Worte, die Sonnenuntergänge und die Sterne. Raph hockte auf seiner Trittstufe und brachte ihm Kartentricks bei, wie man eine Münze über die Handknöchel flippte oder ohne Streichhölzer Feuer machte, wie man dem Universum vertraute.

Julian steht am kleinen Bücherregal, um mit dem Netsuke-Affen Zwiesprache zu halten, widersteht der Verlockung des Fensterplatzes. Vielleicht arbeitest du heute ja ein bisschen, sagt der Affe.

In Gedanken aber kehrt er wieder zu Raph zurück. Zuletzt hatte er ihn am Abend des Tages gesehen, an dem sie Firdaws verloren.

»Du bist jung. Es wird andere Orte für dich geben«, hatte Raph gesagt, während sie am Feuer saßen, mit Stöcken in der Glut stocherten und Funken auffliegen ließen.

Er hatte wohl zu ausführlich von Julia erzählt. Er weiß noch, wie Raph die Hände hob, damit er aufhörte: »Okay. Ich hab's kapiert. Sie sieht fantastisch aus und ist toll im Bett.«

Dann hatte Raph den Kopf geschüttelt und gesagt: »Ich dachte, du musst für deinen Abschluss arbeiten. Und ich weiß nicht, ob ich es so gut finde, dass du dich von dieser animalischen Lust so beherrschen lässt.«

»Natürlich geht es nicht nur um Sex«, hatte Julian geantwortet.

Das Feuer ging aus, aber sie blieben noch lange sitzen. Als es Zeit wurde zu gehen, legte ihm Raph eine Hand auf die Schulter. »Dass du deine Liebe zu dieser Julia gerade in der Zeit findest, in der du das Haus deiner Kindheit verlierst, ist echt schwer«, sagte er. »Aber sei stark, mein Freund, lebe glücklich und liebe von Herzen. Es gibt noch viel, was du lernen musst, und nicht alles kann man an der Uni lernen. Aber wenn ich sehe, in welcher Verfassung du bist, wäre ich an deiner Stelle mit dieser Julia lieber vorsichtig. Vor allem wenn sie so schön ist, wie du behauptest. Aber weißt du, verlier einfach nicht den Kopf, lerne fleißig und schreibe dein Buch.«

Wieder blickt Julian auf die vielen Zettel, auf das mit Post-its übersäte Meer seines Schreibtisches. Er hatte damit angefangen, sie zu bekritzeln, als er vom Auszug bei Nacht und Nebel zurückgekehrt war, hatte bis Sonnenaufgang geschrieben, sogar im Zug während der Fahrt zurück zu Julia, und gehofft, hinter Mrs. Briggs stabiler Haustür vor dem Zorn von Julias Mann sicher zu sein.

Er liest einige Post-its und setzt sich, den Kopf in den Händen. Einige Papiere waren aus dem Bücherregal gefallen, Seiten mit alten Notizen, die im Milton gesteckt hatten. Sie sind vergilbt, gefaltet, aus dem Notizblock gerissen, der perforierte Rand brüchig, seine Schrift winzig. Julians Blick bleibt bei einzelnen Worten hängen, bei einigen Sätzen. Und während er liest, wird ein kurzes Zusammenzucken zu einer Woge des Wiedererkennens.

Er erinnert sich, bei Mrs. Brigg einen ersten Entwurf geschrieben zu haben, in Griffweite die anspornende Flasche Gin, ein Notizblock mit Spiralbindung, den er bei sich trug, seit ihm im Strudel der Ereignisse, seiner Begegnung mit Julia und dem Verlust von Firdaws, die Idee gekommen war.

Zeile um Zeile winziger Schrift auf den Seiten, geschrieben mit diversen Stiften und Füllern, zu seiner Studienzeit war er, was das Schreiben anging, offenbar noch nicht so fetischistisch gewesen. Während der Jahre vereitelter guter Absichten hatte sich der Plot kaum geändert. Seine Eva war eine Feministin, die sich in ihrer Bleibe ausdauernd und energisch mit ihrem Adam stritt, einer Wohnung überm Obstmarkt. Er hatte beschrieben, wie sie mit dem Rad eintraf in ihrer schwarz-weiß geringelten Strumpfhose, den Leg-dich-nicht-mit-mir-an-Stiefeln: »… im Korb ein Strauß Tagetes, hell wie ihr Haar, dazu Gemüse vom Markt …«

Blumen, *hell wie ihr Haar*. Na gut, stöhnte er, das ließ sich ja noch ändern. Aber das war's. Das war, woran er sich versucht hatte, bevor Mira krank wurde. Der Falke. Die umhüllenden Wolken. Und für die kurze Dauer eines Flügelschlags fielen alle Puzzleteile an ihren Platz.

Vierzehn

Ostern waren Tage des Krankseins und der Temperamentsausbrüche gewesen, kaum Zeit für Julian, an dem Buch zu arbeiten, das sich beharrlich immer wieder meldete. Die auf seinem Schreibtisch verteilten Post-its der einzige Beweis dafür, dass er angefangen hatte. Eines Nachts stand er auf, weil ihm der Titel ins Ohr geflüstert worden war, schlich sich an den Tisch nach unten und schrieb ihn auf, immer noch träumend. Als er zurück ins Zimmer schlafwandelte, stolperte er auf dem Treppenabsatz und weckte Mira.

Wenn er morgens wach wurde, schrieben sich ganze Szenen wie von selbst, nur hatte er keine Zeit, sie zu Papier zu bringen. Die Arbeit am Drehbuch für *Fletch Le Bone II* drängte, und Julia hatte bereits getan, was ihr möglich war, und Mira für ein paar Tage mit nach London genommen: Mira schlief gern auf Heinos schmaler Liege in der Lamb's Conduit Street, mochte es aber gar nicht, ewig im Van rumzufahren, und noch weniger mochte sie den Mann im Büro, von dem sie angeschrien worden war, weil sie ein paar Hände voll Kies ins Angestelltenklo geworfen hatte.

Jetzt war Mira krank. Während sie sich im Fieberschlaf wälzte, schrieb er. Wenn es ihr besser ging, kam er mit seiner Arbeit überhaupt nicht zurande. Die Tage und Nächte bis zu Julias Rückkehr erstreckten sich vor ihm wie eine Mülldeponie geplatzter Abgabetermine.

Essen, das er für Mira machte, war meist für den Hund. Mehrere Male bettelte sie darum, mit ihm ins Dorf gehen zu dürfen, um die Enten zu füttern oder um von Miss Hamlyns im Dorfladen verhätschelt zu werden, wo sie sich die Ostereier ansah und für Julia schließlich eines mit Schokokugeln auswählte. Sie war oft den Tränen nah und saß gern am Fenster, zusammengerollt auf seinem Schoß, die Wärmflasche mit Häschenbezug auf dem Bauch. Er las ihr vor, während sie vor sich hin dämmerte, war mit dem Drehbuch längst im Verzug und wälzte im Kopf Gedanken zum Roman, die sich ihm zu fast jeder wachen Stunde aufdrängten.

Schließlich gingen sie zu Dr. Andrews, der Miras Bauch abtastete, meinte, es sei sicher nur eine Verstopfung, und sie mit einem Pülverchen für ihren Orangensaft wieder nach Hause schickte. Er ging mit ihr am Fluss spazieren, wollte die Rosen auf ihren Wangen aufblühen lassen, aber sie sah danach immer noch ziemlich blass aus. Er trug sie auf dem Rücken, und sie döste ein, den Kopf an seiner Schulter, während Worte, die er schreiben wollte, kurz aufblitzten und dann wie Rußflocken mit dem Wind davontrieben.

Auf einem dieser Spaziergänge traf er Katies Mutter. Penny Webster blieb stehen, um mit ihm zu schwatzen, und strich der schlafenden Mira über die Wange. »Katie kommt bald nach Horton. Und sie bringt Billy und Arthur mit, dann hat die Kleine hier jemanden zum Spielen«, sagte sie.

Wieder daheim in Firdaws, explodierte Julia: »Was denn, nur Katie? Und was ist mit ihrem Mann?« Sie sah Julian in die Augen, bis der merkte, wie er ein unverschuldetes Gefühl von schlechtem Gewissen zu unterdrücken versuchte. Es meldete sich unaufgefordert von Gott weiß woher, als sie spöttisch gurrte: »Ach, Jude, Ju-ju, Juuu-uuud.«

»Schluss damit«, sagte er. »Muss das sein?«

Aber ja, das musste es offenbar.

Es hatte da einen Brief gegeben, einen auf blauem Papier, Katies Schrift auf dem dazu passenden blauen Umschlag. Er weiß noch, wie Julia ihn gelesen hat, wie sie in der Wohnung bei Mrs. Briggs mit überkreuzten Beinen auf dem Bett saß, nackt bis auf seinen vom Gürtel abwärts offenen Morgenmantel. Julias Schwangerschaft zeigte sich schon früh, eine dunkle Linie, die vom Bauchnabel hinab zum Schamhaar verlief, und die verblüffend angeschwollenen Brüste ließen ihren schlanken Brustkorb überdeutlich hervortreten. Katies Brief zitterte in Julias Hand. »Also, das ist wirklich sehr unerfreulich«, war alles, was sie sagte, ehe sie abrupt den Morgenmantel um sich raffte und nach seinem Feuerzeug langte. Blatt um Blatt verbrannte sie den Brief, hielt jede Seite an einer Ecke fest, bis im Aschenbecher nur noch drei winzige blaue Dreiecke lagen; der Rest nichts weiter als Aschekräusel. Sie weinte ein wenig, weigerte sich aber, ihm zu sagen, was Katie geschrieben hatte. Doch was es auch gewesen war, es genügte, um Julia feindselig zu stimmen, sobald Katie zugegen war.

Am Karfreitag kam Julia früher aus London zurück. Es half nicht gerade, dass er an diesem strahlenden Frühlingstag, an dem die Sonne zum ersten Mal in diesem Jahr ein wenig Kraft hatte, den Van nicht vorfahren hörte. Er lag mit Mira und Billy in der Hängematte, zwischen sich und dem Himmel ein Baldachin aus Apfelblüten. Katie und Arthur flochten Gänseblümchenketten und saßen nahe genug, um zuhören zu können, während er ein Abenteuer von *Fletch Le Bone* erzählte. Ihm war klar, wie das aussah.

Trotzdem blieb er liegen, bis ihr Schatten über ihn fiel. *Ist die Katze aus dem Haus, tanzen die Mäuse auf dem Tisch*, ging es ihm immer wieder durch den Kopf, weshalb er kaum hätte sagen können, ob er sie nicht insgeheim dafür bestrafte, dass sie fort gewesen war. »Wie kuschelig«, sagte Julia und machte kehrt, als Katie sich taumelnd erhob und dabei Gänseblümchen von ihrem Schoß strich.

Sie redeten kein Wort, bis Katie und die Jungen gegangen waren und sie Mira versorgt hatten. Er brachte Tee, den sie im Bett trinken wollten, und sah sie in weißer Bluse und weißer Hose an der Frisierkommode sitzen. »Sie trennt sich also von ihrem Mann, ist sie deshalb gekommen?«

Er zuckte die Achseln, hatte jetzt schon keine Lust mehr auf ein Gespräch. »Sie haben Probleme. Er geht fremd.«

»Perfektes Timing. Ich vermute mal, dann wird sie ständig hier sein, oder? Wie schön für dich.«

»Du hast überhaupt keinen Grund, eifersüchtig zu sein«, entgegnete er und sah im Spiegel zu, wie sie mit der Bürste ihre Locken attackierte. Der Anblick machte ihn schwach, und er wünschte sich, sie könnten den Streit vergessen und einfach nur nackt sein. Lady Liliths Haar knisterte, ihre Wangen standen in Flammen.

Sie zerrte an einem Knoten im Haar, verzog das Gesicht. »Ich weiß, du glaubst, es geht hier bloß um Eifersucht«, sagte sie.

»Was wohl kaum überrascht, so wie du dich aufführst.« Er streckte eine Hand aus, um sie zu berühren. Sie war drei Nächte fort gewesen; es fiel ihm schwer, nicht über sie herzufallen.

Sie entzog sich ihm. »Ich werde ihr nie verzeihen, was sie mir geschrieben hat. Und es geht nicht darum, dass ich eifersüchtig bin.« Sie warf die Bürste aufs Bett, um abrupt zu einem ebenso aufgeladenen Thema zu wechseln. »Und was ist mit diesem Haus? Ich nehme mal an, es bleibt dabei, dass die Bauarbeiter kommen?«

»Wie?«

Die Männer sollten nächste Woche Küche und Bad der Nicholsons herausreißen.

»Das ist doch verrückt, es gibt weit Wichtigeres«, sagte Julia, aber er hatte die Arbeiter bereits im Voraus zur Hälfte bezahlt. Sie hatte recht, es wäre sinnvoller gewesen, das Geld für ein bisschen Hilfe während der Kindergartenferien auszugeben.

Julia war kaum wieder nach London gefahren, da bekam Mira Fieber. Er legte ihr kalte Tücher auf die Stirn und fragte sich, ob Dr. Andrews nicht recht hatte, ob sie nicht wirklich krank wurde, weil Mira sich während Julias allwöchentlicher Abwesenheit so sehr nach ihrer Mutter sehnte.

Am nächsten Tag aber ging es ihr wieder besser, auch wenn sie noch über Bauchschmerzen klagte und ziemlich mäklerisch war, was das Essen anging. Sie ließ ein Würstchen vor Zephs Nase baumeln.

Mary Poppins, wo bleibst du? Hallo, Schwester Mathilda? Mrs. Doubtfire? Das Telefon klingelte, aber dafür war keine Zeit, er musste versuchen, seine Gedanken zu Papier zu bringen. Er hatte eine komplette Szene geträumt. Julia und Raph, eine sonnenhelle Straße. Julia ging am Rand entlang, Mund und Hände rot von den Erdbeeren auf dem Selbstpflückerfeld der Horton Farm. Sie hatte einen Korb voller Früchte mitgebracht, hatte die saftigsten ausgesucht, so süß, dass er sie beim Aufwachen noch zu schmecken meinte. Er sah sie vor sich, das Gesicht ihm zugewandt, der Blick sanft, spöttisch, die Sonne glitzernd auf dem goldenen Zirkel, den Raph an ihre Stirn hielt, um ihr die Vollkommenheit der Fibonacci-Folge zu verdeutlichen. Das Telefon verstummte.

Mira hatte nur noch eine frische Hose, er musste Wäsche waschen. Zeph sprang nach dem Würstchen. »Lass das, Mira!«, fauchte er. »Du bist selbst schuld, wenn er dir den Finger abbeißt.«

»Ekliges Würstchen«, sagte sie, als er darauf bestand, dass sie wenigstens davon probierte. »Und Dadoo, du bist auch ein ekliges Würstchen!«, setzte sie hinzu, schob den Teller von sich und stierte ihn wütend an.

Draußen hupte es. Ein Blick durchs Fenster verriet ihm, dass Katie am Steuer saß: Lady Madonna mit Pelz und Grübchen, eine dem weißen Volvo ihrer Mum entsteigende Erscheinung. Auf der Rückbank tobten Billy und Arthur. Er lief zur Tür, Mira ihm auf den Fersen. Katie lief über den Rasen, grüßte sie mit einem schiefen Lächeln, der Pelzkragen ihres Mantels verlieh ihrer Jeans und den Stiefeln einen besonderen Touch.

»Tiggy's Farm Park hat Lämmchen, die man mit der Flasche füttern kann. Will Mira mitkommen? Ich habe noch einen Platz frei …«

Als Mira zu Katie und den Jungen stürmte, dankte er seinem Glücksstern, dass Julia bereits abgefahren war. Ohne sich noch einmal nach ihm umzudrehen, zog Mira ihre Stiefel an und kletterte über Billys Beine auf den Platz zwischen den beiden Jungen.

»Tja, das ist damit wohl entschieden«, sagte er, während Katie mit ihm ins Haus kam, um Miras Mantel zu holen.

»Ich nehme sie zum Mittagessen mit zu uns und lasse sie anschließend noch mit den Jungen spielen, falls das für dich okay ist«, sagte sie.

»Ehrlich gesagt, das wäre mehr als okay, Katie.« Er fuhr sich mit beiden Händen durchs Haar, sodass es hochstand. »Ich komme überhaupt nicht zum Arbeiten.«

Sie sah ihn an, als hätte er nicht alle beieinander. »Warum hast du denn nichts gesagt? Solange wir im Dorf sind, unternehme ich ständig was mit den Jungs. Die halten mich auf Trab, aber wenn du schreiben musst, kann Mira gern zum Spielen zu uns kommen.«

»Ehrlich? Ach, Katie, du hast ja keine Ahnung.« Als er ein Quieken aus dem Wagen hörte, blickte er an ihr vorbei; Mira beugte sich gerade vor, um Billy zu kitzeln.

Sie grinste zu ihm herüber, Grübchen im Gesicht.

»Bist du sicher? Ich bin mit tausend Dingen im Verzug, und Julia kommt nicht vor Freitag, um sich um Ihre Majestät zu kümmern, unser Prinzesschen, deren Wünsche meine Befehle sind.«

»Dann lass sie mich dir abnehmen.«

Er hätte sie küssen können – ehrlich gesagt, er tat es auch, direkt vor der Haustür und den Augen der Kinder, hob sie hoch, drückte ihr einen Kuss auf und dann noch einen, nachdem er sie wieder abgesetzt hatte, sah, wie sie rot anlief.

Mira liebte Billy und Arthur, ihre ›frechen Jungs‹, und mit einer fast schon beleidigenden Vorfreude wartete sie jeden Morgen vor der Tür auf Katies Ankunft, fertig angezogen und mit gepacktem Beutel. Solange Mira fort war, schrieb er wie verrückt, holte die Arbeit am elenden *Fletch le Bone II* nach, die er so lange versäumt hatte. Er fand sogar Zeit für diesen anderen Text, der so sicher zum Vorschein drängte wie die Primeln, die rund um die Schaukel am Apfelbaum aus dem Boden sprossen.

Knolle, Gewächs, Tumor. Sein Buch. All die Dinge, die im Dunkeln wuchsen und wucherten.

Das fremde Land seines Schreibtisches zeugt von der Zeit, die er vergeudet hat, statt mit ihr zusammen zu sein, übersät mit an ihn selbst gerichteten Nachrichten aus einer früheren Dimension, einer Zeit, in der sie noch nicht wussten, dass Mira krank war. Er fängt an, die Post-its abzupulen, langsam, in voller Absicht, knüllt jedes zu einer Kugel, mit der er auf den Papierkorb zielt.

Zeph bellt, als er Stimmen hört, und Julian folgt ihm auf die Veranda. Jenna und Michael laufen Hand in Hand über das Feld, die Sonne hängt hinter ihnen so tief im Geäst, dass er die Augen abschirmen muss. Flink wie eine Katze bewegt sich seine Mutter über die Stoppeln, Michael ist langsamer, humpelt sogar, wie ihm auffällt, als sie näher kommen.

Er zeigt auf sein Bein, dann auf Jenna: »Sie hat mich den ganzen Weg von Sue bis hierher zu Fuß laufen lassen, weil sie findet, dass ich zu betrunken bin, um noch Auto fahren zu können.«

Jenna ignoriert ihn und fängt an, von Lamm und Couscous zu reden. Während sie ihm ins Haus folgen, hätte sich Julian am liebsten die Finger in die Ohren gestopft. Die Okraschoten, jammert Jenna, und die roten Schalotten. »Sie sind noch im Auto. Wir haben unsere Einkäufe dagelassen!« Zur Strafe verpasst sie Michael eine leichte Kopfnuss. »Ich habe dir doch gesagt, du sollst nicht zulassen, dass sie die zweite Flasche aufmacht.« Michael will ihr in den Po kneifen, aber sie entwischt ihm. Beide sind von Sues Wein rot im Gesicht, aber auch vom Spaziergang nach Hause. Jenna sieht ihn erwartungsvoll an. »Die Einkäufe? Julian? Wärst du so nett?«

Er zwingt sich, das Richtige zu tun, und streckt seufzend eine Hand aus.

»Gibst du mir den Schlüssel? Ihr habt den Wagen doch bestimmt abgeschlossen.« Das Telefon klingelt. Jenna läuft zum Apparat, obwohl er ihr wer weiß wie oft schon gesagt hat, sie solle nicht rangehen.

Sie hält eine Hand über den Hörer. »Es ist William«, flüstert sie. »Schon wieder.«

Er schüttelt den Kopf.

»Findest du nicht, dass du mit ihm sprechen solltest? Er ist doch ein guter Freund und ruft immer wieder an.«

»Ich mach mich auf den Weg und hol die Lebensmittel von Sue. Sag ihm, ich rufe zurück.«

»Na gut«, sagt sie, ruft ihm dann aber nach: »Tust du ja doch nicht.«

Michael geht auf sie zu: »Gib mir den Hörer.«

William? Ein guter Freund? William mit seiner Clark-Kent-Brille und den Button-Down-Hemden, seinem raketengleichen Aufstieg auf der Verlagsleiter bei Random House. William und seine endlosen, stets scheiternden Affären. William: ein wirklich toller Taufpate, wie sich zeigte, liest das dumme Larkin-Gedicht und dann? So wie der sich um Mira kümmert, könnte es sie ebenso gut gar nicht geben. Nicht ein einziges Mal hat er sie im Krankenhaus besucht, ruft ihn jetzt aber ständig an.

Seit Miras Namenstagsparty hat er sie nur einmal gesehen, in Cromwell Gardens, als Julia sie zum ersten Mal in den grausigen Türhopser mit seinem völlig unzulänglich aussehenden Haken im Türrahmen gesteckt hatte. Julian muss noch heute kichern, wenn er Miras Miene wieder vor sich sieht, wie sie zu hüpfen begann, von der Kraft der eigenen Zehen überrascht, das Gesicht so ernst, als wäre hopsen ihre Pflicht. Während er und Julia zusahen, konnten sie sich kaum einkriegen, Willam aber stand da mit einer Flasche Champagner in der Hand, sah mal zu Mira, mal zu ihnen und kapierte nicht, was vor sich ging.

Sie tranken Williams Champagner und aßen im Erker ihres pflaumenfarbenen Wohnzimmers. Zu Ehren des seltenen Besuchs hatte Julia Ossobucco gemacht. William erzählte ihnen alles über seine jüngste Flamme, während Mira zwischen Julia und Julian von Schoß zu Schoß gereicht wurde und William sich Mühe gab, so auszusehen, als interessierten ihn ihre neuesten Fähigkeiten: mit dem Löffel an den Topf klopfen, und was für einen ausgesuchten Geschmack sie doch besaß, den Markknochen in der winzigen fettigen Faust. Zwischen Hauptgang und Nachtisch brachten sie Mira zu Bett. Als Julian auf dem Sofa Miras Windeln wechselte, tat William, als müsste er sich übergeben, woraufhin Julia ihm mahnend in den Bauch stupste. »Hör auf! Sonst kriegt sie noch Komplexe!«

Julia fand Williams Gesellschaft angenehm und lachte oft

in seiner Gegenwart, trieb die beiden aber bald aus der Wohnung, damit sie, was William irritierenderweise ihren ›Jungsabend‹ nannte, genießen konnten. Sie musste immer wieder gähnen. »Jetzt geht schon«, sagte sie und verschwand mit ihrem Buch und einer Tasse heißem Kaffee im Schlafzimmer. Wie hatte er sich gewünscht, sie würde sagen: *Ach, geh nicht. Bleib bei mir.*

»Nun los«, sagte sie. »Du warst seit Miras Geburt nicht mehr aus.«

Überraschend bald waren sie in einem Stripclub. William bestellte Cocktails und schrie, um die Musik zu übertönen: »Brauchst Julia ja nichts davon zu sagen.« Die Frauen hatten ihre Schamhügel rasiert. Eine Rothaarige, mit kaum mehr als einigen Pailletten und Strapsen bekleidet, drängte sich zu ihnen an den Tisch. William schluckte, nickte. Die Rothaarige tanzte zu Madonna, sang mit wie in irrer Ekstase. »*Crazy for you … touch me once and you'll know it's true* …« Ihre Haut weiß, fast blau, dünn wie Milch, die Adern deutlich zu sehen. Strapse öffnen, das Glitzerzeug glitt ab. Sich im Takt reiben, aneinanderpressen, frisch gerupfte Hühnerhaut nur wenige Zentimeter vor seinen Augen, zitternd, leicht schimmernd.

Die Straße aus dem Dorf ist frei, und wie schon immer, seit er den Führerschein hat, gibt Julian kurz vor der Buckelbrücke Gas. Mehr aus Gewohnheit, nicht weil er noch den Kick suchte. Trotzdem spürt er den Moment im Magen, als die Reifen vom Asphalt abheben.

Vor der Toteskurve wird er langsamer – alle im Dorf nennen sie so, allerdings nicht, wenn Jenna in der Nähe ist. Sie fährt hier nie lang, aber Julian mag die Strecke, den Blick über die hügelige Landschaft hinab ins Tal, die moosbewachsene Felswand, auf der man so gut sitzen kann. Es kommen nicht viele Autos vorbei. Das Land fällt ab, Hecken, Bäume; tief unten schlängelt sich der Fluss durch die Feuchtwiesen.

Hier hält er oft an und versucht sich auszumalen, was seinem Vater wohl durch den Kopf ging, als er die Kontrolle über den Wagen verlor. Die Leute sagen, es sei Glück gewesen, dass Jenna nicht mit dem Baby im Auto gesessen hatte: Vielleicht dachte das Maxwell auch, als die Räder die Haftung verloren.

Es hatte Julian selbst überrascht, dass er an jenem Tag, an dem Mira ins Krankenhaus eingeliefert wurde, hilflos zu seinem Vater gebetet und ihn angefleht hatte, Mira nicht sterben zu lassen. Die Schar der unter dem Buntglasfenster der Kapelle versammelten Totemplüschtiere bezeugte seine Vermessenheit. Halleluja! stand in großen goldenen Lettern am Taufbecken, davor eine Vase mit korallenroten Gladiolen und daran angelehnt das Bild eines Babys. Er betete zu seinem Dad. Zu wem hätte er sonst beten sollen?

Offenbar war es an dem Abend, an dem es passierte, sehr dunkel gewesen, die Straße vereist. Für Maxwell kein Blick übers Land, als er diese Erde verließ. Der Wagen, hieß es, habe sich dreimal überschlagen. Er war bereits tot, als man ihn aus dem Wrack schnitt, und als der Kofferraum geöffnet wurde, fand man ein Meer aus Glassplittern der vielen leeren Flaschen, die er dort verstaut hatte.

Julian lässt den Motor an. Jenna braucht ihre Zutaten, nur das Kochen hält sie bei Verstand.

Natürlich wartet Sue auf ihn, als er vor ihrem Cottage neben Michaels Wagen hält. Keine Chance, die Einkäufe heimlich wie ein Einbrecher an sich zu nehmen. Sie steht in der bereits geöffneten Tür, eine Schlachterschürze schief vor dem überbordenden Busen. »Ach, Julian, mein lieber Junge.« Sie zieht ihn in die Arme, sodass er meint, ersticken zu müssen, und er wappnet sich für ihre Tränen. Ihm fällt auf, dass immer er es ist, der letzten Endes trösten muss.

»Tee? Ich würde dir ja auch ein Glas Wein anbieten«, sagt

sie, betupft die Augen und bläst in ein Taschentuch aus ihrer Schürze. »Nur fürchte ich, dass wir gerade die letzte Flasche getrunken haben.«

Er fängt an, die Einkaufstüten aus dem Kofferraum von Michaels schnittigem Wagen in seinen umzuladen. »Ist schon okay«, sagt er. »Ich sollte mich lieber wieder auf den Weg nach Firdaws machen.« Als er sieht, was seine Mutter und Michael eingekauft haben, wird ihm klar, dass die beiden wohl nicht vorhaben, ihn allzu bald wieder zu verlassen.

Sue steckt einige widerspenstige Strähnen zurück in den blondierten Dutt und leckt sich über die Lippen. »Jenna hat mir gesagt, was sie kochen will. Schade nur, dass ich gerade auf Diät bin.«

»Aber du bist doch gar nicht dick«, sagt er ohne jede Überzeugung.

Einer der Höhepunkte auf den Flusspartys seiner Mutter war für ihn als Junge stets der Moment gewesen, wenn sich Sue bis auf Slip und BH ausgezogen hatte, all die köstlich aussehende rosige Haut, das massige Fleisch. Sie umarmt ihn erneut: »Ach, es ist immer schön, dich wieder da zu sehen, wo du hingehörst«, sagt sie, während die Erinnerung sein Gesicht wärmt.

Sue füllt die Stille. »Ich habe übrigens gesehen, dass dein Friedenskonvoikumpel wieder da ist. Hast du ihn schon getroffen?« Und ihm fällt ein, dass Sue ihrer Freundin Jenna einmal gestanden hatte, in Raph verknallt zu sein.

»Deine Mum findet, dass du zu ihm gehen und ein bisschen Zeit mit ihm verbringen solltest. Und ich finde, tja, du solltest den Tag im Kalender rot anstreichen.«

Julian öffnet die Tür seines Wagens. »Ich sehe ihn sicher an einem der nächsten beiden Tage, falls er nicht schon wieder weg ist. Er bleibt ja nie lange nach dem letzten Tag im August.« Er sitzt am Steuer, bereit loszufahren.

»Er sieht mit den Jahren immer besser aus«, ruft Sue, als er den Motor anlässt.

Julian hatte Raph mit niemandem teilen wollen, eben darum ging es ja. Manchmal blieben ein paar Kerle aus dem Dorf an Raphs Feuer sitzen, und er sah sie, wie sie vornübergebeugt um ihn hockten, auf dem Weg zu den Pubs in Woodford oder auf dem Rückweg, sah sie mit Raph schwatzen. Waren die Männer da, blieb Julian stumm, ein Junge, der kein Bier trinken sollte, meist jedoch waren es nur sie beide an diesen Abenden im August: Lagerfeuer, Himmel, Gespräche von Mann zu Mann.

Er achtet wieder auf die ausgefahrene Straße, denkt an den letzten vergeblichen Versuch seines Vaters, nach Hause zurückzukehren.

Er drückt das Pedal durch, wird den Hügel hinauf immer schneller, da ist die Kurve, er lenkt den Wagen in Richtung Felswand, tritt dann aber auf die Bremse, der Wagen schlingert. Er hält an, die Hände am Lenkrad zittern.

Die Dämmerung senkt sich herab, der Mond ist noch nicht aufgegangen. Er starrt ins Leere. Jenna wird noch ein wenig auf ihre Schalotten warten müssen, denn er muss pissen. Die Turnschuhe knirschen über Kies und loses Gestein, als er über die Wand klettert und sich ins Gras fallen lässt. Für heute haben die Vögel aufgegeben, nur einige schemenhafte Nachtsänger rufen noch aus den Bäumen. Julian knöpft die Jeans auf und pinkelt in Weißdorn und Brennnesseln, während der Fiat seines Vaters hoch über seinen Kopf hinwegfliegt, ein glitzerndes Sternbild, das gleich darauf zerbricht.

Fünfzehn

Julian und Julia verharrten am Eingang zur byzantinischen Kapelle in der Great Ormond Street, diese gleißende goldene Stille, PAX im Mosaik unter ihren Füßen, aber allein der Gedanke an Frieden ein geplatzter Traum. PAX: Was sollte das? Eine Art Aufforderung? Ein unmögliches Versprechen im Austausch für Gehorsam?

Er folgte Julia und wollte etwas sagen, nur war sein Mund trocken, und außer Unsinn wäre bestimmt nichts herausgekommen. Sie bedeutete ihm, still zu sein, kniete sich hin und begann zu beten. Um sie herum drehte sich Goldenes, überwältigend, selbst die Luft war golden, ein Simulacrum des Himmels gefangen in einem Fabergé-Ei, vielleicht auch das Innere einer kunstvollen Messinguhr. Er wusste nicht, ob er sich neben sie auf die geschnitzte Kirchenbank setzen oder weitergehen sollte.

Irgendwann kniete er sich hin. Betete zu seinem verstorbenen Vater. Vater unser. Mein Vater. Sie begannen beide zu weinen, Julia lautlos, verborgen hinter dem herabfallenden Vorhang ihrer Haare, er von Schluchzern geschüttelt. Die Kapelle war nur ein Ort, an den man gehen konnte, mehr nicht, während die Mediziner oben auf der Lion-Station versuchten, Miras Blutdruck zu stabilisieren, und dann, o Gott, o Vater, und dann …

*

In Firdaws holt er die Einkäufe aus dem Kofferraum, froh, wieder daheim zu sein. Jetzt aber sind da Stimmen, er bleibt stehen, lauscht, das Plastik von Jennas Einkaufstüten schneidet ihm in die Finger. Perlendes Lachen. Katie, wenn er sich nicht täuscht.

Die Küche ist hell erleuchtet und Jenna offenbar nicht nüchterner geworden, sie läuft barfuß, leicht klirrend, die Armreifen, ihre Stimme. Sie haben Musik aufgelegt: Leonard Cohen. Jenna singt mit zu *Closing Time*, bringt die Worte durcheinander. Neben ihr hat Katie ihren Spaß.

»Zügig und entschlossen mit dem Messer, so etwa.« Seine Mutter zeigt ihr, wie man diese ganz besonderen Kebabs macht, das Lammfilet dünn wie Blätter. Durch die offenen Fenster kann er die Kohle riechen, die Michael auf den Grill geschüttet hat.

»Siehst du, man schneidet fast durch, aber nicht ganz, sodass es ein langes Stück bleibt – wie ein Buch mit vielen Seiten …«

»Irre«, sagt Katie, und Jennas Messer blitzt auf, »fast wie eine chirurgische Operation«.

Jenna schneidet das Fleisch, eine Scheibe für jede Songzeile: »*… and it's once for the devil and once for Christ.*«

Zephs Zehennägel klappern über die Fliesen, als er sich vom fleischlichen Treiben losreißt und auf Julian stürzt. Auch Katie kommt ihm entgegen; er hält ihr die Einkaufstüten hin. T-Shirt-Kleid, dazu eine umgehängte Strickjacke, beides in einem hellen Smaragdgrün, das zu ihrem Lidschatten passt. Katies Kuss landet unbeholfen zwischen Wange und Mund.

Julian denkt daran, sich zu verdrücken – zurück ins Bett ist das Einzige, was ihm in den Sinn kommt –, aber Katie lässt ihn nicht zu Wort kommen. »Es tut so gut, deine Mum wiederzusehen«, sagt sie, geht zu Jenna, nimmt das Messer wieder in die Hand und schaut ihn über die Schulter hinweg an. »Und so lieb von dir, mich einzuladen.«

Sie haben ihm beide den Rücken zugewandt und schneiden Fleisch. Jenna zeigt ihr, wie man den Spieß durch das Fleisch schiebt, die Schultern leicht hochgezogen, in ihrem zerknitterten grauen Kleid, eine raffinierte Taube neben Katies prächtigem Kakadugrün, Stoff, der sich strafft, als Katie ihre Schwanzfedern schüttelt.

Jenna zeigt auf ein mit Tellern und Besteck beladenes Tablett: »Warum machst du dich nicht nützlich und bringst das nach draußen?« Sie deutet zum Fenster mit einer Miene, die verrät, dass sie ihre Vorfreude kaum bändigen kann. »Ich glaube, Michael will dir einen Vorschlag machen.«

Die Sturmlaternen leuchten. Michael hat sich ein gestreiftes Geschirrtuch unter den Gürtel gestopft, die Ärmel aufgerollt. Der Nachthimmel ist mit Sternen bespritzt.

»Wie gut von dir, dass du die Einkäufe geholt hast«, sagt er, dreht rot glühende Kohlebrocken um und deutet mit einem Kopfnicken zur Küche. »Sie hat es sich in den Kopf gesetzt, heute Abend ein Festmahl zuzubereiten.« Er legt die Zange beiseite und reibt sich den Bauch. »Wir Glücklichen.«

Er wischt sich die Hände am Geschirrtuch ab und sieht Julian über die Brille hinweg an. »Deine Mutter möchte, dass ich mit dir über Firdaws rede. Sie hat da eine Idee …« Aber Julian wehrt ihn ab, ehe er weiterreden kann, und läuft zur Küche.

In der Zuflucht der Speisekammer hört er Jenna und Katie miteinander sprechen. Seine Mum über ein abgedroschenes Thema: »Ehrlich gesagt, ich fand sie ja nie besonders hübsch …«

»Ach, Jenna, das stimmt doch nicht. Sie sieht atemberaubend aus.«

»Eiskalte Augen«, sagt Jenna, als er mit einer Flasche

Holunderblütensaft hereinkommt. »Gletscher«, setzt sie leise und mit einem leichten Schauder hinzu.

Er winkt ihr mit der Sirupflasche zu. »Besser keinen Wein mehr für dich, oder?« Gibt Mineralwasser zum Saft, schneidet eine Zitrone. Blasen steigen nach oben, aber er sieht nur Julia im Plastikstuhl neben Miras Krankenhausbett, wie sie ihr zum x-ten Mal *Das hässliche Entlein* vorliest. »Ich bin wirklich ein sehr schöner Schwan.« Mit Tränen in den Augen, denn als sie klein war, hatte ihre Mutter immer gesagt: »Selbst für jemanden wie dich, Julia, gibt es noch Hoffnung …«

»Sie hat sich nie für schön gehalten«, sagt er, während das Eis in den Krug klirrt. Jenna und Katie schneiden weiter Fleisch, die Köpfe so dicht zusammengesteckt, dass er sie gegeneinanderschlagen könnte.

»Ach, jetzt komm«, sagt Katie und läuft rot an.

Er nimmt den Krug in die Hand. »Hättest du je ihre Mutter kennengelernt, wüsstest du, warum.«

Draußen stellt Michael den Grill über das Kohlebett, wischt sich die Stirn mit dem Geschirrtuch und hält ihm sein Glas hin. »Ich hatte ein sehr interessantes Gespräch mit William«, sagt er.

Julian schenkt ihm vom Holundersaft ein, stellt den Krug auf den Tisch und lässt sich auf einen der Lattenroststühle sinken.

»Er will dir ein Angebot für das Buch machen, von dem du ihm erzählt hast, bevor Mira krank wurde …« Julian greift zum Brot, während Michael wartet, den Grillwender in der Hand.

»Ich habe ihm gesagt, dass er natürlich mit dir selbst reden muss, dann aber drüber nachgedacht, und selbst wenn der Vorschuss nicht riesig ist und wir weiterhin überlegen müssen, wie wir Firdaws halten können, finde ich doch, dass es eigentlich keine schlechte Sache wäre. Du weißt schon, ein Buch zu schreiben könnte dir sogar helfen zu verstehen, was eigentlich passiert ist …«

»Okay, ich brauche jetzt einen richtigen Drink. Willst du auch einen?« Julian springt auf und stößt mit Katie zusammen, die das Lamm zum Grill bringt. Fast wäre Zephs schönster Traum wahr geworden, aber Michael macht einen überraschend behänden Satz und fängt den Teller auf, bevor er zu Boden fällt.

Eine Flasche Rotwein und der besänftigende Duft von gebratenem Fleisch beruhigt sie alle. Die dünnen Kebabstreifen zerlaufen fast im Mund, und die Okraschoten schmecken süß. Katie unterhält sie mit Geschichten über Billy und Arthur. Mira wird mit keinem Wort erwähnt. Jenna stellt einen braunen Tontopf auf den Tisch. Safranreis mit Mandeln und Pistazien. »Dein Lieblingsgericht«, sagt sie zu Michael, hebt den Deckel an, und eine köstlich duftende Wolke steigt auf.

Julian streicht sich über den knurrenden Magen. »Ich gönne mir vorher noch eine kurze Pause.«

Er rollt sich eine Zigarette, lässt sich in die Hängematte fallen, raucht und stößt sich zum Schaukeln mit einem Fuß vom Boden ab. Ihre Stimmen hallen über den Rasen. Er starrt durch das Laub in den Himmel. Fledermäuse huschen vorüber. Er versucht, ganz unbestimmt zu blicken und nicht nach Sternschnuppen Ausschau zu halten. Wenn man es zu angestrengt versucht, sieht man sie nie. Es gibt nur eins, was er sich wünscht. Sein Blick wird weich. Die Seile knarren, und da ist sie, zischt durch die Zeit. Nur ein kurzes Aufflackern von Magie, und Gesagtes bleibt ungesagt, Gewusstes wird verlernt, die Büchse der Pandora wieder versiegelt. Er schließt die Augen und wünscht sich, glaubt fast, dass es wahr ist: Julia wartet auf ihn, sitzt in der Küche und liest, Mira ist oben, ihr weißer Hase, ein Daumen und ein Häschenohr liegen auf ihrer Unterlippe. Er schlägt die Augen auf. Katie schaut auf ihn herab.

»Kann ich auch?«

»Du rauchst doch gar nicht ...«

»Nein, ich meinte mich zu dir in die Hängematte legen.« Sie wartet auf keine Antwort, streift die Pumps ab und legt sich mit dem Kopf zu seinen Füßen, streckt die Beine neben ihm aus. Er lässt den Fuß am Boden, hört aber auf zu schaukeln. Sie räkelt sich, macht es sich bequem, und er spürt, wie sich der Stoff unter ihnen spannt, hört, wie die Knoten sich an der Baumrinde reiben.

»Deine Mum mag nicht über Mira reden, oder? Ich habe ihr gerade von dem Spiel erzählt, das Mira so gern mit Billy und Arthur gespielt hat ...«

»Die Geschichte von Peter Hase«, sagt er. »Ich musste immer Mr. McGregor sein.«

»Ja, genau die. Sie wollten nichts anderes mehr spielen, aber jedes Mal, wenn Miras Name fiel, hat deine Mutter das Thema gewechselt.«

»Erzähl mir mehr.« Er ändert seine Lage, sodass Arm und Schulter jetzt, ganz Chatterton, aus der Hängematte ragen.

»Muss schwer für dich sein«, sagt sie.

»Ist es.« Er kneift die Augen zusammen, ein letzter Zug, dann schnippt er den Stummel ins Gebüsch.

»Wir hatten während der Osterferien so viel Spaß. Ich kann guten Gewissens behaupten, dass sie und die Jungen keine schönere Zeit hätten haben können.«

»Tja, tut mir leid, dass ich sie bei dir abgeladen habe.«

»Ach, Unsinn«, sagt Katie. »Ich hatte es dir doch angeboten. Mira war quietschfidel und mit Worten so viel besser als meine Jungen. Die Woche drauf warst du dann weg und Mira in der Great Ormond Street, und ich habe mir das Hirn zermartert, ob ich irgendwelche Anzeichen übersehen habe.

Muss schlimm für dich sein, daran denken zu müssen. Nur, was ich nie ganz verstanden habe … falls ich denn darüber reden darf … wieso musste sie so plötzlich ins Krankenhaus? Hab ich da irgendwas verpasst?«

»Ich war ein Idiot, mehr nicht«, sagt er, um dann bitter und so lang zu lachen, bis sie ihn mit dem Fuß anstupst, damit er aufhört. »Es war der Tag, an dem die Bauarbeiter kamen, um die Küche rauszureißen.« Er langt nach ihrem Fuß, drückt ihn dankbar, und während er fortfährt, krümmt sie die Zehen um seine Finger. »Der Tag war der reinste Albtraum. Mira war die ganze Nacht über jede Stunde wach geworden und hatte wegen Bauchschmerzen gejammert. Ich hab es aufgegeben, sie zurück in ihr Bett zu bringen, und sie stattdessen in meinem schlafen lassen. Ich konnte sie einfach nicht beruhigen. Sie will Mummy, hat sie immer wieder gesagt.«

ICH AUCH!, hatte er ihr um vier Uhr morgens ins Gesicht geschrien, schämte sich aber zu sehr, Katie davon zu erzählen.

»Sie war blass, quengelig, und oben hatten die Männer mit dem Badezimmer angefangen. Ich versuchte, die Küche in Kisten zu packen, Putz fiel von der bebenden Decke, rums, rums. Radio One dudelte. Ich hatte geplant, sie in den Kindergarten zu bringen, und wollte tagsüber in der Woodford Library schreiben, aber sie war ganz kraftlos, und das Calpol hatte das Fieber nicht gesenkt, also hingen wir hier fest, während die Arbeiter weitermachten. Um das eiförmige Bad abbauen zu können, musste es in zwei Hälften zerlegt werden. Du kannst dir vorstellen, was das für ein Lärm war. Überall Staub, von dem sie husten musste, also bin ich mit einem Campingkocher ins Wohnzimmer, nur hatte sie keinen Appetit auf das, was ich ihr kochte. Karl rief an, als ich gerade Reis aufgesetzt hatte. Er klang gestresst, sagte, er müsse mit mir reden. Er schien so durch den Wind, dass ich mich fragte, ob was mit Heino war. Aber wir wurden unterbrochen, Mira schrie draußen so laut, dass ich das Telefon fallen ließ und zu ihr rannte. Sie brannte vor Fieber und zeigte immer wieder auf den Boden, konnte aber kein Wort hervorbringen. Irgendwann stotterte sie: »Eine K-k-k-kröte. Die hat mich immer angesehen« und brach in heiße Tränen aus. Ich trug sie ins Haus, und als sie sich beruhigt hatte, rief ich Karl zurück. Er behauptete, was er mir sagen wolle, sei nichts, was man am Telefon besprechen könne. Er bestand darauf, mich zu treffen, zu uns rauszufahren. Aber da wollte ich nur noch weg von den Bauarbeitern. Ich würde an diesem Tag sowieso nicht zum Arbeiten kommen. Also habe ich sie mit einem Fläschchen warmem Bananen-Nesquik vor die *Teletubbies* gesetzt, um ein bisschen zu schreiben, habe mir welche von diesen gelben Ohropax aus einem alten Flugzeugbeutel in die Ohren geschraubt, was natürlich nichts genützt hat, weil sie vor lauter Gehämmer kaum verstehen konnte, was im Fernseher gesagt wurde. Letzten Endes habe ich mir dann gesagt, da kann ich ebenso gut auch mit ihr nach London fahren.«

»Also deshalb bist du weg? Du wolltest dich mit Karl treffen?« Katie hat ihn ununterbrochen reden lassen. Es wird ein wenig kühl, und er ist fast froh, ihre Wärme neben sich in der Hängematte zu spüren.

»Stimmt, deshalb. Sie hat die ganze Fahrt über geschrien. Heute weiß ich, dass sie unglaubliche Schmerzen gehabt haben muss, aber ich Idiot bin einfach weitergefahren, hab sogar die Musik lauter gestellt. An dem Tag hat sie nur Flüssiges runtergebracht und klagte, der Gurt tue ihr weh, also musste ich immer wieder anhalten, um ihn einzustellen. Zum Schluss war er so locker, dass er bei einem Unfall nichts genutzt hätte. Irgendwann hörte sie schließlich auf zu weinen und schlief ein, der Kopf hing ihr auf der Schulter. Als wir von der Autobahn abfuhren, wurde sie wach und stöhnte: helles, quarkiges Erbrochenes lief ihr aus dem Mund. Ich gab ihr auf einem Parkplatz noch mehr Calpol und machte sie sauber, so gut es ging. Sie sah mich nur an und meinte: »Tut mir leid, Dadoo …«

Katie ändert ihre Lage so, dass sie beide in dieselbe Richtung blicken. Sie legt seinen Kopf an ihre Brust, und die Hängematte schaukelt, hüllt ihn ein. »Ach, Mira«, stöhnt er, sagt laut ihren Namen.

Als Julian aus dem Auto stolperte, rief Karl die Treppen hinauf nach seinem Vater; in seinen Armen schrie Mira.

»Himmel, sie hat wieder angefangen. Wo ist Julia?«

Karl lief voran in die Wohnung, Miras Schreie hallten im Flur wider, Julia kam angerannt, nahm sie ihm ab, küsste ihr heißes, spuckfleckiges Gesicht: »Meine Kleine, was ist denn?«

Heino kam, auf seinen Stock gestützt, und schüttelte den Kopf, als sie ihm sagten, Mira habe Bauchschmerzen. »Ich glaube, das sollte ich mir genauer ansehen.«

In Julias Armen beruhigte sich Mira. Sie stöhnte, als sie aufs Sofa gelegt wurde, zog die Knie an den Bauch. Heino bedeutete Julia, Miras Sweatshirt hochzuziehen. »Darf ich?« Sie zuckte zusammen, als das Stethoskop ihre Brust berührte. Mit knorrigen Händen tastete er die gewölbte Bauchdecke ab, zog sich das Stethoskop von den Ohren und wandte sich an Karl. »Fühl du mal und sag mir, dass ich mich irre.« Er sah Julia an, während Karls Hände über Miras Bauch wanderten. Heino griff Julia am Ellbogen. »Dein Kind muss in die Notaufnahme«, sagte er. »Es ist immer besser, auf Nummer sicher zu gehen.«

In der Kindernotaufnahme am University College Hospital kam Mira in eine Kabine, und die Blutdruckmanschette lag schon an, als Karl vom Parken zurückkehrte. Ihr Blutdruck lag bei 150 zu 100. Anrufe wurden gemacht. Karl kniete vor Julia, fasste sie an den Schultern, um sie zu beruhigen, und blickte ihr in die Augen: »Sie wissen, was sie tun«, sagte er.

Mira wurde mit dem Krankenwagen zur Great Ormond Street gebracht. Weitere Bluttests folgten – als man Mira eine Spritze gab und sie nicht weinte, war das fast am schlimmsten. Röntgen. MRT. Mira verschlief das meiste, und Julias Herz hämmerte, als sie ihrem Krankenhausbett durch Flure und Türen folgten, zum Lift und zurück, hin und her über die Station. Julia legte ihr Gesicht an seine Schulter, als ein winziges, haariges Baby vorbeigeschoben wurde und eine Schwester sich über das Gitterbett beugte, um aus einem starren Plastikschlauch behutsam etwas Luft in den kleinen Mund zu drücken.

Mira wurde ein Tropf gelegt, und Schwestern umstanden ihr Bett, als sie sich unter Tränen gegen die Kanüle wehrte, dann aber wurde sie wieder ganz matt. Karl sagte, er bliebe bei ihr, sodass sie Esther Fry, ihrer Fachärztin, über den Flur zum Elternsprechzimmer folgen konnten. Sie hielt ein Klemmbrett voller Notizen auf den Knien, während Julia und Julian auf harten blauen Stühlen Platz nahmen. Mit wippenden Korkenzieherlocken reichte sie Julia die Schachtel Papiertaschentücher und begann mit forscher Zuversicht: »Sobald wir ihren Blutdruck gesenkt haben, können wir über die nächste Phase reden.«

»Was denn für eine nächste Phase?« Julian raufte sich die Haare, und Julia griff nach seinen Händen, damit er damit aufhörte; er konnte spüren, wie sehr sie zitterte.

»Wir hätten viel früher herkommen müssen …«, sagte Julia. Es gab so vieles, was sie sich vorwarfen. »Und wir haben immer über ihren Kugelbauch gelacht.«

Esther Fry wedelte mit ihrem Klemmbrett: »Diese Art Tumor ist im Frühstadium nur schwer zu diagnostizieren.

Aber jetzt ist Mira hier, und das ist das Wichtigste. Sie sind am richtigen Ort.«

Tumor. Da war es, das Wort war gefallen.

»Bitte, sagen Sie mir, dass sie nicht sterben wird«, sagte Julia, flehte sie beide an.

»Das Wichtigste ist, dass es ihr jetzt gut geht. Wir haben ihr ein leichtes Beruhigungsmittel gegeben und verabreichen Nifedipin, um den Blutdruck zu senken. Über alles Weitere können wir morgen reden.«

»Frau Doktor, bitte …«

»Nennen Sie mich Esther.« Sie schenkte ihnen ihr freundlichstes Lächeln. »Dies wird für Sie der schlimmste Tag, aber von jetzt an wird es besser.« In den kommenden Wochen sollten sie sich diese Worte noch oft wiederholen: *Von jetzt an wird es besser*.

»Als Erstes werden wir eine Biopsie machen und ihr einen Port legen.« Esther Fry zeigte auf eine Stelle unter ihrem Schlüsselbein, und bei dem Gedanken, dass dort ein Einschnitt in Miras zarte Haut vorgenommen werden sollte, brach ihm an den Händen Schweiß aus. »Der Port bleibt unter der Haut, damit Medikamente eingegeben werden können.« Wieder tippte sie sich dort auf die Brust, wo Mira operiert werden sollte, und er konnte unter ihrer Haut lilafarbene Venen sehen. »Das ist ein ziemlich leichter Eingriff, der es uns erspart, ihr jedes Mal aufs Neue eine Spritze setzen zu müssen.«

Esther Fry suchte nach einigen Broschüren und legte sie auf den Tisch. Sie würden sich entscheiden müssen, obwohl Entscheidungen das Letzte waren, wozu sie sich fähig fühlten. »Wenn die Scans zeigen, dass der Tumor innerhalb der Niere liegt, können Sie an einer randomisierten klinischen Studie teilnehmen, die die amerikanische Vorgehensweise, bei der die sofortige Entfernung ihrer linken Niere gleich auch den Blutdruck regulieren würde, mit der europäischen Vorgehensweise vergleicht, die mit vier bis sechs Wochen Chemotherapie beginnt, um den Tumor zu schrumpfen, was die Gefahr verringert, dass der Tumor während der OP reißt und Zellen sich ausbreiten.«

Julian fühlte sich plötzlich schwach und kraftlos. »Fragen wir Karl«, schlug er vor. »Oder besser noch seinen Dad. Heino wird wissen, was das Beste für uns ist.«

Sie merkten, wie sie vor der Tür zur Kapelle innehielten. Drinnen spielte an der sternenübersäten Kuppel ein Chor goldener Engel lautlos auf ihren Instrumenten. Sein Blick verschwamm; nichts als Glitzern, PAX zu Füßen, und über einem Katheder breitete ein großer Adler seine goldenen Schwingen aus. Julian kniete sich hin und betete zu seinem Vater, er möge ihm ein Zeichen senden, dass Mira wieder gesund würde. Er blickte zu den Wänden mit ihrem Durcheinander aus Kuscheltieren, die Eltern hier abgelegt hatten: Teddybären, Tiggers, Häschen, liebesmalträtierte Äffchen, eine kleine Feldmaus mit leuchtend roter Nase und blumenbestickten Ohren. Julia zeigte hin und flüsterte: »Ich ertrag das nicht. Die haben alle bestimmt Kindern gehört, die hier gestorben sind.«

»Hör auf«, sagte Julian. Sie klammerten sich aneinander, bis sie hinter sich jemanden hüsteln hörten. Es war Karl, der Miras Hasen in der Hand hielt. Er war zurück zur Lamb's Conduit Street gefahren, um ihn zu holen. Mira schlief nie ohne ihren Hasen, der ihr Babykleidchen trug, das mit ihrem Namen in rotem Filz.

»Mira wird schon wieder«, sagte er. Julia zeigte auf die Spielsachen und begann zu schluchzen. Karl legte einen Arm um sie. »Ich denke, Eltern haben sie hergebracht, eine Opfergabe für Gott, damit er sich um ihre Kleinen kümmert«, sagte er und zog sie an sich. »Nein, ich bin mir sogar sicher.«

Sechzehn

Sie liegen in der Hängematte, und Katie streicht Julian übers Haar. »Armer Jude, du bist müde.«

»Ich glaube, du hast recht«, sagt er. »Lassen wir es für heute gut sein.«

Nebel treibt vom Fluss herüber. Sie laufen über den Rasen, Katie bibbert, also legt er ihr einen Arm um die Schulter und drückt sie an sich. Michael und Jenna haben die Reste vom Abendbrot abgeräumt und sind, während Katie und Julian sich in der Hängematte unterhielten, unbemerkt zu Bett gegangen.

Sie rollt sich im Sessel neben dem Rayburn zusammen, und er hüllt sie in die Hundedecke. Ein Brandy würde sie beide sicher aufwärmen, denkt er, fragt sich aber nicht, ob sie danach noch nüchtern genug ist, um nach Hause fahren zu können. Er reicht ihr das Glas, und sie blickt zu ihm hoch, die gelben Sprenkel in ihren Augen wie Blütenpollen. Das grüne Make-up ist noch zu sehen, hat sich aber zu schwarzen Ringen verwischt, und ihr Kleid ist verdreht. Als sie es richtet, spürt er kurz Mitleid mit ihr, da er sieht, dass selbst der BH farblich zum Rest der Kleider passt. Sie zieht eine Braue hoch.

»Ach, jetzt sieh sich einer unsere Kassandra an«, sagt er, und es ist ihm peinlich, dass ihr sein Blick nicht entgangen ist.

»Was denn?«

»Jetzt tu nicht so. Wie in *Spiel im Sommer*, als die Mortmains alle ihre Kleider grün färben. Erinnerst du dich?«

Die Pollen tanzen in ihren Augen. O ja, sie erinnert sich.

Sie rasten nach der Schule auf ihren Rädern durch den Glockenblumenwald zum Hügelgrab. *Spiel im Sommer* war Katies Lieblingsbuch und blieb es auch, obwohl es für die Mittlere Reife Pflichtlektüre gewesen war.

Glockenblumen und weiße Waldwindröschen säumten den grasbewachsenen Hügel, auf dem büschelweise auch Primeln wuchsen, schokorosinenfarbene Kaninchenköttel lagen und sich vereinzelt sogar Veilchen vorwagten. Die Räder fielen in die Glockenblumen. »Der Platz ist perfekt«, sagte sie. »Wir müssen es hier machen.« Der Duft der Glockenblumen war betörend; Katies Grübchen vertieften sich. Durch die Bäume konnte man weit über den Fluss nach Westen blicken. »Wir können sogar den Sonnenuntergang sehen«, sagte sie.

Am Fuße des Hügels stand eine halb verfallene Mauer, einst Teil der Grundstücksgrenze, also lockerten sie einige große Steine und legten sie kreisförmig aus, eine Feuerstelle. Katie ging in die Hocke und grinste ihn unter ihrem Pony an. »Was brauchen wir noch mal? Salz, Kräuter, eine Flasche Messwein …«

Die Sonne war untergegangen, sie hatten ihre Opfergaben dargeboten, den Messwein getrunken. Die hastig geflochtenen Blumenketten hingen schief, ihre nackte Haut war mit Blüten übersät. Ein süßlicher Torfgeruch mischte sich unter den Glockenblumenduft, der Saft zerdrückter Stängel klebte an ihren Knien.

»Das Mittsommerritual, genau wie sie es im Buch getan haben …, ach, ich liebe dieses Buch immer noch.« Bei dem Gedanken daran überläuft Katie ein leichter Schauder, und sie lächelt ihn an.

Er schnaubt und sagt: »Wenn ich mich richtig erinnere, hat das Mittsommerritual im Buch nicht gerade mit einem

Fick geendet. Außerdem war's gar nicht Mittsommer, es war lausig kalt.«

»Ach, fick dich, Jude. Was für ein grässliches Wort. Warum musst du immer alles schlechtmachen?« Entsetzt registriert er, dass ihre Augen feucht werden.

»Tja, du hast mit meinen floralen Ehrengaben jedenfalls verdammt hübsch ausgesehen«, sagt er. »Ach, hör auf, Katie. Du versuchst es schon wieder.«

Sie schnieft. »Was denn?« Steht auf, streicht ihr Kleid glatt und faltet die Hundedecke zusammen.

»Du weißt, was ich meine«, sagt er über die Schulter gewandt, während sie ihm die Treppe hinauf folgt.

»Nein, tu ich nicht.«

Er bleibt auf dem Treppenabsatz vor der Tür zu Miras Zimmer stehen, dreht sich um und redet Klartext: »Du versuchst, mich zu verführen.«

»Ach, du kennst mich doch. Ich will nur einen *Fick*.« Sie grinst ihn an. »Jude, ich mach bloß *Spaß*«, und da sie ihn mit ihrem breiten Grinsen zum Lachen bringt, hätte er fast nach der Klinke gelangt und die Tür zu dem Raum geöffnet, der jetzt sein Schlafzimmer und nicht mehr das von Mira ist, so ist der Lauf der Zeit. Er hält inne und legt ihr seine Hände auf die Schultern.

»Hör auf damit, Katie. Es ist einfach nicht fair.«

Sie erwidert seinen Blick, erst amüsiert, dann beleidigt, und sie versucht ihn abzuschütteln. Er stützt sich mit einem Arm am Türpfosten über ihrem Kopf ab und bemüht sich, keine Spur von Gehässigkeit in seiner Stimme anklingen zu lassen.

»Wie im Hotel?«

»Im Hotel? Ach, da war ich nicht bei Sinnen. Und ich war betrunken«, sagt sie und schiebt seinen Arm beiseite.

»Tja, betrunken bist du jetzt auch. Jedenfalls zu betrunken, um heute Abend noch nach Hause fahren zu können.« Er dreht sie herum und führt sie über den Flur zur dunklen Hälfte des Hauses. »Hier kannst du schlafen, wo du willst.«

Er flüchtet zurück in sein eigenes Zimmer, tritt Haufen alter Wäsche beiseite, reißt das Fenster auf und steckt den Kopf nach draußen. Ausnahmsweise macht ihm der Jasminduft nichts aus. Er holt einige Male tief Luft, lässt sich vom Wind das Haar zerraufen.

Kurz darauf hört er, wie hinter ihm die Tür geöffnet wird.

»Kein einziges Licht geht an, offenbar ist eine Sicherung rausgesprungen. Ich kann die Hand nicht vor Augen sehen, und wenn ich mich nicht täusche, gibt's auch keine Bettwäsche, nicht mal Kissen.«

»Ich schätze, dann musst du wohl doch hier schlafen«, sagt er und wendet sich widerstrebend vom Fenster ab. Sie steht neben seinem Bett, hantiert an der Lampe. »Ich hoffe, es riecht nicht allzu muffig«, sagt er. »Vielleicht sollte ich doch lieber mal nachsehen, ob ich nicht irgendwo frische Laken finde.«

»Ist schon okay.« Sie folgt seinem Blick zur verstrampelten Decke auf seinem ungemachten Bett, dimmt die Lampe und stellt sich zu ihm ans Fenster.

Er deutet auf den Nachttisch. »Ich nehme nur noch meine Tablette und geh dann rauf in die Dachkammer«, sagt er, aber sie zieht ihn an sich und flüstert ihm ins Ohr.

Er lässt sich ins Kissen sinken, einen Arm hinterm Kopf. Katie steht noch am Fenster und zieht ihren BH aus – »tut mir leid, der kneift zu sehr« – fischt ihn, einen langen Streifen grüner Spitze, aus dem Armloch ihres Kleids. »Trara! Ach, jetzt guck nicht so verängstigt. Die restlichen Sachen lass ich an.« Sie legt sich zu ihm, zieht seinen Arm hinterm Kopf vor und legt ihn um sich. Er kann nichts weiter tun, als an die Decke zu starren. Irgendwas in ihm schwillt an, fließt über, füllt ihn. Er schließt die Augen. Es gibt nur noch dieses milchige Sehnen, und einen Moment lang kann er sich einreden, dass sie ihm beide in der Bettmulde entgegensinken. Sanfte, süße Haut, über Brust und Leiste gestreckte Gliedmaßen. Seine Liebe, sein Kind, um ihn geschmiegt wie warmer aufgegangener Teig. Er stöhnt, und Katie beruhigt ihn, fährt ihm mit dem Finger über die Lippen. Fast hätte er laut ihre Namen gerufen.

»Kannst du versuchen, mir zu verzeihen?«, fragt Katie und stützt sich auf einen Ellbogen auf.

»Was denn?«

»Marylebone. Wie ich mich im Hotel aufgeführt habe.«

Er gibt keine Antwort. Ihr Haar kitzelt ihn am Hals.

»Verdammt, ich hätte dich ja wohl kaum *nicht* aufs Zimmer bringen können«, sagt er, entzieht ihr seinen Arm und legt ihn wieder hinter den Kopf. Er wollte sich nur vergewissern, dass es ihr gut ging. *Mehr war nicht.*

»Pst.« Sie beugt sich über ihn, streichelt seine Brust, auch wenn ihm lieber wäre, sie würde es nicht tun. »Es war für uns alle eine schreckliche Zeit. Kein Grund, so streng mit dir zu sein«, sagt sie. »Versuch einfach zu schlafen, und ich halte dich im Arm.«

Es war nach zwei Uhr früh, als sie in Marylebone in Katies Hotelzimmer im dritten Stock taumelten. Unten hatte ihnen der Kellner eine Flasche Whisky hingestellt, die Liste mit den Namen der Bauunternehmer und Dekorateure für Firdaws wurde immer länger. Katie hatte sich gleich darangemacht, hatte schon im Foyer ein paar Anrufe erledigt: Der Stuckateur war gebucht, und sie hatte jemanden gefunden, der vielleicht einen alten Rayburn-Herd auftreiben konnte. Er bewunderte sie dafür, und natürlich hatte er sie gern.

Seine Pläne für Firdaws lagen zusammengefaltet in der Reißverschlusstasche ihrer Handtasche. Statt ihren Gutenachtkuss zu erwidern, nahm er sie in die Arme und legte die Wange an ihren Kopf. Sie schaffte es, dass er sich ein wenig ruhiger fühlte. *Mehr war nicht*.

Er stand an der Bar, die Hand im stummen Salut für ihren davonwackelnden Hintern erhoben, und er spürte, wie ihn eine Woge amüsierter Zuneigung für sie überkam, als er sie in ihrem viel zu engen Kleid aus der Bar torkeln sah, mehr aber war wirklich nicht. Er griff nach seiner Jacke, um zu gehen, und da hing sie: ihre Tasche, am Riemen über der Stuhllehne. Er schnappte sie sich und rannte zum Lift, doch die Türen schlossen sich bereits. Er nahm die Treppe, immer zwei Stufen auf einmal, und war außer Atem, als Katie im dritten Stock ausstieg. Sie schwankte über den Flur, die Zimmerkarte zwischen den Fingern, schwenkte die Hüften, während er neben ihr hertrottete, ihr die Tasche hinhielt, wollte, dass sie sie nahm und aufhörte, ihm was vorzuspielen.

Sie war so betrunken, dass sie zwei, drei Versuche brauchte, die Karte in den Schlitz an der Wand zu stecken. Diverse Lampen gingen an, Dämmerlicht überall im Zimmer. Er legte ihre Tasche auf einen Tisch, drehte sich um und sah sie zum Bett stolpern. Sie kehrte ihm den Rücken zu, wiegte sich in den Hüften. »Mach mir den Reißverschluss auf, Jude.« Sie wand sich in ihrem Stretchkleid, die Hüfte ein Stängel über der Knolle ihres pi-pa-po Popos. Die Bettlaken zurückgeschlagen, auf dem Kissen ein Stückchen Schokolade in minzgrüner Folie. Unterm dicken Teppich knarrten die Dielen. Durch die Wand hörte er das Rattern des Fahrstuhls. Kurz, nur kurz, streckte er die Hand zum Reißverschluss aus, nach oben zum Zipper, der sich durch das Tal vom Nacken zum Hintern hinabschlängeln sollte. Kaum aber bewegte er die Hand, widerrief er den Gedanken und trat einen Schritt zurück. »Hör auf damit, Katie. Du musst das nicht tun.«

Er hatte sich bereits entschieden, schon ehe das Telefon klingelte. *Nur darauf kam es an.*

Katie fiel aufs Bett, trat die Schuhe von den Füßen. »Entspann dich, Jude«, sagte sie. »Ich bin fast dreißig und durchaus in der Lage, allein ins Bett zu kommen, besten Dank auch.« Für ihn aber existierte sie gar nicht mehr. Sein Handy klingelte. Der Bildschirm verriet, dass es Julia war.

»Julia, was ist?«

»Wo zum Teufel steckst du?« Und ihre Stimme bebte: »Mira, Mira«. Es war schwer zu verstehen, was sie ihm zwischen Schluchzern mitzuteilen versuchte. Er hörte nur das Wort ›Intensivstation‹. Katie war wieder aufgestanden, wiegte sich selbstvergessen zu einer Musik, die nur sie hören konnte, und nebelte sich mit einer Parfümwolke ein, die ihm den Atem nahm.

*

Er lauscht auf die Schreie der kleinen Eulen, die Toilettenspülung, hört, wie Michael zurück ins Schlafzimmer stolpert. Katies Lider flackern, ihre Unterlippe ist seitlich weggesackt. Es gelingt ihm, ihr seinen Arm zu entziehen, langsam, Zentimeter für Zentimeter; sie stöhnt leise, als er sie auf Julias Bettseite rollt. Das Kleid hat sich so verschoben, dass er die volle Rundung einer aus dem grünen Stoff gefallenen Brust sehen kann, die mattsilbrigen Spuren ihrer Schwangerschaftsstreifen. Er zieht ihr die Decke bis zu den Schultern hoch, dreht sich um, öffnet leise die Schublade seines Nachtschränkchens, nimmt die Pillen und ist froh über das Glas mit abgestandenem Wasser.

Die Tür zur Dachkammer steht sperrangelweit offen, eine nackte Glühbirne taucht das Bett in fahles Licht. Die Dielen ächzen. Er muss auf Holzsplitter achten. Hier oben ist nicht viel, war nie viel, nur das Bett und ein Holztisch, auf dem er sein Glas abstellt, ein Rohrsessel und unter der Traufe ein Stapel Koffer und Reisetaschen, Kisten mit altem Krams. Er setzt sich an den Tisch, spielt mit dem Inhalt einer Schale, zufälligem Firlefanz, nimmt eine vergessene Pfeife zur Hand, ein Messingschloss, ein Ei aus Jade. Die Pfeife hatte seinem Vater gehört, die Bissspuren am Mundstück sind von ihm. Er schnüffelt am Pfeifenkopf, der angesengte Rand riecht verkohlt, der Tabak nur noch ein undeutlicher Hauch, kaum mehr als eine Erinnerung. Er hält das Ei gegen das Fensterlicht. Es ist wunderbar glatt, blassgrün mit einem orange schimmernden Kern, fast wie ein Embryo in Stein. »Das kannst du auf keinen Fall deiner Mutter schenken!«, hatte Julia gesagt. Sie standen in einem seltsamen kleinen Laden in Hay-on-Wye. Er fand, es sei die Art Ei, aus dem unter den richtigen Bedingungen ein Phönix schlüpfen könnte, falls man es zum Beispiel in ein Feuer aus Zedernspänen und Weihrauch legte. »Aber es ist so schön. Sieh nur, wie es im Licht aufflammt. Und spür mal, wie glatt und weich es sich in der Hand anfühlt.«

Er weiß noch, wie sie lachte. »Weißt du denn nicht, was das ist?« Er schüttelte den Kopf.

»Das ist ein Yoni-Ei. Damit haben Konkubinen ihre Mösenmuskeln gekräftigt.«

Das Kissen fühlt sich krisselig an, und ihm fällt ein, dass die Dachkammer von Fliegenschwärmen heimgesucht wird. Er versucht, nicht an ihr irres, tiefes Gesumm vorm Überwintern zu denken, an das knusprige Raspeln ihrer Leiber. Die vertrockneten Kommata abgefallener Beinchen verhindern seinen Schlaf. Er steht auf, schüttelt die Kissen aus, fegt mit der Hand über das Laken, gleitet wieder unter die Decke.

Nicht lang, und er spürt, wie er versinkt, noch aber klammern sich hässliche Kreaturen an die Oberfläche, wehren sich gegen das Unvermeidliche, treiben ihn vor sich her ins Dunkel, durch einen gerippten Tunnel, weiter, immer weiter, bis er in grelles Neonlicht eintaucht, in die Netzhaut gebrannte Schatten, pulsierende Helligkeit, das blassgrüne Geschlängel eines Beatmungsschlauchs, das weiße Schimmern des Bettgeländers, und weiter, immer noch weiter, durch blitzende Krankenhausflure, auf alles gefasst, dann die zischend aufspringenden Türen der Notaufnahme.

Mira, hochgelegt im Bett, Metallgitter rundherum, bewusstlos und nackt, überall auf der Brust Pads für den Herzmonitor, so viele Halterungen für alles Mögliche, dass er ihr Gesicht kaum sehen kann. Die Schwester: »Geben Sie Ihrer Kleinen einen Kuss, sie weiß, dass Sie hier sind, auch wenn sie schläft.«

Julia weinte in ihre Jacke. »Wo zum Teufel bist du gewesen? Ich versuche seit Stunden, dich zu erreichen. Fühl mal ihren Bauch. Straff wie eine Trommel.« Schläuche führten zu Miras Nase, ihrem Mund, einer zum Port. Am Bett hing ein Beutel mit Flüssigkeit, gelb wie ihre Haut. Als er ihr eine Hand auf die Stirn legte, blieben Haarbüschel an seinen Fingern kleben. Irgendwo klingelte ein Telefon, übertönte das matte Jammern eines Babys. Allgegenwärtig die besänftigenden Laute des Beruhigens, Geflüster, die leisen Schritte der Krankenschwestern. Man hatte das Licht auf der Station gedimmt, da es mitten in der Nacht war. Eltern saßen wie Büßer am Kopfende der Betten, von den Monitoren mit Lichtkränzen umstrahlt. Jedes Mal, wenn sich klappernd ein Mülldeckel schloss, fuhren sie zusammen.

»Man hat sie ins künstliche Koma versetzt. Ihre Leber wurde vergiftet«, sagte Julia, und sie klammerten sich aneinander, bis ein Arzt kam, nicht Esther Fry, sondern ein gewisser Mr. Goolden mit blauen, blutunterlaufenen Augen, in denen Julia nach einem Funken Hoffnung suchte.

Im Ärztezimmer beugten sie sich zu Mr. Goolden vor,

während er ihnen die Diagnose erklärte. »Eine seltene Reaktion. Standardmäßig wird eine Kombination aus Vincistrin und Actinomicyn D gegeben«, sagte er, zog drei Papiertücher aus einer Schachtel und reichte sie Julia. »Ihre Tochter hat einfach Pech.«

Julian merkte, dass er auf die Füße sprang. Er dachte an Esther Fry, ihre wippenden Locken: »Dies wird der schlimmste Tag …« Verzweiflung brandete in ihm auf, und er packte Mr. Goolden bei den Schultern. »Pech?« Er war sich nicht sicher, ob er geschrien hatte. Ihn erstaunte, wie weiß die Knöchel unter seiner Haut schimmerten, weißer als der Arztkittel.

»Wir können jede Menge tun«, sagte Goolden und drückte ihn sanft zurück auf den Stuhl. »Ihre Chancen stehen gut.«

Nachdem der Arzt seine Visite fortgesetzt hatte, fanden sie sich kurz darauf in der Krankenhauskapelle wieder. Julian wollte allerdings gleich eine Zigarette rauchen. Julia schloss das Fenster, das der Tür zur Kapelle am nächsten war, und stopfte Miras Häschen zwischen das übrige Spielzeug. Auf dem Buntglasfenster darüber bot die heilige Eunice ein Buch dar, ihr goldener Pantoffel ruhte auf einem smaragdenen Fußschemel. Die Löffel des Kaninchens waren abgekaut, einer hing schlaff über einem Auge, der Kopf lag vornübergekippt auf Miras Babykleid, ihr Name aufgestickt in rotem Filz. Der weiße Seidensaum hing über den Rand der Fensterbank. Julia kniete sich hin und betete. Julian fand, das Spielzeug sah so glückverheißend aus wie die schäbigen Preise einer Schießbude auf dem Rummelplatz.

Siebzehn

Die vorhanglose Dachkammer hat keine Chance gegen die Dämmerung, eine alles andere als liebliche Dämmerung mit stinkigem Morgenatem und höllischem Vogelchor. Julian sitzt da, die Füße auf den nackten Dielen, den Kopf in den Händen. Die Sonne tastet mit glühenden Fingern nach dem riffligen Wasserglas, die Fliegen summen schon. Im Tumbler von gestern Abend ist noch ein Schluck. Er nimmt ihn, reckt und streckt sich an der einzigen Stelle der Kammer, wo dies möglich ist, und hebt das Messingschloss vom Boden auf. Politurreste kleben in der Gravur, und er zieht mit dem Daumennagel die Schnörkel der beiden ineinander verschlungenen Js nach.

Er steckt es ein, schleicht die Treppe hinunter, verflucht die knarrenden Dielen. Vor dem Gästezimmer hört er Michaels stetiges Schnarchen. Die Wassergeräusche in den Rohren kommen ihm lauter vor, als sein Blick zur Tür seines Zimmers wandert und er Katie beschwört, noch nicht aufzuwachen.

Am liebsten hätte er den Hund geknebelt, als der durch die Hintertür nach draußen schießt, um eine Krähe zu verbellen. Julian tastet nach dem Tabak in seiner Tasche und geht mit dem Kaffee auf die Veranda. Als könnte ein Dschinn aus dem Schloss aufsteigen, rubbelt er es, bis es glänzt, dann dreht er den Schlüssel. Es ist gut geölt, ein wirklich hübsches Ding. Julia und er auf der Pont des Arts, Arm in Arm, unterwegs zum Louvre. Sie waren verliebt. Es war sein Geburtstag, der fünfundzwanzigste. Die Sonne schien. Ein Bateau Mouche glitt auf dem Fluss dahin, bunt gekleidete Passagiere wogten wie Blumen vorüber.

Mitten auf der Brücke blieben sie stehen, damit er sein Geschenk auspacken konnte. Sie biss sich auf die Lippe, als das Seidenpapier zu Boden flatterte.

»Du meine Güte!« Er war erstaunt, es wiederzusehen, auch dass ihr nicht entgangen war, wie sehr es ihm gefallen hatte, ja, dass sie sich überhaupt daran erinnert hatte. Er drehte und wendete das herzförmige Vorhängeschloss in den Händen, drehte den filigranen Messingschlüssel und grinste, als der Bügel aufschnappte. »Woher hast du das gewusst?«

»Ich habe es schon vor Jahren besorgt. Damals, als wir uns das erste Mal getroffen haben«, sagte sie. »Nur hat sich nie der richtige Moment ergeben, es dir zu schenken.« Sie schlang sich ihre Canvastasche über die Schulter. »Außerdem gefiel es mir, das Schloss noch ein bisschen aufzubewahren in dem Wissen, dass du es eines Tages bekommen würdest.« Sie erwiderte sein Lächeln. »Fast wie ein schönes Geheimnis.« Ein Saxofonist spielte die ersten Töne von Pachelbels Kanon. Eine Brise verfing sich in einigen Bändern, die ans Brückengeländer geknotet waren, und Julia zupfte den Schal zurecht, mit dem sie sich das Haar gebunden hatte. Selbst in Paris sah sie aus, als wollte sie in ihrem weiten braunen Top und der aufgerollten Khakihose jeden Moment einen Garten umgraben. Sich aber für einen Moment enttäuscht zu fühlen, weil sie sich für seinen Geburtstag nicht schick gemacht hatte, wäre kindisch gewesen. Er zog ihr den Schal vom Kopf, verstrubbelte ihr Haar. »*Mein* Geburtstag!«, sagte er, als sie sich beschwerte. Und so hatte es angefangen.

In jenen Tagen vor Firdaws waren sie es nicht gewohnt, länger voneinander getrennt zu sein. Und nach den in seinem piekfeinen Hotel in Paris allein verbrachten Nächten, in diesem nach Zimt duftenden Zimmer mit den Velourstapeten und dem schwarzbezogenen Bett, war er permanent erregt.

In seiner Eile, aus London fortzukommen, hatte er alles Mögliche vergessen, den Klempner, der den Boiler reparieren sollte, auch die Verabredung mit Karl zum Abendessen.

Er hatte Julia gerade zurufen und ihr vom Essen mit Karl erzählen wollen, als das Telefon klingelte. Es war der französische Trickfilmzeichner Claude De'Ath, der große Mann höchstpersönlich, und natürlich war Julian bereit, alles stehen und liegen zu lassen, um mit ihm in Paris zusammenzuarbeiten. In der Hast des Packens und weil Julia gerade aus dem Gewächshaus kam und fast zu weinen begann, als sie hörte, dass er verreisen wollte, hatte er vergessen, Karl abzusagen.

An die Verabredung erinnerte er sich erst am nächsten Vormittag, als er mit Claude De'Ath durch die Tuilerien spazierte und sein Schulfranzösisch von den Filmvorstellungen des Regisseurs aufs Äußerste strapaziert wurde. Sie blieben stehen, um den Spielzeugbooten im Springbrunnen zuzusehen, als Julian sich kurz entschuldigte. Der Anruf bei Karl wurde gleich auf den Anrufbeantworter durchgestellt, und erst jetzt fiel ihm wieder ein, dass Karl auf seinem Weg zu einer Konferenz in Brighton nur einen Zwischenstopp in London eingelegt hatte. Er wollte gerade eine Nachricht aufsprechen, als ihm in Trittweite eine dunkelbraune Ratte über den Weg lief, dick wie eine Katze und ebenso vertrauensselig. Sie sah ihn an, aber als er den Kopf schüttelte, verschwand sie im Gebüsch.

Während sie über die Brücke liefen, erzählte er Julia von der Ratte, woraufhin ihr ein Schaudern über den Rücken lief. »Der Schwanz war wie ein fetter Regenwurm, den sie hinter sich herzog.« Er entschied (›*mein* Geburtstag‹), sie müssten sich zu den Klängen einer Konzertgitarre noch einmal küssen, auch wenn Julia, die unbedingt die Mona Lisa sehen wollte, behauptete, in der Metro bessere Musik gehört zu haben.

Er fing an, ihr aufzuzählen, was noch alles zu ›*mein* Geburtstag‹ gehörte. »Café crème in Saint Germain, frisch gebackene Madeleines, ein Zeitungskiosk und Plakatwände mit knapp bekleideten Französinnen, Baguette und ein kaltes Stück ungesalzene Butter, Austern auf Eis, vorzugsweise mit einer Perle, das Hotelzimmer und meine Zunge ...« Sie unterbrach ihn, lachte, sagte, er solle den Mund halten, und zog ihn an den Rand der Brücke.

»Das ist eine gute Stelle.« Sie stupste ihn in die Seite und zeigte auf den Maschendraht. »Mach schon.« Sie schüttelte seinen Arm. »Schnell doch. Bring das Schloss an, und wirf den Schlüssel in die Seine.«

»Was? Warum?«, sagte er und umklammerte das Schloss mit der Faust.

»Ach, ich weiß nicht. Ich bin eben ein bisschen abergläubisch, das ist alles«, sagte sie.

»Okay, aber lass es mich noch ein bisschen länger behalten.« Der Gedanke, das Schloss gleich wieder aus der Hand zu geben, machte ihn jetzt schon traurig. »Aber dafür – schließlich ist es *mein* Geburtstag – wird von jetzt an alles so gemacht, wie ich es möchte.« Bei dem Gedanken an die kommenden Herausforderungen leuchtete sein Gesicht auf, und er sagte: »Wir gönnen uns eine halbe Stunde mit deiner Gioconda, dann gibt es Pastis, und wir gehen shoppen.«

Die Mona Lisa lächelte, vom Pastis bekamen sie einen schweren Kopf, die Boutique war teuer.

»Das hier, muss das wirklich sein?« In dem, was er ihr ausgesucht hatte, trat sie aus der Umkleidekabine. »Ich weiß nicht mal, ob ich in dem Kleid laufen kann. Mir ist, als würde ich Fußfesseln tragen.« Das Kleid passte nicht zu den flachen Schuhen, die Bluse war weich wie Seide. Ihm fiel es schwer, still sitzen zu bleiben, als die Verkäuferin mit genau den richtigen Pumps in ihrer Größe kam.

»Julian …«, sie sah ihn flehentlich an.

»Mein Geburtstag«, sagte er lachend. »Du warst einverstanden.«

Anfangs wirkte sie in den Schuhen recht unbeholfen, stakste zum Spiegel und schien so gar nicht sie selbst zu sein, anders, als er sie je gesehen hatte und irgendwie nackter als nackt. Julia schrie leise auf, als er sie durch die Bluse kniff: »Die ist übrigens auch ein bisschen durchsichtig …« Julia schubste ihn beiseite, als er nicht aufhörte: »… und heute Abend ohne BH.« Die Verkäuferin tat, als hätte sie ihn nicht gehört oder verstünde kein Englisch.

Zu Mittag aßen sie in der Rue Bucci in einem Belle-Époque-Restaurant mit Keramikfresken, Göttinnen und Seerosen, fließenden Gewändern und einem Baguette, das so gut war, dass es fast nussig schmeckte. Zwei Dutzend Austern lagen auf ihrem silbernen Opferbett, und sie bekam einen Kicheranfall, als er Tabasco auf die Muscheln tropfte. Julia quiekte, als litten die Austern schreckliche Schmerzen.

Ihre Handgelenke waren innen mit Lippenstiftstrichen verschmiert, ein Dutzend verblassender Abdrücke. Sie stützte das Kinn in die Hände. In letzter Zeit waren ihm Fältchen um ihre Augen aufgefallen, immer wenn sie die Stirn runzelte. Er hob sein Glas, und sie zog die Nase kraus – der Schwarm Sommersprossen auf ihrem Nasenrücken ließ sie alterslos aussehen. Er wünschte sich, sie würde ihr Haar häufiger offen tragen. Dann zog er das Schloss aus der Tasche und legte es zwischen ihnen auf den Tisch. »Jetzt erzähl. Woher hast du gewusst, dass es mir so gut gefällt?«

»Ach, ich wollte es dir schon lange geben. Seit meinem letzten Tag im Geschäft, als Mr. Gelding mich fragte, ob es irgendwas gibt, was ich mir wünsche.«

»Oh, là, là, ganz schön riskant von Mr. Gelding.«

»Ehrlich gesagt, ich hatte gehofft, er würde mir einen Bonus geben, weil ich doch so lange für ihn gearbeitet habe. Und dann fehlte mir die Geistesgegenwart, ihn um etwas zu bitten, was wir hätten verkaufen können.« Bei dieser Erinnerung wirkte sie leicht bedrückt.

»Wenn ich daran denke, wovon wir damals leben mussten, wäre das mehr als willkommen gewesen«, sagte er.

»Ich weiß noch, wie ich im Schaufenster einmal dein Spiegelbild sah. Ich war mit Kunden beschäftigt, trotzdem ist mir nicht entgangen, wie du das Schloss vom Tablett genommen und dich nach mir umgesehen hast. Beinahe hättest du es eingesteckt, aber in dem Moment, als deine Finger schon fast nicht mehr zu sehen waren, hast du es zurückgelegt.«

»Ehrlich?« Er verschluckte sich am Wein. »Daran kann ich mich überhaupt nicht erinnern.«

»Hättest du es gestohlen, hätte es für uns keine gemeinsame Zukunft gegeben, jedenfalls habe ich mir das damals gesagt. Also bat ich Mr. Gelding um das Schloss, was er mir nur zu gern überließ. Ich wollte es dir gleich schenken, hatte es in der High Street sogar eigens gravieren lassen, aber dann ... Ach, Gott, Julian, es war so schrecklich. Es war der Tag, an dem du dein Studium geschmissen hast. Ich war den ganzen Tag auf deinem Zimmer bei Mrs. Briggs, fütterte den Gaszähler mit Münzen, mit allen Münzen, die wir hatten. Das Schloss lag in meiner Tasche, und ich wollte es dir geben. Ich dachte, es könnte dich aufmuntern. Und ich habe auf dich gewartet, umgeben von deinen Büchern und Notizen, der Schreibtisch voll damit, dein schreckliches Gekritzel, Blatt um Blatt einer Arbeit, die nun meinetwegen nie mehr beendet werden würde. Dann bist du zurückgekommen, voller Energie. Hast ausgesehen wie ein Junge. Sogar mit ein paar Pickeln.«

»Nie im Leben! Julia, das halt ich nicht aus.«

»Du warst so dürr, aus einem Loch im Pullover stach dein Ellbogen hervor. Und dann ich, eine alte Schabracke, fast dreißig, schwanger, ohne Verstand und Geld. Mir war, als hätte ich dir bereits Fesseln angelegt. Das Letzte, was ich dir jetzt schenken konnte, war ein Schloss.«

Er beugte sich vor und küsste sie auf die Nasenspitze. Es tat ihm in der Seele weh, auch nur daran zu denken, wie besorgt und verängstigt sie gewesen war. Er sah sein Zimmer bei Mrs. Briggs wieder vor sich, die grässliche fleckige Matratze, den verschlissenen klebrigen Teppich, der Geschmack von Blut auf Julias Unterlippe, so heftig hatte sie darauf gebissen. In dem Hotelzimmer, das auf sie wartete, gab es schokoladenüberzogene Erdbeeren in einer Kristallschale, eine dunkle Decke auf dem Bett. Er nahm das Schloss zur Hand. Falls sie die Mutprobe bestand, würde er, das hatte er versprochen, am Morgen zurück zur Brücke gehen und das Schloss anbringen. Die Einkaufstaschen standen neben ihr auf der Sitzbank. Jedes Mal, wenn sein Blick darauf fiel, musste er innerlich lächeln, auch wenn er die Flasche noch ganz austrinken musste, um wirklich davon überzeugt zu sein, dass sie es durchziehen würde.

Aber sie hatte es getan, allein für ihn. Den Mann im braunen Cordanzug würde er nie vergessen, auch nicht, wie sie sich aufs Bett geworfen hatte, auf die zerwühlte dunkle Decke, wie ihre Hacken auf seine Schultern trommelten und ihr Gesicht sich zu einem unbeherrschten Schrei verzerrte, als sie zu ihm zurückkam und immer wieder laut rief: »Ich hab's getan. Ich hab's getan. Ich hab's getan.«

Am Morgen hatte sie einen Kater und wollte nicht mehr zur Pont des Arts.

»Ist schon in Ordnung«, log er und steckte das Schloss in seine Kulturtasche. »Auf dem Weg zu De'Ath komme ich eh über die Brücke und kann das Schloss dann festmachen.«

Sobald er zurück war, wollten sie in ein Café, sie schützten sich mit Sonnenbrillen vor dem fahlen Licht und kamen unterwegs an einem Geschäft für Babysachen vorbei. Sie hatte sich bei ihm untergehakt, und er spürte nur die Andeutung eines Zuckens, als sie etwas langsamer wurde. Einer plötzlichen Eingebung folgend, zog er sie in den Laden. Sie hatten dergleichen noch nie zuvor getan. Die Angestellte verpackte das weiße Taufkleid so vorsichtig in Seidenpapier, als ob es zerbrechen könnte.

Er ist allein auf der Veranda, trinkt den letzten Schluck Kaffee und rollt sich die zweite Zigarette an diesem Morgen. Ein letztes Mal dreht er den Schlüssel im Schloss, und auf dem Weg in die Küche, wo er sich noch einmal Kaffee nachschenken will, wirft er das Schloss in den Karton mit Julias Krempel. Soll sie doch wissen, dass er sein Versprechen gebrochen hat. Was kümmert's ihn. Ständig tauchen irgendwo im Haus noch Dinge von ihr auf: Papiere mit ihrer Schrift, ihr Badeanzug, verwaschen und ausgeleiert wie alte Haut, ein Döschen mit Clarins-Creme, das er, ein Fehler, erst geöffnet hat, um daran zu riechen, bevor er es in die Kiste warf. Die ist jetzt fast voll. Er darf nicht vergessen, Klebeband zu besorgen.

Er fährt zusammen, als Katie ihm auf die Schulter tippt. Sie hat sich die Pandaaugen abgeschrubbt. Falls sie einen Kater hat, gelingt es ihr gut, ihn mit rosigen Wangen zu verbergen; das Haar hat sie zu einem Pferdeschwanz zusammengebunden, und der Minzgeruch verrät, dass sie sich seine Zahnbürste ausgeliehen hat. Sie legt eine Hand an die Stirn. »Ich brauche eine Paracetamol«, sagt sie und plumpst neben ihm auf einen Stuhl. Wolken von Hyazinthenduft hüllen sie ein.

Die Pumps baumeln von ihren Zehen. »Ich kann mich nur noch vage an gestern Abend erinnern. Ich hoffe, du hast meine Schwäche nicht ausgenutzt.«

»Hör auf damit«, sagt er, und sie stupst ihm mit den Ellbogen in die Rippen.

»Ich will nur hoffen, dass ich nicht immer noch betrunken bin«, sagt sie und gähnt. »Jedenfalls muss ich meine Sinne wieder beieinanderhaben, ehe ich mich der Inquisition daheim in der Mühle stellen kann. Vielleicht sollte ich den Jungen sagen, dass das Auto nicht angesprungen ist.«

»Wenn du jetzt gleich losfährst, könnte es sein, dass sie noch schlafen, wenn du ankommst«, erwidert er, aber sie ignoriert ihn und sagt, sie bräuchte jetzt dringend einen Kaffee.

»Beim Aufwachen musste ich an unser Gespräch von gestern Abend denken, und jetzt krieg ich es nicht mehr aus dem Kopf.«

Er spürt, wie sich ihm die Haare aufstellen. »Können wir das nicht endlich auf sich beruhen lassen?«

»Wie? Ach, ich verstehe. Nein, nicht die Sache mit dem Hotel. Ich meinte das mit Mira im Krankenhaus. Ich muss ständig daran denken, wie es wäre, wenn ich Billy oder Arthur tagelang anstarren müsste, wenn sie bewusstlos daliegen.«

Er streckt einen Arm aus, und sie schmiegt sich an ihn, lehnt den Kopf an seine Brust. »Einfach schrecklich.«

»Das Schlimmste ist, dass einem so viel Zeit bleibt dazuhocken und jede blöde Kleinigkeit zu bedauern, die man vielleicht falsch gemacht hat. Wir hatten solche Angst vor der Chemo und der OP, aber als du da warst, hast du ja selbst gesehen, dass es für uns fast normal geworden war, dass sie im künstlichen Koma lag. Ich meine, so war es immerhin besser, als sie wegen ihres Blutdrucks plötzlich in die Notaufnahme bringen zu müssen. Weißt du, dass jede Nacht einer von uns bei ihr gewesen ist? Und dann, als das mit ihrer Leber passierte, war ja auch klar, dass wir sie frühestens nach der OP nach Hause holen durften.«

Er sieht Mira vor sich, Disney-Kissen im Rücken, an jenem

Tag, an dem sie vom Beatmungsgerät genommen wurde, damals, als sie in die Welt zurückkehrte, weinend, leise zuerst, denn auch wenn die Lippen Laute formten, waren die Stimmbänder vom Schlauch noch gelähmt. Wütende, stille Tränen. Wie sie sich über sie beugten, er und Julia, und versuchten, ihre Tränen fortzuküssen, ihr Kind zu trösten, dessen Schreie nun, da man den Schlauch fortgenommen hatte, zu einem heiseren Röcheln wurden. Als sie Miras Bett zurück auf die Station schoben, dachte er, sie habe nie so schön ausgesehen wie jetzt, da sie ihr Haar verloren hatte. Die großen entzückenden Augen, die Wimpern, die glatte Schädelkuppe so schutzlos und zerbrechlich wie ein Ei.

»O Gott, Katie, mach, dass ich aufhöre. Lass uns über was anderes reden. Über irgendwas.«

Sie hören Jenna aus der Küche rufen. »Ist an diesem herrlichen Tag sonst schon irgendwer wach?« Er steht auf, hält Katie die Hand hin.

Sie folgt ihm ins Haus und sagt: »Okay, dir kann ich es sagen. Ich denke daran, die feste Stelle an der Woodford Primary anzunehmen.«

»Ach nein, du willst also weiter bei deiner Mum wohnen? Was sagt Adrian denn dazu?«

Sie tat, als würde sie Staub von den Händen schütteln. »Na ja, zur Not gibt's auch noch den Zug. Ich schätze, die Hälfte der Ferien werden sie bei ihm verbringen, aber mal sehen ...« Sie sah so kampfeslustig aus, dass es Julian kalt über den Rücken lief. »... hätte er dran denken sollen, bevor er seinen Schwanz aus der Hose holte.«

Jenna schnippelt schon irgendwas in der Küche. Michael presst Orangen aus, hält inne, sieht erst zu Katie hinüber, dann zu Julian und zieht eine Braue hoch, aber Julian schüttelt verärgert den Kopf. Jenna fragt, ob jemand daran gedacht hat, den Hund zu füttern.

Während Julian die Milch warm macht, schlingt Katie die Hände um seine Hüften und schmiegt ihre Wange an seinen Rücken. »Nur einen Kaffee, dann mache ich mich auf den Weg.«

Er hört einen Wagen vorfahren, eine Tür wird zugeschlagen. Michael springt auf, Zeph bellt. Julian löst sich von Katie, während seine Mutter ihnen beide eine Schüssel in die Hände drückt. Ihr Spezialfrühstück: aufgewärmte Kuchenstückchen von gestern Abend mit glasierten Früchten und Nüssen. Mit leicht betretener Miene kommt Michael vom Flur zurück, William im Gefolge.

William füllt den Türrahmen mit seinem So-was-trägt-man-auf-dem-Lande-Mantel, viele breite Taschen mit kariertem Saum, stellt das Gepäck ab und öffnet die Arme. »Ach, Mann«, sagt er und zieht Julian großherzig an sich, an seinen nach gewachster Baumwolle riechenden Mantel.

»William? Was willst *du* denn hier?«

William findet keine Gelegenheit, etwas zu erklären, da Katie mit der Kaffeekanne auf ihn zukommt. »Das ist Katie«, sagt Julian, während sie ihm eine Tasse reicht. William wirft ihm einen raschen Blick zu, und zum zweiten Mal an diesem Morgen muss Julian verneinend den Kopf schütteln. Mit einem Klaps auf den Rücken gibt William ihn wieder frei. »Mann, tut gut, dich zu sehen«, sagt er, dreht sich um, mustert Katie und ist sichtlich zufrieden mit dem, was er sieht. Dann sagt er an alle gewandt: »Mein Gott, habt ihr es schon gehört?«

Michael schüttelt den Kopf. »Nein, was denn?« Jenna hört auf, Obst zu schälen.

William zieht einen Stuhl vor und setzt sich an den Tisch. »Schreckliche Neuigkeit«, sagt er und blickt von Gesicht zu Gesicht. »Es wurde gerade bestätigt. Sie ist tot.«

Achtzehn

Jenna hält ihm eine Schüssel hin: Iss, iss, iss. Der Fernseher plärrt. Der Premierminister steht händeringend vor einer Kirche. »Es sind Fragen offen, die Antworten verlangen«, sagt er. Katie, die Ellbogen auf die Sofalehne gestützt, starrt auf die Mattscheibe, die Augen groß vor Schreck; William scheint, obwohl die beiden sich doch kaum kennen, einen Arm um ihre Hüfte gelegt zu haben. Bilder eines Autowracks in einem Tunnel. »Ach, das ist so traurig«, sagt Jenna und tupft sich mit dem Ärmel die Augen trocken.

Julian muss schreien, um sich Gehör zu verschaffen: »Was ist denn nur in euch gefahren?«, aber Michael scheucht ihn in sein Arbeitszimmer, schließt die Tür.

»Lass das nicht an allen anderen aus, Julian. Ich bin schuld. Ich habe William gebeten herzukommen.«

»Aber warum?«

Julian tritt gegen den Papierkorb, verteilt die zusammengeknüllten Papiere übers ganze Zimmer und lehnt sich an den Schreibtisch, dessen gläserne Arbeitsfläche jetzt frei von allem Durcheinander ist. Er kehrt Michael weiter den Rücken zu und versucht, seinen Ärger zu bändigen, was ihm aber nicht gelingt, also haut er so fest auf den Schreibtisch, dass die Stifte im Glas in die Höhe hüpfen. »Kapierst du das nicht? Ich will allein sein!«

Michael legt ihm eine Hand auf die Schulter: »Beruhige dich doch.« Er versucht, ihn zu sich herumzudrehen, aber Julian schüttelt ihn ab.

»Wenn du allein sein willst, brauchst du irgendwas, um dich zu beschäftigen. William ist hier, um mit dir über das Buch zu reden. Und solange ich in Firdaws bin, scheint mir eine gute Zeit dafür zu sein«, sagt Michael. »Du weißt ja, wie viel mir daran liegt, dass du anfängst – es ist das Buch, das du schon immer schreiben wolltest, und gerade jetzt brauchst du etwas, was dich von dir selbst ablenkt.«

Michael hievt sich auf eine Ecke von Julians Schreibtisch, lässt die Beine baumeln: »Es ist *die* Gelegenheit. Ergreif sie.«

Als Julian Einwände vorbringen will, hebt er eine Hand und lässt ihn nicht zu Wort kommen: »Ich weiß, das Leben läuft gerade nicht so, wie du es dir erhofft hast, aber du bist noch jung.« Er hält inne und deutet mit einer Handbewegung auf das Meer zusammengeknüllter Papiere. »Das hier ist nicht das Ende deiner Geschichte, und es ist auch nicht nur deine einzige Geschichte. Du hast viele Talente, eine tolle Fantasie, und du kannst schreiben.«

»Bitte, hör auf.«

Michael holt tief Luft: »Ich könnte auch nicht stolzer auf dich sein, wenn ich dein Vater wäre.« Da. So was hatte er noch nie gesagt. Julian blickt auf und hofft, dass sich in seiner Halbbrille nur das Licht spiegelt und es nicht seine Augen sind, die feucht schimmern. Er starrt an ihm vorbei aus dem Fenster. Michael holt erneut tief Luft und fährt fort: »Es wird auch für dich verschiedene Arten von Glück gehen.«

Julian schüttelt den Kopf. Michael legt eine Hand an Julians Gesicht und lässt sie dort liegen, was sich eigenartig anfühlt, weil er das noch nie getan hat.

»Ich weiß, was du verloren hast, fühlt sich im Moment unerträglich an, und ich weiß auch, dass dir die Welt um dich herum wie die Hölle vorkommt, aber wenn du schreibst, findest du in dir ja vielleicht ein Paradies«, dann hüstelt er verlegen. »Entschuldige den Versuch mit Milton und meine schlechte Wortwahl, aber du weißt, worauf ich hinauswill. Lass mich dir Firdaws für ein paar Jahre abnehmen, während du es mit dem Roman versuchst. Was denkst du?«

Das Problem ist, dass Julian überhaupt nicht denkt. Während Michael redet, summt eine Wespe eifrig gegen das Fenster, ihr unaufhörliches Brummen lässt Michaels weise Worte mal lauter, mal leiser werden. Julians Gliedmaßen fühlen sich schwer an, die Kehle zieht sich zusammen. Die Wespe wirft sich aufs Neue gegen die Scheibe. Julian hat Mühe zu schlucken. Aus dem Wohnzimmer hört er die anderen reden, Sirenen aus dem Fernseher. Michael tätschelt seine Wange, und Julian spürt diese warme Herzlichkeit auf seiner Haut brennen: »Also, was denkst du? Wenn du willst, nenn es deine Genesungszeit. Deine Mutter und ich wollten gestern Abend schon mit dir darüber reden, was aber ja nicht ging, weil du ...«, und mit einem Augenrollen deutet er auf das Nebenzimmer, »ähm, Gesellschaft hattest.«

Julian rückt so heftig von ihm ab, als wäre er gestochen worden: »Ach, jetzt hör auf! Ich habe Katie schließlich nicht eingeladen. Du warst das. Oder Mum. Und es ist nichts passiert. Ich habe keine Ahnung, was ihr alle wollt, aber bei Gott, ich wünsche mir, ihr würdet mich in Ruhe lassen.«

Störrisch macht Michael es sich auf dem Schreibtisch bequem. »Setz dich für einen Moment, Julian«, sagt er, wenn auch weniger streng. »Bitte. Sehen wir uns einmal an, welche Möglichkeiten dir offenstehen ...« Er spreizt die Hände, Handinnenflächen nach oben, geöffnet wie ein Buch.

»Muss das sein?«

»Na ja, ich könnte mich auch zurücklehnen und zusehen, wie du dich dumm und dämlich säufst und dich nicht mal mehr bemühst, dich anständig zu waschen, während deine Mutter dir kleine Mahlzeiten auf dem Tablett serviert und sich nachts in den Schlaf weint. Ist es das, was du willst?

Willst du, dass der Kummer dein Leben regiert? Falls dem so ist, werde ich trotzdem die Firdaws-Schulden für eine Weile übernehmen, weil du mir nämlich so wichtig bist, dass ich einen Weg finde, der mir das ermöglicht, auch wenn ich mir ziemlich sicher bin, dass das keine gute Zukunft für dich wäre. Sag, was meinst du?«

Die Wespe prallt vom Glas ab und schießt wie ein Querschläger durchs Zimmer, saust direkt auf Julian zu. Ihr Brummen macht ihn verrückt. Er rennt zur Tür. Gesichter tauchen vor ihm auf, beugen sich über ihn, Leute tätscheln ihn, berühren ihn. Ihre Forderungen prasseln auf ihn ein, grell wie platzende Glühbirnen. Er kämpft sich aus dem Haus, ringt nach Luft, läuft vor Michael davon und sieht, dass Zeph neben ihm herspringt. Der Kopfschmerz macht ihn blind, jedes Blatt, jeder Grashalm ein zersplitternder Spiegel, die Füße wirbeln auf körnigem Grund glitzernden Staub auf. Licht streift den Zaun der Horsemans, die Sonne brennt dermaßen, dass das Kerosin aus dem Holz tropft. Der Geruch von heißem Teer und warmem Heu dringt ihm in die Nase.

Bei Horsemans Scheune trifft er die jüngere Miss Hamlyn, ihr schwarzer Labrador umkreist Zeph, schnüffelt an seinem Hintern. »Julian!«, ruft sie mit zittriger Stimme und winkt mit ihrem Stock. Das auf Lockenwickler gedrehte graue Haar steckt unter einem blassblauen Netz.

»Komm und sieh dir das an«, sagt sie, was ihm kaum eine andere Möglichkeit lässt, als zu ihr zu gehen, obwohl sein Herz noch laut hämmert. »Sieh mal hier unten, wie viele reife Feigen da hängen.« Sie stochert mit dem Stock in den Zweigen, was ein wütendes Summen auslöst. »Ach, so viele Wespen«, sagt sie und fuchtelt mit den Händen. Den Geruch der sonnenwarmen Früchte hat er noch nie gemocht, irgendwie zu sehr nach Katzenpisse. Als sie den Ast beiseitebiegt, sieht er zwei Feigen wie purpurne Hoden herabhängen, und schon will er sich davonmachen, aber sie bleibt ihm auf den Fersen, sagt, was für eine Schande es doch sei, dass niemand diese köstlich aussehenden Feigen isst, ihre kleinen Beine rackern sich ab, müssen zwei Schritte für jeden seiner Schritte machen. Auf dem Weg legt sie ihm dann eine Hand auf den Ellbogen, damit er stehen bleibt, sagt: »Lass mich kurz verschnaufen.« Einen Moment steht sie nur da, richtet ihr Netz über den Lockenwicklern, blinzelt einige Male. Eine Wolke zieht über ihr Gesicht, die Erschütterung einer plötzlichen Einsicht, und sie wird ein wenig blasser: »Ich musste aus dem Haus, um vom Radio wegzukommen. Meine Schwester klebt an dem Kasten.« Sie legt eine flatternde Hand ans Herz und streckt die andere haltsuchend nach ihm aus.

Julian ist kurz verwirrt. Was könnte die ältere Miss Hamlyn so unbedingt hören wollen, dass es die jüngere aus dem Laden treibt? Jazz? Hip-Hop?

»Ach, du meine Güte«, sagt sie. »Du meinst, du weißt es noch gar nicht? Herrje, die arme Frau.« Und zu Julians Entsetzen rinnt eine Träne über ihre kalkweiße Wange.

Er ist jetzt an ihr vorbei und ruft über die Schulter zu ihr zurück, die, reglos auf den Stock gestützt, stehen geblieben war: »Ich muss hier weg. Wenn ich gestochen werde, kriege ich einen Schock.«

Unterwegs sucht er nach Hinweisen, irgendwas muss ihm entgangen sein. Hastige Mahlzeiten in der Krankenhauskantine, Julia, die nie viel sagte. Längst schien sie sich vor allem mit Oscars Mum zu unterhalten, Becky, die in der Notaufnahme so heftig an ihren Fingernägeln gekaut hatte, dass sie mit Pflastern abgeklebt wurden. Julias Gesicht verdüsterte sich, als er ihr Katies Fotos vom wiederentdeckten Rayburn für Firdaws zeigte, dann Bilder von Miras neuem Schlafzimmer, der Dino-Lampe am Bett, den silbernen Sternen am Fenster. In all den Tagen war sie zur Arbeit geflitzt, sobald er ins Krankenhaus kam. Julia, die aus dem Kinderzimmer rannte, um sich zu übergeben.

Die Schwestern mussten ihnen immer wieder sagen, dass sie essen sollten. »Und wenn es nur ein Stück Schokolade oder Kuchen ist«, sagten sie. Das Schlucken falle ihnen schwer. »Natürlich«, erwiderten sie. »Wir wissen, wie sie sich fühlen. Sie haben einen Kloß im Hals, der einfach nicht weggehen will.« Sie drängten sie, nach draußen zu gehen, aber Julia wollte nie. »Sehen Sie doch, Mira schläft jetzt«, sagten sie. »Wir kümmern uns um Ihre Kleine«, aber Julia schüttelte nur den Kopf.

Er erinnert sich daran, wie Mira mit Oscar auf den Knien vor der Spielzeugbahn lag – sie spielten Lokomotive, er war Thomas, sie Percy, ihr Haar wuchs in zarten Pusteblumenpuscheln nach. So wie der spärliche Flaum sich den Nacken hinabzog, musste er an ein Neugeborenes denken, ein Stich direkt ins Herz. Durch den Port in Miras Herz sollte noch sechs weitere Wochen Vincristin fließen, ehe sie operiert werden konnte.

In unregelmäßigen Abständen wurde ihr eine Nasensonde gelegt; irgendwo mussten die Kalorien ja herkommen. Heino war da, als Julia zum ersten Mal erlaubt wurde, selbst die Sonde zu legen. Er saß am Bett und strich Mira in großväterlicher Manier über die Stirn, während sie nach seinem Stock griff, da sie sich die geschnitzte Schlange so gern ansah. Julia beugte sich vor und befestigte eine Plastikspritze an dem Schlauch, der, vom Magen aus quer über die Wange geklebt, zur Nase führte. Mit einem Lächeln, das sie beruhigen sollte, zog sie den Kolben an und entnahm ihr eine winzige Menge gelber Flüssigkeit – jedes Mal, wenn Julian das sah, rebellierte sein Magen, und er spürte, wie die eigenen Säfte in ihm aufstiegen. Julia war längst nicht so empfindlich. Sie testete die wenigen Tropfen gelber Flüssigkeit mit einem pH-Streifen und hielt ihn ans Licht, um den sich ausbreitenden Fleck besser sehen zu können. Säure wurde angezeigt, und alle atmeten erleichtert auf. Die Sonde saß dort, wo sie sein sollte – es kursierten albtraumhafte Erzählungen über andere Krankenhäuser, in denen Patienten gestorben waren, weil man die Sonde versehentlich in die Luftröhre und nicht in den Magen gelegt hatte. Julia ließ die Pumpe laufen, um die Sonde einmal durchzuspülen, und befestigte dann den Schlauch an einem Beutel mit milchiger Flüssigkeit. »Du machst das sehr gut«, sagte Heino und nickte ihr zu. »Ich finde, das Krankenhaus sollte dich gleich einstellen.« Als Mira die Augen schloss, beugte er sich übers Bett und nahm sie in die Arme, auf dem Kissen seine alte braune Wange neben ihrer blassen. Tage fühlten sich wie Wochen an. Die Welt da draußen kam zum Stillstand.

Der Wahltag war an ihnen vorbeigegangen. Die gesamte Wahl. Tony Blair war jetzt an der Macht. Julian ging zu Julia und Becky ins Elternzimmer, in dem sie so dicht nebeneinander saßen, dass ihre Köpfe sich berührten. Auf dem harten kleinen Sofa war gerade mal Platz für zwei. Als er eintrat, blickten sie auf, setzten aber gleich ihr Gespräch fort. Julia kehrte ihm die Schulter zu. Becky wollte etwas sagen, musste sich aber immer wieder schnäuzen. Sein Rücken knackste, als er sich in den Sessel neben dem Fernseher sinken ließ, den Kopf abgewandt, um den Kummer der beiden Frauen nicht sehen zu müssen.

Allem Anschein nach freute sich die gesamte Nation. Die drei Blair-Kinder standen ein wenig linkisch vor der Tür zur Downing Street Number 10, alle drei in Turnschuhen. Das Mädchen verschränkte krampfhaft die Finger, selbst eine weiße Baseballmütze vermochte kaum ihre Beklemmung zu verbergen, das arme Ding. Die Jungen, deren Arme hilflos herabhingen, fielen durch unvorteilhafte Frisuren auf, die den

Blick darauf lenkten, dass sie dieselben Ohren wie der Vater besaßen. Cherie, die Mutter, elegant in maßgeschneidertem brüniertem Orange. Tony Blair winkte, weiße Ärmelaufschläge mit passenden Manschetten, das Gesicht wie zu einem Segensspruch dem Himmel zugewandt. Die Kinder sahen aus, als befänden sie sich auf einer anderen Veranstaltung, erdgebunden und unbeholfen, ungesegnet, eine fremde Spezies.

»Wir haben gerade über diese arme Frau unten in der Notaufnahme geredet«, sagte Becky, aber Julian hatte Mühe, ihrem Gespräch zu folgen.

Tränen zitterten in Julias Augenwinkeln: »Die fürchterlichen Schreie. Ich möchte in meinem Leben nie wieder jemanden hören, der solche Schmerzen leidet«, sagte sie. Er kniete am Sofa, damit sie sich an seiner Schulter ausweinen konnte, kam sich dabei jedoch wie ein unsensibler Trottel vor, da ihm nicht entging, dass Becky gleichfalls weinte, aber niemanden hatte, der sie tröstete. Heute wie damals will ihm der Name der Frau nicht einfallen, deren Kind starb, und kann sich nicht an die Geräusche erinnern, die sie von sich gab, als sie sich auf den Boden warf. Er hat sie verdrängt. Sämtliche Nervenzellen summen allein zur Melodie eines einzigen Themas: Mira.

Pumpen und Infusionsschläuche zerteilten die Stunden in einzelne Tropfen. Er sah, wie ihre Brust sich hob und senkte: Ließ seine Konzentration nach, hörte ihr Herz vielleicht auf zu schlagen. Sein Blick flackerte von Monitor zu Monitor, sein Gehör auf jeden Atemzug getrimmt, auf jedes Klicken. Sie könnte an der Sonde ersticken. Das Beatmungsgerät könnte ausfallen. Vielleicht würde sie auch die Augen aufschlagen. Oder im Schlaf reden. Oder nach seiner Hand tasten. Doch wo die am Boden sich wälzende Frau sein sollte, klafft ein Loch.

*

Mira ging es immerhin so gut, dass sie am Tag ihrer OP schlecht gelaunt war. Seit fünf Uhr früh weinte und jammerte sie ohne Unterlass; sie wollte ihr Frühstück und war durch nichts davon zu überzeugen, dass man sie nicht absichtlich hungern ließ. Seine Hände waren derart schweißnass, dass er sie immer wieder an einem Tuch trocknen musste, als OP-Arzt und Krankenschwestern zur Morgenvisite erschienen. Mira klammerte sich an Julia, schlang wie ein kleines Äffchen die Arme um ihren Hals. Eine Clownin kam auf Plattfüßen angewatschelt, eine Frau mit neongrüner Perücke. Mira weigerte sich, die rote Nase zu tröten, und wandte den Kopf ab, als die Frau ihr Sticker geben wollte. Der Anästhesist schüttelte Julians feuchte Hand und gab das übliche, beruhigend gemeinte Geschwätz von sich, aber Julian beachtete ihn kaum. Die Clownin hatte ihn aus der Fassung gebracht. Er fürchtete, sie könnte Mira schlechte Träume bescheren.

Der Anästhesist erklärte, dass er es vorziehe, ohne Maske zu arbeiten, um ihnen dann den bis dahin in seiner Hand verborgenen schwarzen Schlauch zu zeigen. Er sagte, während Mira auf Julians Schoß sitze, würde er ihr einfach eine Hand über den Mund legen.

Julian fühlte sich entsetzlich, fast wie ein Doppelagent, als er sie auf dem Schoß hielt und versuchte, sie daran zu hindern, die Hand des Mannes fortzuschlagen – für sie ein Kampf um ihr Leben. Zwei Schwestern waren nötig, um sie still zu halten, und beide wurden mit Kratzern belohnt.

»Gut, dass sie so eine Kämpferin ist«, sagte die eine und rieb sich eine Hand, während Mira, betrogen und leblos, in Julians Armen lag. Sie trug noch ihre eigenen Sachen. Der Anästhesist hörte auf, ihr über den Kopf zu streicheln, eine Schwester nahm sie ihm aus dem Schoß und legte das schlafende Dornröschen auf eine Trage.

Hinter der geschlossenen Stahltür des OP, der Arzt mit dem Skalpell, ein Vormittagstermin. Die Zeit kam und ging. Verschwommen. Morgentermin. Trauertermin. Julia kniete in der Kapelle, hatte sich geweigert, ihn zu begleiten. Er lief allein aus dem Krankenhaus, musste irgendwas tun, damit die Stunden vergingen. Auf dem Platz fütterte eine Frau die Tauben, das Schwirren ihrer Flügel der Soundtrack zu einem schlechten Omen. Sirenen jaulten, Busse ließen den Boden erzittern.

Er ging in den nächstgelegenen Supermarkt, um sich von dem abzulenken, was gerade mit Mira im OP passierte. Die Zeit war dehnbar. Esther Fry, Schwester Emma, der Mann in der Notaufnahme mit den freundlichen Augen, Mr. Goolden, Martin, der Anästhesist. Sie alle hörte er die gefürchteten Worte sagen, während er die Gänge ablief und nach einem Allheilmittel suchte, einem Wundermittel, nicht nach Hotdogs in Dosen. Er nahm mehrere Produkte in die Hand und legte sie wieder hin, Tiefgefrorenes. Wofür war das alles? Nichts davon schien ihm essbar zu sein. Bis hoch über seinen Kopf waren die Regale vollgestapelt. Er langte nach einer Dose mit Miras Lieblingsbirnensaft und stieß gegen eine knallblaue Glasflasche, die vor ihm auf dem Boden zerbrach. Er sah auf seine Schuhe, die hellbraunen, die ihm besser als alle anderen gefielen, und innerlich schluchzte er, als er die dunklen Spritzer auf dem Leder sah. Noch ein schlechtes Zeichen. Die Krankenhausstimmen redeten weiter auf ihn ein, bekundeten ihr tiefstes Mitgefühl.

Vor ihm einer der Kassierer, ein Junge in kariertem Hemd, der ihn wie ein Goldfisch mit offenem Mund anstierte. Ein zweiter, kaum intelligenter aussehend, gesellte sich zu ihm. Eine Frau im Rollstuhl fuhr zielstrebig auf die Pfütze mit den blauen Glassplittern zu. Die Gaffer unternahmen immer noch nichts, fragten nur: »Wie ist denn das passiert?« Er packte den Rollstuhl an den Griffen, lenkte ihn rasch von den Scherben fort, fuhr ihn durch die Gänge und über die Rampe am Eingang nach unten. Es hätte Mira in ihrem Kinderwagen sein können. Dann aber krächzte die Frau ihn an: »Jetzt lassen Sie doch los, Sie Trottel. Ich habe meine Einkäufe noch nicht bezahlt.«

Er nimmt den Pfad zur Mühle und kann sich nicht erinnern, wann er zuletzt hier entlanggelaufen ist, bleibt an einem Zauntritt stehen, lehnt sich an und ringt nach Luft. Zeph winselt, will, dass er weitergeht. Wie ein Korsett hängen ihm Labkraut, Kletten und Pusteblumensamen im Halsfell.

Wenn er von Katies Haus aus nicht gesehen werden möchte, muss er unerlaubt über Lordys Felder laufen. Inzwischen dürfte sie wieder daheim sein, ihre Jungen werden um sie herumwirbeln und sie piesacken. Wie ein Sträfling schleicht er weiter, läuft gebückt an Lordys brutal getrimmter Hecke lang und schafft es, sich das T-Shirt einzureißen, als er über den Stacheldrahtzaun zurück zur Straße klettert. Die Sonne schimmert auf dem Asphalt und bewirkt, dass er unter den Schuhen klebrig wird. Julian lässt Zeph bei Fuß laufen, obwohl überhaupt kein Verkehr herrscht; er sieht nicht mal einen Trecker. Er läuft an drei Leuten vorbei, die aus der Kirche kommen. Jeder von ihnen will stehen bleiben und über die tote Prinzessin reden, sodass Julian sich zu fragen beginnt, ob er nicht doch ein bisschen Kummer heucheln sollte.

Oben auf dem Damm kommt Raphs Van in Sicht, der vertraute braun und grellrot gestrichene Grill. Plötzlich hat Julian Durst. Seine Zunge fühlt sich pelzig an. Von Raph keine Spur, nicht einmal die verkohlten Überreste eines Lagerfeuers. Julian probiert die Tür zum Lieferwagen, sie ist verschlossen. Er hört jemanden rufen, dreht sich um und sieht eine pummelige Frau in Jeans, die ihm auf dem Damm entgegenläuft und dabei mit den Armen winkt. »Was wollen Sie?« Sie mustert ihn aus finsteren Augen über rosigen Wangen, das graublonde, zu einem Pferdeschwanz grob nach hinten zusammengeraffte Haar könnte mal gewaschen werden. Sie hält eine Zeitung an ihre Brust gedrückt, die tote Prinzessin nimmt die gesamte Titelseite ein. Julian sieht Zähne, Juwelen, ein blaues Kleid und die züchtige Andeutung eines royalen Dekolletés. Jetzt spürt er hinter sich eine Bewegung. Die Tür zum Van wird aufgerissen, Raph stolpert die Stufen hinunter und schlägt ihm zur Begrüßung auf den Rücken.

Da ist es: das vertraute Lächeln, dann eine Umarmung: »Na, sieh einer an, Julian, du bist gekommen.«

Raph ist fülliger, als Julian ihn in Erinnerung hat, unter dem dünnen T-Shirt zeichnet sich deutlich ein Bauchansatz ab. Die krausen Locken gebändigt von einer unpassend grünen Schirmmütze mit dem gelb aufgestickten Schriftzug *Turnbridge Wells Anglers*.

Die Frau steht an seiner Seite. »Das ist Nell«, sagt Raph, als sie ihm die Zeitung hinhält. »Meine Frau.«

Mit beiden Händen greift er nach Julians Hand, und seine Augen glitzern im aufblitzenden Sonnenschein seines Lächelns. »Es tut gut, dich zu sehen.« Und an Nell gewandt: »Das ist der Junge, von dem ich dir erzählt habe. Julian. Der … der Mann, wie alt bist du jetzt eigentlich?«

»Ich werde nächstes Jahr dreißig. Und du? Immer noch auf Trebe, wie ich sehe.«

»Aber nicht mehr im Konvoi. Wir kommen jedes Jahr im August her, um Urlaub zu machen.« Raph streckt eine Hand aus, will Nell in ihr Gespräch einbeziehen: »Stimmt doch, nicht, Liebes?« Sie lächelt ihn an, die vollen rosigen Wangen schimmern jetzt wie die Pausbacken einer Putte.

Raph pfeift durch die Zähne. »Echt? Fast dreißig? Da fühl ich mich gleich uralt. Als du's letzte Mal verschwunden bist, warst du verrückt nach einer Frau. Einer *verheirateten* älteren Frau, wenn ich mich richtig erinnere …«

»Julia.«

Nell unterbricht ihn: »Steht in allen Details in der Zeitung. Das macht mich fertig.«

Wie seltsam. Ralph macht kein Feuer, aber Nell bringt einen Campingkocher nach draußen und setzt einen Kessel mit Pfeiftülle auf. Dann rührt sie Honig in den Kräutertee für Raph, den sie aus irgendeinem Grund Kevin nennt. Raph stellt drei mit Blümchen gemusterte Liegestühle auf, und Nell reicht ihm eine Dose mit Ambrosia-Milchreis und einen Dosenöffner. Julians Blick entgeht ihr nicht. »Seit Kev den Tumor hat, ist mildes Essen für ihn am besten.«

»Ich glaube, die haben sie abserviert. Du auch?«, fragt Raph und bläst auf seinen Tee. Nell steigt in den Van, um am Radio Nachrichten zu hören. Raph dreht sich zu Julian um und zuckt zusammen, als er einen Schluck von dem viel zu heißen Kamillentee nimmt. »Also, diese Julia. Hast du sie geheiratet?«

Nell steckt den Kopf durch die Tür. »Igitt, wie verdammt blutig wird das denn noch? Ihr Bodyguard hat überlebt, aber er hat angeblich seine Zunge verloren.«

Julian ringt nach Worten: »Nein, aber wir …«, da beginnt sein Körper zu zucken, und Raph oder Nell mit ihren weichen, ihn umschlingenden Armen können nichts weiter für ihn tun. »Wir haben ein Kind. Ein Mädchen. Mira.«

Einige Blätter von Nells Zeitung wehen über den Damm. Die tote Prinzessin dreht ihr Gesicht ins Gras. Nell tunkt ein Tuch in Lavendel, legt es ihm aufs Gesicht. Atme.

Neunzehn

Im Ende liegt der Anfang. Julian ist am Fluss. Ein metallischer Streif glänzender Helle folgt seinem Lauf, gesäumt von zackigen Schatten. Michaels Worte kommen ihm in den Sinn, die Wärme seiner Hand auf der Wange. »Es ist *die* Gelegenheit. Ergreife sie.«

Er steht am Ufer, schaut hinab. Der breite glasige Glanz birgt verborgene Strömungen. Jennas Schlange schwimmt in seine Gedanken, Jennas Hand, die den Kopf formt, der aus dem Wasser ragt, ihr schlanker, schwankender Arm, der den Kopf auf ihn richtet, bis er die funkelnden Augen sehen und das Zischen der Schlange hören kann.

Am Himmel ist keine Wolke, der Fluss schimmert perlfarben, winzige Insekten kräuseln das Wasser in konzentrischen Ringen, die Sonne brennt ihm auf den Scheitel. Er kommt zu Atem. Die Worte formen sich, schreiben sich von selbst. Er reißt sich das T-Shirt über den Kopf, streift Turnschuhe und Jeans ab und läuft mit großen Schritten an den Rand, unter seinen Füßen saftiges Gras. Ein plötzlicher Energieschub lässt ihn kopfüber ins Wasser springen.

Er ist kräftig. Seine Arme brechen den Fluss auf, wie Flügel die Luft zerteilen. Im Ende wird er den Anfang finden. So mühelos. Im Grunde trägt ihn die Strömung dahin. Der dunkle Tunnel aus Dornengestrüpp macht ihm nichts aus. Schlingpflanzen gleiten vorüber, er spürt sie über seinen Bauch streicheln, ihre Finger von den Beinen gleiten.

Schlangen und Leitern. Stunde um Stunde hatte er sich

über das Leiterspiel gebeugt, um Mira die Zeit zu vertreiben. Die Test-Ergebnisse brauchten ewig, aber alles sah gut aus. Der Histologiebericht. Keine Anaplasie. Mit jedem Würfelwurf landete Mira auf Leitern. Ihre Narben verheilten gut. Esther Fry kam auf ihrer Morgenrunde vorbei, sah Miras Papiere durch, und wenn sie die Seiten umschlug, wippten ihre Korkenzieherlocken. »Sieht aus, als würde hier bald jemand nach Hause gehen. Nur noch ein paar Tage.« Schlagartig besserte sich seine Stimmung, als sie ihn angrinste, und zum ersten Mal fiel ihm auf, wie schön sie war.

Er machte sich auf den Weg nach Firdaws. Endlich war es Zeit, Miras Rückkehr vorzubereiten. Auf dem Weg nach Woodford brach er jeden Geschwindigkeitsrekord, um noch rechtzeitig vor Ladenschluss anzukommen, und stellte beim Fahren eine Liste zusammen. Lebensmittel, Klopapier, Babyshampoo, das Zeugs fürs Bad, damit ihre Haut aufhörte zu jucken. Er wollte Blumen auf dem Tisch. Katie hatte angerufen, um ihm zu sagen, dass er Glühbirnen besorgen solle, weil der Elektriker neue Leitungen für Miras Zimmer gelegt hatte und dabei sämtliche Sicherungen durchgebrannt waren.

Nebel stieg vom Fluss auf, ein kalter Wind fegte ums Haus, als er die Einkäufe aus dem Auto schleppte. Er ging vornübergebeugt, hatte pochende Schmerzen im Hals, war hundemüde von der Fahrt, und alles tat ihm weh.

Er fühlte die Kälte im Haus. Vom Feuer, das jemand im Kamin angezündet hatte – sicher Katie –, stieg nur eine dünne Rauchfahne in den Schornstein auf. Er fand sich außerstande, trocknes Holz zu holen. Mit letzter Kraft stemmte er in der Küche den Deckel des Rayburn auf. Schweißtropfen traten ihm auf die Stirn, dabei zitterte er vor Kälte. Die ächzenden Gelenke zu beugen, um die untere Tür zu öffnen und die Asche zu sieben, kostete ihn seine letzte Kraft.

Er fürchtete, sterben zu müssen, schleppte sich die Treppe hoch und fiel angezogen aufs Bett – das war das Letzte, woran er sich erinnern konnte. Als er aufwachte, tat ihm der Hals zu weh, um zu rufen, doch Katie saß im Schlafzimmersessel, die Beine angezogen und musterte ihn.

»Da bist du ja wieder«, sagte sie, während er sich bemühte, fiebrige Bruchstücke zusammenzusetzen: die Scham, dass Katie ihn ausgezogen haben musste (»Keine Sorge, Jude, da war nichts, was ich nicht zuvor schon gesehen hätte«). Katie, die ihm im Bett aufhalf, um ihm dann ekligen Sirup in den Mund zu löffeln, einige Schlucke warmes Wasser mit Honig und Zitrone, und die seine brennend heiße Stirn mit einem kühlen Tuch abwischte, von dem ihm Tropfen den Hals hinabrannen, sodass er zitterte und alles wieder wehtat.

»Glaubst du, du könntest ein bisschen Suppe essen?« Durch einen Spalt im Vorhang sah er, dass hinter ihr der Abendhimmel in Dämmerung überging. Das ergab keinen Sinn.

Er wuchtete sich auf. »Wie lange liege ich schon hier? Wie spät ist es?«

»Du hattest höllisch Fieber, als ich dich gefunden habe. Dabei hatte ich nicht damit gerechnet, jemanden im Haus anzutreffen.« Sie erhob sich aus dem Sessel, strich sich das Kleid glatt. »Ich bin nur gekommen, um Glühbirnen zu bringen, da ich mir sicher war, dass du sie vergisst. Ich habe fast einen Schlag gekriegt, als ich dich stöhnen hörte.«

Er rieb sich den Schlaf aus den Augen. Ihr Kleid war blau mit weißen Paspeln am Kragen, das Haar hatte sie sich aus dem Gesicht gestrichen. Er war verwirrt gewesen, wachte mehrere Male mit hämmerndem Herzen auf und glaubte, auf der Lion-Station zu sein, hielt sie für eine der Krankenschwestern.

Katie setzte sich zu ihm ans Bett, ihre grünen Augen

leuchteten. »Ich habe das Telefon ausgestöpselt, damit du nicht gestört wirst.«

»Wie lange liege ich denn schon hier?«

»Du hast zwei Tage durchgeschlafen. Julia hat angerufen, aber ich wollte dich nicht wecken.«

Er warf die Decke von sich. »Was hat sie gesagt? Ist Mira entlassen worden?« Er war aus dem Bett gesprungen, kratzte sich wie verrückt die von getrocknetem Schweiß und vor Verzweiflung juckende Kopfhaut und zog mit wirr abstehendem Haar ein sauberes Hemd vom Bügel.

»Lass das, Julian. Sei kein Idiot. Du bist bestimmt noch ansteckend.«

Die Schlafanzughose rutschte ihm auf die Füße, weshalb er nur panisch sackhüpfen konnte.

Katie stellte sich ihm in den Weg: »Julia hat gesagt, dass du nicht kommen sollst.«

Er ignorierte sie und fand in der Schublade eine saubere Jeans. Seine Hände zitterten vor Erleichterung, nicht etwa, weil er krank war. Er drängte sich an ihr vorbei, rannte die Treppe hinunter, fand seine Schuhe und Heinos Schlüssel, stieg in sein Auto und fuhr los.

*

Still lag die Lamb's Conduit Street da. Straßenlampen, Schatten, ein einsames orangefarbenes Licht, das vor Reparaturarbeiten auf dem Bürgersteig warnte. Er nahm die Treppe und schlüpfte ins Haus, darauf achtend, den alten Mann nicht zu wecken. Sein Herz klopfte vor Freude, der einzige andere Laut das Ticken der Standuhr im Flur. Im Wohnzimmer leuchtete sanft eine Lampe neben dem Klavier, der Deckel angehoben für einen Geist. Er zog die Schuhe aus, lief auf Zehenspitzen. Das Licht spiegelte sich im silbernen Rahmen, und im Porträt der Mutter suchte er nach Ähnlichkeiten mit Karl, fand sie unverkennbar in ihrem Lächeln. Das dunkle Haar trug sie zurückgekämmt; ein Abendkleid aus dunklem Samt entblößte den anmutigen Schwung ihrer Schultern, und um den Hals hing an einer dünnen Kette eine kleine goldene Sonne. Am unteren Rahmen war ihr voller Name eingraviert, nicht die Kurzform. Sein Herz setzte einen Schlag aus: Eliana. Er löschte das Licht. Die Tür zu Julias Zimmer war nur angelehnt.

Langsam, leise schob er sie weiter auf. Hier war es dunkler als im Wohnzimmer, und seine Augen brauchten Zeit, sich daran zu gewöhnen. Er hörte ein pfeifendes Schnarchen, als er auf Socken zum Fenster lief, um den Vorhang aufzuziehen und ein bisschen Straßenlicht ins Zimmer zu lassen.

Er drehte sich um. Wie ein Messer fiel das Licht aufs Bett.

Julia, das Haar übers Kissen gebreitet, lag Löffelchen mit Mira, ein Arm um sie, der andere … Licht fiel auf Gliedmaßen. Er sah Schultern, Ellbogen, Hände. Mira umschlungen. Sicher wie in einem Kokon. Zwischen ihnen.

Er ließ den Vorhang los. Karl rührte sich nicht, sein Kinn ruhte auf Miras Kopf. Miras Hand lag wie ein Seestern auf seiner Schulter. Gemeinsam schliefen sie weiter.

Was auch immer für ein Laut Julians Mund entfuhr, genügte, um Julia zu wecken; er war sich nicht sicher, ob ihm nicht gleich schlecht würde. Karl murmelte irgendwas, als Julia aufstand. Ihr Medusenhaar wippte über die Spitzenbänder ihres fremden Nachthemdes, und die Worte, die aus ihrem Mund kamen, verwandelten ihn in Stein.

Lamb's Conduit Street

August 2002

Zwanzig

Miras Augen sind geschlossen, wie Schlingpflanzen treibt das Haar über ihr Gesicht. Silbrig bricht sich ihr Spiegelbild auf den mageren, schlüpfrigen Gliedern. Sie liegt ganz still. Julia hockt da mit einem Handtuch in der Hand und starrt ins Wasser, bis sie es nicht länger aushält.

»Mira! Liebes! Komm hoch!«

Mira bleibt grausam reglos, Lichtflecken tüpfeln ihre Haut. Julia sitzt auf dem Rand des Wäschekorbs und hasst jede Sekunde. Mit einer Hand hält Mira sich die Nase zu, die andere schwimmt mit offener Handfläche oben, und Julia zweifelt keinen Moment daran, dass ihre Tochter genau weiß, welche Wirkung sie erzielt. Miras Brust ist mit blauen Adern überzogen, genau wie die Lider, ihre Haut mit winzigen silbrigen Bläschen übersät.

Sie hätte Mira das Gemälde in der Tate nie zeigen sollen, tragische Heldinnen sind genau ihr Ding. Julia schiebt sich zwischen Licht und Wasser, wirft einen Schatten auf ihr Kind und hält ihm das Handtuch hin: »Komm schon, Ophelia.« Mira taucht auf, laut quietscht ihre Haut an der emaillierten Wanne, und Wasser strömt herab, als sie sich die Augen am Handtuchrand trocknet und übertrieben heftig nach Luft ringt.

»Hab ich dir nicht gesagt, du sollst aufpassen, dass dein Haar nicht nass wird?« Julia kämpft gegen eine Woge des Ärgers und der Erschöpfung an. »Für dich ist längst Schlafenszeit, und Heino hat bestimmt keinen Fön …« Mira grinst und taucht erneut unter. Sie würde die ganze Nacht in der Wanne bleiben, wenn Julia sie ließe.

Eine Sirene übertönt den Verkehrslärm, kreischt durch die Straße, und obwohl Julia sich gleich mit dem Handtuch die Ohren zuhält, fährt ihr der Lärm direkt ins Mark. Das blaue Licht blitzt im Spiegel, blaues Pulsen rast übers Wannenwasser und spritzt über die Armaturen. Sie zieht Mira am Arm, zwingt sie nach oben.

Sie faucht heftiger als beabsichtigt, sicher ist der Jetlag schuld: »Du nervst! Aber wenn dein Haar schon nass ist, kannst du es ebenso gut auch waschen.« Sie drückt Mira einen Klecks Shampoo in die offen gehaltenen Hände.

Bei jedem Krankenwagen zuckt Julia zusammen. Bald wird es ihr nicht mehr auffallen, aber im Moment macht ihr die Nähe zum Krankenhaus noch ziemlich zu schaffen. Und Karls Abwesenheit ist auch nicht gerade hilfreich. Sie könnte seinen beruhigenden Arm jetzt gut gebrauchen und spürt Ärger aufwallen, weil er im Labor nicht rechtzeitig Schluss machen konnte, um den Flug noch zu schaffen.

Mira rubbelt wie verrückt, zieht Grimassen im Spiegel und reckt den Hals, um ihre schaumige Haarperücke zu bewundern.

Julia versucht, nicht länger an Karl zu denken: Er dürfte wieder bei der Arbeit sein, hat vielleicht gerade Mittagspause. Doch womit auch immer er beschäftigt ist, er wird es liegen lassen müssen, um noch vorm Schlafengehen anrufen zu können. Sie schaut auf die Uhr, stellt ihn sich in der Stadt vor, im Clamshack, einem seiner Lieblingslokale, blühende Strandfliederzweige an weißen Sparren, kalter Weißwein in beschlagenen Gläsern. Da sitzt er am Tisch, neben sich den Schlüssel für seinen Dodge, und beugt sich vor, um seiner Begleitung etwas zu sagen …

»Mommy, Mommy …« Die Badezimmertür platzt auf,

und Ruth stürmt herein, ein pummeliges Puttchen auf zarten Füßen, das so lieb war, sich schon bettfertig zu machen. Julia kann nicht anders, sie muss sie küssen. Ruth trägt ein verwaschenes Baumwollnachthemd, ein altes von Mira, mit Rüschensaum, ihr Haar ein wirres Chaos wilder Kinderlocken.

»Sag ihr, sie soll verschwinden!« Wütend zieht Mira die Knie an die Brust. »Hau ab.« Sie spritzt eine Handvoll Wasser in ihre Richtung.

»Mira, mach sie nicht nass!« Sehnsüchtig denkt Julia an die Zeit zurück, in der sie die beiden noch zusammen baden konnte, an den Schaum, die Quietsche-Enten. Ruth vergräbt das Gesicht im Schoß ihrer Mutter, und Julia versucht, mit den Fingern durchs krisselige Haar ihrer Tochter zu fahren, ohne ihr wehzutun. Ruths Haar ist genauso störrisch wie ihres. Mira hatte mehr Glück. Ihr Haar ergießt sich in dicken feuchten Strähnen über den ihnen jetzt feindselig zugekehrten Rücken.

Ruth wagt es aufzublicken. »Mein Babyigel«, nennt Julia sie. »Großvater sagt, er liest uns eine Geschichte vor, wenn wir nicht allzu lange trödeln«, sagt Ruth, während Mira erneut versucht, sie nass zu spritzen. »Sag ihr, dass sie gehen soll, Mommy.«

Julia drückt Ruth an sich; wenn sie so fest drücken würde, wie sie möchte, täte sie ihr weh. Am liebsten würde sie die Kleine mit Haut und Haaren fressen. Ruths Augen sind rund wie Schokorosinen, die Brauen stehen schief zueinander, was, genau wie bei ihrem Vater, fast komisch aussieht. »Lass du dir von Heino eine Geschichte vorlesen«, sagt Julia, streicht ihr über die Wange und wirft Mira einen Blick zu. »Madam wird hierbleiben müssen, bis ich eine Möglichkeit gefunden habe, ihr Haar zu trocknen.«

»Tür zu, du blöde Kuh«, schreit Mira ihr nach.

Das Telefon klingelt. Julia gibt Mira das Handtuch:

»Komm schon, raus mit dir«, und rennt zum Schlafzimmer, um den Hörer abzunehmen. Schafft es gerade noch rechtzeitig. Karl am anderen Ende räuspert sich immer wieder. Eine geknurrte Entschuldigung: »Ich weiß, ich lass dich hängen. Tut mir leid«, und Julia sinkt aufs Bett.

»Mich hängen lassen? Das ist ja wohl ziemlich milde ausgedrückt.«

Sie will darauf beharren, dass er seine Meinung noch ändert, und ballt die Hand um den elfenbeinfarbenen Hörer zur Faust. »Himmel noch mal, es ist die Beerdigung meines Vaters«, sagt sie, und ihr kommen die Tränen. Sie sieht im Schrank ihre Garderobe hängen. Sein Anzug, ihr plissiertes Wollkleid, die eigens gekauften schwarzen Kleider und Strickjacken der Mädchen. Er hätte so verlässlich, so unantastbar an ihrer Seite stehen sollen mitsamt dem Borsalino, den sie ihm schon auf den Tisch im Flur gelegt hat.

Er redet von seinem Team, irgendwas über eine FDA-Studie, drei Jahre Arbeit, die jetzt zum Abschluss kommt. Sie hasst es, wie er ›mein Team‹ sagt, und wünscht sich, er würde so über ›meine Familie‹ reden. »Das ist eine kritische Phase für mein Team …«

»Ach ja? Wann ist es das nicht?«

»Ich kann nicht einfach alles stehen und liegen lassen«, sagt er.

Irgendwas an der Vorstellung, wie sie da alle zusammen sind in ihren makellos weißen Kitteln, macht sie richtig wütend: der beflissene junge Peter, Merlin – und ja, klar – natürlich auch Sofie von Dingsda mit ihren langen schlanken Beinen und dem leeren Lächeln.

»Nur noch ein paar Tage, dann bin ich bei dir. Versprochen.«

»Du hast schon was versprochen.« Sie hasst sich selbst, wenn sie so bettelt, und sieht ihn vor sich in seinem geliebten

Labor, jetzt, da er zurück ist, von wo auch immer er Mittag gegessen hat, der weiße Kittel offen, der Schlips locker und schief. Im Hintergrund hört sie eine Stimme seinen Namen rufen und dann »Huch, Entschuldigung« sagen. Eine Frauenstimme, ach ja, natürlich, die von Sofie. Wer auch sonst? Sie malt sich aus, wie sein Blick Sofies schlanken Waden zum Mikroskop folgt, den Hörer zwischen Ohr und Schulter geklemmt. »Ich glaube nicht, dass ich einen Flug noch vorm Wochenende schaffe.« Bestimmt glotzt er schon in sein verdammtes Mikroskop, so eilig wie er es hat, sie loszuwerden. »Bis Vernow ist es viel zu weit, um allein zu fahren. Vielleicht kann Freda dich ja mitnehmen?« Als wenn es bloß um eine Mitfahrgelegenheit ginge.

Sie sieht ihn vor sich, wie er Sofie bedeutet, dass er nicht mehr lange braucht, wie seine Finger diese aufwickelnde Bewegung machen, die andeuten soll, dass er das Gespräch gleich beendet. »Außerdem habe ich deinen Vater nun wirklich nicht gut gekannt«, sagt er, und das fühlt sich besser an, die volle Wut: Sie will den Hörer aufknallen, sieht es sich bereits tun, aber da rennt Ruth ins Zimmer mit leuchtenden Augen.

»Ich habe es unten klingeln hören. Ist Daddy dran?«

Sie hält Ruth den Hörer hin, hört Mira im Badezimmer planschen und ruft: »Bist du immer noch in der Wanne? Jetzt aber raus da. Sofort!«

Ruth erzählt Karl von der Geschichte, die Heino ihr vorgelesen hat, vom Tiger, der alles Wasser aus der Leitung trank. »Mommy geht morgen mit uns in den Zoo«, sagt sie.

Sie drückt Ruth an sich und sagt so laut, dass Karl sie hoffentlich versteht: »Weißt du, Daddy und Mommy haben sich im Zoo zum ersten Mal geküsst.« Ruth zieht die Brauen hoch, macht Knutschgeräusche in den Hörer und plappert weiter.

Es war wie ein Hitzeschlag, der sie zu diesem Kuss in Karls Arme trieb. Eben war da noch der Tiger, der hin und her lief, verloren, gedemütigt, und als Nächstes fand sie sich eingezwängt zwischen Karl und der Glasscheibe, ließ sich küssen, erwiderte den Kuss.

Jetzt beschwert sich Ruth über ihre Schwester: »Sie hat mir meine Annie-Puppe weggenommen. Sie sagt, sie gehört jetzt ihr, und sie will sie mir nie wieder zurückgeben.« Julia sitzt da und schmust mit ihr, ein Ohr so nah am Hörer, dass sie das Gebrumm von Karls Platituden hören kann. Schade, dass die Mädchen nicht mehr so gut miteinander auskommen. Sie denkt an Ruth in ihrer aufgetragenen Latzhose und an Mira in ihrem adretten Faltenrock, wie sie in zu großer Uniform auf der Schultreppe steht, kurz davor, diese Schwelle zum ersten Mal zu übertreten. Früher musste sie die beiden fast mit Gewalt voneinander trennen – wie ein Pärchen Teddybären waren sie, die sich mit Klettpfoten aneinander festhielten. Doch seit ihrem Umzug nach London hat sich Miras Laune verfinstert, und die arme kleine Ruth muss es ausbaden.

Draußen wieder der Klageton einer Sirene, viel los im Krankenhaus. Im Bad ist es verdächtig still. Sie hofft, dass Mira nicht wieder einen auf Ophelia macht.

Auf dem Weg zum Badezimmer läuft sie durch eine Dampfwolke. Mira schießt aus den Untiefen auf, Wasser perlt über ihre magere Gestalt. »Dreißig Sekunden.« Keuchend steht sie da, triumphierend, die schöne s-förmige Figur einer jungen Gymnastin, die nun die Arme nach dem Handtuch ausstreckt. So ein gelenkiges kleines Persönchen mit knubbligen Knien und einem festen Pfirsichpo, vom Urlaub noch leicht gebräunt, an ihrer Hüfte die blasse, etwas ausgefranste Narbe.

Julia weiß, sie sollte besser an etwas anderes denken, trotzdem wundert sie sich. Wenn sie übers Krankenhaus reden, sieht sie dann wirklich Karl an Miras Seite? Nicht Julian? Fast scheint es, als wäre Julian so nachhaltig wie Miras Niere entfernt worden. Mit ihrer Tochter ist jetzt alles gut. Nur noch jedes Jahr ein Check-up etwa zurzeit ihres Geburtstags.

Was aber ist mit Julian?

Es fällt ihr leichter, nicht an Julian zu denken, wenn sie alle daheim im Old Mystic sind und ein Ozean zwischen ihnen liegt.

Sie sieht ihn vor sich, wie er damals war, ihre Liebe noch jung. Sein Pullover an den Ellbogen durchgescheuert, eine Haartolle, die ihm ständig ins Auge fiel, weshalb er sie immer wieder mit der Hand zurückstreichen musste, Julian, wie er in Socken vor dem tuckernden Gasofen hockt, die blaue Porzellantasse, die grobknochigen Gelenke und Hände.

Auf der Rückfahrt nach ihrer Begegnung mit Karl im Zoo hat sie sich im Zug schmutzig gefühlt. Die Lippen fühlten sich rau an nach seinem Kuss, der Geruch vom Stallmist schien an ihren Kleidern und in ihren Haaren zu kleben. Als sie in Julians Wohnung ankam, schaffte sie es, sich der üblichen Begrüßung zu entziehen, und schrubbte sich so gründlich, dass sie fast vergaß, ihm zu erzählen, dass man ihr den Job als Gärtnerin angeboten hatte, was der eigentliche Grund für die Fahrt nach London gewesen war. Er habe auch gute Neuigkeiten, sagte er. Sein Stiefvater hatte ihm eine Stelle bei Abraham und Leitch angeboten. Eine ziemlich langweilige Arbeit, die ihn kaum über Gebühr beanspruchen würde, sodass er abends den Kopf für sein eigenes Buch frei haben dürfte, vor allem jetzt, da er die Dissertation aufgegeben hatte.

Julians Baumwollmorgenmantel war wie eine Umarmung. Sie hatte ihn gleich nach dem heißen Bad angezogen, liebte es, seine Sachen zu tragen. Seine Pullover fand sie immer weicher als die eigenen. Und sie mochte es auch, auf ihrer Haut eines seiner frisch gebügelten Hemden zu spüren, das immer noch ein wenig nach ihm roch, meist leicht ausgefranst von seinem starken Kinn, den kratzigen Bartstoppeln. Er hockte vor dem Kaminfeuer und rief sie zu sich, zog den Morgenmantel auf und legte die Wange an ihren Bauch. Sie drückte scinen Kopf an sich und beschwichtigte ihr schlechtes Gewissen, indem sie ihm übers Haar strich, während er dem Baby etwas vorsummte, das damals noch nicht für ihn verloren war. Manchmal kamen ihr allein beim Gedanken an Julian die Tränen. Vor allem dann, wie ihr auffiel, wenn sie sich über Karl geärgert hatte.

Sie hält ihr das Handtuch hin: »Hüpf rein!« Und heute Abend hat sie sich über ihn geärgert, keine Frage. Ungeduldig schüttelt sie das Handtuch, während Mira aus der Wanne steigt.

Einundzwanzig

Julia wird früh von Geräuschen im Hof geweckt, jemand knallt den Deckel einer Mülltonne zu, pfeift vor sich hin. Sie braucht einen Moment, um sich zu erinnern, wo sie ist. Das Gesicht, das sie im Badezimmerspiegel kritisch mustert, bietet keinen angenehmen Anblick, erst recht nicht nach einer ruhelosen Nacht und einem bedauernswerten Anruf bei Karl um vier Uhr morgens. Sie sieht verhärmter aus als sonst, die Schatten unter den Augen und in den Mundwinkeln kann nicht mal Touche Éclat übertünchen (gekauft in einem Anfall von Langeweile auf einem Flug von JFK).

Leise zieht sie sich an, graue, an den Knöcheln aufgekrempelte Jeans, eine frische weiße Bluse. Es ist Hochsommer, aber das englische Wetter schlägt seine üblichen Kapriolen, also bindet sie sich eine Strickjacke um die Hüfte und zieht die alten Wildlederhalbschuhe an, von denen sie keine Blasen bekommt. Seit sie ihr Haar kurz trägt, braucht sie sich nur einmal mit den Händen durchzufahren. Karl und die Mädchen waren entsetzt, als sie zum ersten Mal so kurz geschoren nach Hause kam. Manchmal vermisst sie es noch, sich hinter ihrer Mähne verstecken zu können, aber eigentlich war vierzig ein gutes Alter gewesen, sie abzuschneiden.

Auf den Fußballen schleicht sie nach unten und hofft, die Kleinen schlafen noch, damit ihr vor dem Ansturm ein wenig Zeit für sich bleibt. In zwei Tagen wird sie mit den sich ewig zankenden Mädchen zu der langen Fahrt nach Vernow aufbrechen, aber ohne Karl, der sie am Steuer ablösen oder Streitigkeiten schlichten könnte. Vor und nach der Beerdigung wird sie eine Nacht bei ihrer Mutter in deren Wohnung in Vernows einzigem Hochhaus verbringen. Eingesperrt, die Wände rabiat kahl, werden Gwens Nerven schon nach Minuten so straff gespannt sein wie Käsedraht.

Karl hatte in den Tee geprustet, als sie ihm sagte, die Einäscherung fände in Vernow statt. »Inferno?« – »Ja, ja«, hatte sie erwidert und ihm ein Blatt von der Küchenrolle gereicht. Karl war nie in Vernow gewesen, hatte nie auf der Fahrt aus der Stadt den Rauch aus den Schornsteinen aufsteigen sehen. Er hatte ihre Eltern nur ein einziges Mal getroffen, in London, kurz vor der Hochzeit. Gwen war nach Ruths Geburt aus Connecticut hergeflogen, Geoffrey nicht. Sie konnte sich nicht einmal erinnern, ob sie ihn überhaupt eingeladen hatte. Tja, jetzt war es zu spät. Sein Tod ließ sie merkwürdig kalt, und es machte ihr eigentlich auch nichts aus, dass sich Karl über ihre Heimatstadt und deren Kreise der Hölle lustig machte.

Auf dem Hinflug gelang es ihr, ein wenig an ihren Dad zu denken. Sie zwang sich, das Geröll zu durchsieben, um wenigstens ein, zwei Nuggets zu finden, was ihr beinahe auch gelang – eine ferne Erinnerung, sie auf der Schaukel, er schubste sie an; fast wären ihr Tränen gekommen. Am Ende machte die Beziehung, die sie nie mit ihm gehabt hatte, sie trauriger als das, was zwischen ihnen gewesen war. Nichts ist schlimmer als einen Säufer zum Wirt im Pub zu machen. Immer war der Fusel schuld, er aber nie.

Die Mädchen kommen gemeinsam in die Küche, verschlafen, schlecht gelaunt. Mira mag nicht frühstücken. Julia bietet ihr alles an, was es im Schrank gibt, aber sie nörgelt weiter, will nur ein Glas Saft. Hätte Julia sich als Kind so aufgeführt, ihre Mutter hätte ihr einen Klaps hinter die Ohren gegeben. Oder sie zur Strafe hungern lassen.

»Höre ich da Engelsstimmen?« Heino ist nicht mehr so

gut auf den Beinen, vor allem früh morgens, geht gebückt am Stock und braucht eine Weile bis zum Tisch. Bei jedem Schritt wackelt der über Hemd und Schlips aufragende Kopf. Mira ignoriert Heino. Sie ist zu sehr damit beschäftigt, das winzige Toastdreieck genervt anzustarren, das sie essen soll, bevor sie aufstehen darf. Julia zeigt auf Ruth, die sich über ihre zweite Schale mit Honigpops beugt, seufzt und sagt zu Heino: »Es ist so viel einfacher, wenn ein Kind gern isst.« Ruth grinst ihn über den Löffel hinweg an.

Er lässt sich auf seinen Platz am Kopf des Tisches sinken. Sie fühlt sich durch seine Nähe auf eine Weise getröstet, wie es ihr mit ihrem eigenen Vater nie ergangen ist. »Ach, ist Mira wieder wählerisch? Mach dir nichts draus«, sagt er. »Wenn Kinder hungrig sind, werden sie schon was essen.«

Er greift zur Kaffeekanne und zwinkert Mira zu. »Und selbst wenn sie dann nur Stampfkartoffeln wollen, macht das nichts, sind genügend Kalorien drin.«

Seine Hand zittert, als er Julia nachschenkt, einige Tropfen schwappen in die Untertasse. »Wie ungeschickt«, sagt er und reicht ihr die klirrende Tasse. »Kommt davon, wenn man alt wird.«

Sie streicht ihm über den Handrücken, die Adern blau angelaufen und hart wie Knoten. Sie schaut ihn an, sucht seinen beschwichtigenden Blick. »Du wirst doch keinen Tag älter, Heino. Siehst immer noch genauso aus wie an dem Tag, an dem ich dich kennengelernt habe.«

Er erwidert ihr Lächeln und zieht dabei eine Braue hoch. Mit seinem Witwerbuckel sieht er immer mehr wie eine Schildkröte aus. »Na ja, solange ich noch irgendwem von Nutzen bin, ist nicht alles verloren.«

Ruth läuft zu ihm, drückt ihm einen milchigen Kuss auf die Wange, schaut ihm ernst in die Augen und sagt: »Daddy kommt heute nicht.«

Er wuschelt ihr durchs Haar, nennt sie einen Wildfang und mokiert sich missbilligend, als Julia ihm sagt, dass Karl sich wohl erst nach dem Wochenende von der Arbeit losreißen kann.

»Es geht um dieses Verhütungsprojekt, von dem wir so endlos viel gehört haben. Nächste Woche könnten die Versuche am Menschen beginnen, falls Karl bis dahin alle Daten für das Treffen der Forschungsverwaltung zusammenbekommt ... Ehrlich, das Timing meines Dads hätte kaum schlechter sein können.«

»Unsinn!« Heino fuchtelt mit der Serviette in ihre Richtung, streut Krümel über den Tisch. »Immer das Gleiche, hat er sich erst in was verbissen, ist er wie ein Hund mit seinem Knochen. Mag ja sein, dass ihm das gerade nicht passt, aber er sollte bei der Beerdigung an deiner Seite sein.«

Julia beißt sich auf die Lippe. Ihr wird schwer ums Herz, nicht bei dem Gedanken an die Beerdigung, sondern an die zwei erbarmungslosen Tage und Nächte mit Gwen, die mit Andeutungen kaum knausern wird. Sie kann sie schon hören, spürt, wie sich der Draht spannt: »Nicht bei seiner Familie? Was könnte denn wichtiger sein?«

Die Mädchen zanken sich, während ihre Mutter zusammensucht, was sie für den Ausflug in den Zoo brauchen. Julia besteht darauf, dass sie sich Anoraks anziehen. Draußen droht Regen, und überraschend eisige Böen blasen in den Fußraum des Wagens und lassen sie trotz der Strickjacke frösteln. Sie weiß immer noch nicht, wofür all die mysteriösen Knöpfe in Heinos Wagen sind, drückt ungeduldig irgendwelche Tasten, dreht an Schaltern und versucht, das Gebläse abzustellen. Dem englischen Sommer gelingt es kaum, angenehme Erinnerungen an warme Tage zu wecken, da er unfähig scheint, sich zu entscheiden, was er eigentlich will. Die Kombination von heftigem Wind, Stadtstaub und Pollen lässt Miras Augen tränen, und Julia überlegt, ob sie an der Drogerie halten und Piriton besorgen soll. Sie schaut in den Rückspiegel. Mira, den Kopf matt ans Fenster gelehnt, lauscht gebannt ihrem Hörbuch, die roten Kopfhörer fest über die Ohren gestülpt. Die Augen sind leicht gerötet; völlig sinnlos, ihr zu sagen, sie soll sie nicht reiben. Ruth mampft zufrieden knusprige Chips und grinst wie ein Äffchen, als sie bemerkt, dass ihre Mutter sie im Spiegel beobachtet.

Mira trägt ein khakigrünes Top, das sie über alles liebt, obwohl Julia schon mehrfach versucht hat, es irgendwie loszuwerden. Die Farbe schmeichelt Mira nicht, verleiht ihrem Gesicht eine ungesunde Farbe. Und weil sie gerade ziemlich mürrisch dreinblickt, ist es im Moment besonders schlimm.

*

Früher einmal hat es diverse Belustigungen im Londoner Zoo gegeben. Julia war sich sicher, dass man damals auf Tieren reiten konnte, spürte noch das Leder an ihren nackten Schenkeln scheuern, erinnerte sich an den Rummelspaß des holprigen Kamelgalopps. Heute waren alle Reitvergnügen offenbar gestrichen, und die Schimpansen gaben auch keine Teestunde mehr. Nichts von dem, was Julia versprochen hatte, konnte sie einlösen, selbst vom nervenzerfetzenden Horror der Elefanten war nichts geblieben. Sie stand vor der grauen Betongeschwulst, nahm die Mädchen an die Hand und versuchte, ihnen die unglücklichen Geister der Elefanten heraufzubeschwören, die es hier einmal gegeben hatte. Cassons Idee einer angemessenen Unterbringung für die Dickhäuter verdiente einen Preis für jeglichen Mangel an Einfühlungsvermögen: ein grober Klotz, der außer einer imperialistischen Vergangenheit nur das traurige Schicksal der hier einst gefangen gehaltenen Elefanten und Nashörner heraufbeschwor. Vor wenigen Jahren hatte ein Elefant einen der Wärter zu Tode getrampelt, was ihm und seinen Artgenossen einen Freifahrtschein in den Whipsnade Park einbrachte. Diese Nachricht hatte es sogar in die *Connecticut Post* geschafft. Julia murmelt weiter vor sich hin, während die Mädchen sich von ihren alten, bedrückten Erinnerungen losreißen, um ein paar bärtige Schweine zu bestaunen, die sich ausgiebig im Schlamm wälzen.

Für Mira und Ruth ist der ganze Park nichts weiter als ein Ausstellungsraum potenzieller Haustiere. Und Mira versteht anfangs überhaupt nicht, warum sie keine Pinguine im Badezimmer halten können. Als Julia sagt »Nein, nicht einmal ein Seidenäffchen«, kommen Ruth die Tränen. Danach hüpfen sie nicht länger durch die Gegend, trotten nur noch hinter ihr drein, und Julia vermisst Karl, der bestimmt ihre Laune wieder gebessert hätte und mit ihnen ins Insektenhaus gegangen wäre, an dem sie gerade vorbeigelaufen waren. Er würde sicher nicht so lustlos durch den Park traben, würde ihnen Geschichten über die Evolution oder irgendwelche obskuren Fakten erzählen, was über Pavianpopos, das sie zum Lachen bringen würde.

Die Tiger haben hässliche Namen: Reika und Lumpur. Einer der beiden liegt lang ausgestreckt auf einigen Planken, ähnelt eher einem mottenzerfressenen Teppich als seinen prachtvoll muskulösen Vettern, die sie vom Bildschirm kennen. Sein Mitgefangener läuft vor ihnen auf und ab, ein ziemlich ausgetretener Pfad, und macht sich kaum die Mühe, Kopf oder Schwanz anzuheben. Ein kleiner Junge hämmert an die Glasscheibe und schreit »Löwe! Löwe!«, egal wie oft ihn sein Vater auch korrigiert. Jedes Mal, wenn der Tiger kehrt macht, stößt er einen gequälten Schrei aus, irgendwas zwischen einem lauten Stöhnen und heiseren Fauchen; bekümmert hängen die weißen Barthaare herab. Julia schämt sich, ihn auch nur anzusehen.

»Und hier hat Daddy dich zum ersten Mal geküsst?«, fragt Ruth.

*

Wie vereinbart, hatte Karl auf sie gewartet. Ein grauer Novembertag vor fast dreizehn Jahren und so kalt, dass sie froh über den Mantelkragen war, den sie gegen den Wind aufschlagen konnte. Er sprang auf die Füße, sobald er sie sah, rang die Hände und hielt nicht viel von Small Talk als Vorgeplänkel, bat sie gleich, ihm nachzusehen, was er nun sagen würde. Die Schultern vorgebeugt, wirkte er ziemlich unsicher, als er begann: »Weißt du, Julian hat was, das meinen Beschützerinstinkt herausfordert.«

Sie versuchte lachend abzutun, was nun kam: »Verstehe, dieser Kleiner-Junge-weiß-nicht-weiter-Blick …« Aber Karls Miene blieb ernst.

»Julian ist ein sensibler Junge. Du weißt doch, dass er gerade mal einundzwanzig ist, oder?« Während er fortfuhr, biss sie sich auf die Lippen. Ehrlich, wenn man ihn so hörte, könnte man meinen, sie sei die reinste Isebel. Warum fiel es ihm nur so schwer zu begreifen, dass Alter nichts damit zu tun hatte, dass sie und Julian einfach verliebt waren?

»Es ist verrückt, das Studium so kurz vor dem Abschluss zu schmeißen. Du weißt, dass ihm ein Stipendium der Milton Society zugesprochen wurde? Ja? Er hat so verdammt hart gearbeitet. Und jetzt …« Er deutete auf ihren Bauch.

Sie funkelte ihn an und wandte sich dann zum Gehen. »*Er* kann ja bleiben und zu Ende studieren, nur ich muss die Stadt verlassen.« Karl legte eine Hand auf ihre Schulter, und einen Moment lang blitzte Chris vor ihr auf, ihr Mann, das verzerrte Gesicht ganz nah, Speichel in den Mundwinkeln.

Karl fuhr fort, und sie spürte, wie ihre Empörung wuchs. Vor diesem Gutmenschen brauchte sie sich nun wirklich nicht zu rechtfertigen. Was mit ihrem Ehemann war und all den Drohungen, die er ihr gegenüber ausgestoßen hatte, ging ihn einfach nichts an.

»Wo du auch hingehst, Julian wird dir folgen, das weißt du ebenso gut wie ich, und er hat so hart gearbeitet«, fuhr Karl fort. »Kannst du nicht noch ein bisschen warten, bevor du aus der Stadt verschwindest?« Er zog bei »aus der Stadt verschwindest« ein Gesicht, als ahmte er Mae West nach.

Ihr juckte die Hand, als sie ihm antwortete: »Schon mal was von freiem Willen gehört, Karl?«

»Was?« Er ging einen Schritt auf sie zu, und sie spürte, wie sie erschrocken zusammenzuckte. Er legte eine Hand auf ihren Bauch, mit der anderen umfasste er ihren Nacken. Ihre Augen waren geschlossen, als er sie an sich zog, in ihrem Unterleib ein beschämender Schmerz.

Es war der längste Kuss, den sie je erlebt hatte; vielleicht hätten sie nie wieder aufgehört, aber als sie es dann taten, stöhnten sie beide Julians Namen. Julia wich vor Karl zurück, er aber kam ihr hinterher und nahm sie gleich wieder in die Arme. Sie zitterte, und er versuchte, sie zu beruhigen, strich ihr sanft das Haar aus dem Gesicht, was den Schmerz ins Unerträgliche steigerte, sodass sie sich ihm wieder entgegenreckte, um ihn erneut zu küssen. Er wandte das Gesicht ab. Seine Lippen waren dicht an ihrem Ohr: »Siehst du, Julia, das beweist es. Du gehörst jedem.«

Sie kämpfte sich aus seiner Umklammerung frei. Scham überspülte sie, sie musste so weit fort von ihm wie nur irgend möglich. Sie stolperte; er wischte sich mit dem Handrücken über den Mund. »Bist du dir überhaupt sicher, dass es von ihm ist?«, sagte er. Sie fand wieder auf die Füße, er aber packte sie erneut am Arm: »Tu das nicht, Julia. Dreh ihm kein Baby an, nicht jetzt.« Hinter ihnen war der Tiger stehen geblieben, seine Blicke folgten ihrer panischen Flucht. »Julia! Bitte!«, rief Karl ihr nach.

Sie läuft mit den beiden Mädchen an der Stelle vorbei und rechnet fast damit, dass hier irgendwas anders ist, dass man ein Vibrieren in der Luft spüren oder gar Geister sehen kann. Karl hatte keine wissenschaftliche Erkenntnis parat, die ihre plötzliche ungewollte Anziehung erklären konnte, die Macht eines Verlangens, das ihn einen Freund verraten ließ. »Weißt du, in dem Moment damals habe ich dich gehasst«, sagte sie, als sie später darüber redeten. Er schoss gleich zurück: »Und ich dich erst.«

Zweiundzwanzig

Die Fahrt zu Freda ist gnadenlos öde, unterwegs nichts, was man den Kindern zeigen könnte, die immer noch sauer sind, weil sie sich geweigert hatte, ihnen im Zoo was zu kaufen. Lauter Supermärkte, ob Brent Cross, Asda, Colindale Retail Park oder Mecca Bingo. Miras Hörbuch ist zu Ende. Sie zieht sich den Kopfhörer von den Ohren und zankt sich kurz mit Ruth. Ihre Stimme steigert sich zu einem empörten Gejammer: »Das ist nicht fair! Sie hat beide Packungen Chips ganz allein aufgegessen.«

»Beruhige dich«, sagt Julia. »Ihr müsst nicht mehr lang im Auto aushalten. Wir sind bald bei Freda, und ganz bestimmt hat sie was zu essen vorbereitet.«

»Wer ist Freda?«, fragt Mira.

Und zum dritten Mal seit dem Frühstück beginnt sie zu erklären: »Bevor wir nach Amerika gezogen sind …«

»War ich in deinem Bauch«, zwitschert Ruth dazwischen.

»Nein, noch viel früher, Ruthie. Hier in London haben Freda und ich zusammen gearbeitet und Gärten angelegt. Sie war – *ist* – meine beste Freundin, und sie ist, was ich dir schon so oft gesagt habe, Mira, deine Patentante. Du warst die ganze Zeit bei uns. Kannst du dich denn an gar nichts erinnern?«

Mira zuckt nur mit den Achseln und gähnt. Julia sieht zu, wie sie den Rucksack auf der Suche nach einer neuen Kassette durchwühlt. Mira hört sich dieselben Geschichten immer und immer wieder an. An ihr Leben vor Connecticut scheint sie keinerlei Erinnerungen zu haben. Manchmal redet sie übers Krankenhaus, wiederholt aber hauptsächlich Dinge, die ihr erzählt wurden.

Mira findet eine Kassette, legt sie ein und hält kurz inne, den Kopfhörer in der Hand: »War Freda auch Daddys Freundin? Oder nur deine?«

Regen prasselt plötzlich auf die Scheibe, und Julia muss sich konzentrieren, fährt jetzt extrem vorsichtig und meint fast, über dünnes Eis zu schlittern. »Freda und ich haben Gärten für Leute in Büros gemacht. Wir hatten einen kleinen weißen Lieferwagen, den habe ich mit Blumen angemalt«, erzählt sie. »Du bist manchmal mitgekommen. Hinten bei den Pflanzen gab es extra einen Sitz für dich, und während wir gearbeitet haben, hast du im Gewächshaus gespielt.« Sie stockt, wünscht sich, sie besäße Karls ruhige Hand, die sie von gefährlichem Grund fortsteuerte.

Sie findet sich perfide, weil sie von Miras eigentlicher Frage abgelenkt hat. Miras Miene ist unergründlich, Kopfhörer erneut über den Ohren, so starrt sie, den Kopf zum Fenster gewandt, hinaus auf die grauen Straßen.

Dabei wollten sie nie ein Geheimnis daraus machen; mit Karl hatte sie sich schon früh darauf geeinigt, hatte angenommen, sie müssten irgendwann den Kontakt herstellen. Nur hatten sie nicht mit Julians anhaltendem Schweigen gerechnet. Auch nicht mit Jennas Stimme am Telefon, kalt und garstig, die sie so effektiv wie ein chirurgisches Skalpell von allen Banden frei schnitt. »Fahr nach Firdaws und beseitige sämtliche Spuren, hörst du? Von dir und von dem Kind. Er will es so.« Und dann, als sie in die Staaten kamen, hatten sie es einfach laufen lassen. Unter dem schindelbedeckten Dach ihres neuen Lebens in Old Mystic kam eine neue Version auf und setzte sich durch. Mira fragte nicht länger, Ruthie wurde geboren, und sie fanden es nur natürlich, dass die beiden Mädchen Karl ihren Daddy nannten.

Sie räumten Miras Babyfotos fort, vertuschten Details und beschlossen zu warten.

Fast ohne darüber nachzudenken, fährt Julia einen Umweg. Burnt Oak hat sich kaum verändert: immer noch diese Straßen mit Greggs-Bäckereien, Halal-Metzgern, Pennywise-Supermärkten und dem orientalischen Laden, in dem sie und Julian merkwürdiges Gemüse und Lebensmittel in leuchtenden Verpackungen gekauft hatten.

»Als ich nach London kam, habe ich hier gewohnt«, erzählt sie den Mädchen.

»Mit Daddy?«, will Ruth gleich wissen.

»Nein, noch früher. Gleich da, in dem Haus, vor dem der Baum steht, oben unterm Dach. *Brrr.*« Sie bibbert unwillkürlich. »War das kalt. Die Winter verschneit, und wir hatten nur einen kleinen Gasofen.« Das ›Wir‹ ist ihr so über die Lippen gerutscht, sie bewegt sich auf dünnem Eis. »Ich musste sogar im Haus Handschuhe tragen.«

Sie fährt im falschen Gang wieder an, hätte fast den Motor abgewürgt. Julia erinnert sich an ihre Ankunft, an die beißende Kälte draußen wie drinnen. Während eines Hagelschauers waren sie aus Mrs. Briggs' Haus geflohen; was sie mitnahmen, passte in ihren weißen Van. Julia war im vierten Monat schwanger, weshalb Julian nicht zuließ, dass sie irgendwelche Sachen schleppte. Also ging sie nach oben, um einen Tee zu machen, während Julian mit seinem Stiefvater, dem lieben, alten, weisen Michael, Kisten von der eisigen Straße die Treppe hinaufschleppte.

Das Zimmer war groß genug, L-förmig, und sie planten, die Wiege auf der kürzeren Fläche aufzustellen und mit einem Vorhang abzutrennen. Die Fenster blickten vorn durch dreckige Stores auf die Straße, nach hinten raus über einen armseligen Garten auf eine Wellblechhütte. Sicher würde es etwas freundlicher aussehen, wenn die Bäume erst Laub trugen.

Julian hatte effizient gepackt, weshalb sie rasch fand, was sie benötigte: Kessel, Tassen und in einer Kiste sogar einen Karton mit frischer Milch und Keksen, auf die Julian so fürsorglich – so allerliebst – mit rotem Filz geschrieben hatte: »EXTREM DRINGEND, ALS ERSTES AUSPACKEN!«

Er stolperte durch die Tür, Kisten rutschten aus den Händen, Haare hingen ihm ins Gesicht, ein Wunder, dass er überhaupt was sehen konnte. Er ließ die Kisten auf den Boden fallen, und aus einer, die aufgeplatzt war, rutschten Bücher. Das Wasser kochte. Er ging die Sachen durch, murmelte vor sich hin.

Er kam mit großen Schritten auf sie zu und rollte dabei einen Ballen Stoff auf, den sie nie zuvor gesehen hatte: goldene Sterne auf blauer Seide. »Für unser Bett.« Die Pailletten und Goldsterne glitzerten. Er legte ihr den Stoff zu Füßen. »Hab ich von Pete, dem Hippie. Du weißt schon, dieser Typ im Hanfladen.«

Sie kniete sich hin, fuhr mit der Hand darüber, glättete den Stoff. »So prächtig«, sagte sie.

»›Des Himmels bestickte Kleider …‹«, sagte er mit zufriedenem Grinsen. Sie sah ihn verständnislos an. »Kennst du das Gedicht nicht?« Sie schüttelte den Kopf, stand auf.

»Von Yeats«, sagte er und räusperte sich. Sie hatte es ihm nie gesagt, aber sie hasste es, wenn er Gedichte vortrug, dann wurde ihr immer ganz heiß, und sie fühlte sich wie angewurzelt. Er machte eine galante Verbeugung, als wäre er Sir Galahad und erwartete, dass sie auf den Stoff trat, während er zitierte: »… Doch ich bin arm, hab nur meine Träume, / Die leg ich zu deinen Füßen aus, / Tritt sanft, du trittst ja auf meine Träume.« Ritterlich reichte er ihr die Hand, doch fühlte sie sich gleich ganz unbeholfen vor lauter Angst, auf seine Träume zu treten.

Was für eine Erleichterung, als sie zu Fredas Haus kommen – leicht an den gelben, beidseits der Eingangsstufen aufgestellten Zitronenbäumen zu erkennen, jeweils drei in glasierten Töpfen mit glänzenden Blättern – und dann dieser Duft. Julia beugt sich über die wächsernen weißen Blüten und lässt die Hand am Stamm nach unten zur Veredlungsstelle wandern. Vor und zurück fährt sie mit dem Finger über die Wulst, an der Pfropf und Stamm zusammengewachsen sind. In Fredas Vorgarten drängen sich auf jedem Quadratzentimeter Pflanzen, manche in Töpfen, die Äste wie Gliedmaßen ineinander verschränkt. Ruth rennt dazwischen hin und her, eine pausbäckige kleine Wilde, freigelassen aus dem Auto. »George, George, George aus dem Dschungel«, singt sie unterm Laub, und Mira starrt sie mürrisch an, als Freda mit einem Freudenruf die Tür aufreißt.

Julia und Freda liegen sich in den Armen, Tränen in den Augen. »Julia, dein Haar!«, sagt Freda. »Und Mira! Bist du gewachsen!« Mira windet sich, aber Ruth drängt nach vorn, um sich diese Frau genauer anzusehen, die ihr Haar zu einem Dutt hochgesteckt und sie offenbar noch gar nicht bemerkt hat. »Und Ruth! Du meine Güte, als ich dich zuletzt gesehen habe, warst du noch ein Baby im Arm deiner Mutter«, sagt Freda und hebt sie hoch.

Fredas in leuchtendem Pink gehaltene Küche bessert schlagartig die Laune der Mädchen. Sie sitzen auf Barhockern am Tresen und fallen sich gegenseitig ins Wort, um Fredas Fragen über ihren Ausflug in den Zoo zu beantworten, während sie selbst in ihren komischen Stiefeln herumpoltert, Teller hinstellt, getoastete Brötchen und frisch gepressten Orangensaft serviert. Die Glastür zum Garten ist nur angelehnt, Topfpalmen werfen fingrige Schatten in den Raum, und aus zwei riesigen Vasen quellen Bleiwurzzweige, an denen babyblaue Blüten zittern. Freda trägt wie immer schwere Lederstiefel, ihr Kleid ist mit hübschen blauen und grauen Blüten bedruckt. Die Stiefel sind ohne Schnürbänder, die Schuhzungen flappen bei jeder Bewegung. Um das Kleid hat sie sich einen Ledergürtel mit Werkzeug geschnallt, in einem Holster glitzert ein Messer. Sie lacht gern, in ihrer Bernsteinkette fängt sich das Licht, das Haar hat sie sich orangerot gefärbt. Mira und Ruth können den Blick nicht von ihr lassen, und bald schreien beide lauthals, versuchen sich gegenseitig zu übertönen.

Sie schiebt Julia einen Teller mit einem warmen Milchbrötchen hin. »Deine Kleinen haben einen amerikanischen Akzent!« Julia versucht kein Gesicht zu ziehen, aber Karls Abwesenheit macht ihr zu sehr zu schaffen. Freda bekommt große Augen, legt das Buttermesser hin. »Julia, stimmt was nicht?« Zu ihrem eigenen Entsetzen merkt Julia, dass sie jeden Moment in Tränen auszubrechen droht, während sie auf die Pflanzen starrt, deren Blätter samt dem Gewirr der Stängel vor ihrem Blick verschwimmen. Zu Hause in ihrer Küche in Connecticut wartet, als wäre es die letzte ihrer Art, auf dem glatten weißen Sims nur eine einsame Aloe vera. Julia findet keine Worte, die Blätter einer Kentia-Palme verschwimmen zu einem exquisit aufgefächerten Pfauenschwanz, und jetzt starren beide Mädchen sie an. Freda nimmt sie in den Arm und wiegt sie wie ein Kind.

Gemeinsam gehen sie um die Ecke ins Gewächshaus. Drinnen bleibt Freda gelegentlich stehen, um einen Halm abzuschneiden, eine Schnur zurechtzurücken. Diese vertraute, dampfige grüne Wolke der Nostalgie, ihr himmlischer Geruch hundertmal kräftiger als Jasmin. Julia spürt Farne über ihre Arme streichen, atmet die Wärme aufsteigender Säfte, die satte Erde und über allem der Duft der Zitronenblüten.

»Heutzutage ist es viel leichter«, erzählt Freda. »Ich habe zwei junge Typen eingestellt, die mir bei der Installation helfen, und hinterher überlasse ich es ihnen, durch die Stadt zu kurven und sich um die Wartung zu kümmern. Sind gute Jungs.«

Mira und Ruth rennen über die gepflasterten Wege. Ruth bleibt vor einer Calamondinorange stehen, deren Äste sich leicht biegen unter dem Gewicht ihrer Früchte. »Kann ich eine pflücken?«, fragt sie.

Mira steht wie gebannt vor einigen Fuchsien mit ihren blassrosa Blüten in Gestalt kleiner Tänzerinnen *en pointe*. Freda muss sie zweimal rufen, ehe sie kommt, um sich eine Orange auszusuchen und mit ins Haus zu nehmen.

Die Mädchen kuscheln sich in Fredas Kissen und Decken. Ein Kindermoderator stellt was mit einem Paintball-Gewehr an, was sie zum Lachen bringt. Rosen in sich beißenden Farben und afrikanische Drucke, pelzige Tigerfelle, Orangenschnitze in Griffweite. Marcel, Fredas Tigerkatze, schnurrt auf Miras Schoß, während Ruth sich herüberbeugt, um sie am Kinn zu kraulen.

Als sie das Zimmer verlassen wollen, hört Julia Mira fauchen, und kaum hat sie sich umgedreht, sieht sie ihren spitzen Ellbogen in Aktion: »Hör auf, sie zu kraulen, Ruthie«, sagt Mira. »Die Katze mag nur mich, sie verdreht jedes Mal die Augen, wenn du sie anfasst.« Am liebsten wäre Julia ins Zimmer marschiert und hätte ihr einen Klaps gegeben.

Im Gewächshaus breitet sich vor ihnen Fredas Zitronengarten aus. Die Bäume stehen in vollem Saft, blühen und tragen Früchte, doch Miras Laune macht Julia noch zu schaffen. Sie seufzt, und Freda fragt, was denn los sei. »Mira geht mir wirklich auf die Nerven«, sagt Julia. »Seit wir zurück sind, ist sie einfach grässlich, unverschämt zu mir, hinterhältig zu Ruthie.«

»Jetlag?«

»Kann sein, und vielleicht fehlt ihr Karl. Mir jedenfalls fehlt er sehr.« Sie erklärt Freda, warum sich ihr Mann verspätet. »Es geht um den Heiligen Gral der Pharmaforschung«, sagt sie, klingt aber ein bisschen sarkastisch. »Du weißt doch, Karl und sein Team stehen kurz davor, der Überbevölkerung dieses Planeten ein Ende zu setzen.«

»Ha«, schnaubt Freda. »Als würde es auch nur den geringsten Unterschied machen, wenn man Männern die Verhütungspille gibt.«

Freda zieht den schwer beladenen Zweig eines Zitronenbaums zu sich herab, pflückt etwa ein Dutzend und legt sie beiseite, um sie später zu Limonade zu verarbeiten. »Wenn ich die Bäume hier nicht bald loswerde, muss ich noch anfangen, Marmelade zu kochen.«

Julia wandelt unter den Bäumen und beantwortet Fredas Fragen nach Old Mystic, ihrem neuen Zuhause. Es ist das Haus eines Kapitäns mit Blick über den Meeresarm, zur Schule der Mädchen nur eine kurze Fahrt im gelben Bus. Morgens werden sie vom Ruf der Wildgänse geweckt, aber Karl schafft es trotzdem innerhalb einer halben Stunde zu Pfizer. Das Haus des Käpt'n O'Shea wird nur leider nie auf den Markt kommen. »Ich schätze, allein aus dem Grund hatte ich schon früh keine Lust mehr, den Rasen zu mähen oder im Garten Unkraut zu jäten.« Sie will das leichthin abtun, aber Freda legt besorgt eine Hand auf ihren Arm.

Im Haus gibt es auf dem Fensterbrett in der Küche nur diese eine Aloe vera, die Karl für den Fall hingestellt hat, dass sich jemand mal verbrennt. Im Schlafzimmer stehen noch einige Nachtfalterorchideen, die sie seit Monaten schamlos vernachlässigt.

»Das hier zu sehen macht mich ziemlich eifersüchtig«, sagt sie.

»Neuerdings wollen alle Gärten im Büro«, sagt Freda stirnrunzelnd. »Kann sein, dass ich ein paar von den großen abstoßen muss, um Platz zu schaffen.«

Julia kennt jeden Baum: Meyer-Zitronen, Amalfi-Orangen, persische Limetten, mancher größer als sie selbst, aber ach, wie alte Freunde. Sie fährt mit dem Finger um die Pfropfnarbe einer Goldkiefer, und Freda nickt, kann ihre Gedanken lesen. »Sie warten nur auf dich, alle, von der ersten Ladung Wurzelstöcke an – sind übrigens gute Pflanzen«, sagt sie. »Wir haben keinen einzigen Baum verloren, alle noch gesund, und sie tragen Früchte wie verrückt, wie du ja selbst sehen kannst.«

Freda legt noch einige Orangen zu den Zitronen. »In Sussex gibt es eine Gärtnerei, die mir vielleicht einen anständigen Preis macht. Könnte also gut sein, dass du bald einen Scheck bekommst.«

»Ach, Freda, das ist wirklich nicht nötig.« Julia würde nie aufhören, ein schlechtes Gewissen zu haben, weil sie Freda im Stich gelassen hatte. »Ich kann unmöglich was davon annehmen. Außerdem – wäre es nicht schade, sie alle wegzugeben?«

Freda legt die Früchte in einen Eimer, zuckt mit den Schultern und sagt: »Seit du weg bist, habe ich kaum noch neue Projekte angefangen. Macht nicht mehr so viel Spaß wie früher. Mir fehlt dein Gespür.«

Julia hockt sich auf den Pfad und siebt mit den Fingern durch die Holzhäcksel rund um einen Baumstamm. »Siehst du, der treibt Wildtriebe durch die Späne aus. Hier«, sagt Freda und reicht ihr von ihrem Gürtel eine Gartenschere. »Nun, mach schon, ich sehe doch, wie es dir in den Fingern juckt.«

Julia greift nach dem blassgrünen Spross. Die Klinge ist angenehm scharf, und mit einem Schnitt hat sie den originalen Dornbaum vom Wildreiser befreit. Sie wiegt sich auf den Hacken, und Freda hockt sich zu ihr, häufelt Erde rund um einen gleich daneben wachsenden Kumquatbusch.

»Ich mache mir wirklich Sorgen um Mira«, sagt Julia und gibt ihr die Schere zurück. »Findest du, dass sie okay aussieht?«

Freda steckt die Schere weg. »Sie sieht fantastisch aus. Alle beide.«

»Na ja, mir wäre lieber, sie wäre etwas besser gelaunt. Wenn ich sie mit Ruthie vergleiche …«

»Ach was, mach dir keine Sorgen. Sind einfach verschiedene Körpertypen. Ich meine, guck doch mich an im Vergleich zu dir.« Freda kneift durch den Blumenstoff ihres Kleides in eine ihrer Speckrollen, lacht und sagt: »Ruth ist ein richtiger kleiner Wonneproppen, aber im Gegensatz zu mir wächst sie vielleicht noch aus ihren Rettungsringen raus.«

Julia schüttelt den Kopf. »Mir geht's nicht darum, dass Mira etwas magerer ist. Weißt du, in letzter Zeit scheint sie an allem die Lust verloren zu haben, nicht bloß am Essen. Sie will nur noch endlos ihre Kassetten hören, dieselben alten Geschichten, die sie schon x-mal gehört hat, will nicht in den Arm genommen werden, mag nicht spielen und hat kaum einen Ton von sich gegeben, seit wir in der Lamb's Conduit Street angekommen sind, faucht höchstens mal die arme Ruthie an. So still zu sein ist sonst gar nicht ihre Art. Ich frage mich ständig, was sie dermaßen beschäftigt.«

»Ach, Liebes.« Freda legt Julia eine Hand auf den Arm. »Glaubst du, es liegt daran, dass sie wieder in der Wohnung ist? Und das Krankenhaus gleich nebenan? Ich gehe mal davon aus, dass ihr noch nicht über Julian mit ihr gesprochen habt?«

Julia antwortet mit einem weiteren Kopfschütteln. »Ich fürchte, wir haben zu lange gewartet.«

»Sag mal«, fährt Freda fort, als sie aus dem Gewächshaus kommen und gleich wieder zurückgehen, weil sie den Eimer vergessen haben. »Hast du morgen schon was vor?«

Viel hat Julia nicht geplant. »Ich müsste die Mädchen irgendwann zu ihren Vettern fahren, mehr aber auch nicht.«

Fredas Augen funkeln. »Ein interessanter Raum, drei gläserne Spitzdächer – die laut Architekt belüftet werden können – dazu lange schmale Fenster, durch die man aus den Büros ins Atrium blicken kann, jede Menge Licht für Bäume.«

»Freda, was redest du da?«

Sie grinst sie an. »Ein schönes Glasatrium mitten in der City, ein grüner Begegnungsraum für sämtliche Mitarbeiter. Der Architekt hat die Ausschreibung am Freitag fertig. Hast du keine Lust, mir was zu zeichnen? Komm schon, sag ja.«

»Ja!«

Als sie fortfährt, weiß Julia ihre Begeisterung kaum zu bändigen. Sie und Ruthie singen die Songs im Radio mit. Der Verkehr ist katastrophal, also nimmt sie die Umgehungsstrecke, die sie schon so oft genommen hat, durch Holly Hill und dann entlang Waterlow Park. Damit kommt sie Cromwell Gardens gefährlich nahe. Mira ist wie verzaubert von einem Eichhörnchen, das über einen Ast läuft, während sie an einer Ampel warten. Sie hört immer noch eine Kassette über Kopfhörer, weshalb ihre Stimme viel zu laut ist.

»Ich hatte mal einen Kinderwagen als Spielzeug. Das Rad hat gequietscht, und Dad … hat mit einem Tropfen Öl dafür gesorgt, dass er nicht mehr quietscht. Und ich hatte auch eine Puppe, die hieß Schu-Kar. Komischer Name, oder?« Julia erinnert sich an die Puppe, die Mira seltsamerweise Schubkarre getauft hatte; auch an den Kinderwagen, ein Geschenk von Oma Jenna zu ihrem zweiten Geburtstag. Sie ruft sich Miras Stimme in Erinnerung, könnte aber nicht mehr sagen, ob es *Daddy* oder *Dadoo* war, der sich um das Rad am Kinderwagen gekümmert hat. Im Rückspiegel sieht sie, wie Mira sich die Augen reibt, dann fällt ihr erleichtert ein, dass die Kleine an einer Allergie leidet.

Sie bringen Einkaufstüten randvoll mit Fredas Orangen und Zitronen in die Lamb's Conduit Street. Mira ist empört, dass sie eine ins Haus tragen soll. Sie läuft die Treppe hoch und schwingt ihre Last dabei so wütend hin und her, dass die Tüte platzt und die Früchte an Ruths Füßen vorbeihüpfen; einige Orangen kullern bis auf die Straße. Mit blassem Gesicht steht Mira da, die zerrissene Tüte in der Hand, bietet ihrer Schwester aber nicht an, ihr beim Einsammeln zu helfen.

Heino ist schon zu Bett; durch die Tür kann Julia das Radio hören, das er die ganze Nacht laufen lässt. Bedächtig legt Ruthie das Obst in eine große Holzschale auf dem Tisch.

Als die Mädchen oben endlich versorgt sind, schenkt Julia sich ein großes Glas Wein ein und breitet den Architektenplan vor sich auf dem Küchentisch aus. Sie stellt sich Menschenmengen vor, die sich unter Bäumen bewegen, auf Wegen, vorbei an Steinbänken, ein paar Gruppenpflanzungen, die ein Gefühl von Abgeschiedenheit ermöglichen. Sie nimmt einen Schluck Wein und wirft einen Blick in Heinos Kalender, der an einer Schnur neben dem Telefon hängt. Am Vormittag soll seine Großnichte Claudine kommen. Sie hat bereits gesagt, dass sie gern einige Zeit mit den Mädchen verbringen würde. Dank Julias Schlaflosigkeit ist das ganze Haus sauber und aufgeräumt, da wäre also nicht mehr allzu viel zu tun ... Freda weiß, sie wird nicht länger widerstehen können – »ich habe an eine Art Zitronengarten gedacht, der die Stimmung vorgibt ...« – und Mira und Ruthie finden Claudine toll.

Julia schenkt sich ein zweites Glas ein, dann ein drittes, und ihre Gedanken driften unweigerlich zu Karl in Connecticut. Das Telefon an der Wand verhöhnt sie mit seiner Stille. Ein prüfender Blick auf die Uhr; drüben ist es erst fünf Uhr nachmittags, also dürfte er noch im Labor sein. Sie ruft ihn nur selten auf der Arbeit an, aber nach einem Tag wie heute, findet sie, dass sie mit ihm über Mira reden sollte.

Es hat keinen Sinn, noch länger zu warten, manchmal ist die Familie wichtiger als das Team. Sie ruft ihn auf seiner Durchwahl an, aber niemand geht ran. Nach einer Weile meldet sich die Zentrale. »Tut mir leid, Mrs. Lieberman, aber Karl arbeitet heute Nachmittag nicht im Haus.« Am Tisch leert sie den Rest der Flasche ins Glas. Sie fühlt sich jetzt beschwipst genug, dem Alkohol die Schuld an der Paranoia ihres Vorgehens geben zu können.

Alles verschwimmt ihr ein wenig vor den Augen, als sie den Barhocker zu sich zieht, den Heino neben das Telefon gestellt hat. Sie stützt sich ab, wählt die Nummer der Zentrale, hofft auf eine andere Vermittlerin, aber offenbar hat sie dieselbe Frau am Apparat. Sie versinkt noch tiefer im Sumpf, denn so lächerlich es ist, sie spricht jetzt mit amerikanischem Akzent. »Können Sie mich bitte mit Miss Sofie van der Zeller verbinden?« Ein Wartezeichen, während die Rezeptionistin versucht, sie durchzustellen, dann meldet sie sich wieder mit der resignierenden Nachricht: »Miss van der Zeller ist heute nicht im Haus.« Julia legt den Hörer auf die Gabel, und der Widerwille, den sie empfindet, richtet sich vor allem gegen sich selbst, weil sie so misstrauisch und voller Argwohn ist. Es besteht kein Grund, die beiden Abwesenheiten auf so unangenehme Weise miteinander in Verbindung zu bringen.

Sie prüft die Haustür und wirft noch einen Blick ins Wohnzimmer, ehe sie schwankend zur Treppe geht. In der Ecke hat Heino Ellies Lampe angebracht und den Klavierdeckel hochgeklappt. Sicher ist er einen Moment stehen geblieben, um ihrem Porträt still und nachdenklich eine gute Nacht zu wünschen, bevor er auf sein Zimmer ging. So rührend, die Beständigkeit seiner Zuneigung. Heino geht allein in Konzerte, sitzt mit geschlossenen Augen da und stellt sich vor, sie wäre an seiner Seite. Er hat ihr gestanden, dass er immer früher zu Bett geht, da er jede Nacht von Ellie träume.

Julia erinnert sich, wie sehr Heino gelitten hat, als sie ins Haus kam. Durch die Decke hatte sie ihn ständig auf und ab laufen hören. Seit einiger Zeit lässt er nachts das Radio an, der World Service der BBC scheint ihn zu beruhigen. Das Zimmer unter ihm ist nun für Claudine vorgesehen. Julia sieht kurz hin. Die Tür ist angelehnt, dabei weiß sie genau, dass sie eben noch geschlossen war. Sie erhascht einen Blick auf die verblichene Veilchentapete, Ellies bronzefarbene Daunendecke. Seit jener beschämenden Nacht hat sie keinen Fuß mehr in das Zimmer gesetzt, allein wenn sie den Porzellanknauf der Tür anfasst, überläuft sie ein Schaudern. Sie sieht ihn wieder vor sich, Julian, der vor dem Bett steht, steingrau und reglos, das Haar wie Dornengestrüpp, während er sie anstarrt, die Lippen bewegt und doch stumm bleibt.

Mit einem Klicken zieht sie die Tür zu, nur lassen sich die Erinnerungen nicht so leicht wegschließen. Einer plötzlichen Eingebung folgend, kehrt sie zurück in die Küche und nimmt, ehe sie es sich anders überlegt, den Hörer wieder zur Hand. Sie wählt, und die Muschel scheint ihren Atem zu verstärken. Sie zwingt sich, die Nerven zu bewahren, während die Verbindung zum alten Firdaws aufgebaut wird. Sie hat keine Ahnung, was sie sagen wird, wenn er abnimmt.

Dreiundzwanzig

Claudine war in der Nacht angekommen. Oben von der Treppe sieht Julia im Flur ihren Berg Gepäck; die Lederjacke hängt überm Geländer. Die Tür zu dem bewussten Schlafzimmer ist geschlossen, und Julia entfährt ein kleiner Stoßseufzer, dass Claudine nicht zu lange schlafen möge. Sie hat Freda gesagt, sie würde zu Mittag bei ihr sein, kann die Mädchen aber nicht an dem einzigen Tag der Woche, an dem Heino im Krankenhaus sein muss, allein im Haus lassen. Ein wenig sinkt ihr das Herz, als ihr einfällt, dass Claudine in ihrem freien, bei ihnen in Connecticut verbrachten Jahr immer lange geschlafen hatte.

Allerdings ist sie selbst heute Morgen wohl kaum das blühende Leben und braucht Zeit für sich allein, um mit ihrem Kater fertigzuwerden. So blöd, eine ganze Flasche Wein zu leeren, doch mit Alkohol konnte sie noch nie umgehen.

Sie zwingt sich, einen Kaffee zu trinken, dann drückt sie von Fredas Orangen Saft für zwei große Gläser aus, das Surren der Maschine geradezu unerträglich laut, die Hand klebrig vom Saft. Und sie fühlt sich wirklich nicht besonders, einmal die Finger abgeleckt, und schon steigt es sauer aus ihrem Magen auf. Sie hat nicht genug geschlafen – sie konnte nicht, gefoltert von Erinnerungen an die Anrufe, die sie gemacht hat; außerdem hat sie Angst, sie könnte gelallt haben, als sie Julian auf den Anrufbeantworter sprach.

Jetzt kommt es ihr wirklich hoch. Zum Glück ist noch niemand auf, der sie sehen könnte, wie sie mit einem Geschirrtuch vor dem Mund aus dem Zimmer flieht. Sie schafft es noch rechtzeitig ins Bad, schiebt Claudines Waschlappen und die Zahnbürste beiseite, dann kann sie nicht länger an sich halten. Der Wein von gestern Abend schießt als pure Säure wieder hoch, verbrennt ihr die Kehle. Sie wagt es, den wummernden Schädel auf Spiegelhöhe zu heben. Ihre blasse Haut ist schweißnass, sieht schwindsüchtig aus. Die Schatten um ihre Augen lassen sie zusammenzucken. Sie birgt das Gesicht in den Händen und stöhnt.

Diese Nacht.

Es war ein Schock, wach zu werden und ihn vor sich zu sehen, sein saurer Krankengeruch, der sie ins Bad stürzen ließ. Wie verstärkt hörte sie Julians Atem hinter sich, so laut, dass sein Hecheln eher nach Tier als nach Mensch klang. Er schob die Tür zu, während sie sich ans Waschbecken klammerte – eben dieses Waschbecken, an dem sie sich auch jetzt festhält – und sich dann so heftig übergab, dass sie fürchtete, sie könnte das Baby aus sich herauswürgen. Julian stand da, fieberheiß, und zog an seinem Haar. Das Nachthemd, das sie trug, war eines von Ellies, edle, schon leicht abgetragene Baumwolle. Sie legte die Hände auf den Bauch, und sein Blick folgte der Bewegung, die Augen groß vor Fassungslosigkeit. »Du bist schwanger.« Sie nickte, und danach kamen ihr die Worte leicht über die Lippen, wie Wasser durch einen gebrochenen Damm.

»Pst, halt den Mund …«, sagte er. Seine kranke, brennende Hitze widerte sie an, ebenso seine Hände, die er vorstreckte, als wollte er herabfallendes Mauerwerk aufhalten. »Bitte, komm nicht näher. Grippe. Mira. Weck Mira nicht auf.« In seiner Hast, vor dem zu fliehen, was sie ihm sagte, kämpfte er mit der Tür, und halb fiel er, halb flog er die Treppe hinunter.

Jetzt durchsucht sie Heinos Schrank nach Alka-Seltzer

und setzt erneut die Kaffeemaschine in Gang. Abgestandene Coca-Cola, soll die nicht am besten gegen einen Kater helfen? Sie fragt sich, was für Menschen eine offene Dose für solche Fälle parat haben. Als Heino sich zu ihr gesellt, hat sie mit einem großen Glas lauwarmem Wasser zwei Nurofen geschluckt. Der Kopfschmerz lässt nach, aber die Augenlider bleiben schwer. Erst um vier Uhr morgens hat sie Karl an den Apparat bekommen. Über eine Stunde lang haben sie geredet und geseufzt und sich angeschwiegen. Was sie gesagt hatten, eignete sich kaum für schöne Träume, und sie fragt sich, wer sich als Erstes entschuldigen wird. Sie holt einen Orangensaft für Heino, schiebt Brot in den Toaster. Heino ist immer gut angezogen, hat an diesem Morgen seine frisch polierten Lederschuhe an, nicht wie sonst die Slipper, und er trägt die Manschetten mit dem Krankenhauswappen, den goldenen Ovalen. In der Hand hält er stapelweise Papiere in blauen Mappen.

Sie schwingt die leere Sauvignon-Flasche, während sie gesteht: »Ich weiß nicht, was gestern Abend über mich gekommen ist, aber allem Anschein nach habe ich die ganze Flasche getrunken. Sie stand im Kühlschrank. Ich hoffe, es war kein besonders edler Wein.«

Heino nimmt die Flasche, rückt die Brille zurecht und liest das Etikett. »Scheint eine von Claudine zu sein«, sagt er, gibt sie ihr zurück und zieht die Brauen hoch. »Das ist ja so gar nicht deine Art, meine Liebe.«

Sie setzt sich neben ihn an den Tisch, greift nach seiner Hand, presst die Stirn an die Knöchel. »Nicht doch, nicht doch«, sagt er. »Erzähl mir, was los ist. Ach, entschuldige, ich bin ein dummer alter Trottel. Tut mir leid. Es ist natürlich eine schwere Zeit, wenn man einen Elternteil verliert ...«

»Nein, nein, Heino. Um ihn geht es nicht. Seinetwegen bin ich nicht so durcheinander. Ich meine, mir wäre es lieber, er wäre nicht tot … Ehrlich gesagt, ich habe ein etwas schlechtes Gewissen.« Wieder schmiegt sie den Kopf an seine Hand, mag den Geruch seiner Haut, seiner Seife.

Mit der freien Hand tätschelt er ihre Schulter. »Ich bin sicher, ich habe dich schon viele Male damit gelangweilt, weshalb du weißt, dass ich, nachdem ich nach England gekommen bin, meinen Vater und meine Großeltern nie wiedergesehen habe. Sehr traurig das Ganze. Aber ich habe mein Leben weitergelebt, bin groß geworden und habe Medizin studiert. Erst nach dem Krieg wurde offiziell bestätigt, was mit ihnen geschehen war, trotzdem habe ich mich nicht weinend auf den Boden geworfen«, fährt er fort. »Meine Erinnerungen an Hamburg sind ausnahmslos schöne Erinnerungen. Als gut eine Woche vorher der Hund unserer Nachbarn starb, hat mich das allerdings viel stärker mitgenommen. Ich hielt mich deshalb für einen schlechten Menschen, aber der Hund war mein bester Freund. Er und ich, wir haben jeden Abend lange Spaziergänge über die Hampstead Heath gemacht, und ich habe ihm von all meinen Problemen erzählt. Meist hockten wir oben auf einem Hügel mit Blick zum Cherry Tree Woods, und als er überfahren wurde, habe ich viele Tränen geweint. Er war ein lieber alter Kerl mit großen Pfoten und einem intelligenten Blick. Seither habe ich viel darüber nachgedacht, insbesondere nach Ellies Tod. Mittlerweile glaube ich, dass Trauer mit greifbaren Verlusten verbunden ist, mit Alltäglichem, nicht bloß mit Erinnerungen.«

Sie zwingt sich, einige Bissen vom trockenen Toast zu sich zu nehmen. Das Schlucken tut weh.

Heino mustert sie mit einem traurigen Lächeln. »Du bist schon sehr früh von zu Hause weggelaufen, stimmt's? Mit sechzehn?«

Sie nickt. »Na ja, weggelaufen eigentlich nicht. Eher wurde ich vertrieben«, sagt sie. »Aber du hast recht. Vielleicht ist die Trauer immer nur so groß wie das Loch, das sie füllen muss. Und mein Dad hat in meinem Leben keine besonders große Rolle mehr gespielt, seit ich von zu Hause weg bin.« Der Toast fühlt sich in ihrem Hals wie ein Kiesel an, die Kehle immer noch aufgeraut. Heino schüttelt den Kopf, während sie mit ihrer Kette spielt, die goldene Sonne an der dünnen Kette hin und her rutschen lässt.

»Wie dumm von ihm. Eine Tochter wie dich nicht um sich haben zu wollen«, sagt er. »Und – aber das habe ich dir schon oft gesagt – wie traurig, dass meine Ellie dich nicht mehr kennengelernt hat.« Julia hört auf, mit der Kette zu spielen, um sich mit der Serviette die Augen trocken zu tupfen.

Er freut sich, dass der Saft, den sie trinken, von Früchten kommt, die an Bäumen wuchsen, die von ihr veredelt und aufgezogen wurden. Er wischt sich mit der Serviette über den Mund, erklärt, der Saft sei süß und köstlich, und zeigt dann auf ihr Glas. »Du kannst das Vitamin C heute Morgen gut gebrauchen, also trink aus.«

Julia spürt, wie sich ihre Stimmung ein wenig bessert, ein Tag Arbeit mit Freda ist genau das, was sie jetzt braucht. »Wann musst du in der Great Ormond Street sein?«, fragt sie. »Falls Claudine schon wach ist, könnte ich die Mädchen bei ihr lassen und dich begleiten.«

»Das fände ich wirklich schön, meine Liebe«, sagt er, denkt kurz nach, sieht in seine Tasse und fährt dann fort: »Allerdings überlege ich, ob wir nicht eine halbe Stunde früher gehen und Mira mitnehmen sollten. Glaubst du, sie wäre interessiert? Ich kenne da ein paar Krankenschwestern, die würden sich freuen, sie fit und gesund zu sehen.«

Julia beißt noch einmal vom Toast ab, kaut, zögert ihre Antwort hinaus. »Ach, ich weiß nicht, Heino …«

»Ich meine, manche Kinder finden so was sehr beruhigend. Nur bin ich kein Psychiater …« Ein suchender Blick in ihr Gesicht, dann wechselt er das Thema. »Hier trage ich ein paar schrecklich schwierige Fragen mit mir herum«, sagt er und tippt mit einem Finger auf die Aktenmappen. »Die Ethikkommission habe ich mittlerweile fürchten gelernt. Zu oft müssen wir Gott spielen. Und es wird jedes Jahr schlimmer: Diese extrem kranken Babys, die immer jünger gerettet werden können, nur hält die Finanzierung nicht Schritt mit dem Tempo medizinischer Entwicklung und neuer Technologien. Darauf läuft es letzten Endes hinaus. All diese Fragen, wie und was getan werden kann, um das Leben zu verlängern, sollten einzig mit Überlegungen gerechtfertigt werden, die sich ums Kind drehen und nicht allein im Hinblick auf Pfund und Pence. Das Kind muss an erster Stelle stehen, immer.«

Wie Karl hat Heino sanfte braune Augen mit bronzenen Flecken auf den Pupillen, die blitzen, wenn er sich in Rage redet. Er hat auch die gleichen ausdrucksstarken Brauen, selbst im hohen Alter. »Also, wollen wir mit Mira bei den Krankenschwestern angeben oder nicht?«

Ehe sie Gelegenheit hat zu antworten, hören sie donnerndes Gepolter auf der Treppe. »Da kommen sie.« Ruth fliegt in die Küche und schreit: »Miiiraa, nicht schubsen!«

Die Mädchen jubeln, als sie ihnen sagt, dass sie den Tag mit Claudine verbringen, und sie laufen los, um sie zu wecken. Heino hat nichts dagegen, dass sie weiterhin sein Auto fährt, und obwohl sie es sentimental findet, fährt sie auf dem Weg zu Freda erneut an Burnt Oak vorbei. In ihrer alten Straße reckt sie den Kopf aus dem Autofenster, um zum oberen Stock hochzublicken. Sie sieht die Vorhänge zucken, den fahlen Mond eines Gesichts, dann nichts mehr.

Sicher haben sie in jenen traurigen Dezembertagen da oben ewig festgehangen. Julian, vor Kummer abgemagert, die Bibliotheksbücher neben sich aufgestapelt, ihre einzige bequeme Sitzgelegenheit. Sie im Bett, um eine Wärmflasche gekrümmt, döste, träumte, kaum in der Lage, sich, geschweige denn ihm einzugestehen, dass das, was sie gegenüber dem toten Baby empfindet, eher Schuldgefühle als Trauer waren. Sie hatte still vor sich hin geblutet. »Versuchen wir es so bald wie möglich wieder«, sagte er, dabei war er erst einundzwanzig. Er hüllte sie in den bestickten Quilt, das Gewicht ihrer Träume aber schien sie zu bedrücken.

Trotz des Umwegs war sie zu früh da. »Mein Gott, siehst du fürchterlich aus.« Freda hebt ihr Kinn an, holt sich einen Stuhl und setzt sich zu ihr. »Was ist?«

»Ach, du weißt ja, wegen Mira …«

»Immer noch so mies gelaunt?«

»Und Karl ist nicht da, weshalb wir nicht gemeinsam überlegen können, was wir mit ihr machen sollen«, sagt Julia. »Er muss bis Freitag einen Vortrag für die Verwaltung vorbereiten, hat also keinen Zweck, mit ihm über irgendwas anderes reden zu wollen. Und ich habe einen Kater. Hast du was gegen Kopfschmerzen im Haus?«

Freda holt Paracetamol und drückt ihr zwei Tabletten aus der Folie.

»Und dann hat sie ein, zwei Dinge gesagt. Gestern Abend hatte ich Angst, Ruthie wäre irgendwie dahintergekommen, dass ich schon mal verheiratet war …«

»Ach, stimmt ja, den vergesse ich immer«, sagt Freda. »Der Typ, der dir alles, was er wusste, über Hydrokultur beigebacht hat. Damals der eigentliche Grund, warum ich dich eingestellt habe.« Freda zwinkert ihr zu, tut, als würde sie einen Joint drehen und fragt: »Wie hieß er noch gleich? Du sagst seinen Namen so selten. Chris? Ja?«

Julia zuckt sichtlich zusammen. »Ehrlich gesagt, Freda, mir wird schlecht, wenn ich bloß an ihn denke. Nur hat Mira mich gefragt, wo ich denn gewohnt hätte, als ich von zu

Hause fort bin. ›Bei Chris‹, habe ich geantwortet. Und Ruthie, die ist immer so schrecklich neugierig, sie wollte Details wissen, ob Chris ein netter Mann ist, und ich musste ihr sagen, nein, ist er nicht. Mira krabbelte hinterm Sofa herum, suchte ihre Schuhe und tat, als würde sie kein Wort hören, aber dann hat sie irgendwas gemurmelt, was ich nicht ganz verstanden habe. Sie wollte es nicht wiederholen, aber ich meinte ›Dadoo‹ gehört zu haben.« Bevor sie fortfährt, wirft sie Freda ein verzagtes Lächeln zu. »Das hat sie immer zu Julian gesagt. Aber vielleicht habe ich mich auch getäuscht.«

Julia schüttelt sich kurz und springt vom Stuhl auf. »Komm, fangen wir an. Ich habe die Architektenpläne gründlich studiert, und dabei sind mir ein paar Ideen gekommen. Können wir eine Liste der großen Bäume aufstellen? Und der Obstsorten, die sich deiner Meinung nach gut machen würden?«

Freda reibt sich die Hände. »Das klingt schon besser«, sagt sie, greift nach ihrem Notizbuch und beginnt, mit einem eingetrockneten Kuli zu kritzeln, versucht, ihn wieder zum Schreiben zu bewegen.

Auf dem Weg zum Gewächshaus platzt Julia mit dem heraus, was sie schon lange gestehen wollte. »Ich habe gestern Abend bei ihm angerufen.«

»Bei wem?«

»Julian.«

»Ehrlich?«

»Es war seine Stimme auf dem Anrufbeantworter, also nehme ich an, dass er immer noch in Firdaws wohnt. Du weißt ja, wir haben nicht mehr miteinander geredet, seit ...«

Freda legt eine Hand auf ihre Schulter, drückt sie kurz. »Ganz schöne Knoten, die du da hast«, sagt sie. »Ich muss oft daran denken, wie schrecklich es für den armen Julian in jener Nacht war ... Ich meine, für euch alle – einfach so reinzukommen.« Sie gehen ins Gewächshaus, Freda legt das Notizbuch auf einen Sims und lässt Julias verhärteten Muskeln die geballte Fürsorge ihrer grünen Daumen spüren.

»Du weißt ja sicher, dass es so nicht geplant war. Karl hatte den Nachtflug genommen, und ich war todmüde. Mira war gerade erst aus dem Krankenhaus entlassen worden. Karl hatte geduscht und einen Bademantel übergezogen, wir haben heiße Schokolade getrunken, Mira abwechselnd Geschichten vorgelesen und lagen bei ihr im Bett. Irgendwie sind wir dann alle eingeschlafen.« Selbst heute glaubt sie noch sich rechtfertigen zu müssen. »Der Stress mit dem Krankenhaus, und außerdem, weißt du, habe ich mich ständig müde gefühlt, weil ich doch schwanger war mit Ruth. Wir wollten es ihm am nächsten Tag sagen. Karl war hergeflogen, um mit ihm zu reden. Ich meine, uns war klar, dass es übel werden würde. Nur eben nicht so. Ich ertrag es kaum, mir vorzustellen, wie lange er so am Bett stand und uns angesehen hat.«

Freda lässt Julias Schultern los und stülpt die Unterlippe vor. »Nein, dass er es auf diese Weise herausfinden musste, der Arme, dabei ist er eine so gute Seele.«

Julia bekommt feuchte Augen. »Freda, bitte nicht. Vergiss nicht, dass er damals was mit Katie hatte.«

Freda beginnt erneut ihre Schulter zu kneten. »Hatte er wirklich?«, sagt sie. »Ich meine, bist du dir da ganz sicher?«

Julia seufzt und sagt: »Ach, Freda, damals war ich davon überzeugt.«

Freda rollt ihre Schultern, prüft, ob sie verspannte Muskeln hat. Ihrem Gesicht merkt man den Zweifel an.

Julia legt eine Hand auf ihr Herz. »Manchmal, wenn ich an Firdaws denke, frage ich mich, ob wir dort nicht hätten glücklich werden können. Wenn die Dinge anders gelaufen wären. So ein schöner Ort. Du bist nie da gewesen, oder?«

Freda schüttelt den Kopf. »Wir mussten es verschieben.«

»Stimmt, ich erinnere mich«, sagt Julia. »Mira war beide Male krank. Schade, ich wünschte mir, du hättest das Haus gesehen. Ich glaube, ich habe nie richtig zu schätzen gewusst, wie friedlich es dort war, keine Menschen, keine Autos, nichts außer Vogelgesang und Bäumen. Ich weiß noch, wie Julian mich rumgeführt hat. Seine Liebe war ansteckend, jeder Winkel, jeder Baum war für ihn mit einer Geschichte aus seiner Kindheit verknüpft. Der Garten ging über in Wiesen mit hohem Gras, Wildblumen und Apfelbäumen; und das Mauerwerk am Haus war mit allen nur erdenklichen Kletterpflanzen wie mit einer grünen Decke überzogen. Nachts unglaublich klare Himmel: Ich habe nirgendwo sonst so viele Sternschnuppen gesehen und mir so oft etwas gewünscht.«

Freda lächelt, bedeutet ihr weiterzureden.

»Als er mich mit nach Firdaws nahm, war ich ziemlich überwältigt. Zum ersten Mal begriff ich, warum er alles, was wir besaßen, dort investieren wollte. Du weißt ja, er hat seinen Vater nie kennengelernt, aber dieses Haus hat ihn mit alldem verbunden. Balken, versteckte Winkel und Erker, wohin man auch sah, die Mauern so dick und alt, dass die Flure bauchig ausgewölbt wirkten und man sich jedes Mal, wenn man ein Zimmer betrat, regelrecht umarmt fühlte.«

»Es war ein Glücksspiel«, sagt Freda. »Und er hat dafür die Zukunft von euch allen verwettet.«

»Aber es hätte funktionieren können. Im Dorf gab es eine Grundschule, wir hätten also keine Gebühren zahlen müssen. Und Mira hat es geliebt, einen Hund zu haben, mit dem sie rumtollen konnte. Vielleicht hätte ich mit der Zeit weniger störrisch daran festgehalten, dass ich unbedingt mit dir und Arbour weitermachen wollte.« Julia sieht Freda an und zuckt reumütig mit den Achseln. »Zum Grundstück gehörte außerdem ein alter Speicher, und Julian hat mir eine Stelle im Schutz der Mauern gezeigt, die für mein Gewächshaus vorgesehen war. Der Platz hätte gar nicht besser sein können, volles Sonnenlicht und daneben gleich der alte Speicher fürs Umtopfen. Er hatte sich wirklich Gedanken gemacht. Wir waren noch nicht lange da, als seine Mutter – die furchteinflößende Jenna, erinnerst du dich? – in einem Umzugslaster mit einem ganzen Team von Leuten ankam. Die alten Sachen von früher, Teppiche, Vorhänge, Möbel, Bilder, einfach alles. Julian hat sich irrsinnig gefreut. »Ist das auch wirklich in Ordnung?«, hat er immer wieder gefragt, und ich habe mir gesagt, dass es gemein wäre, jetzt noch Einwände vorzubringen, wo sie doch schon mit dem Ausladen angefangen hatten, Teppiche ausrollten oder riesige, mit Chintz bezogene Sofas durch die Tür wuchteten. Seine Mutter ließ das alte Zuhause wiederauferstehen, komplett mit den von Hunden zernagten Teppichen und Vorlegern. Unsere Siebensachen aus Cromwell Gardens gingen darin unter. Die Männer, junge Australier, taten klaglos, was ihnen aufgetragen wurde. Und Jenna dirigierte jedes Ding an seinen richtigen Platz.«

»Natürlich, darauf hätte ich wetten können«, sagt Freda.

»Ich fing an, mich ein bisschen unsicher und verloren zu fühlen, als Julian mich in die Kammer unterm Dach führte, die mein Arbeitszimmer sein sollte. Er zeigte mir, wo ich das Zeichenbrett hinstellen und die Pinnwand aufhängen könnte, er hatte sich alles genau überlegt. Und während er am Bett ein paar tote Fliegen aufkehrte, steckte Jenna den Kopf durch die Tür. ›Julian hat recht‹, flüsterte sie mir zu. ›Das Zimmer eignet sich ideal zum Arbeiten. Ich weiß, wovon ich rede.‹ Sie zeigte zum Fenster mit den Fensterläden. ›Das Licht ist gut. Ich habe alle meine Zeichnungen hier gemacht …‹ Und ehe sie ging, bemerkte sie noch, dass der Speicher, in dem ich laut Julian meine Pflanzen eintopfen könnte, ihre Werkstatt gewesen war. Der Brennofen stand noch …« Julia verstummte, während Freda ihr Notizbuch aufschlug und begann, die Bäume aufzulisten.

»Stimmt, du bist immer ziemlich erledigt gewesen, wenn Jenna in Firdaws war«, sagt Freda. »Ist schon seltsam, sich das Leben vorzustellen, das wir hätten führen können. Manchmal frage ich mich, was aus mir geworden wäre, wenn ich meine Männer nicht verlassen hätte.«

»Oh nein, Freda, wirklich?«

»Doch. Meine Schwiegermütter haben mich ausnahmslos verachtet. Ich male mir alle nur erdenklichen deprimierenden Situationen aus, wie ich in diesem großen Haus in Dublin versaure oder mich mit Monty ins Grab saufe oder, die schlimmste Variante, wie ich die Jungen mit Eddie aufziehe. Würg! Nein, da ist mir schon lieber, wie es jetzt ist. Nur ich und der Kater und wer auch immer gerade zur Tür hereinschneit.«

Julia lacht. »Ich fürchte, ich habe große Lust, mir eine alternative Zukunft auszumalen, wenn Karl mir mal wieder auf die Nerven geht.«

»Überrascht mich nicht, dass du dich im Stich gelassen fühlst. Er sollte hier sein, das wäre doch normal.«

»Tja, nur ist er nicht gerade normal, oder?« Julia kaut kurz auf ihren Lippen, dann gibt sie nach. »Ach, verdammt, Freda. Ehrlich gesagt, ich leide gerade unter einem schrecklichen Anfall von Eifersucht.«

Überrascht dreht Freda sich zu ihr um. »Du? Wieso?«

»Er arbeitet mit dieser Frau zusammen, ziemlich sexy, Holländerin, Single … Gestern war Karl nicht im Labor. Ich habe angerufen und herausgefunden, dass sie auch nicht im Haus war.« Julia krümmt sich einen Moment vor Selbstekel, ehe sie fortfährt. »Karl findet, ich bin verrückt, ihm nachzuspionieren. Er ist stinksauer. Dabei kenne ich das gar nicht von mir. Vor Julian habe ich mich nie so aufgeführt. Aber weißt du, diese Sache mit Katie, ich war so vertrauensselig. Ich meine, ich fand es nicht gerade toll, dass sie im Dorf wohnt, aber ich hätte nie geglaubt, dass da was läuft. Und dann ist Mira ins Krankenhaus gekommen, und alles wurde nur noch schlimmer.«

Sie hatte sich eben noch so liebevoll an Julian erinnert, aber davon wollte sie jetzt nichts mehr wissen. Sie zwang sich, an den Moment zu denken, als ihr das mit Katie klar wurde, daran, wie es ihr das Herz zerrissen hatte. Es war schon nach drei Uhr früh, als er sich endlich in der Notaufnahme blicken ließ und nach *ihr* stank, dem Hyazinthenparfüm, das *sie* immer trug. Als Julia ihr Gesicht in seiner Jacke vergrub, sagte sie sich, dass sie sich das nur einbilde; ihr Bedürfnis nach Nähe war zu groß, um diesen Gedanken zulassen zu können, ein Bedürfnis, das mit jedem hektischen Anruf bei ihm noch gewachsen war. Die an mehrere Maschinen angeschlossene Mira sah so leblos wie eine Wachspuppe aus, ihre Leber versagte, aber niemand wollte ihr erklären, was genau mit ihr nicht stimmte. »Ja, ja, natürlich kommt sie durch.« Er war der einzige Mensch, der sie halten konnte. Es gab sonst niemanden.

Draußen am Krankenhausgeländer hingen Schilder, die das Rauchen verboten. Sie standen beide unter Schock, klammerten sich aneinander. Er hatte Whisky getrunken, keine so gute Idee. Er fuhr mit der Zunge übers Zigarettenpapier, die Hände zitterten, die Selbstgedrehte eine traurige Angelegenheit, Tabak fiel aus beiden Enden. Er hatte ein Streichholzbriefchen aus seiner Tasche gefischt, bog das Pappstreichholz so, dass er es nicht abzureißen brauchte. Seine Oberlippe krümmte sich um die Zigarette. Er hielt das Briefchen kopfüber, trotzdem versuchte sie, den in kitschig goldenen Buchstaben eingestanzten Namen zu lesen. Julian folgte ihrem

Blick. Sie wussten beide, wo Katie übernachtete. Sie hatte im Spielzimmer des Krankenhauses getönt, Adrian solle noch teuer bezahlen. Julian betrachtete überrascht das Heft in seiner Hand. Sie hatte ihn fragen wollen, wo er den ganzen Abend gewesen war, aber dann zündete er das Streichholz an, und die Frage hatte sich erübrigt.

Vierundzwanzig

Auf ein über die Architektenzeichnung gelegtes Transparentpapier skizziert Julia einen ersten Entwurf für das Atrium. Sie malt Kreise dorthin, wo konische Löcher entlang der mäandernden Wege eingelassen werden könnten. Die perfekte Antwort auf das kurze Motto: *Ein überraschend grüner Platz in einem geometrisch perfekten Gebäude*. Und während sie Seite an Seite arbeiten, wächst ihre Begeisterung. »Ich denke, wir könnten gewinnen«, sagt Freda, als sie sich vorbeugt, um die Anschlussstellen für die unterirdisch verlaufenden Wasserleitungen einzutragen. »Und du glaubst wirklich, dass er bei Katie war, während du im Krankenhaus auf ihn gewartet hast?«

Julia runzelt die Stirn: »Wäre ich freundlich, könnte ich behaupten, dass er nicht die geringste Chance hatte. Habe ich dir je von dem Brief erzählt, den sie mir geschickt hat, als es mit mir und Julian anfing? Weißt du, sie kann unglaublich manipulativ sein.«

»Was denn für einen Brief?«

»Einen ziemlich wirksamen, wie sich herausstellen sollte.«

»Jetzt erzähl schon …«

»Ich habe damals bei Mrs. Briggs nicht oft Post gekriegt – offiziell wohnte ich ja nicht dort –, weshalb jeder Brief eine Überraschung war. Erst habe ich geglaubt, es wäre was Schönes, was da als Einziges in Julians Briefkasten im Flur lag, ein blauer Umschlag, an mich adressiert, die Schrift attraktiv, recht groß, lauter Bögen und Schwünge.

Ich wollte ihn schon aufreißen, aber ich war noch gar nicht angezogen, trug nur Julians Morgenmantel mit einem seiner Schlipse als Gürtel. An dem Tag brauchte ich nicht zur Arbeit, musste aber aufpassen, dass ich von Julians Vermieterin nicht zu oft gesehen wurde. Mrs. Briggs war eine grässliche alte Kröte. Mein Gott, war die finster. Der Kessel pfiff, als ich die Treppe hoch in Julians Zimmer rannte, den Brief in der Tasche seines Morgenmantels. Er machte sich an der Kaffeekanne zu schaffen und kehrte mir den Rücken zu, während er drei verschiedene Sorten Bohnen mischte: Für einen ständig klammen Studenten nahm er es mit solchen Dingen ziemlich genau. Ich setzte mich aufs Bett und zog drei gefaltete Bogen dickes blaues Papier aus dem Umschlag: auf dem letzten Blatt am Ende ihre Unterschrift, keine Grüße, keine Wünsche. Sie begann damit, dass sie vermutlich nicht die erste verschmähte Geliebte war, die der Thronräuberin ein paar Dinge klarmachen wollte.«

»Thronräuberin?«, fragt Freda.

»Ach, ich weiß nicht, vielleicht stand da auch ›der neuen Geliebten‹, ich weiß es nicht mehr«, sagt Julia. »Jedenfalls behauptete sie, sie schreibe nicht aus verletzter Eitelkeit, sondern aus echter Sorge um Julian, den sie nur ›Jude‹ nannte. Sie schrieb, es sei unwahrscheinlich, dass sie den Brief je einwerfen würde. Hätte sie es bloß nie getan. Dann ließ sie sich endlos über mein Alter aus, ehrlich, man hätte glauben können, ich sei eine alte Vettel, die den armen Jungen verzaubert hatte. Dabei war ich noch keine dreißig. Auf der zweiten Seite beschwor sie sogar seine Mutter herauf, behauptete, Jenna, ›die ich übrigens sehr lieb habe‹, sei todunglücklich. ›Ich will nur, dass du weißt, was du zerstörst‹, schrieb sie und schilderte dann, wie sie und ›Jude‹ sich kennengelernt hatten, damals, am ersten Tag in der Gesamtschule, und zusammen aufgewachsen waren, wie sie als Kinder mit dem Rad um die

Wette nach Hause fuhren, wie sie älter wurden und dann, dies in lebhaften Details, die laue Nacht, in der sie sanft ins Erwachsenenleben glitten. Offenbar bei Sonnenuntergang auf der Anhöhe einer Glockenblumenwiese. Laut Katie feierten sie diesen Tag jedes Jahr mit einem Ausflug zu besagter Anhöhe, wo sie sich blumenbekränzt ins Gras bettete, während er ein Feuer machte. Sie war so klug, ihre Worte sorgsam gewählt. Wie Julian studierte sie Englische Literatur und träumte davon, Schriftstellerin zu werden. Alle Blätter waren beidseitig beschrieben mit ihrer so trügerisch hübschen Schrift, kein einziges Wort durchgestrichen, keine einzige holperige Wortwahl. Sie musste lange daran gefeilt haben und hatte den Brief vor der endgültigen Version sicherlich oft geschrieben. Die clevere Katie. Ich habe den Brief nur einmal gelesen und ihn dann verbrannt, aber dieses Bild von den beiden, eng umschlungen und nackt auf den Glockenblumen, das bin ich nie mehr losgeworden. Und ich wette, genau das hatte sie beabsichtigt.«

»Miststück«, sagt Freda.

»Genau«, sagt Julia. »Miststück. Als Julian sich zu mir aufs Bett legte, war Katies Brief nur noch Asche im Aschenbecher. Er zog mich an sich und fragte, was sie geschrieben habe. Ich konnte es ihm nicht sagen. Er war so lieb, so rücksichtsvoll. Ich dagegen fühlte mich alt und schwanger und arbeitslos. Keine Glockenblumen für ihn und mich, als wir über ein Meer der Missbilligung zu unserem schäbigen kleinen Zimmer in Burnt Oak segelten. Ich war auf der Flucht. Und Chris saßen die Fäuste schon immer ziemlich locker.«

Freda schlug beide Hände vors Gesicht.

»Ach, habe ich dir das nie erzählt?«, sagt Julia. »Na ja, lass uns jetzt nicht darüber reden. Sollten wir nicht lieber hier weitermachen?«

Sie ist ein wenig außer Atem. Freda legt ihr eine Hand auf

die Schulter. »Julia, wie lange warst du mit diesem Chris verheiratet? Zwölf, dreizehn Jahre? Und seit wir Freundinnen sind, habe ich nur zwei Dinge über diese Zeit erfahren. Erstens: Er hatte einen Falken. Und zweitens: Er hat unterm Dach Marihuana angepflanzt.«

Julia kaut auf ihrer Lippe, nimmt einen Stift zur Hand. »Der Falke war noch das Beste an ihm, aber auch den habe ich hassen gelernt.«

Freda schlägt eine Pause vor, ehe Julia ganz in dem ihr liebsten Teil der Arbeit aufgeht: der künstlerischen Ausführung. Aufs Papier zu bringen, was sie vor ihrem inneren Auge sieht, findet sie meditativ und kann sie gänzlich gefangen nehmen. Julia fand es schon immer verblüffend, dass es Menschen gibt, die nicht zeichnen können: Das war eines von den Dingen, von denen sie als Kind geglaubt hatte, dass es jeder könne. Zu Beginn ihrer Ehe mit Chris hatte sie ein Jahr lang Kunst studiert, aber dann wurden die Nächte kürzer, und Chris hatte plötzlich außerhalb zu arbeiten. Außerdem musste der Falke trainiert werden, was sie allein acht Stunden am Tag kostete. Da war es für sie leichter, nach dem Sommer einfach nicht mehr zurück ans College zu gehen.

Sie sieht ihn wieder, ihren Gatten, hört ihn Anweisungen brüllen, sein gestreiftes Haar flatternd im Wind, weder die eine, noch die andere Farbe, ein wenig wie die Falkenfedern. Die Spucke, die ihm immer im rissigen Mundwinkel klebte. Das Gewicht des Falken auf dem Arm, das es ihr unmöglich machte, ihm hinterherzulaufen, der Van, der davonrumpelte, ein Wutanfall, weil es ihr nicht gelang, den Vogel zu ihrem Handschuh fliegen zu lassen, weshalb sie ihn an der langen, an seinem Bein befestigten Leine aus den Bäumen ziehen musste. Meilenweit von daheim ließ er sie mit dem Falken auf einem windigen Feld zurück. Sie kann nie zu weit von ihm entfernt sein, selbst heute noch nicht.

Freda durchstöbert einen Schrank auf der Suche nach den Caran-d'Ache-Stiften, während Julia den Kessel aufsetzt. Kurz, widerwillig denkt sie an die Knochenhöhle auf Chris' Brustkorb; wie sie da die Asche von ihren Spliffs abgestreift haben, versunken in den Kissen in ihrem Schlafzimmer in Wychwood, so zugedröhnt und träge, dass sie es unmöglich fanden aufzustehen und nach einem Aschenbecher zu suchen. Ein Schauder überläuft sie, wenn sie daran denkt, wie hörig sie ihm war. Er hatte sie sich jung geholt, wusste, womit er durchkommen konnte. Er kaufte ihr Lederklamotten fürs Motorrad, einen Helm, silbern wie seiner, und sie lagen so tief in den Kurven, dass ihre Knie fast den Boden berührten. Er machte Geschühriemen aus bestem Kalbsleder, um sie damit ans Bett zu fesseln; er brachte ihr bei, Kanincheneintopf zu kochen, das Tier zu häuten und auszunehmen. Sie buk Kuchen, und eine Zeit lang war sie ziemlich pummelig. Er machte sie gefügig, wie er den Falken gefügig machte, baute Vertrauen auf, wenn er sie berührte, hielt zurück, belohnte sie nur, wenn sie sich seinem Willen beugte. Sie wurde schwanger und hatte eine Abtreibung. Hasch half, die Jahre verstreichen zu lassen, während sie sich einzureden versuchte, dass es auch Gutes an ihm gab: die bernsteinfarbenen Augen, die muskulösen Arme, die meisten Platten, die er kaufte. Sein Talent, Bierdeckel zu flippen, hatte sie mächtig beeindruckt.

Freda reicht ihr eine Dose mit Keksen und fragt: »Wie schafft du es nur, so schlank zu bleiben?«

Julia zuckt die Achseln, nimmt ein paar Hobnobs und winkt Freda mit einem zu, ehe sie ihn eintunkt: »Das waren Julians Lieblingskekse. Ich habe ihm mal dabei zugesehen, wie er im Handumdrehen eine ganze Packung verputzte.«

Freda sucht nach leichterem Essen, dreht sich um mit einem Glas zuckerfreier Marmelade in der Hand und grinst sie an. »Wo wir gerade beim Thema sind!«

»Eigentlich war ich noch bei diesem grässlichen Chris, aber …« Sie verstummt, fährt dann jedoch fort: »Sicher, ich muss oft an Julian denken. Ich sollte wirklich eine Möglichkeit finden, mit ihm zu reden. Ich hatte gehofft, Karl wäre hier, um mir bei den Problemen mit Mira zu helfen, aber nein.« Wieder hält sie für einen Moment inne und spielt mit ihrer Kette. »Ich meine, wir haben uns ja nicht eingebildet, dass eine Rückkehr hierher für Mira völlig problemlos verlaufen würde. Ich kann dir gar nicht sagen, wie sauer es mich macht, dass er drübengeblieben ist.«

Freda gibt die Hoffnung auf ein dünn mit Diabetikermarmelade bestrichenes Knäckebrot auf und langt nach den Hobnobs. »Habt ihr beide mal daran gedacht, ihr einfach alles zu erklären? Sie selbst herausfinden zu lassen, was sie davon halten soll?«

Julia lässt die goldene Sonne an ihrer Kette kreiseln. »Gleich nach unserer Hochzeit in Connecticut waren wir bei einem Kinderpsychologen. Wir fanden es seltsam, dass sie Julian nie erwähnte. Ihre Art, sich so bereitwillig mit Karl abzufinden. Ich meine, ich würde lügen, wollte ich behaupten, dass es keine Erleichterung gewesen wäre – vor allem da Ruthie unterwegs war.«

»Und wie lautete sein Rat?«

»Ach, du weißt schon: alle ihre Fragen so ehrlich wie möglich zu beantworten.«

»Aber hast du dem Seelenklempner gesagt, dass Julian jeden Kontakt verweigert?«

»Ich konnte mir nicht vorstellen, dass er ewig so weitermachen würde. Ich glaube, von uns hat keiner damit gerechnet, dass er einfach verschwindet«, sagt Julia. »Wie auch immer, letzten Endes lief die Psycho-Beratung darauf hinaus, dass alle Information fragmentarisch bleiben sollte. Kein großes Jetzt-setzen-wir-uns-und-erzählen-dir-alles, stattdessen sollten wir unser Vorgehen von Mira abhängig machen, da sie bestimmt bald anfangen würde, Fragen zu stellen. Er fand, sie habe im Krankenhaus genug durchgemacht, und sein Rat war abzuwarten, bis sie von selbst mehr wissen wollte.«

Sie greift nach einem Stift und beginnt, die Schatten der Bäume rund um ein kleines Grüppchen von Mitarbeitern zu schraffieren, die unter einem Blätterbaldachin Kaffee trinken. »Eine Zeit lang hat sie nach ihm gefragt, dann aufgehört.«

Was aber, wenn sie weiter nach ihm gefragt hätte? Es schien undenkbar, dass Julian so grausam bleiben würde. Noch in der Lamb's Conduit Street hatte Karl ständig bei ihm angerufen, doch jedes Mal hatte sich nur der Anrufbeantworter gemeldet. Irgendwann war das Band schließlich voll, also lieh er sich Heinos Auto und fuhr nach Firdaws. Er hat an die Tür geklopft, aber niemand hat geantwortet, und sämtliche Vorhänge waren zugezogen, doch hätte er schwören können, den Hund gehört zu haben.

Julia zog aus Ellies Zimmer aus. Sie und Karl schliefen im obersten Stock. Getrennt. Sie schlief mit Mira unter der Primeldecke im Gästezimmer – versuchte vielmehr zu schlafen –, Karl nebenan in seinem alten Kinderzimmer, über ihm kreiselnde Modellflugzeuge. Mehrere Tage lang ertrug sie es nicht, wenn Karl auch nur versuchte, sie anzufassen; der einzige Ort im Haus, an dem sie ein wenig Frieden fand, war das Bad. Wenn Mira nachts schluchzte und nach ihrem Dadoo verlangte, fürchtete sie, der Schmerz würde niemals nachlassen. Sie lag im Dunkeln, und Tränen, groß wie Perlen, rollten ihr in die Ohren.

Es dauerte zwei Tage, bis sie mit Jenna reden konnte, die sie schließlich zurückrief, sich aber eisern weigerte, ihr zu sagen, was mit Julian war, nur dass er wolle, dass sie aus

Firdaws verschwand: »Du beseitigst jede Spur von euch, hörst du? Von dir und dem Kind.« Ihrem Ton nach hätte man glauben können, sie rede von einer Rattenplage. Julia traute ihr durchaus zu, dass sie das Haus anschließend von allen verbliebenen Dämonen befreien würde, in dem sie in jeder Ecke Salbei verbrannte.

Am härtesten traf sie, dass Mira von Jenna nur noch ›das Kind‹ genannt wurde, und es fiel ihr schwer, darauf etwas zu sagen: »Aber Jenna, willst du Mira denn nicht wiedersehen? Für sie wirst du immer ihre …« Doch Jenna unterbrach sie, ehe sie ›Großmutter‹ sagen konnte. »Das erträgt mein Herz nicht, Julia. Also, nein, danke«, sagte sie. »Wie bald kannst du in Firdaws sein?«

Sie mietete einen Lieferwagen, und Howie, ihr Bruder, erklärte sich bereit, nach Firdaws zu fahren und die Sachen zu schleppen. Während sie sich auf den Weg machten, blieb Karl in der Lamb's Conduit Street bei Heino und Mira und versuchte weiter, unter jeder nur erdenklichen Nummer Julian zu erreichen. Irgendwann erwischte er Michael in seinem Büro, der ihm mitteilte, dass Julian im Krankenhaus liege und wegen Verdachts auf Meningitis behandelt werde, doch weigerte er sich höflich, ihm zu sagen, um welches Krankenhaus es sich handelte.

Julia war zum Nachdenken zu erschöpft und schlief im Lieferwagen so fest, als wäre sie krank. Howie fuhr schweigend, rüttelte sie nur einige Stunden später wach, damit sie ihm an der Kreuzung vor der Horton Station die Richtung zeigte.

In ihrem Dämmerzustand schien es ihr kaum wundersamer als jener Moment, in dem im Film *Der Zauberer von Oz* das Bild farbig wird. Die Bäume waren fast kahl gewesen, als sie zuletzt im Dorf gewesen war, die Felder noch regenschwer. Heute dagegen, unter wolkenlosem Himmel, waren die grasbewachsenen Straßenränder mit Blättern und Blumen betupft. Im hellen Sonnenlicht glitzerte der Asphalt unter ausladenden Ästen, die sich zu einem grünen Tunnel verschränkten. Den Hügel runter und die erste links. Heckenblüten huschten vorüber, rosige Lichtnelken, Löwenzahn, Wilde Möhre oder Hundsblume. Hinter der Buckelbrücke kam die lange Flussbiegung in den Blick, zog sich wie Quecksilber durchs Tal.

Firdaws ragte einsam aus einem Meer von Wildblumen. Kletterrosen in voller Pracht rankten übers Mauerwerk, um Fenster und Eingangstür, warfen zartrosa Blütenblätter ab, das ein oder andere noch dunkel von Regentropfen. Die Ziegel bildeten einen warmen Hintergrund für das Blätterbrokat, für die Rosen – manche fast weiß verfärbt – und die sich windende Klematis, deren purpurne Sterne den Türrahmen säumten. Alles dampfte noch leicht und funkelte von der morgendlichen Husche. Hinter dem Haus erstreckten sich die Felder, wogendes sattes Grün, leuchtende Butterblumen. Es war ziemlich atemberaubend, das Haus so im Sonnenlicht zu sehen, das Duftpotpourri von kürzlich gefallenem Regen und warmem Staub zu riechen. Bei der Anfahrt kurbelte sie das Fenster herunter, hatte vergessen, wie süß Luft riechen kann, und als sie aus dem Lieferwagen stieg, fand sie den Gesang der Vögel geradezu ohrenbetäubend. Ihr Bruder lud bereits die leeren Kartons aus. Der Geruch nach feuchter warmer Erde tat ihr in der Seele weh; Kamille und Kornblumen streiften ihre Beine, Schwalben flitzten über den Himmel, und aus den Nestern unter der Traufe konnte sie das Tschilpen der Jungen hören. Sie schaute zu den Fenstern hoch, zu den alten Rahmen mit ihrer abblätternden vergissmeinnichtblauen Farbe. Ein Blütenschauer fiel auf Miras Spielzeugkinderwagen. Julia blieb an der Tür stehen und schlug die Strickdecken zurück, um sicherzugehen, dass sie nicht feucht geworden waren. Schu-kar lag darin eingewickelt. Sie stellte sich vor, wie Julian den kleinen Kinderwagen vor die Tür geschoben hatte, wie er die perlgrauen Decken im Becken gewaschen und mit welcher Sorgfalt er versucht hatte, alles so aussehen zu lassen, als wäre Mira nie fort gewesen. Es war wirklich kaum zu ertragen.

Als sie hörte, wie die Tür geöffnet wurde, blickte sie vom Kinderwagen auf. Katie kam aus dem Haus und kreischte ihren Namen, als seien sie alte Freundinnen. Sie trug ein weißes Sommerkleid; ihr heute besonders blond schimmernder Pferdeschwanz wippte aufgeregt, als Julia sich an ihr vorbeidrängte. Katie versuchte, ihr zu folgen. »Ich bin nur gekommen, um die Bettwäsche zu wechseln. Ist doch in Ordnung, oder?«

»Lass mich einfach in Ruhe«, erwiderte Julia, die Mühe hatte, ihre Tränen zurückzuhalten.

Die Fotos zu sortieren war das Schlimmste. Julia brachte es nicht übers Herz, einfach alle mitzunehmen, doch was das anging, war Jenna sehr genau gewesen. Draußen hatte Howie Mühe, Julias wenige Möbel auf dem Dach des bereits mit Kisten vollgestopften Lieferwagens festzuzurren. Miras Kindersitz thronte über den erbsengrünen Stühlen und einer kleinen Kommode aus Cromwell Gardens, die Julia mit Blattgold überzogen hatte. Wie sich herausstellte, gehörten ihr nur wenige Dinge.

Sie fühlte sich taub vor Elend, wie sie da in Julians Zimmer stand und die Fotos durchsah. Nur die Aufnahmen von Mira, die in den Monaten unmittelbar nach ihrer Geburt gemacht worden waren, steckten geordnet in einem Album, alle anderen lagen in Plastiktüten, Bilder, über die sie gelacht und geseufzt und die sie wieder zurückgelegt hatten, um sie eines Tages einzusortieren, wenn sie denn die Zeit dafür fanden. Sie hatten sie nie gefunden. Und sie würden sie nicht mehr finden. Zwei randvolle Schuhkartons, die Bilder zeitlich grob geordnet. Geduldig warteten neben ihnen die leeren Alben, ein Satz von einem halben Dutzend, hübsch in Leder gebunden: Michaels Geschenk zu Miras Geburt. Julia griff nach dem ersten, blätterte rasch die Seiten durch. Miras Ankunft im Haus, zu herzzerreißend, sie so in Julians Armen zu sehen. Diverse Familiengruppierungen um ihr Bett, Miras erstes Lächeln, Mira, die Guck-Guck spielte, den dicken Windelpopo hochgereckt, die Beine krumm wie Würstchen. Mira, die, aufgebettet, das Kinn herrisch vorgestreckt, von Kissen umrundet, in Cromwell Gardens saß oder in ihrem Strampler herumtollte, die Stirn vor lauter Konzentration in Falten gelegt. Julia sammelte sie alle ein, sah Schubladen und Schränke nach vereinzelten Aufnahmen durch und fand ein paar aus jenen Tagen, in denen sie eine Polaroid besessen hatten. Das Schlimmste war, ihre Fotos aus den Bilderrahmen auf seinem Tisch oder vom Nachtschränkchen zu entfernen.

Ihr blieb nicht viel Zeit. Als sie sich ein letztes Mal umblickte, hörte sie Stimmen. Durch eine Lücke im Vorhang sah sie Howie, der Katie über den Rasen folgte. Ihr weißes Kleid schwang bei jedem Schritt. Sie sah Katie vor der offenen Tür verlegen stehen bleiben, der weiße Musselin um ihre Beine kam zur Ruhe.

Wieder versuchte Katie, sie abzupassen: »Ich kann nicht glauben, dass du das tust.« Julia drängte an ihr vorbei zum Lieferwagen, und Howie beeilte sich, ihr die Kartons abzunehmen. Als sie losfuhren, stand Katie vor dem Haus, die Hände in den Hüften, und Julia musste an die fünf Alben denken, die sie zurückließ, an die cremeweißen leeren Seiten.

Man sollte meinen, dass es schwerfallen müsste, jede Spur von sich aus einem Leben zu tilgen, aber eigentlich ist es überraschend einfach.

Fünfundzwanzig

Obwohl sie erst nach Mitternacht von Freda heimkehrt, ist Claudine noch auf. Sie trägt ein gelbes Vintagekleid mit einem Gänseblümchengürtel. Als sie sich reckt und gähnt, sieht sie mit ihrem Stachelhaar samt weiß gefärbten Spitzen wie ein Igel aus. Ihr Gesicht, ohne das sonst übliche dunkle Augen-Make-up, ist hübsch wie das des jungen Helden in einem Theaterstück. An Claudine gibt es wirklich nichts auszusetzen, sieht man einmal von dem großen silbernen Piercing in ihrer Zunge ab, das sie leicht lispeln lässt.

»Wir hatten einen fantastischen Tag«, sagt Claudine. »Aber bevor sie dir davon erzählen, solltest du wissen, dass wir fast aus dem V&A-Museum rausgeworfen wurden. Ist allein meine Schuld.«

Julia gießt Milch in einen Topf. »Was? Warum? Und willst du auch eine heiße Schokolade? Ich mache mir gerade eine.«

»Ja, gern«, sagt Claudine. »Ach, na ja, dieser Wachposten hat einfach überreagiert. Da war so ein extrem verlockender leerer Sockel oben vor der Haupttreppe. Wie im Spotlight, weißt du? Ein Lichtstrahl aus dem Fenster fiel genau drauf. Und ich hatte meine brandneue Kamera dabei.«

»Oh, Claud, das hast du nicht, oder?«

Claudine kichert. »Die Mädchen haben aufs Wort pariert und den *Kuss* nachgestellt, auch *Romulus und Remus*, bevor der Kerl die Treppe hochgestürmt kam. Ich hatte befürchtet, sie wären vielleicht eingeschnappt, weil sie so ausgeschimpft wurden, aber kein bisschen. Den Rest des Nachmittags haben wir getan, als wären wir auf der Flucht vor dem Gesetz.«

»Ich sage es ja nur ungern, aber ich fürchte, du hast einen schlechten Einfluss auf die Kleinen«, sagt Julia in einem Ton, als wollte sie ihre Freundin zurechtweisen, während Claudine fortfährt: »Die Fotos sind unten, und sie sind richtig toll geworden. Wir müssen irgendwie eine Möglichkeit finden, sie Karl zu mailen. Ach, übrigens, er hat angerufen. Ich habe ihm gesagt, du wärst bei Freda.«

Julia setzt sich zu Claudine an den Tisch, bläst in ihre Tasse. »Mein blödes Handy funktioniert in England nicht, und ich bin bislang einfach noch nicht dazu gekommen, mich darum zu kümmern.« Sie weiß genau, dass es bei Freda nicht geklingelt hat. Aber wenn schon, soll er ruhig ein Weilchen länger schmoren. Sie beschließt, ihn noch nicht zurückzurufen.

»Sonst irgendwelche Anrufe für mich?«, fragt sie hoffnungsvoll. Claudine schüttelt den Kopf, und Julia bemüht sich, nicht allzu enttäuscht dreinzusehen. Sie dreht sich zur Uhr um. Zu spät jetzt, sie wird bis morgen zum Frühstück warten müssen, bevor sie es noch einmal in Firdaws versucht. Sie nimmt den letzten Schluck heißer Schokolade.

Die Mädchen sind oben und schlafen friedlich; Karls Flotte von Modellflugzeugen wacht über sie. Julia beugt sich vor, um Ruth auf die Wange zu küssen. Sie riecht nach Süßigkeiten und warmer Milch. Julia streicht Mira das Haar aus dem Gesicht, die aber schnieft nur und wendet sich ab. Ruthie lächelt im Schlaf. Eine Woge der Zärtlichkeit überkommt Julia beim Anblick ihrer jüngeren Tochter; erneut beugt sie sich sehnsuchtsvoll über sie, legt ihr eine Hand auf die Stirn und flüstert: »Ich hab dich lieb.«

In der Nacht, in der sie Ruthie bekam, war Julia vor Sorge und Müdigkeit halb verrückt gewesen – übrigens war es hier passiert, in eben diesem Bett. In den ersten beiden Nächten, seit Mira auf die Intensivstation verlegt und ins künstliche Koma versetzt worden war, hatte sie kaum geschlafen. Julian war an ihrer Seite, beide dösten unruhig, lang ausgestreckt auf Stühlen neben Miras Bett. Sie brauchte ihn so sehr, hatte viel zu große Angst um Mira, als dass sie über das hätte nachdenken können, was mit ihm und Katie war. In der dritten Nacht aber bestanden die Krankenschwestern darauf, dass sie zurück in die Lamb's Conduit Street fuhr, um sich mal wieder richtig auszuschlafen; und sie war froh, eine Weile ohne Julian zu sein. Sie hatte nicht damit gerechnet, Karls Mantel im Flur zu sehen, sie wusste auch nicht, dass Heino in Connecticut angerufen hatte, um Karl Bescheid zu sagen, dass es Mira schlechter ging. Julia schnupperte am Kragen, nur um sicherzugehen, dass der Mantel wirklich ihm gehörte. Eine Weile stand sie bloß da, die Uhr tickte, und sie drückte den Stoff an ihr Gesicht, der Geruch fast schon schmerzhaft.

Sie sieht Karl an jenem Abend vor sich, denkt an seinen überraschten Blick, als sie nackt durchs Zimmer auf ihn zuging; der Luftzug von der Tür brachte die Flugzeuge zum Kreiseln. Hinterher starrten sie auf die flatternden Flieger und schüttelten fassungslos den Kopf, diese unglaubliche Ekstase.

Allein bei dem Gedanken an ihn spürt sie wieder dieses vertraute Sehnen. Manchmal scheint ihre Stimmung nur wenig mit ihrem Verlangen nach Karl zu tun zu haben. Und an den Abenden, an denen sie sauer auf ihn ist, fragt sie sich gelegentlich, ob es nicht tatsächlich nur das ist, was er einmal beschrieb, nur eine Laune der Natur: »Bloß ein perfekt aufeinander abgestimmtes Treffen von Nervenenden der Gräfenberg-Zone und der Raphe perinei«, hatte er gesagt. Doch woran immer es auch lag, sie waren danach jedes Mal schweißgebadet und wie von Sinnen.

Sechsundzwanzig

Batterien! Julia lässt die Mädchen in der Küche, wo sie sich noch in Unterhose und Unterhemd über ihre Croissants hermachen, während sie zum Eckladen hastet. Mira ist stinksauer; empört, dass irgendwer glaubt, sie könnte die fünfstündige Fahrt nach Vernow ohne ihren Walkman überstehen und ohne ihre Geschichten, die sie alle auswendig kennt.

Sie sind spät dran; auf dem Rückweg zur Wohnung spürt Julia, dass der Verkehr bereits zunimmt, dass die Luft immer deutlicher nach Benzin riecht. Sie darf nicht vergessen, die neuen Kleider einzupacken, die noch im Schrank hängen. Die der Mädchen sind aus schlichtem schwarzem Leinen, hochgeschlossen, ein Glockenrock, hinten mit verdeckter Knopfleiste. Nur wenige Tage nachdem sie vom Tod ihres Vaters erfuhr, hatte sie die Kleider in einer Edelboutique ausgesucht und prustete nun vor Entzücken, wenn sie sich vorstellte, wie *amish* ihre Kinder darin aussehen würden. Sie fragt sich, ob Claudine ihr die Kamera borgen würde, sagt sich dann aber, dass es sicher unangemessen wäre, während einer Beerdigung Fotos zu machen. Sie kann jetzt schon hören, wie sich ihre Mutter darüber aufregt.

So schade. Sie malt sich ihre Töchter am Grab aus, die hübschen herzförmigen Gesichter blass und ernst über schwarzem Leinen, Ruths Haarsträhnen, die sich aus dem dicken Pferdeschwanz lösen, Miras helle Haut, weiß wie die Madonnenlilie, die sie an ihre Brust drückt …

Für den Blumenladen ist es noch zu früh, aber das rasselnde Klingeln an der Tür reißt sie aus ihren Tagträumen. Einen Moment lang ist sie überzeugt, die blonde Floristin hätte ihre Gedanken gelesen und wolle ihr Lilien anbieten. »Ich habe da was für Sie«, sagt sie.

»Ach ja?«

»Nur einen Moment«, sagt sie. »Sie sind Julia, richtig? Und wohnen bei Heino?« Julia nickt und wartet vor der Tür, während die Verkäuferin sich umdreht und etwas in den Laden ruft.

»Am Hintereingang wurde eine Kiste für Sie abgegeben. Irgendwer hat sie auf den Hof zu einer unserer Lieferungen aus Holland gestellt. Ist ziemlich schwer. Wenn Sie kurz warten, sorge ich dafür, dass Ken das Paket zu Ihnen nach Hause bringt.«

Ken trägt die Kiste, eigentlich ein alter Pappkarton, der so oft kreuz und quer mit Paketband überklebt wurde, dass sich unmöglich sagen lässt, was er ursprünglich mal enthielt. Vielleicht eine Mikrowelle oder einen Fernseher, von der Größe her könnte das hinkommen. Sie dreht sich um und stellt sich Ken auf halber Treppe in den Weg, da sie unbedingt den Absender lesen will. Sie wappnet sich innerlich, streckt die Arme aus und will ihm die Last abnehmen. »Ehrlich, Ken, den Rest schaff ich allein.« Er aber hält die Kiste weiter fest, und obwohl es auf der Treppe nicht besonders hell ist, erkennt sie die vertraute Blockschrift. Ihr Herz beginnt zu rasen.

»Schließen Sie nur auf, Werteste, und sagen Sie mir, wo ich sie hinstellen soll.«

Irgendwie gelingt es ihr, die Tür aufzuschließen und Ken zu bitten, er möge die Kiste im Flur lassen. Sie zuckt zusammen, als die Standuhr schlägt. Ihre Fingernägel hinterlassen kaum eine Spur auf dem dicht an dicht geklebten Paketband. Verdammt, sie sind wirklich schon spät dran – und jetzt auch *das* noch.

In der Küche gibt sie Heino einen Morgenkuss, wirft Mira das Plastiktütchen mit den Batterien zu und fordert die Mädchen auf, sich mit dem Frühstück zu beeilen.

Claudine bittet Mira um den Walkman. »Gib her«, sagt sie. »Ich kümmere mich drum.« Heino bietet ihr eine Tasse Kaffee an, die sie ihm abnimmt, ehe seine Hände zu heftig zittern.

Sie muss noch ihre Sachen packen und sich zudem um Ruths verknotetes Haar kümmern. Mira macht ihr übliches Theater wegen der Vitamine, und Heino will sichergehen, dass sie auch wirklich seine AA-Mitgliedskarte dabeihat. Sie wehrt alle ab und durchwühlt die Küchenschublade nach einer Schere, weiß, dass ihr nichts anderes übrig bleibt, als die anderen sich selbst zu überlassen, bis sie herausgefunden hat, was in der Kiste ist.

Es dauert einen Moment, allein im Schummerlicht des Flurs. Die Pappe weicht schon auf, hier und da ein Taubenschiss – er hat den Karton offensichtlich schon eine ganze Weile aufbewahrt. Ihr alter Pullover ist das Erste, was sie zu fassen bekommt, halb von Schimmel zerfressen, eher graufleckig als fliederfarben. Als sie ihn ausschüttelt, steigt eine Staubwolke auf. Und da sind Bücher: modrige Paperbacks und die Andy-Goldsworthy-Kunstbücher, die er ihr gekauft hat, die Seite mit der Widmung grob herausgerissen, nur der gezackte Rand ist noch zu sehen. Ein kaputtes Radio mit ausgelaufenen Batterien, ein paar alte Skizzenhefte, die sie völlig vergessen hatte, Flecken auf jedem Blatt. Sie wühlt die Kiste durch, und ihr sinkt das Herz, vor lauter Staub muss sie husten, aber sie sucht weiter nach einem Schreiben, einem Brief im Knäuel der dreckigen alten Kleider, findet aber nichts als Krimskrams, wie er sich unter einem Bett ansammeln mochte: einzelne Socken, vertrocknete Gesichtscreme in einem Döschen ohne Deckel, einen alten Gärtnerhandschuh, hart und schwielig wie eine Hand, ein paar Tonscherben, ein Tampon, so aufgequollen, dass die Hülle geplatzt ist, einige zerdrückte Seidenlilien, gekauft für ihr Haar, das Messingschloss, das sie ihm in Paris geschenkt hat. Nichts weiter, keine Notiz, keine Erklärung. Das war's.

Sie sammelt die Mädchen und deren Sachen ein und fährt in heißem Schweigen los, unterdrückt die Tränen und ist wütend auf sich selbst, weil sie sich von einem Karton Müll derart die Laune verderben lässt. Die Straßen sind verstopft, der Himmel eine graue Decke, und im Radio nichts, was sie ablenken könnte, nur Lärm.

Sie macht Mira im Rückspiegel einen Kussmund, aber Mira schlägt gleich die Augenlider nieder. Sie setzt an, um zu überholen, muss aber darauf achten, nicht zu schnell zu fahren, und spürt, wie ein Gefühl der Selbstgerechtigkeit sie überkommt, wenn sie an die Nachricht denkt, die sie Julian hinterlassen hat. Ihr war nicht eingefallen, sich ihre Worte vorher zurechtzulegen. Was hatte sie noch mal gesagt? Dass sie auch nach fünf Jahren gern an ihn denke, zärtlich, mit glücklichen Erinnerungen, und es wäre nicht zu übersehen, dass es Mira ähnlich ginge. Seine Stimme auf dem Anrufbeantworter zu hören war wirklich angenehm gewesen, und es fiel leicht, ihre Worte mit Wärme zu unterlegen. Und seine Antwort? Schickt ihr eine Kiste Müll.

Sie wischt sich eine Träne aus dem Gesicht und vergewissert sich im Rückspiegel, dass die Mädchen nichts davon mitbekommen haben. Wie sehr sie sich auch bemüht, sie kann kein Bild von einem derart hasserfüllten Julian heraufbeschwören. Warum hat er die Sachen nicht einfach weggeworfen? Hat er sie alle in einer großen Säuberungsaktion aufgesammelt? Ihr zieht sich die Kehle zusammen, wenn sie sich vorstellt, wie er ihren alten Pullover mit spitzen Fingern aufhebt, ihn auf Armesweite von sich hält, im Gesicht jenen angewiderten Ausdruck, mit dem er auch die Hundehäufchen beseitigt hatte.

Die Mädchen auf der Rückbank sind zum Glück still, zanken sich ausnahmsweise mal nicht. Mira lauscht gebannt ihren Geschichten, und Ruth ist eingedöst, in den Händen die Familienpackung mit Süßigkeiten, die Claudine ihnen für die Fahrt zugesteckt hat.

Sie fährt auf die Autobahn, und sie hat zu viel Zeit zum Nachdenken, so bleibt ihr nur ihre Einbildungskraft, um die Leere zwischen Karls freiem Platz und der Straße zu füllen. Sie beschwört jenen Sommerabend herauf, an dem Karl nach Cromwell Gardens kam. Julian war in Paris, und sie hatte nicht mit Karl gerechnet. Seit dem Zoo hatten sie sorgsam darauf geachtet, sich nicht mehr allein zu sehen.

Erst an dem Morgen, an dem Julian abreiste, hörte sie von Paris. Sie kam aus dem Gewächshaus und sah ihn aufgeregt im Kreis laufen; die Worte sprudelten nur so aus ihm heraus, weshalb sie einen Moment brauchte, um sich zusammenzureimen, was er sagen wollte. Sein Grinsen war ansteckend, während er zwischen ihren erdbeerfarbenen Wänden auf und ab hüpfte und die Hände nach ihr ausstreckte.

»Komm schon, Julia, fahr mit. Eine ganze Woche in Paris auf Verlagskosten«, sagte er.

Und sie hatte mitfahren wollen, wirklich, nur war sie mit Freda mitten in einer Installation; einen schlechteren Zeitpunkt hätte es kaum geben können.

Sie hatte ihn nie so aufgeregt erlebt. »Wow, ich wollte schon immer mit Claude De'Ath arbeiten. Offenbar hat er den letzten Typen gefeuert, stieß auf meinen Namen und hat mich ausfindig gemacht.«

Er wollte, dass sie alles stehen und liegen ließ, nahm sie in die Arme, hob sie hoch, lachte, protestierte, setzte sie auf dem Küchentresen ab und redete auf sie ein, doch auch wenn ihr die Vorstellung, von ihm getrennt zu sein, unerträglich schien, versprach sie ihm zum Trost, am Morgen seines Geburtstags nach Paris zu fliegen. Er schlug sie auf den Arm, nannte sie eine Workaholic, eine typische Yuppie. Und sie schlug zurück: »Nichtsnutziger Schwachkopf.« Es blieb kaum Zeit für einen Quickie, dann raste er zum Flughafen.

In Cromwell Gardens stand die Wanne auf vier vergoldeten Füßen, vier grausamen Klauen. Sie war so groß, dass man alles Heißwasser im Boiler verbrauchte, um sie nur einmal zu füllen. Stellenweise abgeplatzte, grün angelaufene Emaille ließ Julia vermuten, dass die Wanne so alt wie das Haus selbst war. Sie suhlte sich nur selten ohne Julian darin und musste ihre Knie immer wieder an die schrägen Seitenwände pressen, um nicht unterzugehen. Das Wasser war so heiß, wie sie es gern hatte. Als sie ausstieg, um sich einen Waschlappen zu holen, breitete sich eine angenehme Röte auf ihrer Haut aus. Sie träufelte noch ein wenig Mandarinenöl ins Wasser, genoss den angenehmen Duft, gab einen zweiten, größeren Schuss hinzu. Das Haar hochgedreht und mit einem Tuch zusammengebunden, schmiegte sie den Nacken an den halbrunden Badewannenrand und versuchte sich zu entspannen. Sie dachte daran, Musik aufzulegen, aber das hätte bedeutet, wieder aufstehen zu müssen, also entschied sie, die vollkommene Stille zu genießen, jetzt, wo sie endlich einmal allein im Haus war. Sie fragte sich, wo Julian in Paris zu Abend essen würde, streckte ein Bein aus, legte es auf dem Rand ab und genoss den Luxus, es ausgiebig einzuseifen, worauf sie sonst meist verzichtete, danach fuhr sie sich mit Julians Rasierer übers Bein und kümmerte sich schließlich auch um das Gegenstück, bis beide gleich weich und glatt waren.

Sie fing gerade an, sich tatsächlich etwas zu entspannen, als es an der Tür klingelte. Nach dem vierten Mal wurde auch geklopft. Griffbereit war nur Julians alter Morgenmantel, also legte sie ihn sich um und verfluchte ihn zugleich, weil der Gürtel fehlte.

Sie öffnete die Tür und sah Karl vor sich stehen. »Entschuldige«, sagte er und wandte rasch den Blick ab. »Ich habe schon gedacht, die Klingel funktioniert nicht.« Sein Haar hing lockig über den Kragen, ein wenig länger und wirrer als bei ihrer letzten Begegnung, doch er war so glatt rasiert, dass die Haut am Kinn schimmerte. Er wirkte noch leicht mitgenommen von der Fahrt, hielt in beiden Händen je eine Flasche Wein.

»Ich wusste nicht mehr, ob ihr Bordeaux oder Burgunder lieber habt«, sagte er und wies auf die Etiketts, »also habe ich von beidem eine mitgebracht.« Er beugte sich vor und gab ihr einen Kuss auf die Wange. Weil er die Flaschen in den Händen hielt, waren seine Lippen das Einzige, was sie berührte. Sie raffte den Morgenmantel vor ihrer Brust enger zusammen. Er roch nur ein kleines bisschen nach Hund. Und sie spürte, dass sie vom Dampf noch ganz rot im Gesicht war. Karl blickte erwartungsvoll in den Flur. »Er ist in Paris«, sagte sie und trat einen Schritt beiseite.

Karls Brauen flogen hoch über den Drahtrand seiner Brille. »Er ist nicht da?«, sagte er. »Im Ernst? In Paris?«

Sie nickte. Wenn sie nur von ihm fortkäme, sich zumindest abtrocknen und was anziehen könnte. Sie schlang einen Fuß um den Knöchel des anderen, zog Julians Mantel noch enger um sich.

»Aber warum hat er mich denn nicht angerufen?« Karl seufzte schwer. »Also wirklich, Julia, er ist einfach unmöglich. Ich habe eine Ewigkeit gebraucht, um herzukommen, die U-Bahn war der reinste Albtraum. Ach, entschuldige …« Ihm fielen jetzt erst die nassen Fußabdrücke und ihre nackten Füße auf.

»Warte einen Augenblick«, sagte sie und lud ihn ein, ihr

zu folgen. Vom Bad schwallte Dampf in den Flur. »Du weißt ja, wo alles ist« sagte sie und zeigte in Richtung Küche.

Sie nahm Reißaus, hastete über den Flur und rief: »Bin gleich wieder da.«

Im Schlafzimmer zog sie sich Jeans und Pullover an, setzte sich kurz vor den Spiegel, trug Gesichtscreme auf, nahm das Stirnband ab und kämmte sich die Knoten aus dem Haar. *Mehr war nicht.*

Siebenundzwanzig

Die Mädchen müssen pinkeln, also hält Julia an der nächsten Raststätte. Kaum aus dem Auto, fängt Mira an, sich mit Ruth zu streiten. Das Kabel ihres Kopfhörers hat sich irgendwie um Ruths Fuß verheddert – der Walkman scheppert auf den Asphalt, und Ruth tritt aus Versehen kurz aufs Gehäuse. Mira fällt über sie her, schubst sie zu Boden, und Julia kniet sich hin, um Ruth zu trösten, ihr aufs Knie zu pusten, die eine zu trösten und zugleich die andere auszuschimpfen. Sie richtet sich wieder auf und legt Miras Hand fest in die von Ruth. Sie sehen Julias Miene, und keine wagt es, wieder loszulassen.

Sie denkt an den Sommer davor, so gute Freundinnen, nackte, gebräunte Rücken, Mädchen, die Händchen hielten, ohne dazu genötigt zu werden, Raffelkleidchen mit Kordelgürtel, helles Sonnenlicht im Haar, Mira, die in die Ferne zeigt ... Julia merkt, dass sie an ein Foto denkt, eines aus der Reihe auf der Anrichte zu Hause, und ist bestürzt, wie oft und leichthin ihre Erinnerungen offenbar durch Schnappschüsse ersetzt werden.

Die Laune ihrer Töchter bessert sich, als sie ihnen Chips besorgt und jeder eine Cola erlaubt. Julians Messingschloss in ihrer Handtasche wiegt schwer, Schloss und geschwungenes Doppel-J sind von Grünspan überzogen; der Schlüssel ist grünschwarz angelaufen. Mira und Ruth stromern durch den Tankstellenladen und betteln um Süßigkeiten, bleiben dann vor den Comics stehen. Alle knallbunt mit einem aufgeklebten Werbegeschenk, rosarotes Plastik, glitzernde Sternenschauer. Die Mädchen begutachten sie, wägen das Spielzeug gegeneinander ab. Julia verkneift sich, sie darauf aufmerksam zu machen, dass entscheidend sein sollte, wovon die Comics handeln. Stattdessen sagt sie ihnen, sie sollen bleiben, wo sie sind, und ermahnt sie streng, sich weiter an den Händen zu halten und unter keinen Umständen loszulassen.

Sie sucht sich eine Sitzecke, von der aus sie den Laden im Blick behalten kann, und ruft zu Hause an. Es ist elf Uhr, in Connecticut sechs Uhr früh. Sie sieht das Käpt'n O'Shea Haus vor sich, die breite Treppe zum Schlafzimmer, die polierten Stufen. Das Licht vom Meeresarm flirrt über die Zimmerdecke, die Wände kalkweiß, der grausige Anblick des unberührten Betts in der Mitte.

Das Telefon klingelt und klingelt. Fassungslos starrt sie den Hörer an, ohrenschmalzfarben, schmutzig. Sie wählt noch einmal, hält den Hörer leicht vom Ohr ab, Karl nimmt immer noch nicht ab. Sie versucht es auf seinem Handy, nur ist das offenbar abgeschaltet. Sie legt wieder auf, starrt die Mädchen an, die im Laden auf dem Fußboden hocken, die Comics vor sich, und sie versucht, die bösen Vorahnungen zu verdrängen, die trotzdem angaloppiert kommen, ihr einen heftigen Tritt verpassen.

Die Mädchen sind für den Augenblick zufrieden, sitzen hinten im Auto und blättern ihre Comics durch, zum Glück, denn durch die Täler kommen sie nur langsam voran, der Verkehr nimmt zu, aus Nieselregen wird dichter Nebel. Julia konzentriert sich auf die Rücklichter des vor ihr fahrenden Autos. Bei solchen Fahrten hat man wirklich zu viel Zeit zum Nachdenken.

Als sie aus dem Schlafzimmer zurückkam, wartete Karl auf dem pflaumenfarbenen Sofa, das Handy ans Ohr gepresst. »Dieser verdammte Julian. Jetzt geht er nicht mal ran«, sagte er.

»Ich glaube, da, wo er arbeitet, hat er keinen Empfang. Claude De'Aths Studio liegt unter der Erde. Bestimmt hat er noch zu tun«, sagte sie und schob sich an ihm vorbei, um die Vorhänge zuzuziehen.

Auf der Straße wurde es dämmrig. Blühende Orangenzweige, die sie aus dem Gewächshaus mitgebracht hatte, verbreiteten ihren intensiven Duft. Sie nahm die Vase und stellte sie vor den Kamin, machte einige Lampen an, trat an den Sims und spielte mit einem kleinen Elfenbeinaffen, der Julian gehörte. Sie hielt ihn an ihre Lippen und schloss die Augen. Wenn ihr Wunsch nur stark genug war, würde Karl ja vielleicht einfach wieder verschwinden. Als sie das Äffchen zurück auf den Sims stellte, funkelte der Schalk in seinen Jadeaugen. Karl räusperte sich.

»Ist es okay, wenn ich den Wein aufmache?« Er nahm eine der Flaschen, um sie ihr zu zeigen. Sie drehte sich, nickte und sah jenes Lächeln über sein Gesicht zucken, das alle, die ihn nicht kannten, für einen Ausdruck seiner Schüchternheit hielten. Er hatte bereits den Korkenzieher und zwei Gläser aufgetrieben. Sie versuchte, sich zu erinnern, wann sie sich zuletzt gesehen hatten, und merkte, dass sie ihn finster anfunkelte, weil ihr einfiel, dass es an jenem Abend gewesen sein musste, an dem er mit den holländischen Zwillingen gekommen war, die Julian so angeschmachtet hatte.

Ihm fiel ihr Blick auf, und er sagte: »Können wir nicht wenigstens versuchen, Freunde zu sein?«, die dicken Brauen wie bei einem Clown zu flehentlichen Dreiecken hochgezogen. Sie schämte sich im selben Moment. Er reichte ihr ein Glas, und sie nahm einen Schluck, versuchte mit den Achseln zu zucken und so zu lächeln, als hielte sie es für eine schockierend ungerechte Anschuldigung, dass sie keine Freunde seien.

Er ließ sich tiefer ins Sofa sinken und hob das Glas in ihre

Richtung. Als ihre Augen sich trafen, mussten sie beide den Blick abwenden.

»Himmel, das hab ich gebraucht.« Er griff sich an den Kragen, als wollte er eine Schlinge um seinen Hals lockern, und weil sie allein mit ihm war, weckte ihr plötzlich aufflammendes Verlangen heftige Schuldgefühle.

»Was ist?«, fragte sie. »Warum das schwere Seufzen?«

Sie stand noch, und er wies ungeduldig auf einen Sessel. »Weißt du, es wäre wirklich nett, wenn du dich hinsetzen könntest«, sagte er. »Ich sehe durchaus, wie beschäftigt du bist, also werde ich deine Zeit nicht allzu sehr in Anspruch nehmen, nur hatte ich einen höllischen Tag, und jetzt komme ich her und muss feststellen, dass Julian mich völlig vergessen hat, nun ja ...«

Sie setzte sich in den erbsengrünen Sessel, hielt sich halb von ihm abgewandt und schlug die Beine übereinander. Karl beugte sich vor, die Hände auf die Knie gestützt. Sie wusste nur zu gut, dass sie ihn nicht ansehen durfte, also richtete sie ihren Blick auf die Vase mit den Orangenzweigen. Erst während er redete, begriff sie, wie sehr es ihn enttäuschte, Julian nicht anzutreffen. »Meine Mum stirbt, und ich kann nichts dagegen tun«, erzählte er. »Julian hat sie mal kennengelernt, weißt du. Hat großen Eindruck auf sie gemacht. Sie hat mir heute Abend extra aufgetragen, meinem Freund schöne Grüße auszurichten, ›diesem Adonis‹. Ich solle es nicht vergessen.« Die Gläser von Karls Drahtbrille beschlugen. »War ein ziemlicher Schock, als ich gestern ankam. Dad hat mich nicht darauf vorbereitet, wie schlecht es schon um sie steht. Er will nur noch, dass sie daheimbleibt. Aber sie ist schon so schwach, dass jetzt eine Krankenschwester bei ihnen wohnt.«

»Gibt es keine Hoffnung?«

»Nein, überhaupt keine.« Er kauerte an die Armlehne des Sofas gelehnt, und Julia dachte, das Normalste wäre jetzt, ihn in den Arm zu nehmen. Er streckte eine Hand aus, als wollte er nach ihr greifen, zog sie aber sofort wieder zurück.

»Verleugnen kommt nur für nichtmedizinische Familien infrage, Gleiches gilt für Kristalle, Heiler oder Spezialkräuter«, fuhr er fort. »*Wir* wissen nur zu genau, in welchem Stadium sie sich befindet. Beim Sterben wird die Kluft zwischen zerebralem und primitivem Hirn am deutlichsten. Der Verstand weiß, dass der Mensch essen muss, nur fällt es ihm immer schwerer, sich gegen den Rest des Körpers durchzusetzen. Bald gibt es für meine liebe Ma nur noch Crème Caramel und Flüssignahrung.«

Er füllte Julias Glas auf, und als sie danach griff, streiften ihre Finger seinen Arm. Sie zuckte zurück wie von einem elektrischen Schlag und hätte beinahe den Wein verschüttet. Er nahm einen Schluck und gleich noch einen und rückte näher, sodass ihre Knie sich fast berührten.

»Es fällt mir schwer, trotzdem weiterzuarbeiten, aber ich muss morgen nach Brighton, das kann ich nicht mehr absagen. Ich muss drei Vorträge halten.«

»Wie lang dauert die Konferenz? Kannst du anschließend nicht nach London zurückfahren?«

»Zum Wochenende muss ich in Rotterdam sein. Ach, Julia, ehrlich, jetzt guck doch nicht so traurig. Ihr bleibt ja noch eine Weile. Und es tut gut, Zeit mit ihr zu verbringen. Meine Mutter ist übrigens sehr elegant, selbst im Sterben. Ihre Haut war immer schon schön, aber jetzt leuchtet sie geradezu von innen heraus. Ma ist winzig, leicht wie eine Motte, eine blasse, bezaubernde, in ein weißes Nachtgewand gekleidete Motte. Kurz bevor ich heute Abend ging, haben mein Dad und Jeanette, die Krankenschwester, es geschafft, mit ihr vom Bett zum Klavier zu gehen, und sie hat gespielt, als ginge es ihr wieder gut, Präludien und Nocturnes, den Kopf an Dads Schulter gelehnt, die Augen geschlossen, so trieb sie dahin mit den Morphiumfeen.« Karl lehnte sich zurück, nahm die Brille ab und putzte sie mit dem Hemdsaum, nahm ein Taschentuch aus der Schachtel auf dem Tisch und schnäuzte sich. Sie war nicht ganz so verkrampft, wenn er ein wenig Abstand hielt.

Seine Handbewegung umfasste den ganzen Raum, den Fries mit seinen bunten Früchten, das satte Maulbeergrau der Wände, die orientalische Vase mit den duftenden Blüten, die so angenehm rochen, dass er anerkennend daran schnupperte: »Du meine Güte, Julia, wirklich großartig. Eure Wohnung sieht einfach hinreißend aus.«

»Ach ja?«, sagte sie mit gespielter Entrüstung. »Bei deinem letzten Besuch hast du gesagt, du brauchst eine Sonnenbrille, weil du von den Farben sonst Migräne bekommst.« Sie konnte es sich nicht verkneifen.

Er lachte und gab vor, verlegen zu sein. »Ehrlich? Bist du sicher, dass du mich nicht mit jemand anderem verwechselst? Falls nicht, dann war ich sicher nur eifersüchtig, dass ihr beide, du und Julian, so ein schönes Zuhause habt, während ich mich offenbar nirgendwo häuslich einrichten kann.«

Ihn zu triezen entspannte die Atmosphäre. »Und dann hast du nicht nur eine, sondern gleich zwei Frauen mitgebracht. Also das war nun wirklich nicht nett, oder?«, sagte sie und stemmte entrüstet eine Hand in die Hüfte.

Wieder zuckte dieses Lächeln über sein Gesicht. »Ach, Julia, ich habe denen doch nur die Sehenswürdigkeiten von London gezeigt.« Und sie musste an sich halten, nicht aufzuspringen, ihn in die Rippen zu stupsen, ihn zu kitzeln und zu kneifen. Halb erhob sie sich aus ihrem Sessel, dann zwang sie sich zurück und machte Schluss mit dem Geplänkel, denn wer wusste schon, wohin das führte.

Er sog die Luft ein. »Der Duft des Himmels … sind das diese Zweige?«

Sie nickte: »Ja, Zweige von einem Orangenbaum aus Madagaskar, den ich vorhin beschnitten habe.«

»Falls du welche erübrigen kannst, würde ich sie gern für meine Ma mitnehmen.«

»Natürlich«, sagte sie. »Nimm die hier, ich wickle sie dir ein.« Sie stand gleich auf, aber Karl hob eine Hand. Nur kurz berührten seine Finger ihren Arm, doch sie spürte sie noch lange, nachdem er bereits wieder von ihr abgelassen hatte. »Wirfst du mich jetzt schon raus? Wollen wir uns nicht eine Kleinigkeit kommen lassen? Oder hast du schon gegessen?«

Während er die zweite Flasche entkorkte, belud sie in der Küche ein Tablett. Mit zitternden Händen schnitt sie rote Scheiben von der Salami. Er sah die Musik durch, legte Neil Young auf und rief, ob das für sie in Ordnung sei. Sie bestrich ein Baguette mit Milch, legte es in den vorgeheizten Ofen und schüttete Cornichons in eine Schale; der Camembert zerlief, als sie ihn aus dem Wachspapier befreite.

Karl riss sich von dem Baguette ein Stück ab und gab auch ihr eins. Sie konzentrierte sich aufs Essen, aber es fiel ihr schwer, etwas anderes als den Wein zu schlucken, den Karl ihr immer wieder nachschenkte. Er erkundigte sich nach Julian, nach seinem ›Gig‹ in Paris, wie er sich ausdrückte. Sie hatte den Mund voll mit Brot, trank noch mehr Wein und wusste, sie musste was essen, wenn sie nicht betrunken werden wollte, aber irgendwas lähmte ihren gesunden Menschenverstand. Ihre primitiven Instinkte gewannen die Oberhand. Als Karl ihr Glas wieder auffüllte, wehrte sie sich kaum noch. Ihr schwamm der Kopf, und sie verzog sich in den Sessel vorm Kamin, um Abstand zu gewinnen und das Gespräch auf Julian zu lenken.

»Er ist hin und weg von diesen De'Ath-Filmen«, sagte sie. »Hast du schon einen davon gesehen? Nein? Ich auch nicht.« Sie kicherte. »Aber er ist so begeistert, dass er erst ein einziges

Mal angerufen hat, seit er in Paris ist. Hat sogar vergessen, dass wir ein Baby machen wollten.« Sie legte eine Hand auf ihren Bauch und fragte sich, warum erzähle ich das bloß? Trotzdem fuhr sie fort.

Karl wurde blass im Gesicht. Er stellte das Glas ab, stand auf und setzte sich wieder.

Sie spürte, dass sie rot anlief. »Ich meine ja nur, jetzt wäre genau die richtige Zeit …«

Karl vergrub den Kopf in den Händen.

»Mein Gott, Karl, was ist denn los?«

Er zitterte.

»Ich ertrag das nicht länger«, sagte er. »Ach, Gott, Julia. Um eben dieses Gespräch mit Julian zu führen, bin ich heute Abend hergekommen.« Er flüsterte jetzt fast. Sie stand auf und tat einen Schritt auf ihn zu, um besser hören zu können, was er sagte. Er hob eine Hand und bedeutete ihr, auf Abstand zu bleiben. Sie ließ sich wieder in den Sessel sinken.

»Karl, jetzt sag schon.« Sie schmeckte das Salz ihrer Tränen, dabei hatte sie keine Ahnung, warum sie weinte und warum ihr Herz so hämmerte.

Seine Schultern bebten. Anfangs konnte sie nicht verstehen, was er sagte. Er musste es wiederholen und sah sie dabei unverwandt an. »Julian kann keine Kinder zeugen«, sagte er. So, jetzt war es raus. »Die Zahl seiner Spermien tendiert gegen Null. Ich habe es selbst gesehen. Ich habe sein Sperma sogar mehrmals getestet.« Es gelang ihm, ihrem Blick standzuhalten. »Null« sagte er und formte mit Finger und Daumen eine kreisrunde 0.

Sie brach in Gelächter aus. »Das stimmt doch gar nicht, Karl. Wie kannst du nur so was Fürchterliches behaupten?« Sie schnippte mit den Fingern vor seinem Gesicht. »Wir sind in Nullkommanichts schwanger geworden. Dass es jetzt so lange dauert, liegt nur an meinem Alter.«

Karl stand auf. »Ja, fast vier Jahre. So lange probiert ihr es doch schon, oder?«

Sie fand, sie sollte ihn ohrfeigen oder ihn bitten, jetzt zu gehen.

»Eine lange Zeit, Julia. Das wollte ich dir schon im Zoo sagen.« Er zeigte auf ihren Bauch. »Das Kind ist nicht von Julian.«

Achtundzwanzig

Auf der Rückbank herrscht Frieden: Mira hat Ruth großmütig ihren Walkman geliehen und schaut aus dem Fenster, obwohl man bei dem Nebel kaum etwas sehen kann. Julia schaltet durch die Radiosender, findet aber nichts, was sie von ihren Gedanken ablenkt.

Als sie in Paris landete, barst Julia geradezu vor Geheimnissen. Nie zuvor hatte sie so geweint wie auf diesem Flug. Sie hatte sich im Spiegel auf der Flugzeugtoilette angesehen, rote Spinnenbeinchen krakelten durch das rosige Weiß ihrer Augen, und immer noch kamen ihr die Tränen. Sie nahm den blauen Schal ab, den sie sich um den Kopf gewickelt hatte. Ihr Haar war noch feucht. Sie hatte es gewaschen, bevor sie abfuhr; ihr war nichts anderes übrig geblieben: Die Strähne, die sie sich in den Mund zog, schmeckte nach Meer. Zeit zu föhnen blieb ihr nicht. Sie war dumm gewesen, für zu Hause nicht etwas länger einzuplanen. Erst im allerletzten Moment wickelte sie das Schloss ein und warf es in ihre hastig gepackte Tasche. Wie peinlich, dass sie völlig vergessen hatte, was sie ihm eigentlich zum Geburtstag kaufen wollte. Wie einen Turban wand sie sich den Schal ums feuchte Haar, und wenn sie nicht zur U-Bahn gerannt wäre, hätte sie den Flug verpasst. Das braune T-Shirt war am Hals zu schlabbrig, eine widerspenstige Schlangenbrut umringelte ihr Gesicht. Sie band sich den Schal erneut um und fragte sich verzweifelt, warum sie nicht daran gedacht hatte, sich für seinen Geburtstag etwas hübscher anzuziehen. Zum Nachdenken war keine Zeit geblieben: Fast hätte man sie nicht mehr durchs Gate gelassen. In der stinkigen Klozelle spritzte sie sich Wasser ins Gesicht. Ihr Herz raste, aber sie hatte keine Ahnung, was sie dagegen tun sollte.

Julian war unfassbar guter Laune; mit einem breiten Grinsen im Gesicht kam er durch die Halle auf sie zugesprintet. Ein Wunder, dass ihm ihre verquollenen Augen nicht auffielen. Er packte sie, während ihre Tasche sie in die Schulter schnitt, bedeckte sie mit Küssen und hüpfte in seinen Turnschuhen um sie herum. »Gott sei Dank, endlich bist du da«, sagte er. Hätte er einen Schweif gehabt, er hätte damit gewedelt. »Mmh, du riechst fantastisch.«

Sie verlagerte die Tasche auf die Schulter, die ihr weniger Probleme machte, und spürte, wie sie vor lauter schlechtem Gewissen rot anlief, als er an ihrem Hals schnüffelte, dachte an das Bad, das sie am Morgen genommen hatte, daran, wie sorgfältig sie sich das Salz von der Haut und aus dem Haar gewaschen hatte. Er merkte an ihr keine Veränderung, als er im Zickzack zur Taxischlange lief und sich dabei immer wieder umdrehte, um sie in den Arm zu nehmen. Es gab für ihn keinen Grund, nicht rundherum glücklich zu sein.

Sie befreite ihre arme alte Schulter von der prallen Reisetasche. »Fünfundzwanzig also. Und? Wie fühlt sich das an?« Ihre Stimme klang falsch, zu spröde, aber er merkte nichts. Er legte den Mund an ihr Ohr: »Im Moment bin ich nur geil. Lass uns gleich ins Hotel fahren.« Sie spürte, wie sie erstarrte, die Finger um das als Geschenk verpackte Schloss in ihrer Tasche klammerte und sich daran festhielt, als könnte es ihr Mut geben. Obwohl es warm war in Paris, fast schwül, überlief es sie eiskalt, und ihr wurde klar, dass Sex mit Julian momentan etwas war, wozu sie nur fähig sein würde, wenn sie sehr, sehr betrunken war.

In der Taxischlange mussten sie warten. Sie schlug vor, das

Taxi solle sie möglichst nahe zur Pont des Arts bringen. Noch schien die Sonne, sie könnten also ein wenig spazieren gehen; für später war Regen vorhergesagt. Er griff ihr an den Po, zog sie zu sich.

Auf der Pont des Arts drängte sie ihn, das Schloss am Gitter festzumachen. Im Flugzeug hatte sie einen Pakt mit weiß der Teufel wem geschmiedet: Ans Gitter der Brücke geschlossen, würde ihre Liebe sicher sein, irgendwas in der Art. So dumm.

Sie musste aufhören, auf ihrer Lippe zu kauen; sie hatte sie schon wund gebissen, so sehr drängte sie ihn innerlich, den Schlüssel endlich ins jadegrüne Wasser der Seine zu werfen. Er aber brachte Entschuldigungen vor, sagte, er wolle das Schloss noch eine Weile behalten. Sie liefen weiter, betranken sich in der warmen Pariser Sonne, bis Julia wacklig auf den Beinen war, sich an seinem Arm festhalten und ihn die Tasche tragen lassen musste. Sie versuchte, sich selbst mit Pastis und Wein zu vergessen. Keinen Moment wich sein Blick von ihr.

Manchmal war es irritierend, dieses Gefühl, beobachtet zu werden, von irgendwas aufzublicken, das sie in den Bann schlug, ein Buch etwa, um dann zu merken, dass er sie quer durchs Zimmer anstarrte. Nahm sie ein Bad, war er bei ihr. Sie hatte die eiförmige Wanne in Firdaws so genossen, weil nur das Bad eine Tür hatte, die man abschließen konnte. Beim Essen folgte sein Blick jedem ihrer Bissen vom Teller bis zu den Lippen. Er behauptete, es läge daran, dass er beim Schreiben Hundestimmen imitiere und sie solle sich glücklich schätzen, dass er nicht ihre Beine berammle, sobald sie zur Tür hereinkomme. Sie hatte nie ihre Schüchternheit verloren, wenn er ihr beim Ausziehen zusah.

Noch nie war sie in einem so protzigen Hotel wie dem in Paris gewesen, er auch nicht. Vom Aufzug bis zur Bar hingen

Gemälde an dunkel vertäfelten Wänden, die leicht anzügliche kleine Jungen mit Spitzenkragen, tuntig blickende Comtes und aristokratische Papas mit gnadenlosen Schnauzbärten und militärischen Orden zeigten. Die Gesichter und vergoldeten Rahmen schimmerten im Kerzenlicht. An diversen Stellen prangten und funkelten in eimergroßen Vasen Rosen mit dessousfarbenen Blütenblättern, pfirsichgelb oder cremeweiß. Verzierte Spiegel waren mit Quecksilber betupft, verwandelten Passanten in Gespenster. Das Hotel war derart dämmrig gehalten, dass sie Mühe hatte, nicht wie eine Blinde durch die Gegend zu stolpern, selbst im Lift war das Licht so trübe, dass sie die Ziffern für die Stockwerke ohne Brille nicht erkennen konnte. Julian lachte und sagte, vielleicht bleibe der Laden dadurch so hipp, dass er es Oldies wie ihr unmöglich machte, hier abzusteigen; und sie gab ihm einen Tritt.

In der Hotelbar lief Trance-Musik, aber laut wie in einem Fitnessclub. Statt Gemälden von glubschäugigen Adligen hingen hier erotische Nacktbilder. In geschmackvollem Sepiabraun und von rissiger Glasur überzogen, zeigte auf der einen Seite der rückwärtigen Wand ein Nymphchen die helle Patisserie ihrer Pobacken, auf der anderen die Karamellnippel ihrer Brüste. Das Licht changierte zwischen Zimtfarben und abgedunkeltem Gold, die gläsernen Tropfen der Kronleuchter glommen in der Farbe schmelzenden Zuckers. Da saß ein Mann in einem braunen Cordanzug, dessen Atem nach gammeligem Fleisch stank. Sie war ihm dankbar.

Julians Gesicht rückt ihr vor Augen. »Du willst ihn vögeln, stimmt's?« Direkt aus dem Nebel kommen die Scheinwerfer auf sie zu. Der Laster ist auf der falschen Seite der Straße. Sie kommt ins Schleudern, hört Ruthie schreien, die Windschutzscheibe explodiert, die Welt färbt sich rot. »Ich hab's getan. Ich hab's getan. Ich hab's getan.«

Neunundzwanzig

In Brighton war es bedeckt, diesig weiß, Möwen schossen herab oder flatterten vorbei, als wären sie aus demselben Stoff wie der Himmel. Das Meer schimmerte perlgrau, kaum eine Welle zu sehen und wenn, dann verschmolz sie mit dem Himmel zu einer aufwogenden Wulst, sodass sich unmöglich sagen ließ, wo das Wasser endete und die Luft begann.

Sie hatte den Lieferwagen am Hove Lawns stehen lassen, da sie fürchtete, keinen näher gelegenen Parkplatz zu finden. In einem Café fragte sie nach dem Weg zu Karls Hotel. »Das Ida Heights.« Der Mann zeigte nach Osten. »Drei Kilometer in diese Richtung.« Der Verkehr von North London war bis hierher kaum der Rede wert gewesen, und sie war nicht nur nervös, sondern auch zu zeitig. Karl würde den ganzen Tag auf der Konferenz sein; zwecklos, früher zu kommen, hatte er gesagt. Sie lief am Conference Centre vorbei, einem unansehnlichen Klotz, der den Blick aufs Meer versperrte. Er käme um sechs ins Hotel, hätte dann ein ›Zeitfenster‹. Um acht ein Abendessen mit französischen Biochemikern, das er nicht absagen konnte. Ein *Zeitfenster*.

Für ihr Treffen mit Karl in Brighton hatte sie ein Kleid angezogen. Sie würde nicht wollen, dass Julian das erfuhr, auch nicht, welche Mühe sie sich mit ihrem Aussehen gemacht hatte, ehe sie aufbrach. Nichts würde sie in den Augen der Anklage gut dastehen lassen.

Ein Vintage-Kleid, brokatrot, ärmellos. Beim Gehen umwogte es ihre Beine, und die vielen winzigen Perlmuttknöpfe schillerten hell. Das leuchtende Haar trug sie offen, die Sandalen waren aus weichem Leder, die geflochtenen Riemen blassgold, bequem. Mit einer atemberaubend duftenden Olivenseife, hinten in einer Schublade gefunden, hatte sie vor dem Ankleiden ihre Haut rosig massiert.

Die Luft unter der weißen Himmelsdecke war warm, eine leichte Brise liebkoste ihr Gesicht. Beim Gehen entledigte sie sich nach und nach diverser Kleidungsstücke, ließ den Mantel von der Schulter baumeln, band sich die Strickjacke um die Hüfte. Sie folgte dem Zaun und blickte auf den Kieselstrand, beobachtete eine Schar junger, in graue Federn gehüllter Möwen, die Anweisungen von einer liebenswürdigen alten Dame in prachtvoller Morgengarderobe erhielten. Ein Kanute fuhr mit langsamen, zielgerichteten Schlägen an Land, den Kopf gesenkt wie ein trauernder Matrose; und sie blieb stehen, um ihm zuzusehen, die Ellbogen auf das eiserne Geländer gestützt. Kiesel wurden am Ufer hin und her gespült, ein seltsam monotones Geräusch, bauschige Wolken in Grauschattierungen dort, wo der Horizont sein sollte.

Auf dem Weg zum Ida Heights dachte sie nur an Julian; nicht, dass er das je erfahren würde.

Wieder und wieder stellte sie sich vor, wie er in Karls Studentenbude gebannt ins Mikroskop starrte. Und jedes Mal, wenn sie dann an die junge Frau dachte, die an jenem Abend bei ihm war, als er die Samenprobe abgab, versetzte ihr die Eifersucht einen Stich.

»Azoospermia.« Karls Erklärungen waren sehr explizit gewesen. »Und das heißt, dass es keine Samenzellen in seinem Ejakulat gibt.« Er stützte den Kopf in die Hände, schüttelte ihn. »Ich war so blöd. Ich habe den Objektträger ausgetauscht«, sagte er und verbarg sein Gesicht. »Hätte ich das nur nicht getan.«

»Ich habe ihn erneut getestet, mehrfach. Ihn zu überreden

war nicht schwer, er brauchte das Geld. Er hat die Proben ins Labor geliefert. Sie waren für Recherchezwecke, nicht für die Reproduktion, also hat er sich keine Sorgen gemacht. Und es war auch ganz normal, dass ich ihn um einen Bluttest bat.«

Julia hob eine Hand, wollte, dass er aufhörte, und sagte immer wieder ›Nein‹, während er sie mit Fakten bombardierte, denn jetzt, da er einmal angefangen hatte, schien ihn nichts mehr aufhalten zu können.

»Tut mir leid, aber bei Julian handelt es sich nicht um eine obstruktive Azoospermie, worauf ich gehofft hatte – allem Anschein zum Trotz. Ich habe einen Professor hinzugezogen: In jeder Probe war das FSH erhöht, Inhibin aber fehlte. Es gab Fruktose im Sperma, was darauf hinwies, dass der Weg zu den Nebenhoden frei war. Ich vermutete, dass das Problem in der Produktion lag, und meine Diagnose wurde vom Professor bestätigt. Null heißt null, und daran wird sich kaum mehr etwas ändern.«

In der darauf folgenden Stille wandte er sich zu ihr um und sah sie direkt an, die zusammengesunken in ihrem Sessel lag, seine Brauen vor Kummer turmhoch.

»Ach, Gott, Julia. Es tut mir so leid, und jetzt habe ich alles auch noch schlimmer gemacht, weil ich es dir und nicht ihm gesagt habe.«

»Tja«, sagte sie. »Immerhin hast du es wenigstens mir erzählt.« Blanke Wut packte sie. »Genau genommen hast du es einer Frau erzählt, die sich nichts sehnlicher wünscht, als von Julian ein Baby zu bekommen.«

Karl ließ den Kopf hängen, sodass sie die schütter werdenden Locken auf seinem Schädel sehen konnte. »Ich will es ihm schon seit Jahren sagen, habe mich im letzten Moment aber immer wieder davor gedrückt, obwohl ich, seit die Diagnose bestätigt wurde, Nacht für Nacht mit meinem Gewissen kämpfe. Ehrlich gesagt, es war diese verachtenswerte moralische Feigheit, die mich in dem Entschluss bestärkt hat, niemals Arzt zu werden.« Karl hob die Augen. Sie funkelten sie an, als er ihr von dem Abend erzählte, an dem er sich schließlich aufgerafft hatte und zu Julian gegangen war. Die leiseste Andeutung eines spöttischen Lächelns verzog seine Lippen. »Und als ich ankam, erzählt er mir als Erstes, dass du schwanger bist.«

Karl beugte sich über sie, die im erbsengrünen Sessel kauerte. Trotz des Schocks plötzlich eine Vision: Wychwood, ihre rote Bluse in Fetzen, Chris, der vor ihr kniete und in seine Hand spuckte.

»Hör zu, Julia«, sagte Karl. »Das ist nicht das Ende der Welt. Ich kann dir ein paar Telefonnummern geben. Was du brauchst, ist nicht schwer zu bekommen.«

Sie schüttelte sich. »Ach ja? Das sagt sich so leicht.«

»Jetzt hör doch zu. In meinem ersten und zweiten Studienjahr konnte ich mir jeden Samstagabend einen Wein und ein gutes Essen mit dem leisten, was ich in der Melkstation verdiente – sorry, klingt ein bisschen direkt, ich weiß. Sobald wir Medizinstudenten uns das erste Mal auf dem Campus blicken ließen, hat man sich gezielt an uns gewandt. Ein Zwanziger für einen Schuss, da habe ich damals nicht lange drüber nachgedacht. Heute wundert es mich natürlich schon, wie sorglos ich mit meiner DNA umgegangen bin.«

Mit dem Handrücken wischte sich Julia eine Träne von der Wange, als es aus ihr herausplatzte, sie ihn unterbrach und die Worte ihr ungebeten über die Lippen kamen: »Von dir wäre es mir lieber als von irgendeinem Fremden.«

Jetzt stand sie am Geländer und schloss die Augen. Die über die Kiesel rollende Brandung lullte sie ein, nahm allem die Schärfe, fast als wäre es ein Traum, aus dem sie jederzeit erwachen könnte. Still, mein Kleines, sag kein Wort.

Auf der Prom war weiter kein Laut zu hören: nur das

gelegentliche Hecheln eines Joggers mit seinem Serienmörderatem, der sie beim Überholen aus ihren Gedanken aufschreckte, oder ein Hund, der einem Stock hinterherjagte. Ein Mann und eine Frau standen Hüfte an Hüfte und strichen die Tür ihrer Strandhütte, berührten sich immer wieder freundschaftlich; ihre Arbeit, untermalt von Geräuschen aus dem Radio zu ihren Füßen. Das sanfte Schrammen der Dünung über die Kiesel. Sie ließ beim Gehen die Arme schlenkern, leckte sich über den Handrücken und fand, dass er salzig schmeckte. Sie kam an Studenten vorbei, die an Tischen vor einer Bar hockten, an einigen Skateboardern und an den zwei Piers, der verfallene glitzerte vor Glasscherben, die Geländer rostig und mit Verbotsschildern behängt. Dahinter die eisweißen Spitzen des Palace Pier mit Lichtern und Union Jacks, eine rot-weiß-blaue Spiralrutsche reckte einen Finger in den Himmel.

Julia kehrte dem Meer den Rücken und ging querfeldein zu einer etwas unheimlich wirkenden Anhöhe, auf der Eisengitterbögen das Pflaster säumten. Sie lief eine steile Betontreppe nach oben. In den Rissen wuchsen Büschel gelber Mauerblümchen, und sie hielt ruhesuchend einen Moment inne und erfreute sich ein, zwei Atemzüge lang an deren Schönheit. Da war ein erhöhter Weg, der erst verlassen wirkte. Dann hörte sie in den Büschen ein Geschnaufe, ein Grunzen, hastete die zweite Treppe hoch und fand sich auf einer Straße voller Busabgase und wütender Fahrradfahrer wieder. Sie schlängelte sich durch den Verkehr in eine Nebenstraße, in der die Häuser freundlich aussahen, selbst jene, die verfielen, die Fenster dem Meer zugewandt. Und sie kam an einem Platz vorbei, auf dem in einem Gemeinschaftsgarten eine Schar glücklicher Kinder spielte. Sie hingen an Bäumen und schnatterten wie ein Schwarm Gibbons.

Auf die Minute pünktlich erreichte sie Karls Hotel. Er

hatte beim Concierge eine Nachricht für sie hinterlassen, weshalb man ihr gleich den Weg zu seinem Zimmer im ersten Stock zeigte. Auf dem Weg vom Foyer zum Lift blieb ihre gerade noch Zeit, das Kleid zu richten und sich mit den Fingern durchs Haar zu fahren. Vor seiner Tür wartete sie einen Moment, ehe sie klopfte, und lief dann vor Scham rot an, als er öffnete und sie dabei ertappte, wie sie sich die Lippen nachzog.

Karl hatte offenbar gerade erst geduscht; warmer Dampf hing in der Luft und der Duft nach einem Badezusatz, etwas Holzigem, Zedernöl vielleicht. Er war halb fürs Dinner angezogen, ein schickes Seidenhemd, das ihm noch über die Hose hing, dunkelblau wie Tinte. Die Manschetten musste er noch anlegen, auf den Unterarmen dunkles Haar. In der kohlschwarzen Wollhose, die Teil eines Anzugs war, hatte er einen knackigen Hintern; das Jackett hing über der Rückenlehne eines Stuhls, ebenso der Schlips.

Sie berührten sich nicht. Er wirkte so nervös, wie sie sich fühlte, als er ihr bedeutete, doch hereinzukommen. Er hatte sich gründlich rasiert, Schweiß schimmerte auf seiner Stirn. Sie ging durchs Zimmer, den Korb fest in der Hand, stellte sich ans Fenster und schaute aufs Meer.

»Hast du die Liste gefunden, die ich dir geschrieben habe?«, fragte er, als die Stille unerträglich wurde. »Soll ich Drinks bestellen? Einen beruhigenden Cocktail?«

Auf seine Fragen antwortete sie mit einem Kopfnicken, drehte sich aber nicht um. Gleich nachdem er gegangen war, hatte sie die Liste gefunden. Taktvoll in einem Umschlag versteckt, den er sich offenbar aus der Küchenschublade gefischt hatte. Als sie ihm ein Taxi bestellte, musste er ihn an den Spiegel im Bad gesteckt haben. Die zweite Flasche Wein war leer, auf dem Tisch ein Chaos aus Brotkrümeln, verschmiertem Käse und fettigen Ringen Salamipelle.

Sie starrte weiter hinaus aufs Meer. Da waren sie also, wie Fremde, fast sprachlos, ihre wenigen Worte gestelzt, unterbrochen von nervösem Lachen. Und über das Wasser kam ein dichter Nebel, den selbst die kräftigsten Sonnenstrahlen nicht durchdringen konnten. Sie band sich die Strickjacke von der Hüfte, um sie sich über die Schultern zu hängen. Ihr Magen verkrampfte sich, wenn sie daran dachte, wie es aus ihr herausgeplatzt war: »Von dir wäre es mir lieber als von irgendeinem Fremden.«

Sie blieb am Fenster, während er sich auf den Bettrand hockte, den Telefonhörer am Ohr. Er hatte sie nicht gefragt, was sie wollte: Wodka Martini, Chips, Oliven. Sie zog eine Tragetüte aus dem Korb, ging zum Bett und hielt sie ihm hin. »Alles da«, sagte sie. »Du hattest recht, was Wigmore Street anging.« Er nahm die Tüte, klopfte neben sich auf das Bett, damit sie sich zu ihm setzte, und öffnete die Tüte. »Okay, wollen wir doch mal sehen, was wir hier haben.«

Es klopfte an die Tür. »Ach, bitte, stell sie einfach hin«, sagte sie und wurde schon rot, wenn sie nur an den Inhalt der Tüte dachte. »Da sind unsere Drinks.«

Die Martinis waren stark und wurden mit einer Scheibe Zitrone serviert. Um ihren zu trinken, setzte sie sich ans Fenster. Karl blieb auf dem Bett.

Schließlich blickte er auf die Uhr und griff nach der Plastiktüte. »Wenn du dir immer noch sicher bist, dass du es durchziehen willst, Julia, dann sollten wir anfangen.«

Sie setzte sich neben ihn, Hände im Schoß, während er den Inhalt der Tüte auf das makellos weiße Bettlaken kippte. Sie war froh, dass er kein Licht gemacht hatte, um sich die steril verpackten Sachen anzusehen, die glänzenden, knisternden Cellophanbeutel, unverkennbar der aufgerollte Katheter, eine Spritze, einen Becher mit Schraubdeckel, ein Spekulum aus farblosem Plastik, das aussah wie der Schnabel einer hässlichen Ente und bei dessen Anblick sie allein schon ein Schauder überlief.

»Alles steril, gut.« Er räumte es wieder in die Tasche. Welch eine Erleichterung, es nicht länger so ausgebreitet vor sich sehen zu müssen. »Ich werde mich jetzt gleich zurückziehen und mir die Hände waschen, aber mach es dir doch erst mal bequem.« Sie war sofort wieder nervös. Er bedeutete ihr, sich aufs Bett zu legen. Es gab mehrere Kissen; er ordnete sie an, eines für den Kopf, die anderen für die Beine.

»Und du hast wirklich deinen Eisprung?«

»Der Strich auf dem Stick war heute Morgen ziemlich eindeutig. Ich hielt es für ein Zeichen … dass dies hier, du weißt schon …« Sie verstummte, wusste nicht genau, wofür es ein Zeichen gewesen war. Der Eisprung fühlte sich für sie immer wie ein dumpfer, anschwellender Schmerz an, den der Teststreifen einmal im Monat bestätigte. Vielleicht ein Segen?

Von der Decke senkte sich ein Baldachin herab, teilte sich am Kopf des Bettes wie ein Brautschleier. Sie starrte die Bahnen Shantung-Seide hoch zu dem Ring, an dem sie befestigt waren. Granatäpfel aus Gips und Lilien zierten den Deckenstuck. Bis auf ihren Atem war kein Laut zu hören, kalkiges Dämmerlicht drang durchs Fenster.

Sie lag auf dem Bett, das Kissen unterm Kopf, ein Gefühl der Unwirklichkeit, fast, als versinke sie immer wieder aufs Neue in einen Traum. Er hockte neben ihr, inspizierte seine Handrücken, die Matratze bog sich kaum unter seinem Gewicht, so vorsichtig hatte er Platz genommen.

»Am besten bleibst du hinterher noch eine halbe Stunde mit angehobenen Beinen liegen.« Nacheinander schob er an jedem Finger die Nagelhaut zurück. Sie fühlte Hysterie aufkeimen, das leichte Beben einer Kindheitserinnerung an Ärzte und Krankenschwestern, an die Berührung durch ein kühles Stethoskop. Mit seinem zuckenden Lächeln blickte er von den Fingernägeln auf, und ihre Hysterie wurde zu einem pulsierenden Rauschen.

»So, ich verschwinde jetzt kurz ins Bad«, sagte er und stand auf. Noch ein Lächeln, ein wenig entschuldigend. »Du musst natürlich noch deine Unterhose ausziehen.«

Als er zurückkam, hatte er die Ärmel bis zu den Ellbogen aufgekrempelt, rieb sich die Hände, schüttelte sie trocken. Ihr Herzschlag wummerte durchs Zimmer. Winzige Wassertropfen fielen von seinen Fingern.

Sie lag auf dem Kissen, bereit, das Kleid über die Schenkel hochgeschoben. Er setzte sich mit dem Rücken zu ihr und leerte erneut den Inhalt der Tüte aus, zeigte ihr nacheinander jedes Teil wie ein Besucher, der Obst mitgebracht hatte. Beim Reden sah er sie nicht an. Also doch kein freundlicher Besucher, eher schon ein leicht genervter Arzt auf Visite.

»Ich werde dir genau sagen, was ich mache, okay? Wir sollten diese Prozedur morgen übrigens noch einmal wiederholen, falls du wieder herkommen kannst, jetzt aber müssen wir erst einmal für die besten Voraussetzungen sorgen. Ich lege alles bereit, damit wir gleich anfangen können, wenn ich zurückkomme. Mit dem Spekulum kennst du dich aus?«

»Ja, grässlich. Mir graut es vor jedem Abstrich.« Julia versuchte, den Witz irgendeines alten Komikers zu wiederholen, der mal gesagt hatte, es sei, als würde einem ein Ford Cortina in die Möse geschoben, aber eigentlich hatte sie das Bild noch nie besonders hilfreich gefunden.

Er ging nicht darauf ein und lenkte ihre Aufmerksamkeit auf ihre übrigen Mitbringsel. »Sobald das Spekulum platziert ist, wird es leicht sein, den Katheter zum Muttermund zu führen, und dann gehe ich mit dem Becher ins Bad ...«

Lautes Klopfen unterbrach ihn. Karl legte den Beutel mit dem Plastikbecher zurück und huschte vom Bett zur Tür. Sie hörte eine Frau mit rauchiger Stimme seinen Namen sagen, sah einen spitzen Schuh, einen Fußknöchel. Karl blockierte die Tür, ging schließlich nach draußen. Julia konnte sie trotzdem hören.

»Nein, Sofie, ich habe gesagt, ich treffe dich im Restaurant. Jetzt habe ich keine Zeit für dich, ich muss etwas erledigen.«

Die Frau hatte dafür nur ein verächtliches schallendes Gelächter übrig: »Ich sehe sie doch durch die Tür hinter dir auf dem Bett liegen. Für wie blöd hältst du mich eigentlich?« Karl versuchte, sie zu beruhigen. »Wirklich, Sofie, du musst jetzt gehen. Bei mir ist eine alte Freundin, die unter so etwas wie einem Schock leidet.«

Als Karl zum Bett zurückkam, sah er so vergnüglich drein wie ein Mann, der zu seiner eigenen Hinrichtung geht. Ehe er wieder nach dem Becher griff, schaute er erneut auf seine Uhr. Die Wut überkam sie so plötzlich, als hätte ein Hypnotiseur sie mit einem Fingerschnippen herbeigerufen. Julia fuhr in die Höhe, trat die Kissen beiseite und suchte unter der Decke nach ihrem Slip. Er hatte gerade den Beutel aufreißen wollen und hielt jetzt inne. »Julia, warte. Was ist denn?«

Ihr war egal, was er sah, als sie sich den Slip wieder anzog; sie drehte sich um, schleuderte sich das Haar aus dem Gesicht.

»Ich will nicht, dass du zu spät kommst zu deiner …«, sie konnte nicht verhindern, dass sie sich kindisch anhörte, als sie ihren Namen sagte, »… deiner Sofie.« Julia kämpfte mit der Strickjacke, die Hände zitterten, gehorchten ihr kaum, als sie mit den Knöpfen kämpfte. Er sackte auf einen Stuhl, Kopf in den Händen. Sie wartete darauf, dass er etwas sagte, als aber nichts kam, fegte sie an ihm vorbei. In der Tür drehte sie sich noch einmal um, das Bett übersät mit den Überbleibseln ihres Unterfangens.

»Ich kann das nicht, Karl. So nicht.«

Ihre Augen brannten, als sie hinaus auf die diesige Straße lief, das Meer von Wolken verborgen.

Sie begab sich tiefer hinab in den Nebel und ließ die Hand am eisernen Geländer entlanggleiten, während sie die steilen Stufen nach unten lief, die Schritte auf dem Beton seltsam geräuschlos. Wie um sie zu grüßen, wogten die kühlen Schwaden heran. Julia konnte die Hand nicht vor Augen sehen, nur die Straßenlampen. Sie tauchten eine nach der anderen auf, Signallichter in schwefligem Dunst. Das Meer klang gedämpft, sie hörte kaum die Wellen ans Ufer schlagen und hatte keine Ahnung, ob das Wasser weit entfernt war oder ganz nah. Irgendwo draußen ertönte ein Nebelhorn, der traurigste Laut, den sie je gehört hatte. Gesicht und Haar wurden auf der dem Meer zugewandten Seite rasch feucht; es war kalt geworden, und mit einem Fluch wurde ihr klar, dass sie ihren Mantel in Karls Hotelzimmer gelassen hatte.

Um sich aufzumuntern, ein wenig Frohsinn herbeizulocken, zwang sie sich, an Kommendes zu denken. Rechtzeitig zu Julians Geburtstag würde sie bei ihm in Paris sein. Nur noch zwei Tage. Sie nahm sich vor, einige Antiquare anzurufen und zu fragen, ob sie nicht eine interessante Ausgabe von *Paradise Lost* hätten, die sie sich leisten konnte. Sie dachte an Dessous, an seine Stimme am Telefon, die ihr sagte, das Bett im Hotel habe schwarze Laken.

Sie dachte an ihre erste Begegnung: Julian, ein windzerzauster Junge, der über die Downs auf sie zutrabte, die Hosenbeine in den Socken. Sein Atem roch nach der Party vom Vorabend, doch er war kein Junge mehr, sondern groß, schlaksig und hatte das breiteste Grinsen, das sie je gesehen hatte – unmöglich schien es nur auf ein einziges Gesicht zu passen. Seine Haut, sein Haar, die Augen einte ein metallischer Glanz wie feiner Goldstaub, die Iris eher bronzen als braun, die Pupillen Nadellöcher der Sonne. Selbst sein Kater konnte seinem Aussehen nichts anhaben. Die Wimpern waren ein Geschenk der Wüste, lang wie die eines Mädchens und so dicht, dass es aussah, als hätte er Kajal aufgetragen.

Sie konnte sich nicht vorstellen, dass sich so ein hübscher Junge in jemanden wie sie verliebte, auch nicht, dass sie sich in den Armen dieses ›Jungen‹ so sicher und geborgen fühlen würde wie sonst nie in ihrem Leben.

Sie fasste sich an den Kopf, erinnerte sich an die Berührung seiner Finger, als er ihr Haar teilte, um die kahle, blutige Stelle abzutupfen, wo Chris ihr einige Büschel ausgerissen hatte. Sie vergrub sich gern in sein Kissen, selbst sein Geruch war sanft, und er schälte sie behutsam aus der zerrissenen Bluse, streifte ihr die schmutzigen Jeans ab, das zerrissene Höschen. Er hatte eine Schale mit warmem Wasser parat, einen Schwamm, trocknete sie mit einem sauberen Tuch ab, strich Calendula über die dreckigen Fingerabdrücke ihrer blauen Flecke. Er schob Münzen in den Gaszähler, damit die Heizung nicht ausging, gab ihr heiße Milch mit einem Brandy und wickelte sie in seinen weichsten Pullover, damit sie aufhörte, mit den Zähnen zu klappern.

Während er langsam mit ihr tanzte, sang Billie Holiday im Radio und brach ihr das Herz. *What do I care how much it may storm. I've got my love to keep me warm.* Den Kopf an seiner Schulter, sein Atem in ihrem Haar, auch dort, wo es nachwachsen würde.

Auf der Promenade tauchten plötzlich Menschen aus dem Nebel auf, die Stimmen überraschend gedämpft, einige Spaziergänger schoben Fahrräder, andere hielten Bierflaschen in der Hand, alle ein wenig verdutzt, jemanden zu sehen, der ihnen entgegenkam, erst nur auftauchende Silhouetten, die Gesichter selbst kaum einen Moment erkennbar. Ein Schäferhund erschien und verschwand wieder, lief im Kreis und kehrte mit seinem Besitzer zurück, einem Mann mit stolzer Wampe, in der Pelzmütze seines Parkas glitzerten Tropfen.

Nach einer Weile ist das Nebelhorn das einzige Geräusch, selbst die eigenen Schritte kann sie nicht länger hören. Ihr begegnen keine Menschen mehr, und sie hat keine Ahnung, wie weit es bis zu ihrem Auto ist. Sie vermisst Julian, vermisst ihn so sehr, dass ihr Tränen über die Wangen laufen. Das ist etwas, was er ruhig erfahren darf.

Sie hört laute Schritte, jemand rennt, ruft ihren Namen. Karl ist gekommen, um sie zurückzuholen. Er steht neben ihr, vornübergebeugt, stützt die Hände auf die Knie und ringt nach Atem. Er richtet sich auf, legt ihr ihren Mantel um und greift dann ans Revers, um sie zu sich zu ziehen. Sie kann das rasche Auf und Ab seines Brustkorbs fühlen, seine Arme halten sie, als sollte es für immer sein. Er beugt sich vor, küsst sie.

»Ich liebe Julian«, sagt sie und erwidert seinen Kuss.

»Ich auch«, erwidert er, hört auf, sie zu küssen, wirbelt sie herum. Ein einsamer Rollschuhfahrer kurvt aus dem Nebel, anmutig wie eine Nadel, die über schwarze Seide steppt, dann ist er fort. Sie folgen ihm, sehen ihn noch einmal, wie er durch eine Kurve gleitet, dann verschwinden sie im Nebel wie in den Seiten eines Buchs, Arm in Arm.

Firdaws

August 2012

An einem Tag im August, der Himmel luftpostblau, kam sie nach Firdaws. Wie es der Zufall wollte, war es Jennas Geburtstag, jener eine Tag im Jahr, an dem es die Sonne niemals wagen würde, nicht zu scheinen.

Sie trug mehrere Kleidungsstücke übereinander, das Haar seidenweich, weder lang noch kurz. Eine auffällige, graue Weste über T-Shirt und dünnem Pullover, die Ärmel aufgerollt. Die Arme schlank wie Schösslinge, die Augen vom selben verblüffenden Blau wie die ihrer Mutter, umringt von den schwarzen Streifen ihres Make-ups, dazu eine sommersprossige Stupsnase. Sie hatte abgeknabberte Fingernägel, viele Silberringe an den Fingern und um den Hals geknüpfte Schmuckbänder mit Bernstein und Türkisen sowie Elianas goldene Sonne an dünner Kette. Unter dem kurzen Jeansrock waren die Beine in komisch wirkenden, schwarz-weiß geringelten Leggins zu sehen. Ihr ganzes Gepäck war eine braune Schulmappe, und sie fummelte ständig an den Schnallen, während sie am Ende des Wegs wartete, dort, wo das Taxi sie abgesetzt hatte.

Die Sonne stand hoch am Himmel, blendete sie, als sie mit zusammengekniffenen Augen über die ihr unbekannte Wiese auf ein Haus aus warmen Terrakottaziegeln blickte. Durch Margeriten, Butterblumen und viele Weidekräuter führte ein Pfad direkt zur schiefen Haustür. All dies kam ihr so eigenartig vor wie in einem Traum: keine Zäune, nur der weite offene Blick. Bäume, Büsche und zählebige kleine Blumen rund um das Haus gingen einfach in der Landschaft auf; und obwohl sie keine Erinnerung daran hatte, je hier gewesen zu sein, fühlte sie, dass irgendwo in der Nähe Wasser sein musste.

Sie schloss die Augen: Verlockend schimmerte das Bild von einem Fluss, Insekten summten über den dunstigen Himmel. Fast so anstrengend, als würde sie einen Traum herbeizitieren. Sie dachte an sein Buch, hätte vor Wut beinahe mit dem Fuß aufgestampft. Das dunkle strömende Wasser mit den darauf treibenden Lilien aus japanischem Porzellan war ihr von ihm in ihre Erinnerung eingeimpft worden.

Dr. Wiseman, der erste Seelenklempner, zu dem man sie gebracht hatte, starrte aus dem Fenster und klopfte sich mit der Brille an die Zähne, während sie seine Fragen beantwortete. Er sagte, es sei ungewöhnlich, an einen so langen Krankenhausaufenthalt oder an etwas so Traumatisches wie einen Frontalzusammenstoß keinerlei Erinnerung zu haben. Anders als Ruth, sagte sie, könne sie sich nicht an die steifen schwarzen Leinenkleider erinnern, die ihre Mutter sie am Tag des Unfalls tragen ließ.

Ruth konnte den ganzen Vorfall in all seinen sinnlichen Einzelheiten heraufbeschwören und flüsterte das Grauen in ihr Kissen: das Kreischen, der Knall, explodierendes Glas, der Geruch nach brennendem Gummi und das letzte unerträgliche Schleudern, das einfach nicht aufhören wollte. Ihre Mutter, die aus dem Wrack gezogen wurde, das Gesicht blutüberströmt, das Schnappen der Scheren durch schwarzes Leinen, selbst die Namen der Sanitäter. Ihre Mutter, die rief: »Ruthie, Ruthie …«

Es war Ruth, die ihr erzählte, die Fluggesellschaft habe nach ihrer Abreise aus Connecticut den Koffer mit all ihren Spielsachen verloren. Als es aussah, als würden ihre Tränen nie wieder versiegen, hatte Großvater Heino sie mit zu den

Hamleys genommen. »Erinnerst du dich an Heino? Mit seinem Buckel und dem Stock mit der eingeschnitzten Schlange?« Ruth schmückt ihre Erinnerungen aus: ein Kater namens Marcel, der nur Ruth mochte und fauchte, wenn Mira ihm zu nahe kam; eine schlecht gelaunte Mira, die sich in der Schule einpinkelte und Ruth Dinge wegnahm, die ihr nicht gehörten. Manchmal, sagte Mira zu Dr. Wiseman, komme es ihr vor, als existiere sie nur in Erinnerungen aus zweiter Hand. Wie zum Ausgleich aber war Miras Traumwelt ungewöhnlich lebhaft. Sie suhlte sich in der reichen Bilderflut und fand nur schwer aus dem Bett, weshalb sie oft zu spät zur Schule kam. Ruth hatte längst aufgegeben, auf sie zu warten, dabei war sie noch so klein, dass sie Angst davor hatte, die lange Busfahrt allein zu machen.

Nichts war Mira verheimlicht worden. Im Gegenteil, dank all dem Gerede über ihre Kindheitsamnesie schien jedermann im Umkreis nur allzu bereitwillig die Leerstellen ausfüllen zu wollen: das Krankenhaus, ihre Niere, die bunt gestrichene Wohnung in North London. Jede Kleinigkeit ausführlich beschrieben, aber nicht erinnert. Das, was ihr über Julian erzählt wurde, fand sie beim ersten Mal durchaus interessant, nur war das keine so große Sache, dass man ständig darüber reden musste. Julians Foto erschien in einer Besprechung seiner Bücher im Guardian. Er war braun gebrannt, wirkte freundlich, hatte dunkles Haar und traurige Augen. Er sah nicht wie jemand aus, den sie kannte.

Die Amnesie sei die Wurzel ihres Problems, sagte Dr. Wiseman, was auch immer mit diesem Problem gemeint war. Ein paar Sitzungen mit einem Kindertherapeuten könnten helfen, die Blockade zu lösen. Sofie arrangierte alles Nötige, energisch wie eh und je, achtete zugleich aber sorgsam darauf, im Hintergrund zu bleiben und Karl das Reden zu überlassen.

Mira machte es nichts aus, sich mit Mr. Gabriel Rubin zu

treffen, mit Gabriel, Gabe. Sie fand ihn sogar ziemlich cool. In seinem Zimmer herrschte eine friedliche Atmosphäre, die Couch, auf der sie jeden Freitagnachmittag um vier Uhr lag, war sehr bequem, ein Samtkissen für den Kopf. Er stellte keine Forderungen, sie brauchte ihn nicht einmal anzusehen. Blöd nur, dass er sie nicht rauchen ließ, aber man konnte schließlich nicht alles haben. Meist redeten sie über das, was sie auf der Herfahrt im Bus gelesen hatte.

Abgesehen davon, dass sie in der Lamb's Conduit Street sein musste, um Sofies Dekorateure einzulassen, wusste Mira nicht so recht etwas mit sich anzufangen. Selbst Gabe hatte ihre Sitzung abgesagt. Und da sie hier nichts weiter zu tun hatte, hätten Dad und Sofie sie eigentlich auch wie alle anderen mit nach Marrakesch nehmen können.

Sie sollte sich die Auswahl der Studienfächer ansehen. »Geh die Liste durch und sieh, ob irgendwas auch nur einen Funken Interesse weckt«, hatte Dad gesagt. »Wenn nicht, such dir verdammt noch mal einen Job.« Und das war's. Bis zum Tag der Abreise hatte sie nicht geglaubt, dass es dabei bleiben würde. Und als dann die anderen packten, hatte sie auf ihrem Zimmer wie ein Baby geheult. Gerettet wurde sie von ihren kleinen Brüdern, die sich in ihrem Schlafzimmer zankten; sie konnte hören, wie sie gegen die Wände bollerten, sich Beleidigungen zuschrien, und hatte im selben Moment gespürt, wie plötzlich Freude in ihr aufkam: Ach, sollte doch Ruth diesmal die unbezahlte Babysitterin abgeben. Sie malte sich sogar aus, hilfsbereit ein paar Bücher für die Rucksäcke der Jungs zusammenzusuchen, als sie Sofie hörte, die auf der Treppe mit leiser Stimme sagte: »Ich find's gut, dass du es diesmal durchziehst und sie hierbleiben lässt. Viel besser für sie, ihre Termine mit Gabriel Rubin einzuhalten.« Und wie immer rührte Karl nicht mal den kleinen Finger für sie und ließ nur einen Seufzer hören. »Ich fahre nie wieder mit jemandem in den Urlaub, der an einer Essstörung leidet, und das meine ich ernst«, zischte Sofie, und Mira wäre vor Wut fast geplatzt.

Mira hatte bereits eine Weile auf der Wiese gestanden, als Dolly kam. Das kleine Mädchen war hübsch, durch die Löcher in der Hutkrempe warf die Sonne helle Pünktchen auf ihr Gesicht. Wenn sie lächelte, hatte sie die gleichen doppelten Grübchen wie ihre Mutter. Ein Hund mit weißer Halskrause und kräftigen Läufen umkreiste sie. In einer Hand hielt sie einen Stängel Wolfsmilch, in der anderen einen Stock, den sie für den Hund warf. Ihr Wurf war nicht gut, der Stock flog nicht weit. Der Hund holte ihn und rannte übers Gras zu Mira, ließ ihn vor ihren Füßen fallen. Mit wedelndem Schwanz hockte der Hund da und blickte sehnsüchtig vom Stock zu ihrem Gesicht und wieder zurück. Das kleine Mädchen trottete über die Wiese und ärgerte sich über den Hund, der nicht kam, als sie ihn rief.

»So heißt sie? Muriel?« Mira gab ihr den Stock. »Quatsch, nicht *Muriel*, er ist doch ein Junge«. Das Mädchen kicherte. »Er heißt Uriel, aber ich ruf ihn Uri. Oder Uri-Bär, aber nicht, wenn er ungezogen ist.«

Mira streckte die Hand aus. »Ich heiße Mira. Und wie heißt du?«

Das Mädchen zögerte einen Moment. »Dolly.« Ihrer Stimme merkte Mira an, dass sie noch überlegte, wie gefährlich es sein mochte, mit einer Fremden zu reden. Mira empfand einen Stich unverdient schlechten Gewissens.

»Dolly, hallo.« Mira lächelte, um die Kleine zu beruhigen, und Dolly ließ den Stock in Uriels Maul fallen. »Ich mag dein Kleid«, sagte Mira, und Dolly entschied, ihr so weit zu trauen, dass sie sich einmal rasch im Kreis drehte. »Ist neu«, sagte sie. »Hat Daddy für mich gekauft, und jetzt bin ich reingewachsen.«

Dolly hüpfte voran, neben ihr trottete der Hund, und Mira folgte beiden zu Horsemans Tor, eine Magical Mystery Tour durch hohes Gras, Furchen und blassgoldene Stoppeln bis zur Senke bei der Scheune, wo die Feigen wuchsen – was Mira nur aus seinem Buch wusste. Und dann über eine Weide mit Kühen. Zumindest hoffte Mira, dass es Kühe waren, vor allem, als sie im Näherkommen keine Euter entdecken konnte.

»Nie vor ihnen wegrennen«, erklärte ihr Dolly altklug. »Wedle einfach mit den Armen und ruf: ›Nein.‹ Daddy macht das auch immer. Sieh mal, so.«

Nur wenige Augenblicke später taten die beiden, was man auf einer Weide mit jungen Bullen nie tun sollte. Unten am Fluss konnten sie die Stampede hören. Mira flog ins Blickfeld, Dolly fest an der Hand. Dollys Strohhut segelte davon, sorgte für einen Moment Ablenkung, ehe er gefressen wurde.

Für Julian geschah es in aufblitzenden Bildern, wie bei einem Daumenkino oder im Stroboskoplicht. Die Knie bereits angespannt, um Jenna zu folgen, die gerade im perfekten Bogen vom Uferrand gesprungen war. Dollys Schrei durchschnitt die Luft, sodass er sich umdrehte. Dolly, die »Daddy!« rief. Katie, die das Anmachholz fallen ließ und mit wehendem blondem Haar losrannte, William, der etwas brüllte, Michael, der starrte, der Hund, der bellte, und am oberen Weiderand, halb verborgen von einem Büschel weißer Engelwurz, eine junge Frau. Er versuchte, sich mitten im Sprung abzufangen, aber er fiel bereits, als er ihren Namen rief.

Nur war es nicht ihr Name – er rief Julia, platschte in die kalte Flut, fluchte, prustete und schluckte mehrere Mundvoll Flusswasser. Er wusste, dass er Mira und nicht Julia gesehen hatte. Die Strömung war stark, trug ihn davon, und ihm blieb nichts anderes übrig, als die anderthalb Kilometer zur Swan

Bank zu schwimmen. Vorher ließen ihn Schwarzdorn und Brennnesseln nicht ans Ufer. Er kämpfte sich mit machtvollen Schlägen voran und ließ Jenna weit hinter sich mit ihren imaginären Schlangen kämpfen.

Bei jedem Schwimmzug fürchtete er, sie könne wieder fort sein. Er war außer Atem und zerschrammte sich die Schienbeine, als er an Land kraxelte, schaffte es aber trotzdem, laut ihren Namen zu brüllen, den richtigen Namen diesmal: »Mira!« Er rannte mit blutigen Beinen übers Heufeld, von den Stoppeln schmerzten ihm die nackten Füße. »Mira!«

Sie wartete im Schatten einer Eiche, saß an den Stamm gelehnt und knabberte an ihrem Daumennagel, neben sich die Umhängetasche. Die Augen in ihrem Gesicht fielen sofort auf, und obwohl sie keck zu ihm hochsah, fürchtete er, sie könne jeden Moment davonlaufen. Er blieb stehen, bevor er sie erreicht hatte. »Mira?«

Sie nickte. In einer einzigen Bewegung streckte sie sich, schob auf ihrer linken Körperhälfte mehrere Kleiderschichten hoch und entblößte überm Jeansrock den dreieckig vorstehenden Knochen sowie auf ihrer Taille die Narbe, die aussah wie ein Faden aus rosiger Seide. Sie ließ die Stoffe wieder sinken, hielt ihr Gesicht aber von ihm abgewandt, und er fragte sich, ob sie weinte. Arme und Brust sehnten sich danach, sie an sich zu drücken, und er ging einen Schritt auf sie zu. Sie aber gebot ihm Einhalt, ließ ihn erstarren. »Ich kann mich nicht an dich erinnern«, sagte sie und blickte ihn trotzig an, keineswegs den Tränen nahe. Er langte nach ihren Händen – und plötzlich wurde ihm bewusst, wie lächerlich er aussehen musste, mitten auf dem Feld in nichts als seiner Badehose. Er blickte auf ihre Finger. Er hatte zu große Angst, sie zu drücken. Ihre mageren, wie Knochen aussehenden Arme hatten kaum Gewicht.

Kaum im Haus, verzog sich Mira auf den Platz am Fenster, woraufhin er einen Stuhl heranrückte und sich bemühte, sie nicht anzustarren. Katie kam, zog sie an ihren Busen, und Mira flüsterte, sie rieche ja überhaupt nicht nach Hyazinthen, wie er in seinem Buch behauptet hatte. Er zwinkerte ihr zu und deutete mit einem Kopfnicken auf William: »Ihr Mann kriegt davon Kopfschmerzen.« Jenna blickte immer wieder von Mira zu Michael, wie um sich zu vergewissern, streckte mehrmals die Arme aus und ließ sie wieder sinken, bis sie Mira endlich an sich zog. »Aber Mädchen, du bist ja so dünn«, sagte sie und begann zu weinen. Dolly starrte sie mit großen verständnislosen Augen an, sodass William sie sich auf sein Knie setzte und ihr sagte, Mira sei sein Patenkind. »Aber, Daddy, sind wir dann Patenschwestern?«, wollte sie wissen, und William lachte. Schließlich verzogen sich alle wieder und folgten Jenna in die Küche. Mira hatte die Knie ans Kinn gezogen.

Er beugte sich zu ihr vor. »Warum jetzt, Mira?«

Sie zupfte an einem Band um ihren Hals, und er sah, dass daran der kleine Messingschlüssel für das herzförmige Schloss hing, das Julia ihm in Paris geschenkt hatte.

»Ich bin im Februar achtzehn geworden ...«

»Das weiß ich natürlich«, sagte er, und wieder schien ihr Blick ihn herauszufordern.

»Und du weißt bestimmt auch, wofür dieser Schüssel ist, oder?«, sagte sie, und mit einem Kopfnicken bat er sie fortzufahren.

Sie verbarg den Schlüssel wieder, die Stimme ein wenig brüchig, so wie sie es schon zu Kindertagen gewesen war. »Ich hatte schon den Schlüssel zum Haus, also war es wohl nicht mehr so was Besonderes. Wir haben voreinander nie Geheimnisse gehabt. Das hübsche Messingschloss hat auf dem Karton im Schrank meiner Mum gelegen, solange ich mich erinnern kann.«

Sie lachte bekümmert und setzte hinzu: »Was überhaupt nicht so besonders lang ist.« Und das verwirrte ihn.

Sie beschrieb ihm den Inhalt des Kartons: die Fotografien, die Andenken, aber auch die Postkarten, die gemalt zu haben sie sich nicht erinnern konnte, wohingegen er gluckste, sobald er sie sich vorstellte, krakelige Bleistiftzeilen nach den Pünktchen: *Ich liebe meinen Dadoo*. Sie sah zu ihm auf und wölbte die Unterlippe vor, ehe sie fortfuhr. Es gab Fotos, die von den Krankenschwestern in der Great Ormond Street gemacht worden waren. Ein hohläugiges, kränkliches Kind, in dem sie sich nicht wiedererkannte, verziert mit Pflastern und Schläuchen. Und neben ihrem Bett ein Mann, den sie bis eben nicht gekannt hatte.

»Tut mir leid«, sagte sie und zupfte an den weiten Ärmeln ihres Sweaters. »Aber ich kann mich überhaupt nicht an dich erinnern. Oder sollte ich das lieber nicht mehr sagen?«

Trauer überwältigte ihn, als sie den Kopf abwandte. »Ach, Mira, es tut mir so leid. Ich dachte, so wäre es am besten für dich ...«

Er brachte Entschuldigungen vor: »Ich hatte geglaubt, ihr würdet alle in Connecticut leben ... Und ich hatte Meningitis, war nicht mal bei Bewusstsein ... Ich fand es so am besten, ein glatter Bruch.« Er senkte den Kopf. »Verzeih«, sagte er, als Katie mit einer Spritzflasche Wasser aus der Küche stürmte, Dolly dicht auf den Fersen. Wo ihre Tochter sie erwischt hatte, sah man auf Katies geblümtem Kleid einen breiten nassen Streifen. Katie bremste ab, sah Julian wie gebannt auf dem Stuhlrand hocken, Miras Augen riesig und besorgt. »Du meine Güte«, sagte sie, »ich glaube, ihr beide braucht eine Tasse Tee.« Sie trieb Dolly vor sich her und hastete zurück in die Küche, um den Kessel aufzusetzen.

»In Mums Karton waren auch alle deine Bücher. Die mit den Hunden habe ich zuerst gelesen. Ich fand sie lustig.«

Mira änderte die Sitzposition, zog die Beine unter sich und war so leicht, dass die Kissen unter ihr kaum nachgaben. Ihre Finger spielten mit der fleckigen Sitzmitte. Die Noppen dort waren rau, die Spuren von ihrem vor langer Zeit gegessenen Eis deutlicher, seit Julias wattierter Samt zu hellblassem Malvenblau verblichen war.

»Und ich habe auch das andere Buch gelesen, das im Karton lag. Das Buch, das du mir gewidmet hast.« Wieder blitzten ihre Augen, und er senkte den Kopf.

»Freut mich, dass sie es erhalten hat. Was Besseres als Fredas Adresse ist mir nicht eingefallen.«

»War schon eine irre Lektüre«, sagte sie. »Aber als ich mit Mom darüber reden wollte, hat sie gesagt, sie hätte nie eine Zeile davon gelesen.«

Er spürte, wie ihm das Blut zu Kopf stieg. Julia kannte sein Buch nicht? Dabei hatte er sich solche Mühe gegeben, ihren Verrat so behutsam wie möglich zu schildern, so sicher war er sich gewesen, dass sie es lesen würde.

»Erst habe ich ihr nicht geglaubt, aber sie hat geschworen, es wäre die Wahrheit. Sie sagte, sie hätte zu große Angst gehabt, es auch nur aufzuschlagen.«

»Ach ja?« Er beugte sich auf seinem Stuhl weit vor.

Mira kicherte. »Bestimmt liest sie es gerade in diesen Tagen«, sagte sie. »Ruth ist mit Dad, Sofie und unseren Brüdern in Marrakesch, also kann sie sich voll darauf konzentrieren.« Mira warf ihm einen verschmitzten Blick zu, so von der Seite, unter den Wimpern durch. Er kannte diesen Blick, und das Herz lief ihm über.

Er versuchte, ruhig zu bleiben, die Informationen Stück für Stück zusammenzusetzen.

»Was denn für Brüder? Wie viele?«

»Dad und Sofie haben drei Jungen. Kleine Teufel: zehn, acht und sechs, Max, Sam und Lucien. Nicht schlecht für ein

Paar, das sich bei Forschungen über männliche Empfängnisverhütung kennengelernt hat, oder?«

Ihm drehte sich ein wenig der Kopf. Plötzlich hatte er größte Lust, mit ihr quer durchs Zimmer zu tanzen.

Er musste schlucken, ehe er sie fragen konnte: »Und ihr geht es gut? Deiner Mum?«

»Na ja, zumindest als ich sie zuletzt gesehen habe, aber das war, bevor ich sie überreden konnte, dein Buch zu lesen. Weiß der Himmel, in welcher Verfassung sie jetzt ist.« Unverkennbar blitzte der Schalk in ihren Augen. »Vielleicht solltest du mal zu ihr gehen und selbst nachsehen, wie es ihr geht.«

Er bedeutete Mira, beiseite zu rücken, setzte sich neben sie auf den Fensterplatz und nahm die gleiche Haltung ein, ihr so nah, dass ihre Schultern sich berührten.

»Sie hat also mein Buch nie gelesen? Und du bist dir sicher?«

Mira schüttelte den Kopf. »Noch nicht«, sagte sie. Wieder dieses koboldhafte Grinsen. Aus der Küche wehte der köstliche Geruch nach gebratenem Lamm herüber, das Jenna gerade aus dem Rayburn nahm. Es hatte im unteren Ofen die ganze Nacht über geschmurgelt. Ihre Mägen knurrten in lärmendem Einklang. »Mann, bin ich hungrig«, sagte Mira und musste lachen, als sie sich das sagen hörte. Er streckte einen Arm aus und zog ihren Kopf an seine Brust; sie schmiegte sich an und schloss die Augen. »Du riechst noch genau wie früher«, murmelte sie. »Zigaretten, Kaugummi, ein bisschen nach trocknem Brot.« Sie hob den Kopf, um ihn anzusehen – »… und nach Vanille-Eiscreme«. Sie zeigte auf den Flecken. »Du hast hier am Fenster gesessen, und ich habe mit dem Eis in der Hand versucht, auf deinen Schoß zu klettern. Die Kissen waren damals noch viel dunkler.«

Jenna steckte den Kopf durch die Küchentür, um ihnen zu

sagen, dass sie das Lamm draußen bei Sonnenuntergang essen würden. Das Abendlicht verfärbte sich schon golden.

»Komm«, sagte er und nahm Mira bei der Hand. »Es gibt da etwas, was ich dir zeigen möchte.«

Das Zimmer wurde bernsteingelb. Am Fenster umkränzte der Jasmin die Bleiglasscheiben, Wein rankte in Spiralen am Rahmen, warf ein Muster auf den Tisch. Der kleine Schuh war aus rotem Leder, an den Zehen abgestoßen und leicht pinkfarben. Sie saß auf seinem Stuhl, öffnete die Silberschnalle, zog das Riemchen durch die gewohnte Öse und lächelte.

Danksagung

Ich hatte das Glück, Cressida Connolly als erste Leserin und Damian Barr als ersten Lektor zu haben. Beiden bin ich unendlich dankbar, ebenso David Gilmour für sein Verständnis und seine unerschütterliche Unterstützung.

Dank auch an Claire Singers, Louise Allen-Jones, Justine Picardie und Charlie Gilmour, die frühe Versionen des Romans gelesen und kommentiert haben. Und danke Clare Conville für die unschätzbaren Anmerkungen zum Text. Dank an Gabriel Gilmour, der mich vor einem Luftanachronismus bewahrt hat.

Tony Wolff bin ich dankbar dafür, mir mit Ideen und medizinischem Fachwissen ausgeholfen zu haben. Dank an Ghislaine Stephenson, Emma Sturgess, Renate Tulloh, Charlotte Hooper und dem gesamten wunderbaren Mitarbeiterstab des Great Ormond Street Hospital. Professor Kathy Pritchard-Jones gab mir das Gefühl, dass Mira bei ihr in den allerbesten Händen war. Sie half mir, den Krankenhauskapiteln Form und Gestalt zu geben, wozu auch die großzügig mitgeteilten Erinnerungen von Brian und Susan Hickey ihren Teil beitrugen.

Dankbar bin ich allen Blooms – es ist so eine Freude, von Bloomsbury veröffentlicht zu werden. Alexandra Pringle ist eine wunderbare Verlegerin und Freundin. Dank an Robin Jack für die Milton-Nachhilfe und Hugh Lillingston für den ›Goldenen Schnitt‹. Dank an Esther Samson, Romany Gilmour, Joe Gilmour, Cassandra Jardine, Mike Moran, Gala

Wright, ·Adam Phillips, Victoria Angell und Jaz Rowland. Dank auch an Amanda und Chris Dennis vom Citrus Centre in Pulborough, die mir das Veredeln von Bäumen erklärten.

Ich bin Lisa Allardice dankbar, die mich bat, eine Kurzgeschichte für den *Guardian* zu schreiben. *The Man Who Fell* wurde zum Auslöser für dieses Buch. Dank an Joe Winnigton, der mir den kleinen Schuh aus Ost-Berlin geschickt hat und damit meinen Puls beschleunigte, sowie Dank an meinen Vater Lance Samson für jene zwei Geschichten, die den Kern dieses Buches ausmachen.

Literatur

Das Gedicht von John Milton, zitiert auf Seite 109, stammt aus »Paradise Lost« und liegt hier in der Übersetzung von Adolf Böttger vor.

Das Gedicht von William Butler Yeats, zitiert auf Seite 259, trägt den Titel: »He wishes for the Cloths of Heaven« und liegt hier in der Übersetzung von Norbert Hummelt vor.